BROTHERS of Death

LAURIE ESCHARD

BROTHERS OF DEATH

Revenge

©Shingfoo, 2021, pour la présente édition.

Shingfoo, 53 rue de l'Oradou, 63000 Clermont-Ferrand.

Octobre 2021 pour l'édition imprimée

ISBN : 9782379871924

Couverture : ©AdobeStock

Prologue
Devon

La prison m'a changé... De bien des manières. Elle m'a appris à respecter les règles, elle m'a permis de faire un reset de ma vie, à savoir ce que je voulais pour mon avenir. Pendant mes années de détention, j'ai appris à me remettre en question, à analyser chaque décision, chaque choix dans ma vie et cela m'a transformé en l'homme que je suis aujourd'hui.

Les taulards sont tous unanimes : la prison change un homme, la prison détruit un homme. Sur ce deuxième point, je ne suis pas d'accord. La prison m'a changé mais elle m'a fait grandir. Elle m'a rendu plus fort, plus patient, plus réfléchi. Je ne fonce plus dans le tas maintenant, j'analyse. Je ne suis plus aussi naïf aujourd'hui, j'ouvre les yeux.

Maintenant que je suis libre, je ne veux plus être le Devon dévoué, le Devon qui rentre dans le rang. Je ne veux plus être le Devon qui vit pour les autres, je veux vivre pour moi. C'est ce que je me suis promis de faire, pendant toutes ces années de taule, durant lesquelles j'ai eu le temps de cogiter sur ce que deviendrait ma vie une fois libre.

Mais avant d'être vraiment libre, je dois faire payer la trahison de Blake. Je dois me venger. Je sais que je pourrais me contenter de faire mes bagages, de partir d'Ironwood et tout recommencer à zéro ailleurs, loin de cette ville que j'ai toujours détestée. Mais j'ai le besoin de me venger de mon cousin. Ç'en devient vital, ma seule raison de vivre.

Après, seulement après, je pourrai passer à autre chose.

J'ai entendu dire que la trahison se préparait en trois phases. Qu'une fois ces étapes passées, un homme pouvait enfin aller de l'avant.

La première phase est de faire face. Accepter la situation, se résoudre au fait que cela est vraiment arrivé.

La deuxième, consiste à changer sa perception des choses. Apprendre à se remettre en question et essayer de tirer quelque chose de positif de cette trahison.

Quant à la troisième, il faut pardonner.

Autant dire que j'ai énormément de travail à fournir pour parvenir à cette dernière phase. Et pour être tout à fait honnête, je n'ai pas envie de pardonner. Pardonner, ce serait étouffer ma colère, ma rage, mon désir de vengeance. Et ça, il en est hors de question. Blake a essayé de me détruire. Il a tenté par deux fois de me faire disparaître, et il a réussi à me faire enfermer pour le meurtre d'Alexis pendant toutes ces années. Mon cœur se serre à chaque fois que je pense à elle, à chaque fois, je la revois, étendue sur le sol, dans la mare de son propre sang. Cette vision m'a hanté pendant des années et j'ai peur que jamais je ne puisse effacer tout ça.

Parfois, j'ai l'impression que la mise en œuvre de ma vengeance est la seule chose qui pourra me faire tenir, la seule chose qui pourrait réussir à me faire avancer afin de pouvoir vivre enfin. Que voir la douleur de Blake quand j'en aurai fini avec lui se transformera en une émotion agréable, presque jouissive. Que je serai complet, enfin libre. Je veux que Blake Thomas crève. Je veux qu'il paie sa trahison au centuple.

Le besoin de vengeance est une émotion forte, encore bien plus que la rage. Mais peut-elle calmer la tornade qui hurle en moi, éteindre le feu de la colère qui me ronge de l'intérieur ? Et si une fois vengé, ma rage ne s'atténuait pas ? Et si ma vengeance se retournait contre moi ? Et si à cause d'elle, je devenais un tout autre homme ? Ne le suis-je pas déjà ?

Épisode #1
Devon

*Tout mouvement de colère est suivi d'un plaisir dû à l'espoir de se venger. Il est en **effet** agréable de penser qu'on obtiendra ce qu'on désire... Un certain plaisir suit la colère aussi parce qu'on vit mentalement sa vengeance : il se fait alors une représentation qui cause du plaisir, tout comme celle des songes.*

Aristote

7 mai

Maison de Violet

Mes yeux ne peuvent se détacher de mon avant-bras, rougi par le passage du dermographe. Le visage renfrogné, je fixe l'encre qui colore ma peau. Il sera là à vie, j'en ai conscience. Mais j'aime me dire que quand tout sera terminé, il ne qualifiera pas ce que j'ai un jour été mais signifiera un épisode de ma vie qui m'a permis d'avancer et de grandir.

Ce tatouage, je l'ai toujours eu en horreur. J'ai toujours dit que jamais il ne ferait partie de moi, que jamais je ne me graverais ce symbole sur la peau. Maintenant qu'il y est, je sais, j'ai la certitude que j'ai fait le bon choix. La rage me consume depuis bien trop

13

longtemps, j'ai l'impression que je suis en colère depuis toujours et cette amertume finira par me tuer si je décidais de ne rien faire.

J'ai conscience que ma vendetta, c'est quitte ou double. Soit je meurs, soit c'est Blake. L'issue sera fatale pour l'un d'entre nous. Et c'est à moi de faire en sorte de m'en sortir indemne. Je le sais, il me faudra être l'homme que je n'ai jamais été. Un mec calculateur, un mec froid et sans pitié. Un tueur. Je dois me mettre au même niveau que mon adversaire, je dois jouer au même jeu que lui, et ça, peu importe les conséquences et mes convictions. Je ne suis pas con, je sais que même si je reste vivant après toute cette histoire, j'ai de grandes chances de retourner derrière les barreaux et cette fois-ci, définitivement. Je peux même finir sur la chaise électrique.

Mais je n'ai pas d'autre choix que d'en finir avec mon cousin. C'en est vital. Car si c'est moi qui meurs, le prochain à prétendre au trône des Brothers Of Death, ce sera Hudson. Et Blake est prêt à tout pour assouvir son besoin de pouvoir. Il a essayé de me faire tuer, il m'a envoyé en taule, il en fera de même pour mon frère.

Et ça, il en est hors de question. Hudson est trop gentil, trop naïf, bien plus que moi et ça le conduira à sa perte. Voire à une issue fatale.

Je sais qu'Hudson a renoncé au trône quand j'étais à l'ombre. Mais si je venais à mourir, je sais aussi que mon oncle fera une nouvelle proposition à mon frère.

Au bout de plusieurs minutes, je sens toujours le regard de mon frère sur moi et je finis par relever la tête vers lui. Le dermographe toujours à la main, il m'observe, réticent et le visage blême. Il sait que ce qu'il vient de me tatouer aura des conséquences pour moi, ce que je suis mais aussi pour nous, notre famille, notre avenir. Lui aussi a conscience que, désormais, plus rien ne sera comme avant.

J'étire mes lèvres faiblement sans le quitter du regard. Je dois dédramatiser la situation, sinon il risque de me faire une syncope.

– Tu as fait du bon boulot !

Et c'est vrai ! Il a été précis et délicat. Hudson a un don et peut-être, quand tout ça sera fini, qu'on pourra ouvrir notre salon rien qu'à nous. Entre frangins. Loin d'ici.

Il me souffle un « merci » presque inaudible. Lentement, il pose le dermographe sur la table basse sans me quitter du regard. Il paraît hésitant. Je vois bien qu'il veut me dire quelque chose mais qu'il peine à trouver ses mots, sûrement par peur de me vexer, peut-être parce qu'il ne sait pas vraiment quoi dire ou ajouter.

– Devon, je...

– Je sais, Huddy ! Mais je n'ai pas eu le choix.

– Mais pourquoi ? Pourquoi Blake aurait fait ça ?

– Pour la seule chose pour laquelle il vit : le pouvoir. Blake veut le trône à tout prix.

Navré, mon frère secoue la tête et sa réaction me rassure. Les Brothers Of Death, ça ne l'a jamais vraiment intéressé, et encore moins depuis que j'ai été arrêté.

– Hudson, je n'ai pas le choix. Je ne peux pas laisser Blake s'en sortir sans en payer le prix. Tu sais comment il est...

– Et s'il s'en sort ?

Je sais que cette question est sa principale préoccupation. Et je sais où il veut en venir. Il a peur que j'y reste, que Blake parvienne à finir ce qu'il tente de faire depuis des années : m'éliminer. Je mentirais si je disais que je n'y avais pas songé. Pour être honnête, c'est la seule chose qui pourrait me faire tout arrêter.

La porte d'entrée s'ouvre alors et mon visage se tourne vers Violet, qui pénètre dans la maison. Elle paraît surprise en voyant mon frère déjà arrivé, mais le salue d'un large sourire dont elle a le secret. Elle dépose un dossier et ses clefs sur une petite table à l'entrée et s'approche de nous, toujours chaleureuse.

Et merde ! Il ne faut pas qu'elle voie le tatouage ! Trop tard, ses yeux se sont posés sur mon appareil et j'ai peur qu'elle me pose des questions gênantes.

– Tu comptes tatouer ton frère ? demande-t-elle, curieuse.

– Non, j'expliquais un petit truc à Hudson.

Mon frère opine du chef lentement, confirmant mon mensonge et Violet semble gober mon bobard puisqu'elle me sourit chaleureusement avant d'annoncer qu'elle part cuisiner.

Épisode #2
Blake

Aucune sécurité ne vaut la peine d'une vie médiocre enchaîné à une routine qui a tué vos rêves.

Inconnu

7 mai

Ranch des Brothers Of Death

Entendre leurs petits rires m'excite encore plus. On peut dire que ces deux-là n'ont pas froid aux yeux. Alors que Milly embrasse langoureusement mon oreille, je ne quitte pas Zoey du regard, sa meilleure amie, qui retire chaque bouton de ma chemise avec envie. Quant aux mains de Milly, elles passent sous ma chemise alors qu'elle s'occupe toujours de mon lobe. *Putain ! Le sexe, il n'y a que ça de bon, il n'y a que ça de vrai ! Avec le fric et le pouvoir.*

Les deux meilleures amies se regardent, une pointe d'excitation et de défiance dans le regard. À croire qu'elles jouent à *Qui excitera le plus Blake ?* Zoey s'attaque dorénavant à la tâche de déboutonner mon pantalon. Je me relève légèrement pour lui laisser le plaisir de le retirer entièrement. Ma queue bien droite devant elle, je la vois humidifier ses lèvres en passant sa langue toute rose dessus. Elle en

17

crève d'envie, elle la veut. Brutalement, j'attrape sa nuque et descends son visage sur mon sexe. Elle paraissait impatiente, je ne pouvais que soulager son envie.

Rapidement, sa bouche l'englobe et sa langue vient me promettre mille et un désirs. *Putain de merde ! Se faire sucer, il n'y a rien de mieux !* Et encore plus en voyant la jalousie dans les yeux de Milly. J'attrape sa nuque à son tour et la force à me faire face.

— Tout doux ma belle, tu sais qu'il n'y a que toi qui comptes.

Milly m'offre un sourire timide mais elle ne semble pas rassurée pour autant. Pourtant, d'ordinaire, quand je lui sors ces conneries, elle y croit dur comme fer. Mes lèvres viennent se plaquer contre les siennes et je force le passage de ma langue pour aller retrouver la sienne.

Milly est ce que je pourrais qualifier de « *meuf officielle* ». Ça fait deux ans que c'est le cas, deux ans que j'ai une certaine affection pour elle. Elle n'est pas trop chiante, je m'accommode de ses petites crises de jalousie, que je modère rapidement. En fait, je suis habitué à Milly. Quant à elle, elle est carrément amoureuse de moi. Tout ce que je lui demande, elle ne peut me le refuser et j'aime plutôt ça. De toute façon, elle sait qu'elle ne doit pas essayer de rechigner. Ce que je veux, je l'ai. Ça ne peut en être autrement et elle l'a bien compris. Alors ce que je lui demande, elle l'exécute. Et quand j'ai suggéré un petit plan à trois avec son amie Zoey, Milly n'a pas osé me le refuser, même si elle n'était pas chaude. Zoey elle, était carrément partante. Et je dois avouer que je ne regrette pas. Je sens qu'on va bien s'amuser tous les trois.

Alors que la bouche de Zoey fait des miracles autour de ma queue, Milly semble de plus en plus farouche. Elle n'aime pas me partager, bien qu'elle doit se douter que je me tape d'autres gonzesses qu'elle. Mais elle ne dit rien car elle sait que si elle ouvrait sa gueule, je la dégagerais sans pitié. Elle sait que je ne m'encombre pas de meufs qui me les brisent et que beaucoup seraient heureuses de prendre sa place, Zoey y compris.

Ce plan à trois, c'est une première. Ma meuf, si je peux la considérer ainsi, commence à exprimer son mécontentement.

— Calme-toi, je t'ai dit.

Zoey, bonne amie, relève son visage vers Milly.

— Mais oui, ma chérie, ne t'inquiète pas, tu en auras aussi. Je voulais juste faire plaisir à ton mec.

— Eh ! Qui t'a dit que tu pouvais arrêter ? Si je décide que tu dois me sucer pendant trois heures, tu le fais.

Excitée face à mon autorité, Zoey me sourit avant de m'embrasser brièvement.

— Relax, Blake ! On a tout notre temps. Et on peut te faire plaisir de bien des façons.

Ses paroles me conviennent. Elle a raison, on a tout notre temps et je compte bien profiter de ces deux nanas le plus longtemps possible.

— Ouais, c'est vrai ça, je réponds, intéressé.

J'attrape les deux nuques de chacune de mes mains et rapprochent les deux visages.

— Montrez-moi ce que vous savez faire les filles, je rajoute.

Milly semble hésiter alors que sa copine chaudasse paraît bien partante. Tant mieux ! J'aime les filles entreprenantes.

— Blake, je...

Je souffle d'agacement. *Putain ! Je n'aime pas quand elle fait sa mijaurée.* Elle devait bien se douter de ce qu'implique un plan à trois. Il ne faut pas être un génie pour le comprendre ! Heureusement, Zoey semble bien au fait et prend les choses en main. Au moins, je n'aurai pas besoin de la convaincre, elle.

— Si tu n'es pas contente, tu peux aussi te tirer ! je crache.

Sous mon ton, Milly se fige. Il ne lui faut pas plus de deux secondes pour finir par hocher la tête, résignée. Elle sait que je n'hésiterai pas à me taper sa copine, qu'elle soit là ou pas. Son amie ne tarde pas à s'approcher d'elle et entreprend de l'embrasser langoureusement. Ma meuf finit par se prêter au jeu mais reste sur la réserve.

— Allez-y les filles ! Chauffez-vous !

Le sourire aux lèvres, je me relève du lit et m'approche de la table basse. En observant Milly qui commence enfin à se décoincer, j'attrape mon joint à peine entamé et le bloque au coin de mes lèvres. Je l'allume, mes yeux rivés sur Zoey qui défait la petite robe de ma meuf. *Putain ! Je sens que ça va être bon !*

Tout en tirant sur mon joint, je pose ma main sur ma queue et l'empoigne aussitôt. Aussi blonde que l'une est brune, je les observe s'embrasser sensuellement et ça ne me laisse clairement pas indifférent. Je commence à me faire du bien et sens ma queue sursauter entre mes doigts quand Zoey lèche le téton de ma blonde. Milly est bien plus détendue et semble commencer à apprécier la situation. Je savais qu'elle finirait par aimer ça.

– Blake, tu viens ? miaule Zoey, qui approche dangereusement sa bouche du minou de Milly.

Je tire une latte sur mon joint, attrape un préservatif que je m'apprête à enfiler rapidement. Je grogne tout en crachant l'épaisse fumée quand mon téléphone se met à vibrer. *Putain ! James a toujours le don de me casser les couilles au mauvais moment.* Agacé, j'attrape mon téléphone et rejette aussitôt l'appel. *Ce n'est pas le moment ! Qu'il aille se faire foutre !*

Je me glisse derrière Zoey qui, avec sa langue, commence à faire gémir Milly de plaisir. Il n'y a rien de plus excitant que deux meufs dans un pieu et voir Milly se cambrer de plaisir commence à me rendre dingue. Je m'agrippe aux hanches de la brune, la force à se mettre à quatre pattes au bord du matelas et la pénètre sans tarder. *Bordel de merde !*

Je resserre mon emprise sur les hanches de Zoey, m'enfonce le plus loin possible quand le regard de Milly s'accroche au mien. Elle m'offre un petit sourire coquin.

– Tu aimes ça finalement, bébé ?

– Ou... Oui, me répond péniblement cette dernière, retenant un gémissement.

Mes lèvres s'étirent quand elle empoigne les draps de mon pieu.

– Tu aimes quand je baise ta copine ?

20

Milly ne répond rien, se contente de laisser échapper un petit gémissement excitant.

— Et toi, tu aimes baiser ma meuf alors que je te baise ?

Elle n'a pas le temps de répondre qu'on toque à ma porte. *Bordel de merde !*

— Blake ? je reconnais la voix de James à travers la porte.

— CASSE-TOI, BORDEL !

— C'est urgent !

— Putain !

Énervé, je me retire de Zoey, attrape rapidement mon caleçon, laissé au sol quelques minutes plus tôt.

— Laisse tomber, Blake. Reviens !

Putain ! Je ne demande que ça mais il faut qu'on m'emmerde !

J'ignore sa remarque et ouvre la porte de mon squat avec brusquerie. James paraît surpris.

— Quoi ? je crache.

Les yeux de mon pote se déportent vers le lit où les gémissements de Milly continuent. Je perçois un léger sourire sur ses lèvres et je claque mes doigts devant son visage pour le rappeler à l'ordre. Il n'est pas choqué par ce qu'il vient de voir. Il a l'habitude et m'a déjà vu dans de pires postures avec des nanas.

— Y'a un problème ! m'annonce-t-il.

— Fait chier !

Je lui claque la porte au nez et me dépêche de ramasser mon jean. Je jette un coup d'œil vers les filles qui semblent bien s'éclater toutes les deux. Milly tient la tignasse brune de sa meilleure amie en se cambrant de plaisir, la forçant à aller encore plus loin et l'interdisant d'arrêter. Ses yeux s'ouvrent et se verrouillent aux miens. Elle se mord la lèvre inférieure comme pour me remercier de l'avoir convaincue de faire ce petit trio. Elle qui était réticente, elle semble bien profiter maintenant. Je m'allonge près d'elle et écrase mes lèvres sur les siennes.

– Je dois y aller, bébé.

Elle se fige, tout comme Zoey, qui relève son regard vers moi sans quitter la chatte de ma meuf pour autant.

– Continuez sans moi, je ne serai pas long !

Putain ! Je l'espère. Parce qu'elles sont carrément à point et que je compte en profiter. Je me relève du matelas et sors de ma piaule où James m'attend à l'extérieur.

– Désolé de t'avoir interrompu, Boss !

Je grogne un « tu me fais chier » à peine compréhensible et commence à descendre les marches menant au QG.

La grange a été aménagée il y a quelques années maintenant. Ici, tous les membres se réunissent pour parler business ou pour faire la fête. J'ai élu domicile dans la pièce en mezzanine, celle qui devait servir de salon de tatouage à Devon. À cette pensée, je ne peux m'empêcher de serrer les dents. Ce bâtard a la peau dure. Je vais finir par croire qu'il est increvable.

On s'approche de Duncan, qui paraît réticent à l'idée de m'annoncer cette fameuse mauvaise nouvelle.

– Bon, c'est quoi le problème ? je crache, furibond.

– Garrett a été retrouvé.

Enfin !

– Ce n'est pas trop tôt. Il est où ce petit enfoiré ?

Si je mets la main sur ce sale traître, je lui loge une balle entre les deux yeux.

– On l'a balancé dans le Colorado ! m'informe James.

Je me fige aussitôt et pivote mon visage vers lui. *Quoi ?*

– C'est quoi ces conneries ?

– Attends, laisse-moi t'expliquer. Hector m'a appelé. Il l'a trouvé à la casse. Une balle entre les deux yeux.

– Tu n'es pas sérieux ? Qui ?

James hausse les épaules.

— Sûrement les Skulls.

— Et la came ?

— Envolée. Tout comme le fric.

Putain de merde ! C'est bien ma veine. Et ces putains de Skulls commencent sérieusement à me gonfler. Ces fils de putes me les brisent depuis un moment. Depuis que j'ai buté leur petite salope. Presque cinq ans que ça dure, cinq ans que la guerre est déclarée et qu'ils me cassent mon business. J'ai perdu plusieurs gars cette année. Garrett n'est pas le premier des BOD retrouvés avec la cervelle explosée qu'on a dû balancer dans le fleuve.

— PUTAIN DE MERDE ! JE VAIS BUTER CE FILS DE PUTE DE LA VEGA. LE PÈRE ! LE FILS ! TOUS !

— Calme-toi Blake ! Tu connais tes gars ! On leur reprendra trois fois plus que ce qu'ils nous ont volé.

Ouais je sais, mais je commence sérieusement à en avoir ras le cul. Cette petite guerre a assez duré. Il est temps que les Skulls soient de l'histoire ancienne. Je me demande si je ne devrais pas aller régler son compte au père Carlos. Je sais qu'il aime aller aux putes tous les vendredis soir. Ce serait le moment parfait, il n'aura pas un tas de chiens qui le protègent. Et quelle meilleure mort que de finir une balle entre les deux yeux, la queue entre les cuisses d'une pute ?

— Il est où, Chrys ?

James hausse les épaules.

— Trouve-le-moi. Dis-lui que je veux voir son indic.

— Tu comptes faire quoi ?

Aller finir de baiser les deux meufs qui sont en train de s'éclater sans moi dans mon plumard !

— Je n'en sais rien. Ça va dépendre de beaucoup de choses. Trouve-moi Chrys ! Il est temps qu'on riposte. Convoque tous les gars ! Je les veux tous ici dans une heure !

Je pousse la porte de la grange à coup de pied puis entre dans la pièce. Elle claque contre le mur et les visages de mes frères se tournent vers moi. Ils m'observent traverser la grande salle en silence. Je n'ai toujours pas réussi à me calmer, même après avoir baisé Milly et sa copine nympho. *Putain ! J'ai la haine !* Ces enculés nous ont volé dix mille dollars de came. Plus le fric ! Un mec me laisse ma place sur le canapé et je me laisse tomber dessus. Je n'ai toujours pas dit un mot, ni même réussi à desserrer ma mâchoire. Je scrute chaque visage grave de mes frères. Ils attendent et ç'a le mérite de me décrocher un petit sourire. J'aime imposer le respect sans même ouvrir la bouche.

– Où est Chrys ? je demande quand je constate qu'il n'est pas là.

– Il arrive, me prévient James.

Je vais le défoncer s'il ne se pointe pas dans la seconde. Je déteste les retards.

La porte de la grange s'ouvre de nouveau sous le sourire de Chrys aussitôt effacé quand il croise mon regard.

– T'es retard ! Quand je dis dans une heure, ce n'est pas une heure deux !

– Je suis désolé, patron.

Il se pose sur un fauteuil en cuir et tire une clope de la poche de sa veste, comme si de rien n'était. Je le fusille du regard. Ce mec commence sérieusement à me les briser. En ce moment, je le trouve à l'Ouest, pas vraiment en phase avec nous. Soit il est absent, soit il est en retard et s'il continue ainsi, je sens que je vais devoir le rappeler à l'ordre. Ou l'éliminer. Ça dépendra de mon humeur.

– Garrett a été retrouvé, je commence sans préambule.

Depuis trois jours, il ne donnait plus signe de vie. J'ai cru qu'il me l'avait fait à l'envers et s'était tiré de la ville avec mon fric ou la came. Je n'ai jamais eu confiance en lui et pour être honnête, je n'ai jamais confiance en personne. Donner sa confiance est la pire chose à faire. Je n'ai confiance qu'en moi-même, ce qui m'assure que je ne serai jamais déçu.

— Une balle entre les deux yeux, je continue. Hector l'a retrouvé à la casse.

— C'est qui ? intervient Barry.

— Les Skulls ? demande John.

Je tourne mon regard vers eux et souffle d'agacement. Bien sûr que ce sont eux. Ça ne peut être qu'eux. Depuis toujours, ils sont nos ennemis et depuis que leur petite pute est morte, ils font tout pour nous faire chier. C'est la guerre !

— Ça ne peut plus continuer. Il va falloir qu'on venge notre frère !

Les gars hochent la tête, pour confirmer. Chez les Brothers Of Death, la loyauté et la solidarité sont nos valeurs. Et si on touche à l'un d'entre nous, on n'hésite pas à le venger ou l'aider.

— Tu as un plan ?

Mes lèvres s'étirent en un sourire mutin. Bien sûr que j'ai un plan. Je veux détruire les Skulls ! Un à un ! Jusqu'au dernier. Comme ça, je récupèrerai le contrôle total de la ville et tous les business qui vont avec.

— J'en ai marre de leurs petits coups tordus. Il est temps qu'on les arrête. Une bonne fois pour toute !

— Tu penses à quoi ? demande Chrys.

— Il nous faut des armes, beaucoup d'armes. Et je veux tout le monde sur le coup.

— On fonce dans le tas ? suggère James.

Je hoche la tête.

– Oui, on fonce dans le tas ! Ce soir, on fait la fête ! Et demain, on débarque au Madness Paradise et on leur fait leur fête !

Épisode #3
Devon

Faites connaître vos décisions, jamais vos raisons. Vos décisions peuvent être bonnes, vos raisons seront certainement mauvaises.

Murray

7 mai

Maison de Violet

— Devon !

Je relève la tête du coffre de la mini voiture de June et tourne mon visage vers elle, qui a levé une bière en l'air comme pour m'appâter.

Ah ! Enfin ! J'ai cru que ces deux esclavagistes allaient m'exploiter jusqu'au bout !

Je finis de caler un carton rempli de chaussures, d'après ce qui est écrit dessus, et m'empresse d'aller rejoindre June qui m'attend sous le perron. Je me laisse tomber sur la balancelle et saisis la bière fraîche qu'elle me tend.

Violet arrive à ce moment, un carton rempli de sacs à main qu'elle dépose à ses pieds. Ses joues sont rougies par l'effort et une perle de

27

sueur court de son cou jusqu'à la naissance de ses seins. Je souris à cette vision. Violet est vraiment une femme magnifique, dont émanent la douceur et le charme.

— Il reste beaucoup de cartons ? je m'inquiète.

Je n'ai jamais vu une nana avec autant d'affaires. Rien qu'avec ses pompes, elle pourrait chausser tout un pays !

— C'est le dernier !

Violet s'assoit face à moi et me sourit, après avoir attrapé une canette de coca. Elle en boit une longue gorgée. Je fais de même avec ma bière fraîche et savoure. Mon Dieu ! Ça fait tellement de bien. Cette bière n'est pas la première que je bois depuis ma sortie mais c'est tout comme, à chaque fois que je porte mes lèvres sur une bouteille. À chaque fois, j'ai l'impression de redécouvrir le goût.

— Alors, Devon, quels sont tes plans, maintenant que tu es sorti ? demande June.

Violet s'étouffe avec sa gorgée de soda et fait les gros yeux à son amie, comme pour lui intimer de se taire. Je plisse le front, me demandant si June ne serait pas de mèche avec Violet pour savoir ce que je compte faire de ma vie, maintenant que je suis sorti. À moins que ce soit parce que Violet n'ose pas me le demander elle-même.

— Bah quoi ? râle la blonde.

J'esquisse un sourire. Je ne connais pas beaucoup June mais du peu que j'ai pu observer, elle n'a pas la langue dans sa poche et est clairement sans filtre. Au moins, on sait ce qu'elle pense.

— Je compte aller au ranch ce soir, j'annonce.

Violet se fige en m'entendant. Je sais que Violet n'est pas très à l'aise à l'idée que je me rende là-bas. Elle a été élevée par un flic, l'univers des magouilles et des larcins en tout genre ne fait pas partie de son monde et elle s'inquiète à l'idée que je fonce au ranch. Les deux amies se regardent.

— Pour aller voir Alysson ?

— Oui. Mais aussi pour voir mon oncle.

— Ton oncle ?

– Oui. Je vais devoir trouver un travail. Il faut bien que je gagne ma vie. Et Erick me propose de l'aider depuis des années. La fabrication du scotch est plutôt intéressante, ça pourrait me plaire.

Ma réponse semble soulager Violet. Bien sûr, c'est un mensonge mais ça peut me permettre d'avoir un alibi et d'éviter qu'elle pose trop de questions dont elle ne voudrait sûrement pas connaître les réponses. Et ça justifiera mes nombreux allers-retours.

– Ça serait bien. Ça te permettrait de reprendre ta vie, fait June.

– Ouais. Et il me faut du fric pour pouvoir trouver une maison, reprendre Alysson et...

– Tu sais que tu peux rester ici autant de temps que tu le veux, m'interrompt Violet.

Sa proposition me fait chaud au cœur et je ne suis pas étonné d'elle. Violet est une femme chaleureuse, altruiste et compatissante.

– Je le sais, Violet, mais je dois sortir Alysson, Hudson et son fils du ranch. On a besoin de reprendre nos vies, que tout redevienne comme avant.

Même si ma mère n'est plus là, et que rien ne sera jamais plus comme avant.

– Oui, tu as raison.

– Je pense que si j'économise trois ou quatre mois, ça me permettra de trouver une maison, d'avancer la caution et d'acheter quelques meubles.

En espérant qu'Hudson ait gardé ceux que nous avions avant, sinon, ça prendra clairement plus de temps.

– Si tu le veux, venez vous installer ici. La maison est grande, Devon.

Cette fois-ci, je suis surpris. Je sais que Violet a le cœur sur la main, qu'elle aime aider les autres mais là, ce n'est plus la même chose. Je ne me vois pas lui imposer ça.

– Tous les quatre ?

– Ouais. June déménage. Sa chambre est libre. Et il y a aussi mon bureau. Je suis sûre qu'Alysson s'y plairait et...

— Non, Violet. Je ne peux pas accepter, je la coupe en secouant la tête.

— Mais pourquoi ? demande-t-elle, déçue.

— Parce que je ne peux pas squatter chez toi. Ta proposition est super sympa mais on est quatre. Avec tous des bagages assez lourds.

— Ah oui ? Et lesquels ?

— Une Asperger...

Je lève mon pouce.

— Un gosse de quatre ans...

Je lève mon index.

— Un ex-taulard...

Je lève mon majeur mais avant que je puisse continuer, Violet attrape ma main pour arrêter mon geste.

— Une famille, Devon. Vous êtes juste une famille.

Elle agrémente sa remarque d'un large sourire, comme pour essayer de me convaincre d'accepter sa proposition.

— Avec quelques défauts, c'est vrai. Mais j'en ai sûrement plus que vous à moi seule.

Je laisse échapper un rire en même temps que June. On a tous des défauts mais ceux de Violet, je les trouve mignons et ils me conviennent.

— Tenace, têtue, déterminée...

— Maladroite, tête en l'air, la coupe son amie.

Violet rit à son tour.

— Écoute, Devon, la maison est suffisamment grande pour nous tous et au moins, tu ne devrais pas attendre des semaines avant de pouvoir sortir Alysson du ranch. Je ne te propose pas d'emménager ici pour la vie mais ça te laisse le temps de chercher une maison, de vous meubler, sans que tu t'angoisses à savoir ta famille, et surtout ta sœur, là-bas.

Elle n'a pas tort. Mais je ne peux pas accepter. Dépendre de quelqu'un n'a jamais fait partie de ma personnalité. Ce n'est pas moi.

Je sais que cette solution serait la plus facile, celle qui me permettrait de prendre un nouveau départ. Mais je sais d'expérience que les solutions de facilité m'ont toujours porté préjudice. Il suffit de se rappeler où m'a envoyé la dernière.

Lentement, je me lève de la balancelle, sous les regards des deux filles. Je saisis le dernier carton que Violet a abandonné sur le plancher du perron. Je préfère couper court à cette conversation que je ne veux pas avoir devant son amie. Tout ça ne la regarde pas et de toute façon, je n'ai rien d'autre à ajouter.

— Je vais charger le dernier carton.

Je sors de la douche et enroule une serviette autour de ma taille. Violet est positionnée devant le lavabo, en train de se démaquiller. Nos regards se verrouillent à travers le miroir et je lui offre un léger sourire, qu'elle me rend timidement. Je vois que quelque chose la tracasse. Depuis le départ de June, elle n'est pas très bavarde. Elle n'est pas froide mais elle se contente de répondre par des petits sourires ou des « oui » ou « bien », depuis cet après-midi.

— Ça va ? je demande alors que je saisis ma brosse à dents.

— Bien, se contente-t-elle de répondre tout en m'imitant.

Je lève les yeux au ciel. On doit en être au vingtième « bien » depuis le départ de son amie.

— Bien ?

Cette fois-ci, elle tourne son visage vers moi, tout en fourrant sa brosse à dents dans sa bouche. C'est sûrement sa façon d'esquiver ma question et je vois très bien dans son regard que non, ce n'est pas « bien » qu'elle va. Elle est préoccupée. Je pourrais penser que c'est le départ de sa meilleure amie qui la mine mais je ne suis pas con. C'est autre chose. Sûrement notre conversation de cet après-midi.

Elle rince sa brosse à dents, la range avant de m'annoncer qu'elle a des copies à corriger. *Putain ! Je déteste la Violet boudeuse.* Je n'ai pas le temps de répondre quoi que ce soit qu'elle a déjà tourné les talons et sort de la salle de bain.

Rapidement, je pars à sa suite pour la rejoindre dans son bureau, là où elle s'est réfugiée et je m'appuie contre le chambranle de la porte. Elle est déjà assise derrière son bureau et attrape un dossier, comprenant sûrement les copies de ses élèves. Elle a glissé des lunettes sur son nez et s'empare d'un stylo.

– Et si tu me disais ce que tu as sur le cœur ?

Ses yeux se relèvent vers moi. Mon Dieu ! Cette fille est déjà carrément sexy d'habitude mais en mode petite intello, elle est complètement bandante. Surtout en me regardant avec ce petit air sévère, celui qui veut clairement me faire comprendre qu'elle m'en veut et que je vais me faire houspiller.

Elle n'a toujours rien dit alors que j'entre dans son bureau et pose mes fesses sur la table.

– Allez, Violet, parle-moi.

Elle ne répond rien, se contente de prendre une première copie et de retirer le capuchon de son stylo. Elle m'ignore et je suis tiraillé entre l'envie d'en rire ou de faire valdinguer ses copies.

Quand elle tourne sa copie, j'appuie mes doigts dessus, pour la forcer à me regarder.

– Violet ?

Elle finit par se résigner.

– Pourquoi tu ne veux pas de mon aide, Devon ?

Ouais, donc j'avais vu juste. Je l'ai vexée tout à l'heure, quand elle m'a proposé de nous installer tous ici.

– Ce n'est pas ça, Violet. Je... J'apprécie ta proposition. Mais tu ne crois pas que...

– Toi et moi, on est quoi ? me coupe-t-elle.

On est quoi ? Je ne comprends pas.

– Comment ça ?

– Nous deux, on va où ?

Je comprends alors. Violet a été vexée car elle pense que je ne veux pas m'investir dans notre couple. Couple ? Si on peut définir notre relation ainsi. Ça ne fait pas longtemps que nous sommes ensemble. Je ne sais pas trop où on va tous les deux mais une chose est sûre, j'aime être avec elle et j'en veux plus.

– Quoi ? Tu as l'impression que je ne veux pas m'investir ? Mais Violet, ce n'est pas ça, c'est juste que... Ça ne fait pas longtemps qu'on se connaît. On n'a même pas défini ce qu'on est tous les deux et tu me demandes de m'installer ici, avec toute ma famille.

– Et je ne vois pas où est le problème, Devon. Si je te dis que ça me fait plaisir que vous veniez tous ici, c'est le cas.

– Je le sais. Mais... Je te l'ai dit tout à l'heure, on a tous des bagages.

Violet semble se radoucir. Elle me fixe, attendant sûrement autre chose de moi.

– Quant à nous, je... Je ne sais pas, on n'en a pas discuté. Je suis sorti depuis à peine vingt-quatre heures et je ne savais même pas si tu allais me pardonner pour notre dispute, à la prison.

– Bien sûr que je t'ai pardonné.

Je lui offre un sourire triste.

– Je... Je sais ce que je veux avec toi mais je ne sais pas si toi aussi, tu le veux et...

– Et tu veux quoi ?

La question ne se pose même pas. Je crois que la réponse est évidente. J'aime être avec Violet. Elle a cru en moi sans me connaître, alors que je pensais que plus rien de bon ne pouvait m'arriver. Elle a su me redonner confiance en moi. Elle m'a offert l'espoir, elle m'a permis d'ouvrir les yeux sur plein de choses. Elle m'a permis d'être libre. Et elle m'a permis d'avoir à nouveau des sentiments, chose dont j'ai été privé pendant toutes ces années en détention.

Violet m'a sauvé de bien des façons et je sais qu'elle le fera encore.

– Je... Je suis bien avec toi, Violet. J'ai l'impression qu'avec toi, tout est plus simple.

Elle semble conquise par mes paroles et j'en suis moi-même étonné. Quand je dis que tout est plus simple avec elle, je me trompe. Tout est plus évident et naturel avec elle. Malgré tout, la simplicité ne semble pas vouloir faire partie de ma vie.

Lentement, elle se lève de sa chaise et s'approche de moi. Je la fais glisser entre mes deux jambes et l'attire contre moi. Ma main se pose sur sa joue et je la vois fermer les yeux. Délicatement, j'écrase ma bouche contre la sienne. Ses lèvres sont douces et chaudes et alors que je continue à l'embrasser, je passe ma main libre sous la ceinture de son peignoir pour l'ouvrir. J'écarte chaque pan et caresse la soie douce de sa nuisette.

Quand sa langue vient forcer mes lèvres à s'entrouvrir, je sens ma queue se durcir de plaisir. C'est dingue mais avec Violet, je suis toujours insatiable. D'elle-même, elle s'approche encore plus et vient coller ses jambes contre mon corps. Elle doit sentir mon érection mais je m'en contrefous. Avec une femme comme elle au bout des lèvres, aucun mec ne pourrait rester de marbre. Notre baiser se fait de plus en plus passionné, de plus en plus sauvage et quand ses mains viennent défaire le nœud de ma serviette, je me débarrasse rapidement de son peignoir que je laisse tomber au sol.

Elle s'éloigne de moi, un sourire taquin aux lèvres et je comprends aussitôt ses intentions quand elle s'agenouille devant moi. Je prends appui en positionnant chacune de mes mains sur le plateau de son bureau, alors que la sienne attrape mon membre. Lentement, elle commence des va-et-vient, sans me quitter du regard. *Bordel de merde !*

Quand ce sont ses lèvres qui prennent ma queue, je ferme les yeux et bascule ma tête en arrière. *Putain !* Ça faisait si longtemps que j'en avais presque oublié les sensations. J'avais presque abandonné l'idée de pouvoir revivre ce genre de moment un jour. Et je réalise que je n'arriverai pas à subir ce délicieux supplice pendant des heures.

Quand je sens que je suis presque au point de non-retour, je la prie d'arrêter, me relève rapidement et saisis sa taille. Empressé, je la soulève et la force à s'asseoir sur son bureau. Je saisis l'ourlet de sa nuisette, la passe au-dessus de sa tête. Elle est complètement nue devant moi et je prends quelques secondes pour la contempler.

34

– Je... Je veux être avec toi, je veux être là pour toi. Je te veux toi.

Ses tétons, durs et roses pointent vers moi et je m'empresse d'en mettre un en bouche. Ma main vient caresser son sexe. Elle est déjà bien trempée et je rêve de m'enfoncer en elle. Je titille son clitoris un instant, tout en mordillant son téton dur. Sans la prévenir, je la pénètre d'un doigt et je l'entends réprimer un léger cri de surprise. J'aime quand je la surprends.

Mes lèvres délaissent son téton pour remonter jusqu'à son cou, laissant derrière elles une multitude de baisers. Un instant, je taquine le lobe de son oreille avant de sérieusement perdre patience. D'ordinaire, j'aime prendre mon temps, profiter de chaque seconde mais Violet me rend impatient, indomptable. Incontrôlable.

Je me redresse, attrape ses hanches et sans prévenir, je pénètre en elle. *Bordel de merde !*

J'ai l'impression qu'à chaque fois que je lui fais l'amour, je la découvre pour la première fois. Je m'active un peu plus fort à chacun de mes mouvements. Violet est déjà essoufflée et j'aime l'idée de la mettre dans cet état. Ses joues sont rougies, ses yeux sont brillants et ses lèvres sont gonflées. Je vois qu'elle prend autant de plaisir que moi.

– Oh, Devon !

Lentement, je l'allonge sur son bureau et ses jambes viennent s'enrouler autour de ma taille. Comme pour me guider, elle plante ses talons dans mes fesses, pour que je la pénètre encore plus fort, encore plus vite. Je la vois se mordre la lèvre inférieure avec force. Je sens ses jambes qui commencent à trembler et je lui offre un dernier coup de reins.

Je pose mes mains à plat, sur le plateau du bureau, de chaque côté de son corps. Nous sommes essoufflés et il nous faut plusieurs minutes pour reprendre haleine et pour que mon cœur reprenne un rythme normal. Au bout d'un moment, Violet finit par se redresser, un sourire béat aux lèvres. J'en profite pour lui déposer un baiser sur la tempe et me retirer d'elle.

Oh bordel de merde !

– Violet ?

Elle ramasse sa nuisette que j'avais laissée au sol et tourne son visage vers moi.

– Oui ? me répond-elle en enfilant son vêtement.

– Je… Je n'ai pas mis de capote.

Mais putain ! Comment j'ai pu être aussi con ! Je n'oublie jamais d'en mettre, je fais toujours super attention.

– Et merde ! souffle-t-elle.

– Tu m'étonnes ! Je… Normalement, je suis clean.

Je n'ai jamais eu de rapports sans capotes, hormis avec Camryn mais on avait tous les deux fait un test à l'époque.

– Moi aussi. Et je prends la pilule. Mais il serait plus prudent d'aller faire un test quand même. Tous les deux.

– Ouais, je crois que tu as raison.

Violet me fixe puis explose soudainement de rire. Je plisse le front. *Pourquoi rit-elle ?*

– C'est assez marrant !

Alors là, je ne pige pas. La situation est loin d'être risible. J'ai été irresponsable, trop impatient.

– De quoi ? je demande en enroulant à nouveau ma serviette autour de ma taille.

– Il y a vingt minutes, on n'avait aucune idée de la nature de notre relation mais j'ai l'impression que le destin, ou ton empressement plutôt, en a décidé pour nous.

Mes lèvres s'étirent et je laisse échapper un rire léger.

– Ouais, j'ai l'impression.

Violet rit puis glisse vers moi. Elle dépose un baiser délicat sur ma joue avant de plonger son regard dans le mien.

– Alors laisse-moi t'aider, Devon.

Et merde ! Voilà qu'elle remet le sujet sur la table.

– Violet, je…

— Parce que c'est ce qu'on fait dans un couple, on s'aide.

Elle marque un point. C'est une chose que j'ai toujours eu tendance à ne pas comprendre avant.

— Et Alysson sera bien mieux ici

Là aussi, elle marque un point.

— D'accord, je finis par céder. Je ramènerai Alysson ici.

Elle me sourit tendrement.

— Tu es sûre que ça ne te dérange pas ?

— Absolument. Ça va être super.

Je ne sais pas si ce sera vraiment super mais je n'ai pas le cœur à me battre pour refuser sa proposition. Et pour être honnête, ça me soulage de me dire qu'Alysson sera en sécurité ici et qu'elle s'y sentira bien. Encore une fois, Violet vient à ma rescousse...

Pourtant quand son regard dévie un bref instant vers mon bras, son merveilleux sourire s'efface. La flamme dans son regard s'éteint aussitôt. *Quel con ! Elle l'a vu !* Violet n'est pas bête. Elle sait ce que signifie ce symbole. Tout le monde le sait à Ironwood.

Elle ne peut lâcher ses yeux de mon tatouage, rougi par le passage du dermographe, un peu plus tôt dans la journée.

Au bout de quelques secondes, elle finit par relever ses yeux vers moi. Son regard trahit la multitude de questions qu'elle se pose. Je le vois. Elle est inquiète, perdue, déçue. Et en colère. Mais elle tente de réprimer ses émotions, sûrement par pudeur.

— Oh, Devon ! Qu'est-ce que tu as fait ?

Elle a soufflé calmement sa question avec tellement de déception. Je ne lâche pas son regard. J'ai fait ce que je devais faire. Je l'ai fait pour me venger, pour faire payer Blake.

Je ne réponds rien, me contente de fixer ses beaux yeux verts. Aucun de nous ne parle et ce silence me glace presque le sang.

— Tu n'as pas pu être aussi bête, Devon !

Sa remarque me vexe. Je suis loin d'être bête, je sais ce que ce symbole signifie. Et je ne veux pas lui expliquer des choses qu'elle ne comprendrait pas, ne cautionnerait pas.

– Je suis attendu, je souffle.

Je ne veux pas avoir cette discussion. Pas maintenant et j'aurais préféré qu'elle ne sache jamais rien. Je sais qu'elle essaiera de me dissuader. Je tourne les talons sans lui laisser le temps de répondre quoi que ce soit et file dans la chambre pour m'habiller à la hâte.

Alors que j'enfile un tee-shirt blanc, la porte de sa chambre s'ouvre. Violet n'est plus en colère, elle est furax !

– Devon, il faut qu'on en parle.

– Je suis attendu, je t'ai dit ! Et je n'ai pas envie d'en parler, je lâche en m'asseyant au bord du matelas.

Je tends les bras jusqu'à ma paire de pompes et commence à me chausser. Je ne peux pas avoir cette conversation maintenant et je ne le veux pas. C'est ce soir que Blake doit se faire couronner et je ne peux pas arriver en retard à la cérémonie. Si j'arrive trop tard, je devrai changer tous mes plans et revoir tous mes projets. Ma vengeance n'est déjà pas simple et si Blake devient le chef avant que je ne revendique le trône, elle sera d'autant plus compliquée. Et je ne veux surtout pas lui laisser le plaisir de se faire couronner. Il ne peut y avoir qu'un chef !

– Tu n'es pas sérieux, Devon ? Dis-moi que tu… Qui t'attend ?

– Mon frère !

Dans mon dos, j'entends Violet souffler d'agacement.

– Alors lui aussi ?

Je tourne mon visage vers Violet. Non, pas mon frère, je ne l'accepterais jamais. Je préfère ne rien répondre. Je ne compte pas lui confier mes projets. Moins elle en sait et mieux elle se portera. Et moi aussi d'ailleurs.

Alors que je l'entends m'appeler, je ferme la porte derrière moi et l'ignore.

Épisode #4
Devon

7 mai

Beverlywood Mountain

Ironwood semble calme. Depuis les hauteurs de Beverlywood Mountain, j'observe la ville et ses multiples lumières. Au loin, je peux distinguer les différentes parties de la ville. Ça fait si longtemps que je ne suis pas venu ici, et retrouver ce calme me fait un bien fou. Cette colline a toujours été la partie de la ville que je préfère. Ici, personne pour me faire chier, mes problèmes paraissent toujours loin.

Toute ma vie, j'ai rêvé de quitter cette ville de merde. Je n'attendais que ça, l'opportunité de m'enfuir d'Ironwood. Mais avec le temps, j'ai appris à l'apprécier, avec ses bons comme ses mauvais côtés.

Les bruits de la nature rompent la quiétude de la nuit. Des grillons semblent vouloir chanter pour nous. Une brise vient effleurer nos visages pour nous rafraîchir. De temps à autre, un animal quelconque fait bouger les fourrés, ce qui fait sursauter mon frère.

— T'es sûr de toi ? me demande-t-il, la paille de son Pepsi coincée entre les dents.

Bien sûr que je suis sûr de moi. Sinon, j'aurais mis les voiles sitôt sorti de taule. J'opine silencieusement d'un signe de la tête.

— Tu sais Devon, tu... Il est encore temps de faire demi-tour. On pourrait faire nos bagages et prendre la route, dès ce soir. Tous ensemble.

Cette fois-ci, je tourne la tête vers mon frère. Il est carrément flippé et je ne peux pas lui en vouloir. Bien au contraire. Je secoue la tête.

— Je le sais, Huddy. Mais je n'ai pas le choix. Je n'ai pas envie de vivre toute une vie où je regretterai de ne pas avoir essayé de faire tomber cet enfoiré. Je... J'ai...

— Besoin de le faire, me coupe mon frère. Je le sais. Et je suis d'accord avec toi. On ne peut pas le laisser s'en tirer comme ça, tout comme cet enfoiré de James.

Je hoche à nouveau la tête. Lui aussi, je vais devoir sérieusement m'occuper de son cas. Mais chaque chose en son temps. Et pour l'instant, ma priorité est Blake.

J'extirpe mon téléphone de la poche de mon jean et vérifie l'heure. Bientôt minuit, l'heure du début de la cérémonie.

— Il faut y aller, j'annonce.

Hudson saute sur ses pieds et descend du capot de ma caisse. Alors que je contourne ma voiture et ouvre ma portière, il part jeter son gobelet dans une poubelle.

Il me rejoint dans la voiture quelques secondes plus tard, en silence, et je ne tarde pas à démarrer et prendre la route.

— Tu te souviens du plan pour ce soir ?

— Débarquer au ranch, faire notre plus beau sourire et nous retenir d'exploser la gueule de James ou Blake.

Ouais, c'est plutôt bien résumé. C'est même exactement le plan. Ce soir, on va devoir jouer les hypocrites et jouer un rôle.

Avant ma sortie, Dublin m'a dit quelque chose qui se répète en boucle dans ma tête depuis plusieurs jours :

« Sois proche de tes amis et encore plus de tes ennemis. Face à l'un d'eux, comporte-toi comme s'il ne t'avait jamais rien fait. Même si tu le vois tous les jours, même si tu rêves de ta vengeance. Prends sur toi, souris-lui et fais juste semblant. Fais-lui croire que tu as une confiance aveugle en lui. Et quand il baissera sa garde, tu sauras que c'est le meilleur moment pour toi de te venger. »

Et c'est absolument ce que je compte faire. Faire de Blake mon nouveau meilleur ami, afin qu'il ne se doute de rien, afin qu'il ressente exactement ce que j'ai subi : la trahison, la déchéance.

— Et après ce soir, c'est quoi ton plan ?

— Donner ma confiance à Blake.

Le visage de mon frère pivote rapidement vers moi. Malgré mes yeux rivés sur la route, je sens son regard peser sur moi.

— Tu n'es pas sérieux ?

— Si, très.

— Ce mec t'a envoyé en taule, Devy. Il a essayé de te faire tuer. Deux fois. Et toi, tu veux lui donner ta confiance ?

— Tu connais le vieil adage : Sois proche de tes amis et encore plus de tes ennemis ?

Mon frère semble complètement perdu.

— Ça veut dire que..., ai-je repris face à sa tête ahurie.

— Putain ! Je sais ce que ça veut dire ! Mais tu te rends compte que...

— Il faut être patient, Huddy. Faire tomber Blake ne se fera pas aussi facilement. Si on veut le faire payer, il faut s'assurer de l'éliminer.

Là, mon frère est complètement paniqué.

– Tu... Tu comptes le tuer ?

Je grimace. Je n'aime vraiment pas cette idée mais je sais que c'est un scénario qui a toutes les chances de s'offrir à moi. Et pour être honnête, je serais con de louper une occasion car je ne suis pas idiot : c'est soit moi, soit lui.

– Avec les infos que j'ai données à mon avocat, l'enquête du meurtre d'Alexis a été rouverte. Mais si Blake a été suffisamment malin une fois, il pourrait l'être une deuxième fois. Alors je dois prévoir un plan B, celui qui rajoutera des charges contre lui, de nouvelles charges qui l'enverront directement en taule. Et pour un bon moment.

À perpétuité de préférence...

– Alors il va falloir la jouer fine et il va falloir que je trouve des hommes, je reprends.

– Les Brothers t'aideront. Dès que tu deviendras leur chef, ils seront loyaux envers toi.

Je secoue la tête.

– Non, Hudson. Ne confonds pas loyauté et allégeance. Ce n'est pas parce que je deviens leur chef que je dois leur donner aveuglement ma confiance. Certains seront sûrement réfractaires.

Chrys et James pour commencer, sans compter ceux qui se rallieront à Blake. J'ai conscience que tout ce que j'ignore sur les BOD est une faiblesse. J'ignore de quoi sont faits les mecs que je vais devoir diriger.

– T'es sûr de ce que tu fais ?

– Je n'ai jamais été aussi sûr de toute ma vie.

Hudson hausse les épaules.

– Si tu le dis.

Mon frère fixe à nouveau le pare-brise au moment où j'emprunte le petit chemin menant au ranch des Brothers Of Death. Nous remontons l'allée dans un silence de plomb, le même silence glacé qui planait dans les couloirs froids et sans âme de l'ADX Florence.

42

À travers mes doigts agrippés au volant, j'arrive à capter les pulsations de mon cœur qui compriment mon organe.

J'éteins mon moteur et offre un léger sourire à mon frère, pour le rassurer. Hudson a le visage grave, je crois ne l'avoir jamais vu aussi sérieux. Nous descendons de la voiture dans un silence de plomb et marchons vers la grange. Rapidement, je déporte mon regard vers l'énorme arbre au pied duquel ma mère repose désormais. Mes lèvres esquissent un faible sourire. Je sais qu'elle est bien ici et que désormais, elle est réellement heureuse. Elle a rejoint l'amour de sa vie, n'a plus de problèmes de santé et peut enfin se la couler douce, sans se soucier de quoi sera fait demain. D'une certaine façon, je l'envie de ne plus avoir de soucis.

Mon frère s'arrête devant les portes de la grange et il pose sa main sur la poignée. Il se fige puis tourne son visage vers moi pour me fixer, le visage toujours aussi grave. Je pourrais presque entendre sa question, celle qu'il m'a répétée un millier de fois. *Oui, je suis sûr.* Je me contente de hocher la tête pour répondre à sa question silencieuse. Il tire alors la lourde porte en bois.

L'heure est grave, je le sais. Car dès que j'aurai passé les portes de la grange, je ne pourrai plus faire marche arrière. Je serai obligé d'aller jusqu'au bout.

C'est ce soir que tout se joue, c'est ce soir que ma vengeance débute. Je sais que je dois rester concentré, que je ne dois pas perdre mon sang-froid. Je dois être patient et sortir mon plus beau sourire. Je dois faire croire à tous les mecs qui seront dans la grange, mon oncle et Blake en tête de liste, que je suis là par envie et non pour assouvir ma vengeance. Je ne dois pas me planter, je dois assurer.

Épisode #5
Blake

La haine, l'aigreur, l'amertume et la rancune sont plus meurtrières que le venin d'un cobra.

Mofaddel Abderrahim

8 mai

Ranch des Brothers Of Death

Sans aucun ménagement, je la pilonne avec force. J'aime le sexe brutal, j'aime dominer. Je me sens encore plus puissant quand je baise une gonzesse sans ménagement. Alors que je m'active de plus en plus fort, Zoey se met à pousser des cris de plus en plus aigus. Je plaque aussitôt ma main contre sa bouche pour atténuer l'écho de la grande réserve. Zoey aime aussi le sexe brutal et je ne m'en plains pas. Bien au contraire. Ça me change de Milly, qui veut toujours de la douceur et de l'amour, chose que je suis incapable de lui donner. J'approche mes lèvres de son oreille et la plaque encore plus contre le mur.

— Alors ? Tu as aimé lécher la chatte de ma meuf ?

— Ou… Oui... Autant que te sucer la queue !

Sa réponse ne me laisse pas de marbre. J'aime les filles qui n'ont peur de rien, et surtout pas d'écarter les cuisses. La domination, c'est dans ma nature. J'aime tout contrôler et ne rien laisser au hasard. Ça peut paraître tordu mais j'ai le besoin que tout se déroule comme je le décide. Je déteste les imprévus et les plans qui changent. Et c'est pour ça que je ferai un bon chef. Le meilleur que les Brothers Of Death auront eu depuis leur création, bien plus grand que Wilson Thomas l'a été ou même ce que Devon aurait pu être.

Alors que je jouis en Zoey, j'appuie ma main encore plus fort contre sa bouche pour étouffer son orgasme. Haletant, je me retire d'elle, jette ma capote pleine sur le sol pavé de la grande réserve et la pousse de mon pied sous un énorme fût rempli de whisky. Je rentre ma queue dans mon froc et le boutonne alors que Zoey remonte son minuscule string rose et redescend sa jupe sur son cul.

– C'était super ! lâche-t-elle en se recoiffant à l'aide de ses doigts.

Je grogne seulement, n'ayant rien à rajouter. Cette petite baise rapide et improvisée était loin d'être décevante mais j'ai autre chose à foutre que de la rassurer. J'ai pris mon pied, si elle aussi, tant mieux. Si ce n'est pas le cas, j'en ai rien à branler.

Rapidement, j'attrape les deux bouteilles de whisky de vingt ans d'âge que j'étais venu chercher dans la réserve pour fêter l'événement, c'était avant que Zoey vienne me rejoindre ici. Ces bouteilles, je me les réserve depuis que j'ai commencé à boire. J'ai toujours dit que je voudrais fêter mon couronnement comme il se doit. Je commence à repartir vers la grange où la fête bat déjà son plein quand j'entends les talons de Zoey qui claquent contre le sol pour me coller au train.

– Ça te dirait qu'on se voie demain ? me propose-t-elle.

Je sais où elle veut en venir. Cette meuf me tourne autour depuis le jour où Milly m'a demandé si elle pouvait ramener sa meilleure amie à une soirée. Et depuis notre petit trio tout à l'heure, je rêvais de la baiser à nouveau. Zoey aimerait prendre la place de Milly, ça crève les yeux, hormis Milly peut-être, à moins qu'elle préfère ne rien remarquer.

— Quoi ? Tu veux devenir ma petite pute ?

— Ce n'est pas ce que je suis déjà ?

Sa réponse me fait sourire. J'avoue que l'idée est tentante. Avec Zoey, je me ferais sûrement moins chier qu'avec Milly. Mais pourquoi se contenter du beurre, quand on peut avoir l'argent du beurre avec ? Je ne fais pas dans l'exclusivité. Si une meuf veut que je la baise, je lui rends ce service.

— Un roi a toujours besoin d'une reine... Et Milly n'a pas l'étoffe pour.

Je laisse échapper un petit rire. Cette nana est vraiment sans scrupules. Elle est prête à éjecter sa meilleure amie. Elle me plaît de plus en plus. Elle est calculatrice et aime le pouvoir. Elle est un peu comme moi finalement.

— Imagine tout ce qu'on pourrait faire si on dirigeait tous les deux les BOD. Ce serait...

Furibond, je ne la laisse pas finir sa phrase et saisis son visage dans ma main. *Mais pour qui elle se prend, cette salope ?* Je la plaque violemment contre le mur en brique de la réserve. Elle n'aurait pas dû dire ça. Je n'ai besoin de personne et surtout pas d'une petite pute juste bonne à me sucer.

— Les Brothers n'ont besoin que d'un chef. Ils n'ont besoin que de moi. T'as bien compris ?

Zoey a perdu son sourire et ses yeux trahissent sa peur. Elle met quelques secondes avant de hocher plusieurs fois la tête et j'en mets tout autant pour la défier du regard. Elle semble complètement flippée et je finis par me radoucir. J'aime quand on me respecte et qu'on me craint.

— Contente-toi d'être ma petite pute, c'est déjà bien suffisant, j'ajoute. Tu n'as pas besoin de faire autre chose que d'écarter les cuisses.

Je la plante là, sans un mot de plus et sans attendre une quelconque réponse, puis sors enfin de la réserve. Je foule l'allée en gravier qui mène jusqu'à la grange où un vieux rap pulse des enceintes. J'entends des rires et des conversations puis repère certains de mes gars en train de fumer à l'extérieur du hangar.

James est là, il raconte une histoire. Ils rient entre eux, tout en fumant et buvant un verre.

— Ah ! L'homme du jour ! fait James quand son visage se tourne vers moi.

— Tu nous as ramené de quoi faire la fête, à ce que je vois ! ajoute Peter.

Je lève mes deux bouteilles, un sourire aux lèvres.

— De quoi fêter l'événement ! je dis.

Cet évènement qui arrive enfin ! Après tout ce temps d'attente...

Zoey passe alors devant moi, le visage baissé. Elle fait moins la maligne, cette conne. Et j'aime l'idée qu'elle file droit. Elle met un coup d'épaule à l'un des gars qui râle mais elle ne s'en formalise pas et tire l'énorme porte en bois de la grange.

— Bah qu'est-ce qu'elle a, celle-là ? fait l'un des gars.

— Blake l'a sûrement mal baisée, rit James.

Mon visage pivote vers lui et je le fusille du regard. Ce n'est pas parce que c'est la fête ce soir qu'il doit se permettre ce genre de réflexion. Il me doit le respect. *Tout le monde me doit le respect.*

— Je l'ai sûrement mieux baisée que ta gamine.

James arrête de rire et se fige quand il entend ma remarque. Il sait très bien à quoi je fais allusion. Et surtout à qui. Cette petite histoire n'est restée qu'entre nous mais quand je lui ai demandé, il y a cinq ans, de s'occuper de ma cousine, il n'a pas hésité longtemps. Il n'a d'ailleurs même pas posé de questions et il savait pertinemment ce que ça provoquerait.

Je sais que ces enfoirés de Skulls ont un rituel un peu tordu. Sacrément tordu même. Mais il a l'air efficace. Le sacrifice de la vierge. J'espérais surtout que Devon flippe quand il aurait compris ce que les Skulls avaient fait à sa sœur et qu'il arrêterait tout, qu'il refuserait de devenir le chef du gang. Mais ça a été tout le contraire. Il a été encore plus dingue et était prêt à déclarer la guerre à nos ennemis. J'ai dû changer mes plans et je savais que je devais tuer Alexis pour le faire plonger. J'ai réussi à me débarrasser de lui pour un petit bout de temps, je peux agir sans avoir la menace de le voir débarquer ici pour prétendre au trône mais ce n'est pas suffisant. Je veux voir ce fils de pute mort. Je veux qu'il crève.

La grande porte de la grange s'ouvre sur mon père qui m'offre un large sourire.

– T'es prêt ?

Plus que prêt ! J'ai attendu ce moment toute ma vie. J'ai d'ailleurs trop attendu.

J'avais espéré obtenir le trône dès l'arrestation de Devon mais mon père a d'abord tenté de convaincre Hudson de reprendre les rênes. Mon cousin a refusé l'offre, celle de devenir chef, quelques mois avant sa majorité. Mon père a été soulagé, ce jour-là, et moi aussi, le titre me revenait enfin. Après toutes ces années d'attente, j'allais enfin devenir le chef des Brothers Of Death. Mais ça a été la grosse désillusion. Mon père voulait garder la place au chaud pour cet enfoiré, pour le jour où Devon sortirait de taule, prétextant qu'elle lui revenait de droit. Mais je sais que c'était pour une autre raison. LA raison. Celle que j'ai découverte il y a plusieurs années. Devon ne mérite pas le trône. Il n'est pas le fils de Wilson Thomas et il est hors de question qu'un bâtard nous dirige. Je suis le seul à pouvoir prétendre au poste, je suis le seul qui le mérite.

Depuis presque cinq ans, j'attends désespérément et il a fallu que cette pute crève enfin pour que mon père finisse par céder et accepter que ce poste me revienne.

Alors que je hoche la tête, mon père me saisit par le cou et m'éloigne des BOD. Il marche en direction d'un vieil olivier, celui où Grace a été enterrée quelques semaines plus tôt. À la vue de sa tombe, je me retiens de cracher dessus mais je sais que mon père ne me le pardonnerait pas. Autant il peut être cool, autant il peut devenir le pire des enfoirés ! Et il n'accepterait pas que je manque de respect à sa Grace chérie.

– C'est le grand jour ! fait mon père en s'asseyant sur un banc en pierre, sous l'arbre.

Je fourre mes poings dans les poches de mon jean.

– Ouais, c'est le grand jour, je souffle.

– Tu as l'air anxieux.

– Non. Je ne le suis pas. J'ai hâte de reprendre les rênes.

– Tu feras un bon chef.

Je sais qu'il me dit ça mais n'en pense pas un mot. Je l'ai entendu, une fois, en parler avec Devon, quand il tentait de le convaincre de devenir chef. Il pense que je ne suis pas fait pour ce poste et c'est pour ça aussi qu'il a toujours voulu garder la place pour Devon, même quand ce bâtard a été enfermé.

– Autant que Devon ? je demande, provocateur.

– Blake, ne le prends pas comme ça. Tu sais que ce rôle était promis à Devon. Mais il n'en veut pas. J'ai essayé de le convaincre pendant des années, sans succès.

– Alors pourquoi maintenant ?

Mon père secoue la tête.

– Je pensais que Devon voudrait peut-être prendre son rôle de chef à sa sortie. Mais ce n'est pas le cas. Ce ne sera jamais le cas. Il me l'a dit.

– Quand ?

Les yeux de mon père se posent sur la tombe de ma tante.

– À l'enterrement de Grace.

Je laisse échapper un rire. J'aurais dû m'en douter. Mon père a profité de la sortie provisoire de ce bâtard pour tenter de le convaincre une nouvelle fois.

– Je suis quoi pour toi ? Ta putain de roue de secours ?

– Ne dis pas ça, Blake. Tu es mon fils. Mais tu sais que la place revenait à Devon. C'est le fils de Wilson.

Il me prend franchement pour un con ! Je sais que Wilson n'est pas le père de Devon. C'est ma mère qui me l'a appris, alors qu'elle était encore bourrée, pour changer. L'alcool lui a délié la langue, j'avais quinze ans.

Mais je préfère ne pas en parler à mon père. Ce n'est pas le moment et cette carte vaut de l'or. Je serais con de l'abattre maintenant.

– Alors pourquoi pas Hudson ?

– Il a refusé, je te rappelle, et tu sais qu'il n'aurait jamais eu les épaules pour nous diriger.

Je ne peux pas le contredire et même si j'avais pensé le contraire, jamais je ne lui aurais dit. La place me revenait enfin, je n'allais pas me tirer une balle dans le pied...

– C'est pour ça que je n'ai pas plus insisté, reprend-il. Devon m'a demandé de te choisir toi. Et toi seul pour prendre sa place.

Alors mon père me cède enfin la place car son précieux Devon le lui a demandé ? Quel sale hypocrite !

Je n'ai pas le temps de répondre quoi que ce soit que mon père se lève, tapote mon épaule avant de me dire :

– Allez, mon fils ! C'est ton heure !

Il a raison. Peu importe pourquoi, grâce à qui ou comment, le plus important est que ce soir, je deviendrai le chef officiel des BOD. Mon heure est enfin arrivée, après plusieurs années d'attente et d'impatience.

J'arrive à retrouver le sourire quand je vois que plus personne n'est devant la porte de la grange. Ils sont tous à l'intérieur, attendant impatiemment l'arrivée de leur nouveau chef. *M'attendant moi.*

Quand mon père ouvre la lourde porte de la grange, les visages se tournent vers nous et quelqu'un coupe la musique. Tous me sourient et je ne peux m'empêcher de faire de même quand je repère Adam, déjà équipé de gants noirs. Son appareil est posé sur la table basse, devant lui et il est prêt à commencer le travail. Adam est une recrue qui a intégré les Brothers Of Death il y trois ans. C'est un gosse mais il se démerde pas mal et il a fini par devenir notre tatoueur officiel.

Il n'est pas aussi bon que l'autre enfoiré ou son pote Dallas mais on n'a pas eu le choix. Les tatoueurs ne courent pas les rues à Ironwood et les deux meilleurs ne sont plus en ville.

Sans un mot, le silence se fait quand mon père lève son verre, prêt à porter un toast. Mon père était un bon chef pendant son intérim mais il n'avait pas assez de poigne. Plusieurs fois, il a manqué de bons deals, par peur ou par manque de discernement.

— Ce soir, c'est le grand soir ! commence mon père. Pour un père, c'est toujours une fierté de voir son fils réussir et devenir un homme. Blake a tout pour être un grand chef. Je sais qu'il est destiné à faire de grandes choses. Je suis fier de lui, fier de lui passer le flambeau et de le voir devenir celui qui prendra soin de tous les membres de cette grande famille que nous formons. Honneur, responsabilité et justice, voici les maîtres mots pour devenir un grand chef. Alors ce soir, mes frères, il est temps de couronner notre nouveau souverain et de célébrer son règne comme il se doit.

Les gars tapent leurs verres contre la table basse, les enceintes. On me fait asseoir sur une chaise, près de la petite table où est posé le dermographe d'Adam. Il va m'ajouter la couronne sur le crâne symbolique des Brothers Of Death, tatoué sur ma peau depuis des années. Il s'assoit sur un petit tabouret à roulettes, attrape son appareil. Mon cœur s'emballe d'excitation et d'impatience. Les doigts de mon père exercent une pression sur mon épaule, pour me montrer son soutien.

— Tu es prêt, Boss ? me demande Adam.

Je hoche simplement la tête. Je suis plus que prêt.

— Alors c'est parti !

Adam démarre son dermographe à l'instant où la porte de la grange s'ouvre. *Putain ! Qui est le connard qui se permet d'arriver en retard à la cérémonie ?*

Tous les visages des membres sont tournés vers la porte mais je ne peux voir de qui il s'agit. J'aperçois plusieurs de mes gars se reculer pour faire place au retardataire. Les doigts de mon père glissent de mon épaule et je le vois étirer ses lèvres en un large sourire. Des chuchotements se font entendre et quand Randall et Chrys se décalent enfin, Devon et Hudson se tiennent devant moi.

Bordel de merde ! Qu'est-ce que ce bâtard fait là !?

Épisode #6
Devon

8 mai

Ranch des Brothers Of Death

La stupeur se lit sur son visage et intérieurement, je ne peux m'empêcher de jubiler. Voir sa mine déconfite me rendrait presque euphorique. Blake est abasourdi de me voir devant lui, il ne cesse de me fixer, comme s'il devait s'assurer que je suis bien réel.

Derrière moi, j'entends des chuchotements. Tout le monde se demande ce qu'il se passe, mon cousin le premier. Certains semblent ravis de me voir de retour, d'autres semblent perplexes. Le seul vrai sourire franc que je remarque est celui de mon oncle, ce qui me déstabilise presque. Je ne comprends pas. Pourquoi semble-t-il si heureux de mon retour ? Lui et Blake se sont assurés d'engager le pire des avocats pour ma défense, pour que je passe un bon moment à l'ombre et pour me faire porter le chapeau à la place de Blake. Je me demande si je ne me suis pas trompé, si Erick est au courant de toutes les actions de son fils. Et si, il ne protégeait pas Blake ? Et si il ignorait tout simplement toutes les manigances dont mon cousin a usé pour me faire coffrer ? Je commence à douter de ce qui me paraissait une évidence. Mais avant de m'assurer de la réelle implication de mon oncle dans toute cette histoire, je vais devoir jouer le jeu avec lui et ne rien laisser paraître.

Il s'approche alors de moi, pose sa main sur mon épaule et m'observe quelques secondes avant de me prendre dans ses bras. Il m'étreint, sous le regard froid de Blake.

– Devon ! Tu es de retour !

Il se recule, m'offre un nouveau sourire avant de porter son attention sur mon frère.

– Alors c'était ça, ta surprise pour ce soir ?

Mon frère hausse les épaules, un large sourire aux lèvres. Il semble ravi de son super coup et j'avoue qu'il y a de quoi l'être. La surprise a fait son petit effet. Surtout sur la sale gueule de Blake.

– Et ouais !

– C'est une merveilleuse surprise !

Erick reporte son attention sur moi. Il ne semble pas vraiment croire que je suis bien devant lui.

– Tu es sorti ? Pour de bon ?

– Ouais. Je suis un homme libre.

Mon oncle semble sur le point de pleurer de joie. Mais je sais qu'il n'en fera rien. Il est sensible mais jamais il ne se permettrait de le montrer à ses gars, au risque de perdre sa crédibilité de meneur.

– Et il est temps pour moi d'assumer mon rôle !

Mon oncle semble perdu, comme tous les autres membres. Seul Blake a compris la signification de ce que je viens d'annoncer. Je le vois dans son regard haineux. *Et oui, sale traître, je vais devenir le chef des Brothers Of Death.* Erick fronce légèrement les sourcils et quand je lève mon avant-bras dissimulé sous ma manche devant lui, il semble surpris et excité.

— Tu... Tu veux te faire tatouer et nous rejoindre ?

Mes lèvres s'étirent. Je vois que ma décision le rend euphorique. Si seulement, il savait que c'était déjà fait, que je me suis déjà fait tatouer.

— Je suis là pour prendre ma place.

Je relève la manche de ma veste en cuir cette fois-ci, dévoilant le symbole couronné des Brothers Of Death.

— Je suis prêt à devenir votre chef !

La stupeur et l'excitation se lisent sur le visage de mon oncle, la rage et l'amertume sur celui de Blake. Et moi, je me sens puissant et invincible devant mon cousin. Il sait qu'il est en train de perdre pied, qu'il est en train de perdre tout court.

Depuis deux jours, je n'avais qu'une hâte, c'était celle de voir le visage de mon cousin quand il comprendrait que j'étais de retour, prêt à prendre mon rôle. Je savais que le voir aussi en colère me rendrait euphorique mais là, il est fou de rage, ce qui me rend fou de bonheur. Et j'ai encore plus envie de le voir se noyer dans la haine que je lui procure. Je veux le voir perdre, je veux voir la peur dans son regard, je veux le voir crever.

De nouveaux chuchotements se font entendre et je remarque Blake qui s'est relevé d'un bond. Son regard noir pourrait me glacer le sang mais c'est impossible. Je jubile de le voir dans une si mauvaise posture.

La main de mon oncle se pose sur mon épaule et ses doigts y exercent une pression. Il tourne son visage vers moi et me sourit pour m'encourager. Je comprends alors qu'il attend de moi que je fasse un discours aux gars. Je ne sais même pas quoi leur dire, je n'ai jamais été très doué pour parler aux gens. Je prends une grande inspiration et me lance :

— Mes amis, mes frères ! Aujourd'hui est un jour important pour moi. Celui où j'entre enfin dans la grande famille des Brothers Of Death. Il a fallu du temps, j'ai dû attendre près de cinq ans avant de pourvoir me présenter devant vous en tant que chef.

Pour marquer cette décision, je lève mon avant-bras pour montrer mon symbole couronné.

– Mon père était Wilson Thomas et toute ma vie, j'étais destiné à reprendre les rênes. J'espère que je réussirai à être aussi bon et sage que lui mais j'espère aussi être aussi malin et perspicace que celui qui l'a suivi.

Je me tourne vers mon oncle cette fois-ci et pose ma main sur son épaule en souriant. Je sais que je dois le brosser dans le sens du poil, ne rien laisser paraître et jouer le jeu si je veux réussir à assouvir ma vengeance.

– Mais qui dit nouveau chef, dit nouvelles règles. Je ne compte pas bousculer toutes vos habitudes pour autant. Je veux seulement améliorer nos faiblesses afin d'en faire notre force. Mon seul but est de faire ce qu'il y a de mieux pour nous tous. Je suis confiant. Les Brothers Of Death sont une grande famille. Chacun d'entre vous est indispensable, chacun d'entre vous est important. Et c'est pour ça que je sais que nous ferons tous de grandes choses ensemble. En famille. Alors ce soir, mes frères, ne levez pas votre verre pour moi. Levez votre verre pour vous. Pour tout ce que vous représentez, pour tout le travail que vous faites au quotidien pour renforcer les liens et la force de cette grande famille. À vous, mes frères !

Je vide mon verre d'une traite, satisfait de ce petit discours dont je ne me serai jamais senti capable. Les gars me suivent, heureux et satisfaits d'avoir été mis à l'honneur.

C'est maintenant que la partie commence. Ma vengeance a débuté. Je viens de gagner une bataille et j'ai hâte de gagner la guerre. Mais je sais que je dois refréner mon impatience et je n'oublie pas les conseils de mon ancien codétenu. Il paraît que la vengeance est un plat qui se mange froid. Alors avant de la lui faire bouffer, son repas va mijoter.

Et il est temps que je joue mon rôle et fasse semblant. Je dois activer la deuxième phase de mon plan : gagner la confiance de Blake.

Mes lèvres s'étirent en direction de ce dernier. Je dois garder le masque, je dois prendre sur moi et lui montrer que je n'ai pas cerné sa réaction, sa rage et sa colère. Je dois lui accorder ma confiance. Celle qu'il trahira et qui me donnera l'occasion de le baiser. Celle qui le conduira à sa perte.

En quelques pas, je m'approche de mon cousin qui n'a toujours pas prononcé un mot. Son regard est toujours aussi glacial. Je vois qu'il se contient, fait tout pour ne pas exploser. Son cerveau doit carburer, sa raison doit essayer de le calmer. Je vois qu'il analyse la situation, pèse toutes les options qui s'offrent à lui. Je pourrais lire en lui comme dans un livre ouvert, je peux presque anticiper toutes ses paroles. Je prends à nouveau sur moi et l'attire dans mes bras. Il a un léger geste de recul mais je fais mine de rien.

— Je suis tellement content de te revoir.

Je tapote son dos puis me recule et le fixe avec intensité.

— Je te veux comme bras droit. C'est toi qui m'aideras à diriger les Brothers Of Death.

La mâchoire serrée, il me fixe pendant de longues secondes. Je sais qu'il doit faire preuve d'un self-control de dingue pour ne pas exploser. Les mains de mon oncle se posent sur mon épaule et celle de Blake.

— Vous ferez de grandes choses, tous les deux, annonce-t-il, comme pour sceller ma décision.

Blake pivote rapidement son visage vers son père et le considère avec dédain. Il semble écœuré que mon oncle accepte aussi facilement cette décision que j'ai imposée. Toutes les pensées de mon cousin, j'arrive à les cerner. J'en suis le premier étonné. Jamais je n'aurais pensé le connaître autant.

— Allez les gars ! Il est temps de fêter comme il se doit notre nouveau chef ! À Devon !

— À Devon !

Beaucoup de membres lèvent leurs verres et le vident, pour porter un toast en mon honneur. Blake ne fait rien, il se contente de me fixer, une pointe de rage dans le regard. Son poing est tellement serré sur le verre qu'il tient depuis tout à l'heure que je crains qu'il ne le brise à tout instant. Un mec remet alors la musique et les conversations reprennent de plus belle.

Je sais que je dois être le nouveau sujet de conversation, que beaucoup se demandent ce que mon retour signifie.

– Bah alors, mon cousin, tu ne bois pas ?

Sa mâchoire se serre encore plus. À ce rythme, il va se péter les dents. Il finit par boire son whisky d'une traite avant de poser bruyamment son verre sur la table, près du dermographe qui devait le tatouer. Il me considère du regard un instant avant de traverser la pièce, bousculant quelques membres au passage, et de sortir de la grange. Je m'attendais à cette réaction, une autre m'aurait étonné. Blake l'a mauvaise et il déteste autant échouer que de perdre pied. Il est suivi par ses deux toutous, que je n'avais pas encore repérés dans la foule. Certains membres parlent entre eux, se demandant probablement s'ils doivent faire comme Blake et quitter la soirée.

Pendant quelques secondes, mon oncle regarde la porte que son fils vient d'emprunter, la mâchoire serrée avant d'afficher un nouveau sourire.

– Allez, les gars ! Il est temps de faire la fête ! lâche Erick en attrapant une bouteille de whisky.

Les membres obéissent et les conversations reprennent. Je sens pas mal de regards sur moi.

– Blake a un souci ? je demande alors.

– Oh ! Laisse-le bouder ! Il ne s'attendait pas à ton retour.

– Bah il va devoir faire avec.

– Il s'y fera. Tu sais comment il est.

Ouais justement, je sais parfaitement comment il est et je sais qu'il ne s'y fera jamais. Blake est décidé à me mettre des bâtons dans les roues, il fera tout pour m'évincer, quitte à passer à l'offensive et tenter de m'abattre.

– Et s'il ne s'y fait pas ? J'ai besoin d'un bras droit !

— Je sais, Devon. Et tu sais que je suis là pour toi ! Allez viens, je vais te présenter les gars !

Je vois qu'il a voulu détourner la conversation. Mon oncle saisit mon bras et me force à pivoter sur moi-même. Mon regard est aussitôt attiré vers la grande mezzanine. Ma tante Diana se tient droite devant la rambarde, un verre d'alcool à la main et me fixe. Elle non plus, ne semble pas ravie de mon retour, mais elle n'a jamais été très démonstrative avec moi. Je pense même qu'elle ne m'apprécie pas vraiment, bien que je ne sache pas vraiment pourquoi. Pourtant, au bout de quelques secondes, elle finit par lever son verre dans ma direction et vide son verre d'une traite.

Épisode #7
Devon

8 mai
Ranch des Thomas

Malgré l'heure tardive, la soirée bat encore son plein. Même Erick, qui n'est pas un couche-tard, est resté à la fête en l'honneur de son nouveau chef. Pendant plusieurs heures, mon oncle m'a présenté à tous les membres des Brothers Of Death. Bien sûr, je n'ai retenu aucun nom, tant ils sont nombreux mais surtout parce que tous ces mecs, sans exception, ne m'intéressent pas du tout. Je ne connais aucun d'eux et il est difficile de savoir sur lesquels je pourrais compter. J'ai bien compris, avec le départ précipité de Blake pendant la cérémonie, que la loyauté des Brothers Of Death ne va pas forcément à leur chef légitime mais à celui qu'ils considèrent comme chef.

Erick rit aux éclats, en même temps que deux gars puis tourne son visage vers moi. Je n'ai pas écouté un traitre mot de leur conversation mais mon oncle s'attend sûrement à ce que je me marre avec eux. Je préfère ne pas passer pour un con et ricane, faisant semblant d'avoir compris. Je n'ai qu'une hâte : que cette petite beuverie se termine enfin pour m'écrouler sur un lit. Pourtant, je sais que c'est un tout autre programme qui m'attend quand je rentrerai. Violet était furieuse lorsque je suis parti tout à l'heure et je suis sûr qu'elle m'attendra de pied ferme pour que nous ayons une discussion. Elle a vu mon tatouage et elle sait forcément ce que ça implique. Elle voudra savoir ce que je compte faire, elle risque de paniquer et de s'inquiéter. Dans tous les cas, je ne compte pas lui confier mes réels projets. Moins elle en sait et mieux elle se portera. Et moi aussi d'ailleurs. Je sais que je vais devoir me montrer suffisamment convaincant, que je devrai trouver les bons arguments pour la rassurer.

Un gamin, un peu plus jeune que mon frère, arrive alors vers mon oncle et lui chuchote quelque chose à l'oreille. Erick cesse aussitôt de rire et me demande de le suivre. Je m'exécute, suivant mon oncle et le gamin jusqu'à une petite pièce. Erick referme la porte derrière moi et le brouhaha de la fête s'estompe.

– Tout s'est bien passé ? demande mon oncle.

– Comme sur des roulettes !

Le jeune passe une épaisse enveloppe à mon oncle qui s'empresse de la prendre et de l'ouvrir. Il en sort une liasse, en prend une partie qu'il fourre dans sa poche puis quelques billets qu'il file au jeune.

– Ta part !

Il ne se fait pas prier et les saisit avant de les fourrer dans la poche de son jean.

– Merci, Boss. Niels a dit que c'est de la bonne qualité et il était ravi. Il aimerait en ravoir pour la semaine prochaine.

Je comprends qu'ils parlent tous les deux de drogue.

— Je ne suis plus ton boss, Jonas. Maintenant, c'est Devon ton boss.

Mon oncle se tourne vers moi et me sourit alors que Jonas se confond en excuses auprès de moi. Erick finit pat me tendre un énorme paquet de fric.

— Qu'est-ce que c'est ?

Je sais très bien que c'est du fric mais je ne comprends pas la démarche de mon oncle.

— Ça marche comme ça, ici. À chaque deal, c'est 10 % pour le vendeur, 40 % pour le rachat de fourniture et le reste pour le boss.

Par « fourniture », je comprends aussitôt que c'est pour le rachat de la came, qui sera revendue par la suite.

— Et pourquoi tu me donnes du fric ?

— Vois ça comme ton *Welcome Package*, intervient Jonas.

Je grimace mais finit par prendre le fric en voyant l'insistance des deux autres. Une désagréable sensation m'envahit. J'ai l'impression qu'il me brûle les doigts. Ce pognon, c'est du fric sale. Je n'aime pas du tout ça mais je sais que si je le refuse, je me grillerai. Bon gré mal gré, je finis par le fourrer dans ma poche et mon oncle paraît satisfait.

Jonas se fait la malle, prétextant rejoindre la fête et il me laisse seul avec mon oncle.

— Tu as encore beaucoup de choses à apprendre, Devon. Mais tu verras que nous fonctionnons de façon assez simple. Nous travaillons tous ensemble, nous récompensons nos frères, nous sommes toujours là en cas de besoin. On se protège.

Comme il a protégé son fils lors du meurtre d'Alexis, n'hésitant pas à me faire porter le chapeau ?

— Tu te rendras compte rapidement, Devon. Allez viens, tu devrais y retourner.

Il pose une main sur mon épaule pour m'inviter à retourner aux festivités. Il m'informe qu'il est temps pour lui de se coucher et je me demande si je ne devrais pas en faire autant. Mais avant, je dois récupérer ma sœur.

– Au fait, Erick ?

Mon oncle se retourne vers moi.

– Je vais prendre Alysson.

Mon oncle fronce les sourcils, perplexe.

– Il est temps que je reprenne mon rôle de grand-frère et m'occupe des miens.

– Je le comprends bien. Ici, tu seras bien.

Je secoue la tête.

– Non, je ne compte pas vivre ici.

Cette fois-ci, il grimace.

– Tous les chefs des Brothers Of Death ont toujours vécu ici, au ranch.

– Je le sais bien. Mais Alysson n'aime pas vivre ici. Et avec ce qui lui est arrivé, elle a besoin de soutien. J'espère qu'elle retournera dans son école spécialisée bientôt.

Mon oncle pose à nouveau sa main sur mon épaule et me sourit.

– Si tu penses que c'est la meilleure des solutions pour Alysson, je ne peux que t'encourager. Où allez-vous vivre ?

– Je me suis déjà organisé. Nous irons chez une amie.

Mon oncle hoche la tête plusieurs fois.

– Bien. Mais fais attention à toi, Devon. Les Skulls apprendront tôt ou tard que tu es sorti et ils voudront te faire la peau.

Je le sais bien, mais je ne peux pas laisser ma sœur ici. Elle est déjà bien trop chamboulée par son viol, par la mort de notre mère. Sans compter qu'elle croise James tous les jours.

Mon oncle finit par sortir un flingue de derrière son dos. Je le reconnais aussitôt. C'est le Colt Python de mon père, celui qu'il avait reçu lui-même de son père à lui.

– Prends le !

– Je n'en ai pas besoin.

— On ne sait jamais, Devon. Et c'est ton flingue. Il appartenait à ton père. J'en ai hérité à sa mort. C'est normal qu'il te revienne.

Son attention est gentille mais je préfère ne pas avoir de flingues sur moi.

— Garde le ! Il est à toi.

Mon oncle ne semble pas vouloir insister plus longtemps. Je sais qu'il ne lâchera pas l'affaire pour autant. Il a toujours été un homme tenace qui n'arrête qu'au moment où il est parvenu à ses fins. Son fils lui ressemble tellement sur ce point.

— Allez, on y retourne !

J'opine et nous sortons de la pièce.

Les hommes sont toujours là, à boire une bière ou jouant au billard en riant. Mon oncle se décide enfin à aller se coucher, il part après m'avoir conseillé de passer du temps avec les gars.

Des mecs me proposent de me joindre à eux à une partie de billard. J'accepte seulement par politesse, non par envie. C'est surtout pour retarder mon retour chez Violet. Je ne sais toujours pas ce que je vais pouvoir lui dire pour la calmer.

Alors que je m'apprête à casser le jeu, un mec dépose un énorme sac sur la table de billard. Je relève mon visage vers lui alors que d'autres mecs y rajoutent des fusils, revolvers, armes de poings et battes de base-ball. *C'est quoi ce délire ?*

— On est prêts ! me lâche l'un d'entre eux, comme si ce qu'il me disait était évident.

Je me redresse, pose ma canne sur la table et l'interroge du regard.

— C'est quoi tout ça ?

— Des flingues ! me répond-il le plus sérieusement possible.

Non ?! Sans rire ?

— Ouais, je vois ça. C'est pour quoi ?

— Pour l'attaque, répond un autre gars.

— Quelle attaque ?

Il ne pourrait pas m'expliquer plus clairement ?

— Pour les Skulls !

Et je ne comprends toujours pas.

— Quelqu'un peut m'expliquer ?

— C'est pour venger Garrett. Les Skulls l'ont tué. On a prévu d'aller leur rendre une petite visite et tous les butter.

— Et qui a pris cette décision ?

Je le demande mais je suis certain de la réponse. Ça ne peut être que mon cousin.

— C'est Blake. Il veut qu'on aille tous au Madness Paradise et qu'on règle le compte des Cursed Skulls une bonne fois pour toutes.

— Et on va leur faire la peau ! enchérit un mec

— Il est temps d'en finir avec ces enfoirés, continue un troisième.

Plusieurs mecs entrechoquent leurs poings entre eux et je sens que je vais devoir les calmer. Il est hors de question que les Brothers Of Death s'attaquent aux Skulls.

— Vous n'en ferez rien !

L'ambiance se refroidit soudainement et tous les visages se tournent vers moi.

— Ce plan est pourri et il est clairement suicidaire. Vous n'aurez pas fait un pas sur le territoire des Skulls que la moitié d'entre vous se feront plomber.

— On doit venger Garrett ! crie l'un d'entre eux.

— Je le comprends bien. Mais votre plan ne servira qu'à envenimer les choses.

— Rien à foutre d'envenimer les choses ! Les Skulls doivent crever pour avoir buté Garrett ! fait un gros balèze. Ils doivent payer !

Avant que je parte en prison, il était convenu avec mon oncle qu'il continuerait à diriger les Brothers Of Death et que mon seul rôle serait d'être « l'image » du gang. Mais j'ai bien peur que mon oncle, ainsi que les membres des BOD attendent bien plus que ça de moi. Je vais devoir m'impliquer et avec ce que je viens d'apprendre, j'ai plutôt intérêt à m'investir au sein du ranch si je ne veux pas qu'ils fassent n'importe quoi et si je veux tirer les ficelles. Je vais devoir être plus présent ici que je ne le pensais, je vais devoir tout contrôler. Je vais devoir vraiment assurer ce rôle si je ne veux pas que la ville soit mise à feu et à sang par les Brothers Of Death.

Les chuchotements et murmures commencent à me taper sur le système. Je finis par abattre mes poings sur la table.

– Il est hors de question que vous partiez en mission suicide. Je vous interdis de faire quoi que ce soit.

– Mais…

– SILENCE ! Maintenant, vous allez m'écoutez attentivement. Je ne veux pas que les Brothers Of Death soient associés à votre démarche. Alors vous allez me ranger cet arsenal et si j'apprends que l'un d'entre vous m'a désobéi, je me ferai un malin plaisir de le livrer moi-même à ces enfoirés de Skulls. Vous m'avez bien compris ?

Épisode #8
Devon

Où puiserait-on les joies des retrouvailles s'il n'y avait pas de séparation ?

François Garagnon

8 mai
Ranch des Brothers Of Death

Le plus silencieusement possible, je monte les marches menant à l'étage. J'aurais souhaité ne pas avoir à la réveiller mais je préfère quitter le ranch le plus discrètement possible.

Délicatement, j'ouvre la porte de la chambre d'Alysson. Allongée sur son lit, elle s'est endormie sans même avoir retiré ses livres et cahiers de son matelas. Je m'assois près d'elle et pose doucement ma main sur son épaule pour la réveiller. Ses yeux s'entrouvrent lentement et quand elle m'aperçoit, elle se redresse rapidement. Aussitôt, elle se jette à mon cou et me serre avec force. Je ne peux retenir un petit rire.

— Tu es là ! dit-elle soulagée.

— Oui, je suis enfin revenu de New York.

C'était le mensonge que ma mère et mon frère servaient à Alysson pour qu'elle ne s'inquiète pas. Ils lui avaient dit que j'étais parti travailler là-bas pour justifier mon absence et passer sous silence mon séjour en cabane.

— Je sais que tu n'étais pas à New York, Devon

Je la force à interrompre notre étreinte et plonge mon regard dans le sien. Je plisse du front avant de l'interroger du regard.

— Je sais que tu étais en prison.

— Comment tu … ?

— J'ai entendu oncle Erick en parler avec Huddy un jour. Pourquoi tu étais en prison ?

Je lui souris tendrement, attrape une de ses mèches blondes que je cale derrière son oreille. À chaque fois que je vois ma sœur, je la trouve de plus en plus belle.

— Pour protéger une des personnes qui comptent le plus pour moi.

Son front se plisse.

— Pour moi ?

— Oui, Aly, pour toi.

Elle semble encore plus perdue. Avant, je l'aurais préservée en lui inventant un mensonge dans le seul but de la protéger. Mais maintenant, quand je vois comme elle a grandi, je me dois de lui dire la vérité. Elle est suffisamment mature pour comprendre et la surprotéger comme je l'ai toujours fait serait dorénavant une erreur. Ça ne l'aidera pas à devenir plus forte.

— Tu te souviens, quand je t'ai trouvée, cette nuit-là, dans la rue.

— Le soir où Alexis était là ?

Je hoche la tête.

— Quand je suis arrivé, elle était déjà comme ça. Elle… Il y avait plein de sang.

— Je sais ma belle

— J'ai essayé de l'aider.

— Je sais Aly

Je le sais à présent.

— J'ai… J'ai cru que tu l'avais tuée. Alors j'ai voulu te protéger en me dénonçant à ta place.

— Je ne l'ai pas tuée, souffle-t-elle.

— Ça aussi je le sais maintenant…

— Je n'aurais jamais pu. J'aimais bien Alexis.

Je lui souris tendrement. Comment ai-je pu douter, ne serait-ce qu'une seconde ?

— Tu sais, tout était chamboulé dans ma tête, à ce moment. Je ne savais plus vraiment quoi penser, ni comment penser.

Pour me réconforter, Alysson enroule ses bras autour de mon bras et pose la tête sur mon épaule. On dit des Asperger qu'ils n'ont pas vraiment d'émotions et d'empathie mais je sais que c'est faux. Ma petite sœur n'est pas très démonstrative mais elle sait, elle comprend quand quelqu'un est triste.

— Aly, je suis venu pour te poser une question.

— Je t'écoute.

— Peu importe ta réponse, je te laisse le choix car je veux m'assurer que tu sois heureuse.

Elle hoche la tête, l'air grave.

— Est-ce que tu veux partir du ranch ?

Son front se plisse et sa tête s'incline légèrement sur la gauche.

— Pour aller où ? demande-t-elle, inquiète.

— Chez Violet. Tu te souviens d'elle ?

Ses lèvres s'étirent.

— Oui. Elle est très gentille. Je l'aime bien.

— Alors ? Ça te dit ? Ou tu préfères rester ici ?

— Tu vas où, toi ?

— Chez Violet. On y serait tous les deux.

— Et Huddy et Easton ?

– C'est juste tous les deux le temps que je trouve une maison pour nous tous. Avec Easton et Hudson, bien sûr. Comme avant.

Ma sœur paraît emballée par ma proposition car son regard s'illumine soudainement.

– Je veux être avec toi, Devon.

Sans faire de bruit, j'insère dans la serrure la clé que Violet m'a donnée plus tôt dans la journée. À mes côtés, Alysson semble réticente. Elle s'agrippe à mon bras avec force, ce qui me fait plisser le front.

– Tout va bien ?

Ma sœur tourne son visage vers moi et m'offre un sourire timide.

– Je n'aime pas le noir, lâche-t-elle

J'embrasse sa tempe.

– Ne t'inquiète pas, je suis là.

Elle semble rassurée et me suit quand je passe le seuil de la porte. J'actionne l'interrupteur et observe Alysson qui scrute la pièce, curieuse.

– Il ne faut pas réveiller Violet.

Déjà qu'elle est furieuse contre moi, je n'aimerais pas en rajouter une couche pour l'avoir réveillée à six heures du matin.

– D'accord, chuchote ma sœur.

Je lui fais signe de me suivre et me dirige dans le couloir, en direction de l'ancienne chambre de June. Hier après-midi, Violet m'a suggéré d'installer ma sœur dans cette chambre. Je pose le sac contenant les affaires d'Aly sur le matelas. J'aurai tout le temps d'aller chercher le reste de ses effets plus tard au ranch.

Alors que je m'affaire à préparer son lit, Alysson scrute la pièce, intimidée. Elle va avoir besoin d'un petit moment d'adaptation. Elle n'a jamais aimé les changements mais celui-ci était nécessaire. Je devais la sortir du ranch.

Quand je me redresse, je sursaute en remarquant Violet, adossée au chambranle de la porte. Moi qui espérais être discret et aller squatter le canapé pour éviter une conversation désagréable, je sens que je ne vais pas y couper, vu comme elle semble toujours autant en colère.

— Désolé de t'avoir réveillée, je souffle.

Violet secoue la tête.

— Je n'ai pas réussi à fermer l'œil de la nuit.

Cette fois-ci, je m'excuse d'un sourire alors que ses yeux se déportent vers ma sœur. Son visage se radoucit et ses lèvres s'étirent.

— Salut, Alysson.

Ma sœur lui répond par un sourire timide et je m'approche d'elle.

— Ton lit est prêt. Tu devrais te reposer encore un peu. Je vois que tu es fatiguée.

Pour seule réponse, ma sœur hoche la tête avant de se faufiler sous la couette. Elle serre un oreiller contre elle et je décide de la laisser.

Je referme la porte derrière moi et plonge dans le regard de Violet.

— Merci, je souffle.

Je n'ai pas besoin de le préciser, Violet sait pourquoi je la remercie. Encore une fois, elle a été là pour moi.

— Je t'en prie, c'est normal.

Je lui souris avant de déposer un baiser sur sa joue. Elle ne s'esquive pas et se laisse faire, ce qui est plutôt bon signe pour moi. Elle est peut-être moins énervée contre moi qu'elle ne le paraissait finalement.

Elle me fait signe de la suivre et m'attire jusque dans le séjour. Elle est moins énervée que tout à l'heure mais est tout aussi déterminée à obtenir des explications.

— Écoute, Violet, je n'ai pas envie de me prendre la tête et…

– Moi non plus, Devon. J'ai eu le temps de réfléchir et de me calmer un peu, après ton départ.

C'est bien parti. J'espère juste que je ne serai pas trop con pour l'irriter encore plus.

– J'ai juste besoin de savoir. Pourquoi, Devon ?

– Je devais le faire...

C'est la seule chose que j'arrive à lui répondre, c'est la seule chose qu'elle a besoin de savoir. Moins elle en sait, mieux ce sera pour elle.

Je sais qu'elle ne comprendrait pas, qu'elle essayerait de me dissuader de rendre la monnaie de sa pièce à Blake. Violet n'aime pas les conflits. Violet préfère la paix et le pardon. Violet préférerait que je pardonne et passe à autre chose.

– Devon, tu...

Elle interrompt sa phrase et se pince l'arête du nez en secouant la tête.

– Tu... Tu es libre maintenant, Devon. Et ça...

Elle pointe mon nouveau tatouage de son doigt, un air de dégoût sur son visage. Le même air que j'ai toujours fait en le voyant. Je ne peux pas lui en vouloir, pourtant, elle me vexe. Violet a toujours su qui j'étais. Elle savait que j'étais lié, de près ou de loin, aux Brothers Of Death. Elle connaît tout de moi. Elle sait que j'étais à deux doigts de devenir leur chef, juste avant mon arrestation.

– ... Ça ! Ça va te renvoyer directement en prison.

Elle a raison, je le sais. Mais jamais je ne le lui avouerai. Si je le faisais, elle réussirait à me convaincre d'arrêter tout ça. Et il en est hors de question. Je veux avancer.

– Pas si je suis plus malin que Blake.

– Alors c'est ça ton but désormais ? Je pensais que tu voulais sortir pour reprendre ta vie, pour t'éloigner de tout ça.

C'est ce que j'avais prévu. Mais il y a tant de choses qui ont changé depuis. Des choses que j'aurais pensées inimaginables.

– Alors pourquoi, Devon ? reprend-elle face à mon mutisme. Pourquoi tu t'es fait tatouer ça ?

C'est à mon tour de secouer la tête. Parce que mon besoin de vengeance est trop profond, trop ancré en moi pour que je puisse quitter Ironwood sereinement. Je sais que si je ne fais rien, que si je me contente de quitter la ville pour recommencer ma vie ailleurs, je ne serai qu'à moitié libre.

— Pourquoi Devon ? insiste-t-elle.

— J'ai perdu presque cinq ans de ma vie derrière les barreaux. Pour rien, Violet ! Pour rien ! Et ma sœur s'est faite…

Je m'interromps, incapable de terminer ma phrase et secoue la tête. Encore maintenant, c'est difficile de prononcer ce mot sans rancœur.

— Je dois me venger. Je dois nous venger. Tout ça, c'est à cause de lui.

Violet semble vouloir dire quelque chose mais se ravise.

— À cause de lui ! je reprends sèchement.

Mon ton l'interpelle. Elle se raidit. Ses yeux fouillent dans les miens.

— Devon, la police a réouvert l'enquête. Sois patient. Ton cousin finira par payer, sans que tu sois impliqué dans quoi que ce soit.

Je ne le peux pas. Je ne peux pas attendre que quelqu'un arrête Blake. Je sais que c'est moi qui dois le faire, que je le mérite. J'ai le droit, le besoin de lui faire payer sa trahison. Blake est trop malin pour se faire épingler par les flics. Si je ne m'en mêle pas, il arrivera à s'en sortir. Dans la vie, j'ai appris que si on voulait quelque chose, on devait se donner les moyens de l'avoir et surtout, il ne fallait compter que sur soi pour réussir.

— Je dois le faire !

Violet semble paniquée. Je vois qu'elle flippe. Elle sait que ma réponse n'est pas anodine et je sais que je ne dois pas la faire souffrir. Je n'en ai pas le droit. Je finis par saisir sa main et exerce une légère pression sur ses doigts.

— Écoute, Violet, je sais que ce tatouage te fait flipper mais je te demande de me faire confiance.

— Je n'ai pas peur de ce tatouage, j'ai peur de ce que ça implique.

— Aie confiance en moi !

– J'ai confiance, Devon. Mais j'ai peur que cette histoire aille trop loin. Imagine que tu sois obligé de...

Elle s'interrompt et secoue la tête. Je sais ce qu'elle s'apprêtait à dire. Elle a peur que je sois obligé de faire quelque chose de mal, cette chose qui m'a fait passer plus de quatre ans en taule.

– Ne fais rien qui te renverra derrière les barreaux. S'il te plaît...

– Violet, je...

– Promets-le-moi ! S'il te plaît !

Je ne peux pas lui faire cette promesse. Car même si j'aimerais la faire, je ne suis pas sûr de pouvoir la tenir. Et je refuse de ne pas tenir parole. Je n'en ai pas le droit.

– Devon, j'ai besoin que tu me le promettes. J'ai besoin de savoir que tu ne feras pas de bêtises ou quelque chose d'illégal. Je... J'ai besoin de savoir que tu ne feras rien d'aussi bête et...

Une larme perle au coin de son œil et elle l'essuie rapidement du dos de sa main. La voir souffrir me retourne les tripes. Je déteste ça. J'approche ma main vers son visage et laisse courir mes doigts sur sa nuque. Lentement, j'approche son visage que je dépose délicatement sur mon épaule. Ses mains s'enroulent autour de mon cou alors que je caresse ses cheveux. J'embrasse sa tempe.

– Fais-moi confiance, je souffle.

Elle ne répond rien et étouffe un sanglot. Je déteste l'idée de la voir pleurer. Violet mérite que je la fasse sourire et d'être heureuse. Mais Blake doit payer.

– J'ai peur, Devon. J'ai vraiment peur.

Je la force à relever son visage et à me regarder. J'essuie une larme de sa joue.

– Je sais.

– Devon, promets-le-moi.

Je dépose mes lèvres sur les siennes et mon cœur s'emballe soudainement. Violet est ma bouée de sauvetage. Plus d'une fois, j'ai pensé qu'elle m'avait sauvé. En me donnant l'espoir, en se battant pour moi, en me permettant d'aimer à nouveau.

Mais sur ce coup, je dois me battre seul, je dois me sauver moi-même. Je me suis promis que j'arrêterais de vivre pour les autres, que je devais penser à moi en premier.

— Je te promets.

Violet semble satisfaite de cette concession arrachée au forceps et contre mon gré. Elle m'offre un sourire alors que je ne peux m'empêcher de culpabiliser. Je viens de lui faire une promesse alors que je sais pertinemment que je ne la tiendrai pas.

Épisode #9
Devon

L'amitié améliore le bonheur, apaise la misère, double la joie et divise la peine.

Inconnu

15 mai

Black Rock Road

Alors que je franchis la ligne d'arrivée avec un large sourire, Hudson, à mes côtés, se met à hurler de joie. Excité, il tapote plusieurs fois du poing contre le tableau de bord alors que j'écrase mon pied sur le frein.

– Oh putain ! C'était bon ! s'exclame-t-il.

Ouais ! Plus que bon ! C'était le pied ! Tout comme le fric que je vais amasser dans quelques minutes. Rapidement, je sors de ma caisse, imité par mon frangin, un large sourire aux lèvres. Des mains viennent tapoter mon épaule, les pneus de mes adversaires crissent sur le bitume derrière moi. J'ose un discret coup d'œil vers Stan Smith, le blaireau qui prétend être le petit-fils de l'inventeur des célèbres chaussures pour choper des meufs. Il a la rage et fout des coups de poing sur son volant. Je ne peux m'empêcher de rire.

81

– Il a la haine. Il gagnait tout depuis quatre ans, m'informe mon frère.

– Bah ouais, mais je suis de retour. Il va falloir qu'il s'habitue à reprendre sa place de deuxième.

Mon frère ricane.

– Ouais. Et toi, tu vas devoir t'habituer à le voir dans tes rétros. Ça va aller ?

Cette fois, c'est moi qui pouffe. La place de leader me convient très bien. Et tant que ça m'apporte du fric, ça me conviendra toujours. Je préfère amplement gagner ce pognon, plutôt que de prendre dans les caisses du ranch. Celui-là n'est pas très propre mais il l'est toujours plus que celui des deals des Brothers Of Death.

– Ouais, ça va le faire !

Je ris aux éclats en même temps qu'Hudson et l'attrape par le cou, pour l'emmener auprès de Caïn. Putain, cette ambiance m'avait tellement manqué. Cette adrénaline, cette euphorie après une victoire. L'odeur de l'argent facile.

Quand nous arrivons devant Caïn, celui-ci paraît très heureux de l'issue de la course. S'il sourit, c'est qu'il a gagné pas mal de fric sur les paris.

– Ah, Devon ! Mon pote ! Enfin un adversaire à la hauteur de ce petit bouffon de Smithy ! Tu lui as bien fait bouffer la poussière.

Je hausse les épaules.

– Il va falloir qu'il s'habitue !

Caïn rit aux éclats avant de me prendre par le cou.

– Ça, c'est mon champion ! Tu m'as manqué pendant tout ce temps que tu étais à l'ombre. Les affaires n'étaient pas aussi bonnes sans toi.

Tu m'étonnes ! Il a dû perdre un sacré paquet de fric pendant mon séjour en taule. Et moi aussi, par la même occasion.

– Et tout ça, ça m'avait manqué !

– J'en doute pas ! Dis-moi, on se fait une petite fête entre potes, ça te dit de te joindre à nous ?

Avant, j'aurais dit non, bien trop pris par le temps et par la fatigue. C'était aussi pour éviter d'être dans des affaires louches. Mais maintenant que je suis le chef des Brothers Of Death, je sais que c'est mon devoir de me créer un réseau et d'avoir de bons contacts, qui un jour ou l'autre pourront me servir. Alors je vais y faire un petit saut rapide avant de rejoindre Violet dans son lit.

— Ouais, ça marche !

— Cool ! Ça se passe à la vieille scierie Norwood. Laisse-moi finir de payer les gars et je t'y rejoins.

— Ouais, pas de soucis.

Caïn me sourit avant de sortir une énorme liasse de billets de la poche de son jean. Il humidifie son pouce avant de commencer à compter ses billets. Au bout d'un instant, il finit par relever son visage vers moi et me déposer une liasse entre les mains. Il tapote à nouveau mon épaule.

— On se voit tout à l'heure, me lance-t-il. Garde-moi une bière, mon pote.

Il pivote sur lui-même et s'éloigne de nous pour aller payer les parieurs et je pars vers ma caisse, suivi de près par Hudson.

Certains me félicitent encore pendant un moment, des gens que je ne connais même pas et que je n'ai sûrement jamais rencontrés.

Nous grimpons rapidement dans ma caisse. Une fois installés, Huddy suggère de s'arrêter prendre un truc à manger, prétextant avoir la dalle. Je ne peux pas lui en vouloir. Toutes les excuses sont bonnes pour se faire un bon cheeseburger. Surtout s'il vient de chez Donny's. Et j'ai quatre ans à rattraper.

Le trajet se fait presque en silence. Seul le dernier tube des Black Eyed Peas remplit l'habitacle.

— Ça va ? je finis par demander à Hudson que je trouve drôlement nerveux.

– Ça roule ! se contente-t-il de me répondre, sans quitter son téléphone des yeux.

Je hausse seulement les épaules. Si mon frère me dit que ça roule, c'est que ça doit être le cas. Je le remarque en train de pianoter sur son téléphone mais ne dis rien. Si Hudson avait un souci ou si quelque chose le préoccupait, il m'en parlerait.

Je me gare sur le parking presque désert du restaurant. Donny's est ouvert 24 heures sur 24 mais je suis étonné qu'il n'y ait pas grand monde ce soir. On est samedi et il est à peine minuit. D'ordinaire, à cette heure-ci, ça grouille de monde.

Je descends de ma voiture, imité par mon frère qui fourre ses poings dans les poches de son jean.

– Oh ! Au fait !

Je sors la liasse de billets que je viens de gagner à la course. Heureusement qu'Huddy a réussi à me trouver la mise de départ, pour que je puisse participer. C'était du fric qu'il avait de côté, pour les coups durs.

– Tiens ! je lui dis en lui tendant son fric.

Je rajoute trois cents dollars. Hudson pourra se faire plaisir ou acheter des fringues à son gosse. Et moi, je vais pouvoir emmener Violet au Valentino's, comme je le lui ai un jour promis.

Nous entrons dans le resto. Derrière son grill, Donny retourne des steaks. Ce mec travaille sans relâche. Peu importe l'heure à laquelle je viens, il est toujours au boulot. Il doit sûrement être insomniaque.

– Oh là ! Mais ne serait-ce pas mon meilleur client ? s'exclame Donny.

Je ricane.

– Alors ? Tu es enfin de retour ?

– Ouaip ! Hawaï, ce n'est plus ce que c'était ! je plaisante.

– Tu m'étonnes !

Nous passons rapidement commande, discutons de banalités avec Donny et Hudson, le temps qu'il nous fasse nos burgers et prépare nos boissons.

Quand je lui tends un billet pour payer, Donny le refuse en secouant la tête.

— C'est pour moi, mon grand !

Je hoche la tête pour le remercier, me saisis des sachets en papier qui commencent déjà à s'imbiber de la graisse des frites et salue le patron en tournant les talons. Je prends la direction du parking, prêt à rejoindre ma caisse quand je remarque qu'une silhouette est adossée contre ma bagnole. Le mec est dans la pénombre et je ne peux pas distinguer son visage. Je plisse un peu plus le front à chacun de mes pas. Je me demande de qui il peut s'agir. Alors je reste sur mes gardes. À mes côtés, Hudson semble confiant. Il sourit même.

Je me fige alors quand je découvre la personne qui se tient devant moi. Lui aussi semble incapable de bouger. Il me fixe, m'observe. Ça fait des années que je ne l'ai pas vu et je pensais que plus jamais je n'en aurais l'occasion. Ses lèvres s'étirent légèrement. Je le sens hésitant, réticent.

— Salut, souffle-t-il alors dans un murmure.

Je l'observe toujours avec intérêt. Je n'arrive pas à croire qu'il est là, devant moi, après tout ce temps.

Sans un mot, je le prends dans mes bras et l'attire contre moi. Putain ! Ce mec m'avait manqué. Pendant toutes ces années, j'ai regretté mon geste, je m'en suis voulu de l'avoir tabassé comme le connard que je suis.

— Je suis désolé...

Je ne fais que le lui répéter, comme si je le suppliais de me pardonner de lui en avoir voulu, de l'avoir cogné. Au bout de quelques secondes, Dallas finit par tapoter mon dos.

— Je le sais. Et moi aussi.

Il se libère de mon étreinte et m'observe un court instant. Ni lui ni moi ne semblons réaliser que nous sommes bien l'un en face de l'autre. Dallas finit par m'offrir un sourire timide.

— Devon, je...

— Dallas...

Nous avons parlé en même temps, ce qui nous fait sourire. Lui et moi semblons avoir un tas de choses à nous dire. Pour ma part, je ne sais vraiment pas par où commencer.

— Qu'est-ce que tu fais là ?

— On m'a dit que tu étais sorti.

Le visage de mon ami se tourne vers mon petit frère. *Alors c'est Hudson qui a prévenu Dallas ?*

— Je... Je crois que vous avez des trucs à vous dire, intervient Hudson.

Mon frère m'arrache le sachet de bouffe de mes mains et fait quelques pas vers une Camaro neuve. Il y dépose son paquet et s'adosse contre la carrosserie. Je suppose que c'est la caisse de Dallas. Il a toujours aimé cette marque de bagnoles et je dois avouer qu'il a bon goût.

— Je suis désolé pour Grace. Quand je l'ai appris, ses obsèques étaient déjà passés et...

— T'inquiète, c'est pas grave.

Il semble suffisamment culpabiliser de ne pas y avoir assisté, ça ne sert à rien d'en rajouter.

— Il paraît que ça marche fort pour toi à L.A, je reprends.

Dallas lève les yeux au ciel. Bordel, même ça, ça m'a manqué chez lui. Sa façon de réagir à certaines remarques.

— Tu parles ! C'est ce que je raconte ici pour pas inquiéter ma mère. Bon, j'avoue, c'est parce que j'ai un peu honte aussi. À L.A, c'est la merde. Je me suis fait virer par plusieurs patrons, j'ai dû mal à ramener du fric, Camy fait que...

Il s'interrompt, m'observe. Il doit sûrement penser qu'il a fait une connerie mais ce n'est pas le cas. Avec le temps, j'ai fini par accepter que mon meilleur ami se tape mon ex. Je m'en veux même de ne pas l'avoir fait dès le début. Voyant qu'il semble mal à l'aise, je préfère dédramatiser la situation.

— Laisse-moi deviner. Elle gueule ?

Dallas pouffe puis se gratte la nuque.

— Ouais. Tu as tout compris. Je... Devon, je...

— Laisse tomber, Dallas. Je suis content pour toi si tout roule avec Camy. Je ne te cache pas que j'ai été surpris quand j'ai appris que vous étiez toujours ensemble mais je suis vraiment heureux pour vous deux.

Cette fois-ci, il grimace.

— C'est un peu chaud entre nous. Je l'aime, ne va pas croire mais il faut être honnête, elle est chiante quand elle s'y met.

Je roule des yeux à mon tour.

— Chiante ? Le mot est faible. C'est une casse-couilles tu veux dire.

— Ouais. Le terme est plus adapté.

— Qu'est-ce qui ne va pas entre vous ?

À nouveau, Dallas grimace et semble mal à l'aise.

— Je crois que c'est un ensemble. Elle me reproche d'avoir dû arrêter ses études par ma faute, elle me reproche de ne pas garder un boulot plus de trois mois.

Sa réponse me surprend. Camy n'aurait jamais accepté d'arrêter ses études, pas sans une excuse béton qui l'y aurait obligée.

— Pourquoi elle a arrêté ses études ?

Elle qui espérait faire le plus d'années d'université possibles, réussir à avoir suffisamment de bagages pour se bâtir une carrière et gagner confortablement sa vie.

— Elle... On a un gosse ensemble.

Sa révélation me met un coup. Quoi ? Un gosse ?

— Waouh ! Je..., je réagis, abasourdi.

— Ce n'était pas prévu. Et Camy a dû arrêter ses études pour s'occuper de notre fille.

– Donc, tu as un fille !

Dallas se met à sourire tendrement et je comprends alors. Dallas est papa et il a l'air de kiffer.

– Ouais. Elle vient d'avoir deux ans. Elle... On l'a appelé Aubrey.

Mes lèvres s'étirent. C'est mignon comme prénom.

– C'est une petite râleuse mais elle est très intelligente.

– C'est super, Dallas. Je suis très heureux pour toi.

– Merci. Je suis heureux aussi. Cette gamine, elle n'était pas prévue mais bordel, qu'est-ce que je l'aime !

Il n'avait pas besoin de me le dire pour que je le comprenne. En parlant de sa fille, une lueur s'est attisée dans son regard, celle de l'amour d'un père.

– Faudrait que tu me la présentes un jour. Elles sont venues à Ironwood avec toi ?

Il secoue la tête.

– Non. Elles sont restées à Los Angeles. Camy pense que je suis ici pour un boulot.

– Pourquoi tu lui as menti ?

– Camy n'aurait pas compris ma démarche, mais quand j'ai appris que tu étais sorti de prison, je savais que je devais te voir.

Je comprends que mon ex ne soit pas très chaude pour me revoir. Je ne suis pas vraiment étonné en réalité. Camy a toujours été rancunière. Elle n'a sûrement pas digéré que je tabasse Dallas à l'époque et qu'on se prenne la tête.

– Pendant tout ce temps, j'ai souvent hésité à venir te voir au parloir mais j'avais un peu peur que tu m'envoies chier. J'aurais compris mais bon, ça m'aurait foutu les boules quand même. Et puis, je pensais que tu nous en voulais encore. Pour... tu sais.

– Non, Dallas. J'ai eu la rage pendant quelques jours, c'est vrai. J'ai cru que vous me l'aviez fait à l'envers. Mais après, y'a eu mon arrestation et...

88

— J'ai toujours su que tu n'avais rien fait. Même si tu as dit le contraire devant le juge, je savais que tu n'avais pas pu la tuer. Ce n'était pas toi.

Je souris en entendant ses paroles. Dallas a toujours été un ami fidèle et loyal. Alors que nous étions embrouillés, il était venu à mon procès, je l'avais vu dans la salle d'audience.

— J'ai fait ça pour Alysson. Elle... Je pensais que c'était elle et j'ai préféré plonger pour la protéger.

Dallas pose sa main sur mon épaule et la tapote.

— Je ne suis pas étonné. Tu as toujours fait rempart pour ta famille, coûte que coûte. Huddy m'a tout raconté. Je sais que c'est lui. Je sais que c'est à cause de cet enfoiré que tu as fait de la taule. Je sais ce que tu comptes faire, ce que tu es devenu...

Il pointe du doigt mon avant-bras, couvert par les manches de la veste en cuir, avant de reprendre :

— Je ne suis pas venu ici que pour te voir, Devon. Je suis aussi venu pour t'aider.

— Tu... Qu'est-ce que tu insinues ?

— Je te l'ai dit. Hudson m'a tout expliqué, je sais pourquoi cet enfoiré a fait ça. À cause de lui, tu as perdu beaucoup de choses...

Cinq longues années...

— Et moi aussi !

Je sais qu'il fait référence au salon de tatouage qui a été incendié. À la mort d'Alexis, les Skulls ont déclarés la guerre aux Brothers Of Death et Dallas a dû quitter la ville.

— Alors toi et moi, c'est comme avant ! À la vie, à la mort, Bro ! Blake mérite de payer pour ce qu'il nous a fait !

Épisode #10
Devon

Un ami, c'est une personne qui reste dans ta vie malgré la distance et les années.

Inconnu

16 mai

Vieille scierie Norwood

— Devon, viens par ici que je te présente !

Je tourne mon visage vers Caïn qui vient de m'interpeler. Depuis presque deux heures, il ne cesse de me présenter à un tas de monde sans réel intérêt. Je vois qu'il est heureux que j'aie enfin accepté une de ses invitations après plusieurs années de vaines tentatives. Je sais que ça part d'un bon sentiment, je me suis toujours bien entendu avec lui mais ce soir, je vois que je suis un peu son attraction de la soirée.

Il est en compagnie d'un mec, plutôt balèze qui me regarde d'un air mauvais. Je m'excuse auprès de mon frère et mon ami et me lève du capot de ma caisse.

Arrivé devant Caïn, je relève mon visage vers lui.

– Devon, je voulais te présenter Calvin.

Je salue le fameux Calvin d'une poignée de main alors que Caïn me précise :

– C'est mon cousin, du côté de ma mère. Il vit à San Diego.

Je hoche la tête cette fois-ci. Je ne sais pas pourquoi il me raconte tout ça. Ce mec ne me dit rien qui vaille pour être honnête.

– Calvin a une petite affaire florissante, à San Diego. Je me suis dit que ça pourrait être intéressant que vous discutiez entre vous. Entre businessmen.

Ok, je vois parfaitement où il veut en venir maintenant. Je serais bien tenté de décliner l'éventuelle offre que ce mec compte me faire mais je sais que maintenant que je suis le chef des Brothers Of Death, je vais devoir tremper dans ce genre de milieu. C'est mon rôle, bien que ce soit la partie la plus déplaisante du taf. Mais si je veux réussir à me venger de Blake, je dois avoir les yeux et les oreilles partout. Et ça, même si je dois traiter avec des mecs aussi bizarres que le cousin de Caïn.

– Je vous laisse, les gars. Servez-vous une petite bière.

Caïn nous plante là et part en direction d'une asiatique plutôt mignonne. Mon attention se reporte sur Calvin. Je vais devoir jouer un rôle, encore une fois. Depuis que je me suis fait tatouer le symbole couronné des BOD, j'ai l'impression que je ne suis plus vraiment moi-même, tant je joue la comédie.

– Qu'est-ce que tu as me proposer ?

– De la bonne came, bien sûr.

J'aurais dû m'en douter. De la bonne came qui rend accro des pauvres mecs qui finiront par faire une overdose tôt ou tard. Tu parles d'une affaire florissante ! Se faire du fric sur la dépendance des gens ou sur leur avenir, c'est ce qu'il y de pire.

– En provenance directe de Colombie.

J'acquiesce de la tête.

— Ça peut être intéressant, en effet, je mens. Mais ce n'est pas avec moi que tu dois traiter. J'ai un gars qui se charge de ce genre d'affaires.

— Ok. Quand est ce que je peux le rencontrer ?

J'étire mes lèvres faiblement.

— Reste dans les parages, je te contacterai pour que tu le voies.

Calvin semble satisfait et fourre sa main dans la poche de sa veste d'où il sort une carte qu'il me tend.

Mais où va le monde ? Même les caïds et trafiquants ont des cartes de visite maintenant ?

Calvin s'éclipse, sans oublier de me souhaiter une bonne soirée. Je me tourne alors vers mon frère et mon pote, prêt à les rejoindre quand une rouquine se poste devant moi.

— Salut, Devon !

Elle paraît toute guillerette et mon regard se balade sur elle, par automatisme. C'est une gamine qui ne doit pas être plus âgée que mon frère. Elle est habillée vulgairement et mache un chewing-gum sans discrétion. J'ai toujours détesté ce genre de filles, bien que je n'en aie jamais vraiment eu.

— Ouais, salut.

Je m'apprête à reprendre mon chemin quand elle pose ses doigts vernis rose bonbon sur mon torse pour me retenir. Non, ce n'est vraiment pas le genre de filles qui m'attire.

— Je me disais que tu pourrais m'offrir un verre.

Elle papillonne des cils et m'offre un large sourire. Elle est en mode séduction mais elle perd son temps.

— Je dois rejoindre mes amis, je dis en jetant un coup d'œil vers Dallas et Hudson.

Au loin, je remarque que ces deux-là m'observent, un sourire taquin sur leurs visages. Je sais à quoi ils pensent, je les connais trop bien et je sais qu'ils vont s'imaginer un tas de choses.

— Ils peuvent att…

Je ne la laisse pas finir et passe devant elle. Je déteste être au centre de l'attention. Tout ce cinéma qui m'entoure, j'ai toujours détesté ça.

Quand j'arrive près d'eux, ils pouffent comme des collégiennes.

– Bah alors, Devon, tu n'avais pas envie de payer un verre à Stacy la nympho ?

Je laisse échapper un petit grognement pour seule réponse et arrache la bière des mains de mon frère. Je porte la bouteille à mes lèvres.

– Cette nana n'est pas le style de Devon. Il les préfère plus intellectuelles.

Dallas étire ses lèvres, amusé.

– Oh, oh ! Je sens qu'on ne me dit pas tout ! Allez, raconte.

Je ne peux empêcher un léger sourire se dessiner sur mes lèvres quand je pense à Violet. Alors que je m'apprête à parler, mon frère me coupe la parole.

– Elle s'appelle Violet.

Dallas laisse échapper un ricanement avant de reporter son attention sur moi.

– Elle est prof, au lycée d'Ironwood. Elle est… géniale.

– J'avoue, pour une prof, elle est sympa.

– Je veux tout savoir !

Dallas semble enjoué pour moi mais surtout très curieux de tout savoir sur cette fille qui commence sérieusement à me faire tourner la tête.

– Bon, les gars, ce n'est pas que je m'ennuie mais dans moins de six heures, j'ai un petit bonhomme qui se réveillera et sera en pleine forme.

– Pas de soucis, Huddy.

Mon frère se lève avant de se tourner vers moi.

– Devon ? Tu restes ?

– Ouais, je reste encore un peu. Dallas me ramènera.

Mon pote confirme d'un signe de tête et Hudson monte rapidement dans ma caisse avant de partir en trombe.

Dallas me supplie à nouveau de tout lui raconter. Mon pote me questionne sur Violet pendant près de vingt minutes durant lesquelles je dois lui expliquer comment je l'ai rencontrée, toute l'aide qu'elle m'a apporté pour que je puisse sortir de prison et être blanchi du meurtre d'Alexis. J'omets volontairement de lui dire que Violet est bien plus pour moi qu'une simple nana. Elle est différente, unique à mes yeux.

Nous restons encore un petit moment, le temps de descendre une dernière bière et finissons par décider qu'il est temps d'aller se coucher.

C'est dans une ambiance bon enfant que nous montons dans sa voiture. Qu'est-ce que ça fait du bien de le retrouver ! Pendant mes années en prison, je n'ai pas beaucoup pensé à Dallas. À chaque fois que je l'ai fait, je ne peux pas dire que je ressentais un manque de mon ami mais plutôt de la culpabilité. Beaucoup de regrets de l'avoir frappé. Pourtant, il est là et après cette soirée passée avec lui, j'ai l'impression que l'on ne s'est jamais quittés, que tout ce qui s'est passé avant n'a jamais existé.

Dallas freine à un feu rouge et d'instinct, je tourne mon visage sur ma gauche. Mes lèvres s'étirent quand je remarque Dario, qui me fixe avec insistance. Jamais je n'aurais pensé que ça m'aurait autant fait plaisir de le voir. Lui et moi, ce n'était pas ça au début et seul le temps nous a permis de nous apprécier mutuellement. Du moins c'est mon cas. Il est difficile de connaître les émotions de Dario, ce qu'il cache sous ses airs froids. À ses côtés, le conducteur se penche pour mieux nous observer, le regard mauvais. Rapidement, je détourne mon regard vers ma droite où une autre voiture s'est arrêtée au feu. Le conducteur comme son passager me fusille du regard et je comprends alors que les Cursed Skulls m'ont retrouvé et que s'ils sont là, ce n'est pas un hasard. On est cernés. Dallas ne semble pas prendre conscience de la situation. Il fixe le feu tricolore, attendant qu'il passe au vert tout en tapotant ses doigts sur son volant.

– Dallas ? je l'appelle.

– Umh ?

Il n'a toujours pas lâché le feu du regard et je dois l'appeler une seconde fois pour qu'il déporte enfin son attention sur moi.

Je ne dis rien, me contente de jeter de petits regards vers les deux voitures des Skulls qui nous ont encerclés et mon pote comprend enfin en lâchant un « merde », loin d'être discret.

– Messieurs, veuillez nous suivre, fait le conducteur de la voiture de Dario.

Celui-ci semble s'excuser en appuyant son regard dans le mien alors que le feu passe finalement au vert. Les deux voitures démarrent et je constate qu'une autre, arrêtée derrière nous, nous presse d'avancer.

– Putain ! Qu'est-ce qu'ils veulent ? me demande Dallas, paniqué.

Sûrement pas nous payer un café !

– Démarre, je souffle seulement.

Mon ami s'exécute et manque presque de caler, tant il est nerveux.

– Qu'est-ce qu'on fait ? Je les sème ?

Non, ça ne servirait à rien. On n'aurait aucune chance face à eux.

– Non, on n'a pas le choix. On va devoir être très gentils avec ces mecs !

Épisode #11
Devon

Un peu de folie est nécessaire pour faire un pas de plus.

Paulo Coelho

18 mai

Madness Paradise

Le cœur battant, je fixe l'enseigne lumineuse du Madness Paradise alors que Dallas se gare le long du trottoir. Blythe Road est complètement déserte. Je ne suis pas étonné vu l'heure qu'il est. Il n'est pas loin de quatre heures du matin mais j'essaie de montrer mon indifférence, je tente d'afficher un visage neutre pour masquer mon stress alors qu'en réalité, je suis nerveux. Hyper nerveux.

— Putain, ça craint !

Je tourne mon visage vers mon ami. Son visage est blême, il est à deux doigts de rendre son dîner sur les tapis de sa caisse. Dallas n'a jamais été très téméraire, il n'a jamais été un homme d'action. Il préfère être un bon suiveur, le pote loyal, toujours prêt à prêter main forte quand j'avais mes crises d'impulsivité.

– C'est une très mauvaise idée, reprend-il en soufflant.

À croire que Dallas a lu dans mes pensées. C'en est clairement une mais pour être honnête, nous n'avons pas eu d'autres solutions. Nous avons gentiment été conviés et une invitation ne se refuse pas. Surtout quand ce sont les Cursed Skulls qui reçoivent.

Je reporte mon attention sur le casino.

– Tu vois une autre solution ?

Mon ami grimace. Il sait que c'est notre seule option, aussi dingue soit elle. Pour nous donner du courage, je tire sur la poignée de la portière en offrant à Dallas un sourire que j'espère le plus convaincant possible. Il n'est pas dupe et m'en rend un encore moins convaincant que le mien.

– Tu... Tu peux rester ici si tu veux, je suggère.

C'est moi qu'ils veulent, pas lui. Dallas n'a aucune importance pour eux. Il roule des yeux.

– Mais bien sûr ! Pour manquer le tapis rouge et le champagne, plutôt crever ! Je te l'ai dit, Devon, nous deux, c'est à la vie, à la mort. Je ne te laisserai pas seul contre eux tous !

La loyauté de mon ami me touche mais je ne peux m'empêcher de culpabiliser. Il est père de famille et j'ai peur de l'issue de cette visite de courtoisie. Je pense à sa gosse. Qu'en serait-il si elle perdait son père ?

– Et Aubrey ?

Dallas secoue la tête. Toutes mes questions, il a sûrement dû y penser aussi. Trois Skulls ont déjà encerclé la voiture et l'un d'eux toque à la vitre pour nous presser de sortir.

– Je sais. Mais on va faire en sorte que tout se passe bien.

Il ne me laisse pas le temps de répondre quoi que ce soit qu'il sort de la voiture et m'attend déjà à l'extérieur. Il patiente près d'un des Skulls qui est aussi tendu que nous. Ils le sont tous mais ils ne devraient pas. Nous ne sommes pas armés.

La rue est déserte. Seul un clodo roupille tranquillement sur un banc, serrant contre lui un vieux sac à dos élimé par le temps, comme si c'était la prunelle de ses yeux. Ce sac doit sûrement contenir tout ce que ce pauvre homme possède.

Entourés de près par les trois hommes de main de De La Vega, Dallas, marchant à mes côtés, semble de plus en plus tendu à chaque pas que nous faisons vers l'entrée du Madness Paradise. Il baragouine quelque chose d'incompréhensible. J'ai presque l'impression qu'il est en train de prier et je me demande si je ne devrais pas en faire autant.

— On va crever, murmure mon ami.

Je ne réplique rien, préférant ne pas envenimer notre stress.

Quand nous arrivons devant l'entrée du casino, je retiens ma respiration. Deux vigiles nous regardent du coin de l'œil et l'un d'eux porte son poignet à sa bouche, sûrement pour prévenir la sécurité.

Toujours sous les regards des trois hommes, nous passons les portes du casino. Je prends quelques secondes pour m'imprégner des lieux, espérant sûrement trouver une issue de secours si ça tournait mal. Mais je ne suis pas dupe, je sais bien que si c'arrivait, je sortirais les pieds devant. Je dois juste essayer de protéger Dallas du mieux que je peux.

Le hall d'entrée est désert, seul un homme, au regard mauvais est derrière son comptoir. Il nous fixe. Il sait qui nous sommes, bien sûr. Dans les salles de jeux, seuls les tintements et les sirènes des machines à sous se font entendre. À cette heure-ci, il ne doit plus rester grand monde, seuls les plus acharnés n'ont pas encore retrouvé leurs chambres. Mes yeux se portent sur le cadran au-dessus de l'ascenseur, indiquant qu'il est au troisième étage et qu'il descend. Il ne faut pas être devin pour comprendre que ce sont les hommes de main de De La Vega qui sont venus nous accueillir à leur façon.

— Ok Dallas, tu restes calme et tu ne fais pas de vagues, je me sens obligé de préciser.

Mon pote est souvent provocateur, ce qui nous a régulièrement attiré des problèmes par le passé. Là, il va devoir la jouer cool. Avec ces mecs, on ne rigole pas.

Dallas semble ne pas comprendre ma remarque mais quand les portes des ascenseurs s'ouvrent et qu'il y voit descendre une trentaine de mecs armés, ses yeux s'exorbitent.

— Oh ! Putain de merde ! On va crever ce soir !

J'en ai bien peur mais ce n'est pas le moment de paniquer. Ou de tenter quoi que ce soit. Les Skulls nous ont encerclés et leurs armes sont braquées sur nous.

— Devon, on va crever !

— Ouais, je sais. À la vie, à la mort, je dis, ce qui semble rassurer mon ami.

Un des hommes s'est approché de nous et nous fixe avec dégoût, comme si nous avions la peste.

— Messieurs, vous allez nous suivre. Gentiment.

Mes yeux scrutent le hall d'entrée. Depuis les salles de jeux, des clients observent la scène, aussi curieux qu'effrayés.

— Maintenant.

Je lève les mains, en signe de reddition, imité quelques secondes plus tard par mon ami et je comprends que nous allons prendre l'ascenseur quand des Skulls nous font signe d'avancer.

Toujours aussi lentement, je monte dans la cabine et quand je me retourne, je constate que Dallas n'y a pas été convié. *Putain, où est-il ?* Ils l'ont sûrement forcé à prendre un autre ascenseur ou les escaliers. Je n'aime pas l'idée qu'ils nous aient séparés. Qui sait ce que ces mecs comptent lui faire ?

— Eh, il est où mon pote ?

— Ta gueule !

Putain ! Je n'aime vraiment pas ça ! Les portes de l'ascenseur se referment et je sens qu'on me plaque contre la cage. Alors qu'un connard écrase mon visage sur la paroi en verre, un autre me fouille, à la recherche d'une arme.

— Je ne suis pas armé, je dis.

Des rires gras se font entendre.

— C'est que tu es bien un BOD pour être aussi débile.

Un mec saisit la manche de ma veste en cuir et l'abaisse. Dans le reflet du miroir, tout le monde peut y voir le symbole couronné des Brothers Of Death.

— Mais qu'est-ce qu'on a là ? Un mec qui s'est senti pousser des ailes en se prenant pour le chef ou le fils de pute qui a buté une des nôtres ?

— Je veux juste parler à votre chef ! je lâche.

C'est le premier truc qui me vient en tête. Je vais devoir négocier, la jouer fine si je veux sortir d'ici vivant. Je vais devoir leur proposer un marché. Ça ne m'enchante pas plus que ça mais je sais que je n'ai pas d'autre choix. Il me faut des alliés, il me faut des hommes derrière moi, car pour l'instant, je ne sais pas où va la loyauté des membres de Brothers Of Death. Et je dois rester en vie !

— T'inquiète pas pour ça, tu vas le voir, notre chef !

Un enfoiré me frappe la tempe avec son arme et je tombe au sol.

Je fronce les sourcils en sentant mon arcade me lancer. Bordel de merde ! D'instinct, je tente de porter ma main à ma tempe mais je suis retenu par des liens, ce qui me fait aussi reconnecter avec la réalité. *Putain de merde !*

Je ne sais pas depuis combien de temps je suis attaché à cette chaise, dans cette pièce. Le dernier truc dont je me rappelle est l'espèce d'enfoiré qui m'a cogné avec son flingue, dans l'ascenseur. Ce fils de pute ne m'a clairement pas loupé, vu comment mon œil me fait mal.

Je scrute la pièce. Je dois être dans un sous-sol, plus précisément dans une petite pièce qui doit servir de débarras. Une chose est sûre, je suis encore au Madness Paradise, à moins que ces abrutis s'amusent à stocker des cartons de serviettes en papier à l'autre bout de la ville, ce qui serait complètement débile.

Un son métallique me parvient sur ma droite et instinctivement, je tends l'oreille. On pourrait croire à un bruit de menottes qui cognent contre des tuyaux en métal. Le son se fait de plus en plus fréquent.

– Dallas ?

Le tintement cesse quelque secondes quand j'entends la voix de mon meilleur ami depuis la pièce d'à côté.

– Devon ?

– Ouais, c'est moi. Ça va mon pote ?

– Ouais, ça roule. Ils m'ont mis une dérouillée, ces enfoirés. Et toi ?

– Ouais, ça roule aussi. Ça fait combien de temps qu'on est là ?

– J'en sais rien. Une heure. Peut-être deux.

Sa réponse me soulage aussitôt. Je craignais que ça fasse plus longtemps.

– Tu crois qu'on va crever ici ? me demande mon ami.

Je secoue la tête. Non. Du moins, je ne l'espère pas.

– Non. Mais je pense qu'on ne sortira pas d'ici avant un moment.

– Arrête tes conneries ! Je n'ai pas envie de te voir choper le syndrome de Stockholm.

Mes lèvres s'étirent. Si Dallas fait de l'humour, c'est qu'il est un peu plus détendu.

– Putain ! T'es con !

– Bah, tu en serais bien capable. Tu es le seul crétin que je connaisse qui tombe amoureux de celle qui doit le buter.

Je laisse échapper un petit rire. Alexis.

– Amoureux est un bien grand mot. Je l'aimais bien.

Jusqu'à ce qu'elle se foute de ma gueule. Du moins, c'est que je pensais. Alexis avait fini par renoncer à me tuer. Elle voulait quitter la ville, les Cursed Skulls, sa vie. J'ai été tellement con de ne pas l'avoir écoutée. Si je l'avais fait, elle serait sûrement en vie, ici ou peut-être ailleurs. Elle n'aurait pas été un dommage collatéral. Et moi, je n'aurais pas perdu mon temps en prison, à payer pour un autre.

— Mouais. C'est vrai que toi, tu ne tombes pas amoureux.

— C'est pas vrai. J'aimais Camryn.

— Et ta petite prof ?

Je marque un blanc.

— Ouais, je suis amoureux d'elle. Violet est... Différente. De Camy, d'Alexis. Elle... Elle est Violet.

— Euh, je ne suis pas sûr de comprendre mais si tu le dis.

Des pas se font alors entendre de l'autre côté de la porte et j'entends le cliquetis de la clé dans la serrure. La porte s'ouvre et Esteban De La Vega entre dans la pièce sans un mot. Je ne l'ai jamais croisé de ma vie mais je n'en ai pas besoin pour savoir qui il est. Habillé dans un costard hors de prix, il me fixe, le regard mauvais.

Dans la pièce d'à côté, j'entends Dallas qui proteste et quelques secondes plus tard, on le force à entrer et s'asseoir près de moi. Le silence glace l'ambiance.

Au bout d'un instant, De La Vega approche une chaise qui avait été délaissée dans un coin et la positionne devant nous. Lentement, il s'assoit dessus, prenant bien soin de défaire le bouton de la veste de son costume. Il s'avachit sur sa chaise, pose ses deux bras sur le dossier et positionne sa cheville sur son genou. Il n'a toujours pas dit un mot, ses deux sbires, patientant derrière nous. À mes côtés, Dallas ne cesse de tourner son visage entre De La Vega et moi. Il m'en donne presque le tournis mais je ne dis rien. Je suis bien trop concentré sur Esteban, attendant une quelconque réaction de sa part.

Je vois qu'il se pose un tas de questions, qu'il analyse toutes les options qui s'offrent à lui. Étrangement, il me fait penser à Blake, bien que mon instinct me pousse à avoir confiance en ce Skulls. Je ne sais pas pourquoi mais mon intuition me pousse à croire qu'Esteban De La Vega a un bon fond. Il veut juste se donner des airs, en faisant le caïd.

Il finit par étirer lentement ses lèvres. Il paraît satisfait mais je ne suis pas dupe. Je sais que ce mec doit user d'un self-control de dingue pour ne pas me loger une balle entre les deux yeux.

— Bon, fait alors Dallas. Quelqu'un va se décider à...

Il n'a pas le temps de finir sa phrase qu'un des sbires lui fout un crochet en pleine mâchoire pour le faire taire. Dallas grimace sous le coup et je l'entends murmurer un « fils de pute » presque inaudible.

— Cinq ans ! Ça fait cinq ans que j'attends ce jour !

Cette fois-ci, Esteban se lève de sa chaise. Ça ne me dit rien qui vaille et je sais ce qu'il s'apprête à faire.

Il m'offre un crochet et ma tête vacille sur le coup. La saveur du sang se répand dans ma bouche. *Putain ! Ce mec sait cogner, y'a pas de doute !*

— Je n'ai pas tué Alexis, je lâche, tout en crachant un filet de sang au sol.

— Et bien sûr, je vais te croire !

— Laisse-moi t'expliquer toute l'histoire. OK ?

De La Vega semble se calmer. Il s'assoit à nouveau devant moi et me pointe du doigt.

— OK ! Mais après, je te bute !

J'ai envie de rire mais je me retiens. Il me menace du regard et finit par s'avachir sur sa chaise.

— Au début, Alexis devait seulement s'approcher de moi pour me soutirer des renseignements. C'est ce qu'elle a fait et quand j'ai décidé de prendre le rôle de chef, son client l'a payée pour me tuer.

Il se met à rire.

— Je l'aurais fait gratuitement.

Ses deux sbires se joignent à lui. Ils trouvent ça marrant mais c'est loin de l'être.

— Quand j'ai appris sa mission et qu'elle était fiancée, on s'est engueulés et je l'ai dégagée.

— Et tu l'as butée !

Je secoue la tête.

— Je ne l'ai pas butée, je te dis.

— Arrête de te foutre de ma gueule ! Si ce n'est pas toi, tu étais où pendant toutes ces années ? En mission humanitaire ?

— Je te jure que je ne l'ai pas tuée. J'ai trouvé Alexis dans la ruelle. Je cherchais ma sœur à ce moment-là et quand je l'ai trouvée à côté du corps gisant d'Alexis, j'ai pensé que c'était elle ! Alors j'ai plongé pour la protéger. J'ai dit aux flics que c'était moi.

— Tu es en train de me dire que c'est ta cinglée de sœur qui a buté Alexis ?!

Mes poings se serrent. Si je n'étais pas menotté, je lui aurais sauté dessus et lui aurais fait regretter ses paroles.

— MA SŒUR N'EST PAS CINGLÉE ! je hurle.

Je suis hors de moi mais je me calme direct quand Esteban pointe un flingue et colle son canon sur mon front.

— On n'est pas là pour débattre de la tare de ta sœur.

Putain ! J'ai envie de me le faire ! Ma sœur n'a pas de tare. Elle est différente et bien plus intelligente que n'importe qui.

— Continue ! Mais fais gaffe ! Si ta version ne me plaît pas...

Il actionne le chien de son Glock. Je déglutis.

— ... je te colle une balle ! Et personne n'aura besoin de me payer pour ça !

Bordel ! Je sens que je vais crever ce soir ! À ma droite, Dallas a l'air super tendu. Je mentirais si je disais que je ne le suis pas. Un fou furieux tient un flingue contre mon front et peut péter un câble à tout moment en pressant la détente.

— C'est Blake ! lâche alors Dallas, sous la pression.

Le visage de De La Vega se tourne vers mon ami. Il est complément paniqué. J'ai l'impression qu'il a envie de dégueuler.

— C'est Blake qui a buté Alexis.

Esteban prend quelques secondes pour analyser la situation. À un moment, il se décide à descendre son flingue et je souffle de soulagement. Ses lèvres s'étirent.

— Ce fils de pute a tué Alexis, répète Dallas.

— Il avait engagé Lexis pour se rapprocher de moi et il a fini par la poignarder. Il a fait en sorte de tout me mettre sur le dos pour que je plonge.

— Il voulait juste écarter Devon des BOD pour qu'il ne puisse pas reprendre les rênes, ajoute mon pote.

Putain ! Sous la pression, on ne vaut pas un dollar. Mais cette version semble satisfaire Esteban. Il sourit toujours. Mais quand il commence à partir dans un fou rire, je commence à douter. Est-ce qu'il nous a crus ?

— J'aimerais te proposer un marché.

Esteban arrête de rire et reprend son sérieux. Il me dévisage avec dédain, comme si j'avais la peste.

— Et pourquoi je voudrais faire affaire avec toi ?

— Parce que celui qui a tué Alexis est toujours en liberté. Et que Blake mérite de finir avec une balle entre les deux yeux.

Épisode #12
Devon

Face à un ennemi trop fort, mieux vaut s'allier que lutter.

Inconnu

18 mai

Madness Paradise

Je sens que je viens de capter son attention. Quand je lui ai dit que Blake devait crever, son regard s'est illuminé. Et si c'est le cas, c'est qu'il a cru en ma version. Et c'est que c'est bon pour moi.

— Toi et moi, on est sur la même longueur d'onde ! j'ajoute, voyant qu'il n'a toujours pas prononcé un mot.

De La Vega passe ses doigts sur son menton sans me quitter du regard.

— Laisse-moi parler avec ton père. Laisse-moi lui expliquer.

Cette fois-ci, il réagit et secoue la tête.

— Mon père ne veut pas faire affaire avec un bâtard de Thomas !

Bâtard ? Mais quel connard ! Mais le mieux est que je ne dise rien. Ce n'est pas le moment de débattre sur une insulte de gamin.

– Alors c'est avec toi que je peux discuter ?

Je vois qu'il tique et je comprends que la décision ne lui revient pas. Je sais que je vais devoir trouver les bons arguments pour le convaincre de me laisser parler à son chef.

– Écoute, ton père ne veut pas me parler, pas de soucis. Mais convaincs-le d'écouter ce que j'ai à vous proposer.

Esteban considère ma phrase quelques secondes avant de faire un petit signe de la tête. Aussitôt, les mains de ses sbires s'abattent sur mes épaules et celles de Dallas.

– Je te préviens, mon père déteste qu'on le sorte du lit aussi tôt. Surtout pour voir la sale gueule d'un enfoiré de Brothers Of Death.

L'homme de main derrière moi me force à me relever.

– Il ne le regrettera pas !

– Ouais, tu as plutôt intérêt. Et après, je te bute.

Putain ! Il est aussi décidé que mon cousin à me faire la peau. La liste de mes ennemis ne cesse d'augmenter alors que je suis le chef des Brothers Of Death depuis dix jours à peine.

De La Vega quitte la petite remise et l'abruti derrière moi couvre ma tête d'un tissu noir. Je comprends rapidement que c'est pour me déstabiliser mais aussi pour que je ne puisse plus me repérer. C'est complètement con. Cette nuit, c'était la première fois que j'entrais dans le Madness Paradise et la deuxième fois que je venais dans cette partie de la ville. D'ailleurs, si je m'en sors, je ne compte pas revenir de sitôt, vu l'accueil.

Le sbire me force à avancer et m'aide à me diriger à travers de longs et interminables couloirs. Durant toute notre marche, pas un mot n'est prononcé, seuls les bruits de nos pas se font entendre.

Je sens qu'on me fait grimper dans un ascenseur, mais pas celui réservé à la clientèle car l'absence de musique m'alerte. Sûrement celui destiné aux employés du casino.

La montée se fait toujours dans un silence de plomb. Parfois, j'entends le froissement d'un vêtement, ou le pied de quelqu'un tapoter sur le sol. Au bout de quelques minutes, j'entends les portes de la cabine s'ouvrir et on m'ordonne d'avancer.

— Alors c'est vrai ?

— À croire qu'il y a un peu trop de suicidaires dans ce monde. Ou des débiles ! fait Esteban.

J'entends les hommes rire alors qu'on me force à m'asseoir à nouveau, mais cette fois-ci, sur quelque chose de bien plus moelleux et confortable qu'une chaise. Sûrement un canapé.

— C'est qui ces mecs ?

— Le fils de Wilson Thomas et un autre gars !

On me retire le tissu qui me privait de ma vue et mon premier réflexe est de plisser les yeux à cause d'un spot encastré au plafond qui m'éclate la rétine. Mes yeux se déportent sur ma gauche, où Dallas a été forcé à s'asseoir, près de moi. Il tente de se redresser comme il le peut, toujours menotté dans le dos.

— Ça va ? je lui souffle.

Il opine d'un signe de tête. Je m'en veux d'avoir embarqué mon ami dans cette galère. Je ne pensais pas que ça prendrait une telle tournure. J'ai encore beaucoup de choses à apprendre.

Mes yeux se déportent à nouveau quand une présence passe devant moi. Esteban quitte la pièce, non sans oublier de donner des consignes à ses hommes. Il est sûrement parti chercher son père et le prévenir que je veux m'entretenir avec lui.

— Vous pouvez nous laisser les gars ? j'entends alors.

Mon regard se porte vers Dario, que j'avais presque oublié. Ses potes semblent hésiter un instant.

— Esteban nous a demandé de...

— Et moi, je vous demande de sortir, insiste mon ex-codétenu.

Les deux hommes, chargés de nous surveiller ne cherchent pas à objecter. Ils quittent la pièce, en ajoutant seulement qu'il devra se démerder avec leur boss. Dario leur lance un regard noir, tout en les observant quitter le bureau.

Quand la porte se referme, Dario déporte son attention sur moi. Il m'observe pendant un instant. Je ne sais pas s'il est content de me voir ou pas. Avec lui, ça a toujours été difficile de capter ses émotions ou ce qu'il pense. Il n'a jamais été très expressif et je constate que même libre, c'est toujours le cas.

— Je n'ai pas eu le choix, lâche-t-il.

Je secoue la tête. Ça, je l'avais très bien compris.

— Depuis ma sortie, je ne suis pas vraiment dans les petits papiers du boss.

À mes côtés, Dallas semble complètement perdu. Il ne cesse de pivoter sa tête entre Dario et moi.

— Le contraire t'aurait étonné ?

Dario grimace. Mon ex-codétenu a sûrement dû faire profil bas depuis qu'il est sorti de taule. Il a tout de même trahi les siens, en me sauvant la vie quand cet enfoiré que mon cousin avait payé avait tenté de me planter. Dario a loupé l'occasion de laisser crever un BOD.

— Attendez ! Vous vous connaissez ? me coupe Dallas.

— Ah ouais ! Désolé ! Dallas, je te présente Dario. On a partagé notre cellule en taule.

Mon pote paraît médusé, comme si ce que je venais de lui dire n'avait aucun sens.

— Comment s'est passée ta sortie ?

Dario semble réfléchir.

— Disons qu'elle aurait pu être plus agréable. Les miens m'ont offert les mêmes festivités qu'à toi. Le jour où tu t'es fait planter, j'ai fait une connerie selon eux. Carlos l'avait mauvaise mais Esteban s'est porté garant pour moi. Maintenant je dois faire mes preuves, si je veux réintégrer vraiment les rangs.

— Ils comptent faire quoi de moi ?

— J'en sais rien. Mais je peux te dire que tout le monde ici rêve de te trouer la peau. Depuis une heure, ils sont tous fous !

Je laisse échapper un rire.

— Ils ont tous aiguisé leurs couteaux pour rien, je ris.

— Ne plaisante pas, Devon. Je ne suis pas sûr que tu vas sortir d'ici vivant.

— Mais tu vas m'aider à les convaincre de me laisser la vie sauve !

Dario secoue la tête.

— Putain, Devon ! Tu ne peux pas me demander de sauver le cul d'un BOD aux dépens d'un des miens.

— Je le sais, Dario. Mais j'ai besoin de toi.

— Je ne peux rien te promettre sur ce coup. Il paraît que tu es devenu le chef des Brothers Of Death ?

Je hoche lentement la tête.

Dario n'a pas le temps de me demander quoi que ce soit que la porte du bureau s'ouvre. Une dizaine de mecs entrent, avec des armes jusqu'aux dents, prêts à les utiliser.

Je reconnais Carlos De La Vega facilement. Je ne l'ai jamais vu mais je remarque comment ses hommes l'encadrent, prêts à mourir pour leur chef. Lentement, il traverse la pièce sans nous jeter un regard. Je le vois tout de même plisser le nez, comme si on puait. Il passe une énorme porte à double battant, suivi par ses hommes et à nouveau, on nous force à nous lever.

Nous nous retrouvons dans une grande pièce, où une longue table comble l'espace. Elle pourrait recevoir une trentaine d'hommes sans problème.

Un mec m'arrête devant une table alors que les hommes prennent chacun une place. Carlos s'assoit au bout de celle-ci. Derrière lui, une immense baie vitrée permet de voir la salle des machines. Elle est enfin déserte, les derniers clients se sont enfin décidés à partir. Seules les femmes de ménage s'occupent à passer l'aspirateur et lustrer les meubles.

Le chef des Skulls fait signe à l'un de ses hommes, qui se penche sur lui, avant de porter son attention vers moi. Son regard est froid, son air est grave.

– Tu voulais voir notre chef, m'encourage Esteban qui a pris place à la droite de son père.

Tous les regards sont braqués sur nous, un silence de plomb plane dans l'air.

– Pour commencer, je n'ai pas tué Alexis. C'est moi qui l'ai trouvée dans cette ruelle, j'ai essayé de la réanimer et...

Je m'interromps quand une employée de l'hôtel fait irruption dans la pièce. Elle ramène un plateau et sert une tasse de café à Carlos.

– Je suis passé aux aveux car je pensais que c'était ma sœur qui avait commis l'irréparable. Mais je sais maintenant que ce n'est pas elle. J'ai lu le rapport de police, toutes les preuves vont contre une seule personne : mon cousin, Blake.

Carlos n'a toujours pas prononcé un mot. Il ne me regarde même pas, il a le regard fixé au loin et évite soigneusement de croiser le mien.

– Tu es en train de dire que c'est ton cousin qui a tué l'une des nôtres ? intervient un mec.

– Oui. Il avait engagé Alexis pour me tuer mais il a fini par la poignarder.

Je remarque que le poing d'Esteban se serre sur le plateau de la table.

– Pour quelle raison, je n'en sais rien.

– Tu avais bien plus de raisons que lui de la tuer, fait un autre homme.

– Peut-être, je dis. Mais le rapport de police prouve que c'est lui. La pointe de la lame du couteau qui a tué Alexis est restée coincée dans sa clavicule. Et il manque cette pointe au couteau de mon cousin.

Carlos continue à prendre son petit déjeuner, comme s'il se foutait de ce que je lui racontais. J'ai l'impression de le faire chier et il ne m'a toujours pas jeté un coup d'œil.

– Ça ne prouve rien ! fait l'homme qui avait pris la parole en premier.

— Blake avait ses raisons de la tuer. Il l'avait engagée pour m'éliminer, afin qu'il puisse reprendre les rênes des Brothers. Mais elle a refusé, alors Blake a tué Lexis. Il m'a fait porter le chapeau. Et je vous donne ma parole que ce n'est pas moi l'assassin. Je...

Les poings de Carlos s'abattent alors soudainement sur le plateau de la table en bois avec force. Son geste impose le silence dans la grande salle de réunion. Il prend une serviette, s'essuie le coin de la bouche avant de relever enfin son visage vers moi. Son regard est toujours aussi froid, son visage est grave et je vois qu'il se contient pour ne pas rentrer dans une rage monstre. Il finit par me pointer du doigt, l'air menaçant.

— Pour commencer, je déteste qu'on me réveille aussi tôt. D'ordinaire, je ne me serais même pas déplacé.

OK, ce mec n'est clairement pas commode et il faut l'avouer, il impose le respect.

— Deuxièmement, je me fous de cette petite pute, reprend Carlos. Elle a essayé de nous doubler, elle a tué un de mes hommes les plus fidèles et peu importe qui l'a butée, c'était le sort que je lui réservais. Une balle entre les deux yeux.

Son ton froid me fige aussitôt. Je suis presque choqué de l'entendre parler comme ça de l'une d'entre eux. Et d'ailleurs, pourquoi parle-t-il comme ça d'Alexis ? Mon frère m'a dit que la guerre entre les Skulls et les BOD s'était amplifiée depuis que j'avais été arrêté. Que les Skulls avaient commencé cette guerre pour venger Alexis. Dallas a perdu son salon à cause de ça, ma famille s'est fait expulser par notre propriétaire.

Mon regard se déporte vers Esteban, qui serre sa mâchoire avec force. Serait-ce lui qui aurait débuté cette guerre ? Est-ce lui qui tire les ficelles dans la bataille contre les BOD ? Je plisse le front. Et si Carlos était contre toutes ses attaques mais laissait faire son fils sans rien dire ?

— Ensuite, pourquoi est-ce que je devrais croire la parole d'un Thomas. La parole et l'honneur d'un Brothers Of Death ne valent rien. Celle d'un bâtard encore moins.

Bâtard ? Mais qu'est-ce que c'est que ces conneries ? Ce n'est pas la première fois qu'on m'insulte cette nuit et je ne pense pas que c'était un hasard.

– Bâtard ?

– Alors maintenant, tu vas mettre cartes sur table et me dire ce que tu veux me proposer, continue Carlos, en ignorant ma question. Parce que si tu continues à tourner en rond, j'ordonne à l'un de mes hommes de vous foutre une balle dans la tête, à toi et à ton pote qui est à deux doigts de se pisser dessus.

Les hommes rient alors que Dallas devient encore plus blême qu'il ne l'est déjà.

– OK. Cartes sur table. Je veux la mort de Blake et vous voulez la fin des BOD.

– Tu n'as pas suffisamment de gars au sein de ton gang de tocards pour s'en occuper ?

– Je ne sais pas en qui je peux avoir confiance.

– Tu es si mauvais chef que ça !?

De nouveaux rires se font entendre.

– Seul l'avenir me le dira. Mais j'ai entendu dire que les ennemis de mes ennemis étaient mes amis. Les BOD, je n'y suis que pour assouvir ma vengeance. Si vous me tuez, c'est Blake qui reprendra le flambeau. Alors que si vous me laissez la vie sauve, je m'engage à autre chose. Quelque chose que vous voulez plus que tout. Je vous ai suivis sans aucune résistance pour vous prouver ma bonne foi.

Carlos me considère un instant. Il réfléchit, s'apprête plusieurs fois à dire quelque chose avant de se raviser.

– Je te l'accorde. Quand mon fils m'a dit qu'un abruti de BOD était ici, sans hommes et sans armes, je me suis dit que ça valait peut-être le coup de rencontrer l'idiot qui pensait avoir suffisamment de couilles pour le faire.

– J'ai accepté votre visite de courtoisie en effet. D'ailleurs, vous ne vous êtes pas étonnés de ne pas subir de représailles après l'assassinat de l'un des nôtres ? Je n'y suis pas pour rien, croyez-moi.

– Étonnant pour un BOD. Bon, supposons que j'accepte de t'aider dans ta petite vendetta dont je me fous complètement, qu'est-ce que j'y gagne en retour ?

C'est là, à cet instant que tout va se jouer. Car là, maintenant, je sais que c'est quitte ou double. Soit Carlos accepte mon deal, et je peux sortir du Madness Paradise sans problème, avec de nouveaux alliés et des gars qui me protègeront. Soit je sors du casino, les deux pieds devant et un trou dans la cervelle.

– La fin de Brothers Of Death...

Épisode #13
Devon

*Parfois, on a besoin de faire une grosse bêtise pour se rendre compte qu'on
était sur le mauvais chemin.*

Inconnu

Le 18 mai
Maison de Violet

— Je n'arrive pas à y croire, murmure Dallas pour la énième fois.

Oui, moi aussi, j'ai du mal à y croire. Je me voyais déjà mort mais à croire que la négociation fait partie de mes points forts.

J'ai réussi à convaincre Carlos De La Vega de nous laisser sortir vivants de son casino. Ça n'a pas été une mince affaire. Ce vieux a la peau dure en affaires mais ce que je lui ai proposé ne l'a pas laissé de marbre. C'était une offre qu'il ne pouvait pas refuser.

Il m'a laissé un mois, pour me permettre d'assouvir ma vengeance contre mon cousin et honorer ma promesse de dissoudre les Brothers Of Death. Il aurait été bien con de louper l'opportunité de récupérer toute la ville d'Ironwood.

En contrepartie, il m'a assuré de mettre à ma disposition suffisamment d'hommes si j'en avais besoin. Je ne pense pas que ce sera le cas mais les BOD semblent toujours aussi obstinés à venger la mort de leur ami Garrett. Depuis plusieurs jours, j'essaie de les freiner mais c'est difficile. Mes hommes sont prêts à tout et surtout disposés à faire la peau des Skulls, jusqu'au dernier.

Le chef des Skulls a chargé son fils et Dario de surveiller mes faits et gestes, afin de s'assurer de ma bonne foi.

Nous quittons Wisteria Way et arrivons sur Black Rock Road. Notre escorte accélère alors et nous sème sans problème. Ça y est ! Nous sommes en territoire neutre et enfin libre de rentrer chez nous.

— Ça va ? je demande à mon pote.

Il se contente de hocher la tête, le regard fixé sur le parebrise.

— Je suis désolé de t'avoir mis dans cette situation délicate.

— Alors ça va être ça, ta vie, désormais ? Toujours devoir regarder derrière toi, même quand tu vas pisser, au risque que des mecs te tombent dessus à chaque instant ?

Je déglutis. Oui, c'est ma nouvelle vie, celle que je vais devoir subir jusqu'à ce que j'obtienne ma vengeance.

— Ça fait partie des risques du métier…

Je préfère ne pas dramatiser davantage la situation. Devoir toujours vérifier mes arrières, longer les murs ne m'enchante pas. J'ai l'impression d'avoir régressé et d'être encore en prison, où je craignais pour ma vie à chaque instant. Sauf que maintenant, les règles du jeu sont différentes, le terrain de jeu est plus grand.

Au moins, à Ironwood State, les matons m'assuraient une certaine sécurité, Dublin m'assurait une certaine protection. Aujourd'hui, je suis plus seul que jamais. Je suis encore plus enfermé que lorsque j'étais en prison.

— Devon ?

— Ouais ?

— Tu vas vraiment le faire ?

Je plisse le front, ne comprenant pas le sens de sa question.

– Dissoudre les Brothers Of Death ?

Je le fixe, l'air le plus sérieux possible. Bien sûr que je vais le faire. Ce monde ne m'appartient pas, je le côtoie seulement pour faire payer Blake, car c'est une étape obligatoire dans ma vengeance. Je déteste ce milieu, je déteste le Devon « chef des BOD ». Devoir gérer le business, frôler la frontière du bien et du mal, ce n'est pas moi. Je ne suis pas fait pour gouverner, je ne suis pas fait pour ne pas ressentir un minimum de culpabilité en voyant la drogue ou le fric sale circuler au ranch. J'ai toujours été un mec droit dans mes bottes, à toujours trimer pour joindre les deux bouts. La seule entorse que je faisais c'était les courses de rue qui arrondissaient les fins de mois pour les miens.

Et il y a cette promesse…

Je ne suis pas suicidaire, je ne veux pas mourir, et je sais que c'est ce qui m'attend si je ne respecte pas mes engagements. De La Vega semble penser que l'honneur d'un Brothers Of Death ne vaut pas un clou, à moi de lui prouver que je tiens ma parole.

– Si je ne le fais pas, De La Vega me tombera dessus.

Dallas grimace. Je crois que sa rencontre avec le chef des Cursed Skulls le hantera pour un bon moment. J'avoue que cette nuit, j'ai eu peur pour ma peau, et celle de mon pote, un bon nombre de fois. Je crois que j'ai vraiment pris conscience de ce que je pourrais perdre, dans cette guerre que j'ai déclarée contre Blake.

Ma vengeance m'est vitale mais est-ce que je ne vais pas trop loin ? Est-ce que tout ça vaut vraiment le coup, au risque d'y laisser ma peau ?

Pour clore la conversation, je tire sur la poignée de la portière. Il est très tôt, le soleil est sur le point de se lever et je rêve de m'écrouler sur mon lit.

– Ce week-end, je vais à L.A. pour voir mes nanas, m'annonce-t-il.

– Ouais, pas de soucis. Tu devrais peut-être en profiter pour dire à Camryn qu'on s'est vus.

Il grimace.

– Je ne sais pas si c'est une bonne idée. Camy l'a toujours un peu mauvaise depuis que tu m'as étalé.

– C'était il y a un siècle !

– Ouais, mais c'est Camy !

Sa réponse me fait rire. Camryn est la plus grande rancunière que je connaisse. Quand elle a quelqu'un dans le collimateur, c'est pour la vie.

– Fais comme tu veux, mais je pense que tu devrais lui dire. Sinon, c'est à toi qu'elle en voudra.

– Pas faux, ricane-t-il

Je laisse échapper un ricanement et finis par lui souhaiter une bonne nuit. Il recule dans l'allée et prend la route. Je me dirige vers la porte d'entrée, la déverrouille et retire mes pompes.

Putain ! Quelle nuit de dingue ! Je n'en reviens toujours pas que les Skulls nous ont laissé la vie sauve.

Silencieusement, je traverse le couloir et ouvre discrètement la porte de la chambre d'Alysson. Elle dort à poings fermés et je ne peux m'empêcher de sourire. Je fais les quelques pas jusqu'à son lit, abats la couverture sur elle pour qu'elle reste au chaud et dépose un baiser sur sa tempe avant de sortir.

Doucement, je pousse la porte de la chambre de Violet. La lumière du couloir éclaire son visage. Endormie, elle paraît si calme, si paisible alors que j'ai l'impression que l'adrénaline des émotions de cette nuit refuse de me quitter. Sur la pointe des pieds, j'avance vers le lit, sans quitter Violet du regard.

Dans la vie, j'ai appris beaucoup de choses. Je sais me relever à chaque fois que je tombe, je sais rendre les coups que l'on me donne. Je sais prendre soin de ma famille et me sacrifier pour eux. Tout ça me paraît tellement simple maintenant. Ce soir, j'ai pris encore plus conscience de l'importance de Violet pour moi. Je sais que je ne pourrais concevoir de ne plus être à ses côtés.

Je m'assois sur le matelas, près d'elle et dépose un baiser sur son épaule. Violet laisse échapper un gémissement et tourne vers moi son visage endormi. Je devrais m'en vouloir de l'avoir réveillée mais ce n'est pas le cas. Je souris en voyant ses lèvres s'étirer pour m'adresser un sourire dont elle seule a le secret.

— Tu es rentré ?

Je hoche simplement la tête et réponds à son sourire tandis qu'elle se redresse.

— Tu as passé une bonne soirée ?

Avant de partir, je lui ai menti en disant que je passais la soirée avec des anciens amis, ce qui n'est pas vraiment un mensonge, en réalité.

Préférant ne pas répondre à sa question, pour éviter de me griller dans mon mensonge, je prends son visage dans mes mains et l'attire vers le mien. Elle lâche un petit soupir d'aise.

Mon Dieu ! Cette nana, je l'ai dans la peau. Encore plus que toute l'encre qui parsème mon corps.

C'est sa langue qui demande accès à la mienne. Je ne m'en plains pas, j'adore ça. Elle est douce et chaude. Sans interrompre notre baiser, je me relève et me positionne sur elle, mes genoux de chaque côté de son corps frêle. Ses mains s'engouffrent aussitôt sous ma chemise. Elle caresse mon dos alors que je plonge ma main sous son débardeur qui lui sert de pyjama. Sa peau est douce, chaude.

Quand ses mains quittent mon dos et se posent sur ma chemise, mon cœur rate un battement et je recule mon visage. Je l'observe. Violet arrive à atténuer mon anxiété. Ses doigts, légèrement tremblants, retirent mes boutons un à un. Elle est douce dans son geste et quand elle ouvre ma chemise, je la vois sourire. De son index, elle descend son doigt jusqu'à mon nombril, effleurant mes tatouages et me provoquant un frisson qui parcourt ma colonne vertébrale. Elle me regarde, esquisse un léger sourire. Ce sourire que j'aime tant.

Elle relève ses yeux noisette vers moi. Elle est magnifique, le genre de femme qu'il serait con de laisser partir. Elle attrape l'ourlet de son débardeur. Elle relève ses mains et passe son débardeur par-dessus sa tête. Je ne précise pas l'effet que la vue de son corps me provoque à l'entrejambe. Comment peut-elle ne pas se rendre compte de ça à chaque fois que je la vois nue ?

Je ne peux m'en empêcher et mes lèvres sont aussitôt attirées par sa poitrine. D'une main, je titille son sein gauche alors que ma langue s'occupe de l'autre. Son corps se cambre aussitôt vers le mien.

Alors que je me délecte de retrouver la saveur de sa peau, ses mains s'occupent de défaire la boucle de ma ceinture. Je relève la tête et plonge mon regard dans le sien. Elle paraît si concentrée. Une lueur danse dans ses yeux et je sais à cet instant que je tombe toujours plus amoureux d'elle.

— Violet, je...

Je m'interromps. Je ne sais même pas ce que je voulais lui dire. Que je l'aime ? J'aurais pu mais j'ai peur qu'elle flippe si je lui disais tout de suite.

— Chut ! me coupe-t-elle.

Je me redresse aussitôt, toujours à califourchon sur elle et saisis l'élastique de son bas de pyjama que j'abaisse lentement jusqu'à ses chevilles. Elle se tortille sur place pour m'aider. Je la contemple un instant car honnêtement, elle est la plus belle chose que j'aie jamais vu sur cette Terre. Elle est parfaite et tout semble terne en comparaison.

— J'ai envie te sentir contre moi, Violet

Elle sourit et descend ses mains. Elle défait le bouton de mon jean, m'invitant à continuer. Je me relève et le retire rapidement, prenant mon boxer au passage. À chaque fois, je suis plus impatient d'être en elle mais ce soir, j'ai envie de prendre tout mon temps. Je veux ressentir chaque seconde avec elle, comme si c'étaient les dernières que je vivais sur Terre.

Quand je laisse tomber mon pantalon sur le sol, ses yeux s'écarquillent légèrement. Je souris aussitôt. Ce n'est pas la première fois qu'elle me voit nu mais elle a toujours cette réaction qui flatte clairement mon ego.

– Touche-moi, Devon.

Ma main se pose sur son ventre alors que je l'embrasse une nouvelle fois. Je la descends lentement et quand je touche le point le plus sensible de son corps, elle se cambre aussitôt vers moi. Elle laisse échapper un gémissement quand j'introduis un doigt en elle. Elle est douce, chaude et humide.

Je fouille dans le tiroir de ma table de chevet et en sors un préservatif que j'installe rapidement. Elle me regarde faire, curieuse.

– Viens, me dit-elle, un brin autoritaire.

– À vos ordres, madame !

Elle laisse échapper un petit « mais » quand je pénètre en elle, elle reprend son sérieux et écarquille les yeux.

Oh mon Dieu ! C'est bon ! Tellement bon ! Être en elle a un petit goût de magie. C'est différent de tout ce que j'ai toujours vécu.

– Ça va ?

Elle sourit puis hoche la tête, plusieurs fois. Ses jambes se croisent dans mon dos. Je l'entends gémir et je souris comme un con, quand je comprends qu'elle prend du plaisir. Violet est très expressive.

Ses talons se plantent dans le bas de mon dos, je comprends qu'elle ne va pas tarder à venir. J'aimerais la calmer, pour partager ce moment tous les deux, mais je sais que Violet peut être impatiente quand nous sommes au lit.

– Oh Devon ! souffle-t-elle.

L'entendre souffler mon prénom m'excite encore plus. J'accélère mes va-et-vient et je sens ses membres vibrer. Les miens tremblent tout autant et je viens avec elle.

Je suis totalement essoufflé, tant c'était intense, évident. Violet est grandiose, époustouflante. Parfaite. Elle l'est bien plus que je ne le serai jamais.

Le regard de Violet se voile d'inquiétude et je perçois son front qui se plisse. Que se passe-t-il ? Pourquoi fait-elle cette tête-là ?

Rapidement, elle tend le bras vers la table de chevet et allume la petite lampe. Je plisse les yeux alors que les siens sont exorbités. Je comprends enfin. Elle a vu mon visage.

– Ne t'inquiète pas, ce n'est rien.

Elle se redresse d'un bond, me forçant à l'imiter. À genoux sur le matelas, je la fixe en train de m'observer.

– Qu'est-ce qu'il s'est passé ? me demande-t-elle.

Je secoue la tête.

– C'était juste un malentendu.

Violet fronce les sourcils.

– Qui t'a frappé ?

Je ne peux pas lui dire la vérité et encore une fois, je vais devoir trouver un mensonge crédible. Lui mentir ne m'enchante pas mais je préfère ça plutôt que lui expliquer la vérité.

– Un ancien pote. À qui je devais du fric avant d'aller en prison. Il n'a pas apprécié que j'aie autant de retard pour le rembourser.

– Mais…

– Je lui ai expliqué que je sortais de prison, je la coupe.

– Oh ! D'accord !

Je lui offre un mince sourire pour tenter de la rassurer.

– Si tu as besoin d'argent, je peux…

Je secoue la tête.

– Non, ne t'inquiète pas. Hudson s'en est chargé.

Elle semble soulagée et je le suis tout autant en comprenant qu'elle a gobé mon bobard.

– Tant mieux ! Parce que je n'aimerais pas te voir encore une fois dans cet état.

– Ne t'inquiète pas, C'est réglé.

Elle m'offre un petit sourire sincère avant de poser délicatement ses lèvres sur les miennes.

— D'accord. Allez viens, je vais te nettoyer.

Épisode #14
Blake

21 mai

Ranch des Brothers Of Death

J'attrape mon paquet de clopes et les clefs de ma caisse, que j'avais abandonnées sur mon lit avant de prendre ma douche. J'observe ma chambre, plongée dans l'obscurité. C'est le bordel ici ! Mais il faut avouer que je ne la squatte plus trop, je préfère la piaule que je me suis aménagée dans la grange. J'y suis bien plus tranquille et libre de faire ce que je veux. À la maison, je me contente seulement de prendre mes repas et mes douches. Je fourre mes affaires dans la poche de mon jean et sors de ma chambre en trombe.

– Blake !

Alors que je m'apprête à passer la porte de la maison, mon père me retient. *Fait chier !* Je me fige, tourne mon visage vers le salon où mon père est assis sur le canapé, un verre de scotch à la main. *Putain ! Qu'est-ce qu'il me veut ?* Je serre les dents, amer. J'ai la rage contre lui

127

depuis quelques jours, depuis la cérémonie. Je n'en reviens pas qu'il ait laissé Devon débarquer au ranch comme ça, qu'il ait accepté que ce bâtard devienne notre chef.

— Viens boire un verre avec moi !

Pas envie ! Et encore moins le temps !

— Je suis attendu !

Ce soir, on se fait une soirée poker chez James, avec mes gars les plus fidèles. Une petite soirée tranquille où j'aurais l'occasion de descendre quelques bières et les délester de quelques milliers de dollars, du moins, je l'espère.

Mon père appuie son regard dans le mien. Il ne me laisse pas le choix. Résigné, j'entre dans le salon et me laisse tomber sur le fauteuil, face à lui. Il m'observe un instant, avant de se lever. Il s'approche du bar, verse du liquide ambré dans un verre puis revient vers moi. Il me tend le verre. Je n'ai pas envie de boire. Pas avec lui. Je suis bien trop énervé pour ça.

Mon père reprend sa place face à moi. Toujours silencieux, il prend une gorgée de son breuvage.

— Tu vas arrêter tes conneries, maintenant !

Son ton pourrait me surprendre mais ce n'est pas le cas. Je sais de quoi il veut parler. De mon départ lors du couronnement de Devon.

— Sinon quoi ?

— Tu crois que tu as le choix ? Devon est notre chef maintenant !

Le jour de la cérémonie, j'ai tout de suite compris pourquoi Devon s'était fait tatouer notre symbole couronné. Il sait tout. Cet enfoiré a mis cinq ans à comprendre mais il connaît toute la vérité. Mes motivations à engager Alexis, le meurtre de cette petite pute, les preuves que j'ai semées pour l'inculper. Devon est devenu le chef des Brothers Of Death dans le seul but de m'atteindre car il est en guerre. Il m'a déclaré la guerre. Il sait tout et veut se venger de moi. C'est mérité, il faut l'avouer, j'en aurais fait tout autant.

La seule question que je me pose est s'il est au courant qu'il n'est pas le fils de Wilson ? Je ne pense pas, sinon, il ne serait pas resté aussi calme, le jour de la cérémonie. Il aurait forcément exigé d'avoir des explications.

— Tu parles d'un chef ! Comment tu as pu le laisser me doubler comme ça ?

— Cette place lui revenait. Tant que tu n'étais pas couronné, il avait le droit de prétendre au trône.

— Te fous pas de ma gueule !

La mâchoire de mon père se serre. Il n'apprécie pas que je lui parle comme ça mais j'aime encore moins la façon dont il m'a écarté du gang.

— Tu vas m'écouter attentivement, Blake. Je te laisse deux options. Soit tu rentres dans le rang, tu prêtes allégeance à Devon...

— Ou quoi ?

— Ou tu fais tes affaires et tu te tires.

La liberté ou la servitude ? L'hypocrisie ou la franchise ?

— Mais n'espère pas rester à Ironwood. Si tu pars, je ne veux plus te revoir.

Je réprime ma rage en serrant mes poings sur mes genoux. *Putain ! Mon père serait prêt à me renier si je ne m'agenouille pas devant son précieux Devon ?!*

Les yeux de mon père appuyés dans les miens, nous nous fusillons du regard. Il vient de me poser un ultimatum, il veut que je rentre dans le rang, au risque de me virer de la maison, et des BOD par la même occasion. *Tout ça pour un bâtard !* Il est hors de question que j'accepte ça. Il est hors de question que je sois spectateur de l'adulation de mon père pour Devon. Il est hors de question que je passe à nouveau au second plan.

Lentement et sans quitter mon paternel du regard, je me lève de mon fauteuil. Je dépose mon verre sur la table basse en verre dressée entre nous deux. Il observe chacun de mes gestes et je relève mon menton fièrement quand je me redresse. Mon père ne fait rien, ne dit rien pour essayer de me retenir. Il croit que je bluffe mais je n'ai jamais été aussi sérieux de ma vie. Je refuse de me faire diriger par un enfoiré.

Je pivote sur moi-même, prêt à quitter la pièce.

— Je suis sérieux, Blake ! Si tu décides de partir, tu décides de tourner le dos aux Brothers Of Death !

Rien à foutre ! Je refuse de rester parmi mes frères si ce n'est pas moi qui les dirige, et encore plus si c'est un bâtard qui y règne.

Je sors du salon, et traverse l'entrée, prêt à sortir de l'immense bâtisse où j'ai grandi. Mais je me fige quand je remarque ma mère, cachée derrière le mur pour assister à la scène qui vient de se jouer. Les yeux larmoyants, elle me fixe, les lèvres tremblantes. Elle semble vouloir dire quelque chose mais se ravise. Je déglutis avant de m'approcher d'elle et de la serrer contre moi. C'est la dernière fois que je la vois. En tout cas, avant un long moment.

Ma mère s'apprête à dire quelque chose mais je ne préfère pas l'entendre. Elle veut seulement me conseiller d'écouter mon père, de rentrer dans le rang afin que je reste près d'elle. Peu importe ce qu'elle me dira, ma décision est prise. Si je ne me mets pas à genoux devant Devon, je ne suis plus le bienvenu. Mais jamais je ne me mettrai à genoux devant qui que ce soit. Et surtout pas devant lui.

Je m'éloigne de ma mère et passe déjà l'immense porte de la bâtisse. Je descends les quelques marches du perron et foule le gravier jusqu'à ma voiture. Je démarre son moteur et entends la portière s'ouvrir. Ma mère entre rapidement dans l'habitacle. *Que fait-elle ? Elle n'espère tout de même pas venir avec moi ? Car ça aussi, il en est hors de question.* J'aime ma mère. Elle est sûrement la seule femme pour qui j'ai des sentiments mais je refuse qu'elle quitte le ranch et qu'elle soit dans mes pattes.

Elle n'a toujours pas dit un mot et m'observe, horrifiée. Elle est sûrement en train de prendre conscience de la situation. Son regard s'assombrit alors. J'arrive à y distinguer la haine, l'amertume.

— Tue-moi ce bâtard et reviens vite !

Elle ne me laisse pas le temps de répondre quoi que ce soit qu'elle dépose un baiser sur ma joue et descend de la voiture. Je l'observe remonter les marches du perron et refermer la porte de la maison derrière elle.

« *Tue-moi ce bâtard et reviens vite !* »

Ces derniers mots ne cessent de se répéter dans ma tête, comme un leitmotiv. *Oh oui ! Je compte bien rayer ce bâtard de Devon de la surface de la Terre !*

Mon regard se déporte du porche et mes yeux se fixent sur mon père, qui m'observe depuis la fenêtre du salon. Il se tient droit, les mains jointes derrière son dos, le regard sombre. Je me retiens de lui faire un doigt d'honneur et enclenche ma vitesse. Encore une fois, il a préféré ce bâtard !

Dans un silence de mort, je sens les regards de mes gars sur moi. Depuis que je suis arrivé à l'appartement de James, je vois qu'ils se retiennent tous de me demander ce qui me met en rogne. Pourtant, la raison est évidente. Devon ! Ce mec me fait chier et me donne envie de vomir.

Pendant des années, il n'a porté aucun intérêt aux Brothers Of Death, ce qui était loin de me déplaire. Mais quand il a songé à reprendre les rênes, je me suis senti menacé. Ce bâtard allait m'empêcher d'accéder au trône. Je pensais que le viol de sa sœur, orchestré par les « Skulls » et son séjour en prison allaient le dissuader, qu'il allait retourner à sa petite vie misérable, à trimer six jours sur sept, comme il l'a toujours fait. Mais non, il a fallu qui contrecarre tous mes plans.

— Il faut qu'on se débarrasse de cette mouche à merde !

Les mecs opinent solennellement d'un signe de la tête. Chrys se couche alors que Duncan relance.

— Tu as un plan ? me demande James.

Je fixe mon pauvre trois de carreau et mon dix de pique avant de balancer mes cartes sur la table. Les lèvres de Duncan s'étirent et il récupère les jetons sur la table.

— Tu veux le buter ?

Je secoue la tête. Non, l'heure de Devon n'est pas encore arrivée. Et pour être honnête, les deux personnes que j'avais chargées de s'en occuper ont échoué lamentablement. Cette petite pute des Skulls a essayé de me la faire à l'envers. Cette pimbêche s'était entichée de mon cousin et elle a voulu tout arrêter. Quand elle a tenté un dernier coup de poker, me promettant qu'elle comptait le faire, je n'ai pas été dupe et je l'ai butée sur le champ. Elle me faisait perdre mon temps.

Quant à ce bon à rien de Logan, il a été près du but mais ce bâtard de Devon a la peau dure. Malgré sept coups de couteau, il a réussi à s'en sortir. J'étais dans une rage folle quand je l'ai appris. À croire que si on veut un travail bien fait, il faut le faire soi-même.

— Dommage que Logan ait loupé son coup.

Je soupire d'agacement. Quand Devon a été enfermé, je pensais que mon père allait finir par me nommer chef. Mais au bout de quatre ans, j'ai compris qu'il était loin de me céder les rênes. Et j'ai compris qu'il gardait la place au chaud pour la sortie de mon cousin. Je me devais de faire quelque chose. Si Devon crevait, le problème était résolu. Mon père aurait fini par se résigner et me filer le pouvoir. Mais cet abruti de Logan n'a même pas été capable de réussir une chose aussi simple. Peut-être devrais-je charger quelqu'un de lui faire payer son erreur ? Vince, le gamin qui s'est fait coffrer pour stupéfiants serait parfait pour s'occuper de son cas.

— On doit monter un coup. Nous débarrasser de Devon une bonne fois pour toutes !

« Tue-moi ce bâtard et reviens vite ! »

La demande de ma mère ne cesse de se rejouer dans ma tête depuis tout à l'heure. Oui, je compte le buter. J'aurais dû m'en charger depuis bien longtemps. Mais je ne dois pas me précipiter. Mon

132

impatience pourrait tout faire capoter. Je dois prendre mon temps, analyser toutes les options et opportunités qui se présenteraient à moi et élaborer un plan. Un plan infaillible. Mais cette fois-ci, je ne renouvellerai pas ma première erreur. Je ne me contenterai pas de l'envoyer à l'ombre, je l'expédierai six pieds sous terre et je ne confierai cette tâche à personne. Il est temps que Devon Thomas vive ses derniers instants !

— Ordonne et j'exécute, fait Chrys.

Je pivote mon visage vers Chrys et étire mes lèvres. Ce mec n'a peur de rien. Il n'hésite jamais à se salir les mains.

— Chaque chose en son temps, je siffle.

Chrys paraît déçu par ma réponse alors que James et Duncan sont étonnés. Ils savent que j'ai toujours un plan en tête, que je n'annonce jamais rien sans que tout soit organisé dans ma tête.

— Il me faut des hommes !

— On est là !

Je laisse échapper un petit rire. Il y a encore deux semaines, j'avais une centaine de mecs derrière moi, prêts à tout pour moi. Et aujourd'hui, je n'ai plus qu'eux trois. Ce qui est loin d'être suffisant. Je pourrais essayer de retourner des BOD contre Devon, d'enrôler des mecs pour me rejoindre. Mais un Brothers Of Death est fidèle. Ils ne suivent que leur chef. Et leur loyauté ira à Devon, ou à mon père, qui est du côté de Devon. Convaincre des Brothers Of Death de me rejoindre est un pari risqué et même si j'arrivais à en trouver, nous ne serions toujours qu'une poignée. Ce qu'il faudrait, c'est suffisamment de mecs qui veulent la peau de Devon. Un tas d'hommes.

— On va se charger de Carlos De La Vega ! je dis.

— Euh... Ce n'est pas Devon que tu voulais buter ?

J'en crève d'envie mais chaque chose en son temps. Et je sais que si je tue Devon, les soupçons se porteront sur moi car je n'ai pas prêté allégeance à cet enfoiré. Il faut que je la joue fine si je ne veux pas que tous les BOD pensent que j'ai buté leur chef. S'ils ont le moindre doute, jamais ils ne me proclameront chef.

Tuer Devon moi-même serait la pire des conneries, ça me conduirait à coup sûr à ma perte.

– Si. Mais si De La Vega crève et que les Skulls pensent que c'est Devon qui s'est occupé de son cas, il aura tous ces enfoirés sur le dos. Il faut que tous les soupçons se tournent vers Devon.

Tuer De La Vega ne sera pas une partie de plaisir. Il faut qu'il soit seul, où avec le moins de mecs possibles autour de lui. Je vais sûrement devoir graisser la patte de quelques personnes si je veux arriver au but. Mais c'est la seule solution si je veux réintégrer les Brothers Of Death, c'est la seule option qui me permettra de devenir enfin le chef. Et j'aurai enfin la place que je mérite.

– Tu suggères de lâcher les Skulls contre Devon ?

– Oui. Il faut éliminer Carlos et faire porter le chapeau à Devon. Œil pour œil, un chef pour un chef. Les Skulls voudront forcément venger leur chef.

– Je suis ton homme, lâche Chrys.

Je secoue la tête. Hors de question que je fasse à nouveau la connerie de charger quelqu'un de faire mon boulot. Je ne peux pas prendre le risque que le plan échoue. C'est ma dernière chance de renverser Devon et de l'envoyer six pieds sous terre.

– Non ! Devon Thomas va mourir et c'est à moi de le faire ! C'est à moi d'être suffisamment intelligent pour pousser les Skulls à lui faire la peau !

Épisode #15
Devon

23 mai

Maison de Violet

Le petit rire d'Easton retentit depuis le jardin. Il s'amuse, courant après Alysson. Depuis qu'elle vit ici, je vois qu'elle se sent mieux, qu'elle semble reprendre goût à la vie. Elle est plus ouverte, plus joyeuse. Et l'autre jour, je l'ai surprise à parler à Easton.

– Elle a l'air heureuse, souffle Hudson, son regard braqué sur elle.

Quand on voit le sourire qu'elle affiche, tout le monde le penserait. Mais je sais que ses démons sont toujours là. Même si cela fait presque cinq ans qu'elle s'est fait violer, j'ai peur qu'elle n'arrive jamais à se relever de cette épreuve.

Violet arrive sur la terrasse et dépose un énorme plateau sur la table. Je souris en voyant le gâteau qu'elle a mis la matinée à préparer. Quand elle a su qu'aujourd'hui, c'était l'anniversaire d'Hudson, elle a voulu à tout prix le lui souhaiter. Je n'avais pas cœur à la freiner

135

dans ses ardeurs. Elle attrape le zippo de mon père qu'Hudson a laissé sur la table et allume les bougies.

Apaté par le dessert, Easton a vite fait de rappliquer. Il grimpe sur les genoux de mon frère, les yeux fixés sur le gâteau.

– On chante ? suggère mon neveu, alors qu'Alysson vient s'installer près de moi, essoufflée d'avoir joué avec le petit.

– Non ! Non ! Non ! Hors de question ! râle mon frère.

Je ris. Avant je détestais qu'on fête mon anniversaire et encore plus qu'on chante. Ma mère insistait à chaque fois et ça me gênait presque. Mais ça, c'était avant d'aller en taule, là où j'ai compris que ces petits moments en famille valaient tout l'or du monde. Pendant toutes ces années, j'aurais tout donné pour pouvoir passer ces instants avec ma famille.

Violet et Easton sont déjà en train de chanter à tue-tête et je me joins à eux.

– Allez, fais un vœu, papa !

Violet paraît aussi excitée que mon neveu. Elle frappe dans ses mains.

– Oh oui !

Je laisse échapper un petit rire. Violet est une rêveuse, qui a gardé son âme d'enfant. Mais j'aime l'idée qu'elle soit aussi insouciante et terre à terre à la fois, rêveuse et ambitieuse.

– OK, OK ! Je vais en faire deux alors, finit par dire Hudson, qui se prête enfin au jeu.

Easton semble ravi et aide même son père à souffler ses vingt-deux bougies. Je n'en reviens pas d'être présent. Je pensais que j'aurais dû me contenter d'un simple appel ou d'une visite au parloir pour fêter l'événement. J'ai loupé tellement d'anniversaires.

– Violet, ton gâteau, il a l'air délicieux ! fait Easton.

– Merci, chaton ! Je l'espère.

Violet se charge de couper le cadeau et prend soin de servir une énorme part à Hudson et Easton.

— Après, je pourrai avoir une glace ? demande mon neveu, gourmand.

— Easton, on ne réclame pas, je dis.

— Oh pardon, j'ai oublié de dire le mot magique ! Violet, je pourrai avoir une glace après le gâteau, s'il te plaît.

Elle saisit ses joues et frotte son nez contre le sien. Je les trouve mignon. Violet adore les enfants, ça se voit et la voir si chaleureuse avec mon neveu me fait tomber encore plus amoureux d'elle.

— Seulement si tu finis tout ton gâteau.

— Compte sur moi !

Il fourre une énorme part dans sa bouche alors que je me décide enfin à tendre le cadeau prévu pour mon frère. Il me remercie, le déballe et découvre le nouveau téléphone que je lui ai acheté avec une partie du fric gagné lors de ma dernière course. Easton lui offre une jolie carte qu'il a dessinée lui-même, aidé par Violet qui s'était fait un malin plaisir de lui sortir une quantité astronomique de pastels, de crayons de couleurs et de feutres. Ensemble, ils avaient passés presque une heure à coller des gommettes et stickers pour la décorer. Je vois que mon neveu est fier de son cadeau pour son père.

— J'aimerais retourner à l'école, souffle alors ma sœur.

— C'est vrai ? je demande.

Alysson hoche la tête avec sérieux. Je n'en reviens pas qu'elle veuille enfin y retourner. Mais si c'est le cas, c'est qu'elle se sent vraiment mieux depuis qu'elle est partie du ranch.

— C'est super. Je... J'irai dans ton ancienne école, pour voir s'ils ont une place pour toi et...

— Non. Je veux aller au lycée.

Sa demande me surprend.

— Aly, je... Tu es sûre ? je demande, réticent.

Elle hoche à nouveau la tête.

— Ce n'est peut-être pas une si mauvaise idée, suggère Violet. Alysson a un très bon niveau scolaire, bien meilleur que certains au lycée.

Ça, je le sais. Ma sœur est très intelligente, sûrement surdouée. Mais si elle ne se faisait pas d'amis au lycée ? Si elle ne s'y sentait pas bien ?

— On pourrait essayer, je souffle.

Si c'est vraiment ce qu'elle veut, je ne peux pas la forcer à aller dans une école spécialisée.

— Et si ça ne lui convient pas, ajoute Huddy, on pourra l'inscrire dans son ancienne école.

Alysson paraît excitée par cette suggestion. Et la voir si enjouée me fait vraiment plaisir. Ça veut dire qu'elle évolue, qu'elle se guérit de ses blessures, qu'elle va de l'avant.

— Alors j'irai voir Finoza demain matin. C'est toujours elle, le proviseur ?

— Toujours me confirme Violet.

Mon regard se déporte sur ma droite quand je remarque un homme pousser le petit portillon du jardin. Il traverse la pelouse parfaitement taillée dans notre direction. Alors qu'il est à quelques pas de nous, je le reconnais alors. C'est le flic qui m'a interrogé, quand je me suis fait arrêter. Soudainement, je me sens mal à l'aise. C'est le père adoptif de Violet et même s'il est à la retraite maintenant, c'est un ancien flic et il verra sûrement d'un mauvais œil ma relation avec sa fille.

Quand son regard se verrouille au mien, Franck Pierce se fige. Je suis sûrement le dernier mec qu'il s'apprêtait à voir ici. Il me considère un instant, balade son regard sur moi et s'attarde sur mes tatouages visibles. Ses lèvres se pincent. Je ne pense pas qu'il a vu le tatouage des Brothers Of Death et je ne l'espère pas. Il le verrait aussi d'un mauvais œil, c'est évident. Discrètement, j'abaisse mon bras. Autant ne pas jouer avec le feu.

Franck Pierce monte les quelques marches menant sur la terrasse en bois et vient embrasser tendrement sa fille.

— Je suis désolé, ma chérie, je ne savais pas que tu recevais du monde.

— Y'a pas de soucis. Papa, je te présente mes amis.

Son père nous salue d'un sourire chaleureux quand Violet nous présente.

— Et voici Devon.

Cette fois-ci, le père de Violet me tend une poignée de main que je saisis. Il soutient mon regard avec un air de défi.

— Je passais juste à l'improviste, pour savoir comment tu allais depuis le déménagement de June. J'espère que je ne dérange pas.

— Pas du tout. On fêtait l'anniversaire de Hudson, le petit frère de Devon.

— C'est bien. Quel âge as-tu, jeune homme ?

Mon frère paraît amusé par la façon dont il a posé sa question.

— Vingt-deux ans !

— C'est un évènement !

Hudson se contente de hausser les épaules, ne sachant pas quoi répondre.

— Papa, tu veux une part de gâteau ?

— Avec plaisir.

Violet sourit tendrement à son père avant de porter son attention vers moi.

— Devon ? Tu viens me donner un coup de main ?

Je lui réponds par un sourire et me lève de ma chaise.

Je la suis jusque la cuisine où elle me demande de sortir des bières fraîches du frigo tandis qu'elle sort une petite assiette du placard.

— Tu... Je suis désolée, je ne savais pas que mon père comptait passer cet après-midi.

Je ne comprends pas bien pourquoi elle s'excuse. Violet est chez elle et libre de recevoir qui elle veut. Je relève mon visage du frigo et l'interroge du regard.

— Tu... Ça doit te faire... bizarre.

— Pourquoi ?

139

— De revoir l'homme qui t'a arrêté.

— Oh ! Ça !

Je secoue la tête.

— Non, y a pas de soucis. Je... C'est ton père. J'aurais bien dû le rencontrer un jour ou l'autre.

Elle me sourit avant de glisser jusqu'à moi. Elle se hisse sur la pointe des pieds pour déposer un baiser sur mes lèvres. J'aime la douceur de ses lèvres et leur chaleur. D'instinct, mes doigts viennent effleurer la douceur de ses jambes nues et relèvent légèrement sa petite robe d'été fleurie. Ses mains se joignent derrière mon cou et je la rapproche un peu plus de moi.

Un ravalement de gorge nous sort aussitôt de notre bulle. Nous pivotons tous les deux nos visages vers le père de Violet, qui nous observe, une pointe de colère dans le regard. Je crois que je viens de braquer un papa protecteur.

— Oh, euh, papa, tu...

— Je venais vous donner un coup de main. Mais il semble que vous vous en sortez très bien.

Mal à l'aise, Violet semble embarrassée. Ses joues se teintent de rouge. Elle récupère la petite assiette qu'elle avait posée sur le plan de travail.

— Je vais aider Devon avec les bières.

Violet se racle la gorge, toujours gênée et pivote sur elle-même pour sortir sur la terrasse, me laissant seul avec son père.

Franck Pierce me considère à nouveau, comme il l'avait fait en arrivant dans le jardin.

— Je ne sais pas si tu te souviens de moi, commence-t-il.

Comment aurais-je pu l'oublier ? Quand on passe des heures devant un mec, et qu'on lui avoue un meurtre, on ne peut que se souvenir de lui.

— Vous êtes le lieutenant Pierce, je réponds.

— Ex-lieutenant. Je suis à la retraite désormais.

Je hoche seulement la tête, ne sachant pas quoi ajouter de plus. Franck Pierce décapsule une bière qu'il me tend.

— Tu t'es donc décidé à dire la vérité ?

Je hoche encore la tête.

— Tu en as mis du temps.

— Un peu plus de quatre ans.

— Je le sais. Je me souviens très bien de ton cas. J'ai une très bonne mémoire. Je me rappelle toutes mes affaires. J'avais tout de suite compris que tu couvrais quelqu'un. Ta sœur, c'est ça ?

— Oui. Je pensais que c'était ma sœur.

— Violet m'a demandé de l'aide. Elle aimerait que j'aide mes anciens collègues à prouver la culpabilité de Blake Thomas dans le meurtre d'Alexis Cooper.

— Je l'ignorais.

— Violet semble déterminée à rétablir la vérité.

Elle ne devrait pas. Je préférerais qu'elle reste loin de tout ça. C'est bien mieux pour elle. Mais je sais que si je lui demandais, elle n'en ferait qu'à sa tête quand même.

— J'ai réussi à convaincre mon ancien chef de me laisser devenir consultant sur l'affaire.

— Où ça en est ?

— Normalement, je n'ai pas le droit de t'en parler et tu dois comprendre que c'est dans ton intérêt de garder pour toi tout ce que je vais te dire.

Je hoche lentement la tête.

— Une perquisition au ranch est prévue cet après-midi, dans l'espoir de retrouver le couteau qui a tué Alexis. Mais il semblerait que Blake ait quitté le ranch.

Quoi ? C'est quoi ces conneries ? Blake s'est tiré du ranch ? Mais pourquoi ? Blake n'abandonnerait jamais les Brothers Of Death, sauf s'il y était contraint. Et le seul qui pourrait le contraindre, c'est mon oncle. Je me demande s'il n'a pas foutu son fils à la porte. Sûrement car il refuse d'accepter que je sois le nouveau chef des Brothers Of Death. Mais si c'est le cas, pourquoi mon oncle ne m'en a pas parlé ?

— Ça fait des années que des flics sont sur son dos et le filent, et autant de temps qu'on essaye de le coffrer. Mais Blake Thomas est malin. Et il a de bonnes relations, même parmi la police de la ville. Il a toujours un alibi, un bon avocat ou des hommes de main pour faire le travail à sa place.

— Sûrement James et Chrys. Je soupçonne fortement le premier d'avoir violé ma petite sœur.

Franck Pierce pince ses lèvres et m'offre un léger sourire plein de compassion. Il finit par hocher la tête.

— Donc si vous retrouvez son couteau, il se passera quoi ?

— Il sera arrêté et inculpé pour assassinat. Et il plongera pour un petit bout de temps.

Épisode #16
Devon

Confronter ses propres peurs et les vaincre est le commencement de la réalisation de soi.

Esther Johnson

24 mai

Ranch des Thomas

C'est avec rage que je tire le frein à main de ma voiture. Tout aussi énervé, je descends de ma caisse et fais les quelques pas jusqu'à la grange. Quelques mecs y sont et je les salue d'un signe de tête rapide.

— Vous avez-vous mon oncle ?

— Dans la réserve.

Je tourne les talons et ignore la proposition de boire une bière avec eux. Je n'ai pas le temps, ni l'envie. Je dois parler à Erick.

Je le trouve rapidement dans la réserve, en train de discuter avec des employés de la fabrique. Quand il me remarque, marchant d'un pas déterminé vers lui, il congédie ses hommes.

— Je dois te parler ! je lâche en me postant devant mon oncle.

— Ça tombe bien, moi aussi.

Il pose sa main sur mon épaule et m'éloigne d'un employé, pour que notre conversation soit plus confidentielle.

— Tu comptais me prévenir quand pour la perquisition ?

— Justement, c'est de ça que je voulais te parler. Les flics ont débarqué hier.

— Ouais, je suis au courant. Pour quelle raison ?

Mon oncle secoue la tête.

— Ils ont refusé de me le préciser.

Pas étonnant, en réalité. Dans ce genre de cas, les flics le font rarement. Et ils avaient sûrement de bonnes raisons de ne pas le faire. Peut-être que, tout comme moi, ils n'écartent pas l'idée que Blake et mon oncle soient de mèche dans le meurtre d'Alexis

— Qu'est-ce qu'ils ont trouvé ?

Il secoue la tête de nouveau.

— Justement, rien. Apparemment, d'après ce que j'ai entendu, ils cherchaient un couteau.

Celui qui a servi à tuer Alexis. L'enquête avance si les flics sont venus au ranch, afin de trouver l'arme du crime.

— Je ne comprends pas vraiment ce qu'il se passe, lâche mon oncle.

Je vois qu'il est désemparé mais je ne me laisse pas atteindre par la compassion. Mon oncle peut aussi bien jouer la comédie que son fils. Ou même moi.

— Si les flics commencent à fouiner dans nos affaires, je…

— Je sais, Devon. Je sais que ça peut incriminer les Brothers Of Death, que ça peut nous porter préjudice. Ne donnons pas aux flics une raison de fouiller plus en profondeur ici. Ce qu'ils trouveraient nous enverrait direct devant un juge.

Pour finir en taule. Et maintenant que c'est moi qui suis le chef, je serai celui qui prendra le plus cher. Et il est hors de question que je retourne en taule. J'y ai déjà passé beaucoup trop de temps.

— Et ce couteau ? Tu sais où Blake l'a planqué ?

Si ce couteau pouvait réapparaître, j'aurais la certitude que mon cousin se ferait arrêter. Mon oncle pince ses lèvres.

— Je n'en sais rien. Surement avec Blake. Il ne s'en sépare jamais. C'est… Le couteau de cérémonie est sacré pour lui. Jamais il ne s'en séparerait.

Il a bien trop de valeur et d'importance pour lui. Pour ma part, valeur ou pas, importance ou pas, si j'étais à sa place, je me serais déjà assuré qu'il ne soit plus un problème.

Mais si Blake avait eu vent que l'enquête a été réouverte par ses indics et qu'il s'en est vraiment débarrassé ? C'est la seule preuve qui pourrait l'envoyer en prison pour le meurtre de Lexis. S'il ne l'a plus, les flics n'auront rien contre lui, plus de preuves concrètes.

Il faut qu'on retrouve ce couteau. Je ne sais pas vraiment comment mais je refuse qu'on ne le retrouve jamais. Peut-être pourrais-je mettre Dallas sur le coup ? L'envoyer auprès de Blake pour l'espionner et s'assurer qu'il a toujours l'arme ?

— Où est Blake ?

— Je ne sais pas. Il n'a plus beaucoup d'amis ici. Presque tous nos frères t'ont prêté allégeance.

Sûrement par loyauté envers mon oncle qui a été leur chef par intérim pendant presque vingt ans.

— Il est sûrement chez son ami James, reprend-il.

À l'évocation de ce prénom, ma mâchoire se serre en même temps que mes poings.

— Ce mec est interdit de revenir ici !

— Devon, me sermonne mon oncle.

— Je suis sérieux, Erick. Lui, Chrys et l'autre mec…

— Duncan ?

145

– … Je refuse qu'ils refoutent leurs pieds ici. Lors de la cérémonie, ils m'ont clairement manqué de respect en suivant ton fils.

– Calme-toi, Devon. Je comprends ta position et ton ressenti mais tu sais qu'ils sont loyaux envers Blake.

– C'est envers moi qui devraient l'être. Je suis leur chef !

– Je sais Devon. Laisse les se calmer. Quand Blake acceptera ta position de chef, il reviendra s'excuser et ses potes suivront.

En réalité, j'espère pour eux qu'ils ne le feront pas. Ni même Blake. Ces quatre mecs sont morts pour moi et deux le seront vraiment dans pas longtemps.

Épisode #17
Devon

La vengeance est boiteuse. Elle vient à pas lents mais elle vient.

Victor Hugo

26 mai

Ancienne gare d'Ironwood

Je n'ai jamais aimé cet endroit. Ici, j'ai une drôle d'impression, comme si la mort planait dans l'air. Ce vieux dépôt de locomotives a été fermé depuis plusieurs décennies, bien avant ma naissance. Avant, ce dépôt était un endroit stratégique qui reliait Phoenix à Las Vegas et permettait le ravitaillement en combustible. Mais maintenant, seuls les jeunes viennent jouer ici, à provoquer la mort en restant le plus longtemps possible sur les rails, quand un train est en approche. Je trouve ce jeu complètement débile et il y a déjà eu pas mal d'accidents.

Assis sur le capot de ma bagnole, Dallas et Hudson se taquinent. Ces deux-là se sont toujours bien entendus, surtout pour se lancer des défis débiles ou en balançant le plus de conneries possibles.

— Ouais, ouais, je te jure. Un mec qui était dans ma classe. Il voulait épater une fille.

– Et il est mort ?

– Ouais. Il paraît qu'ils ont retrouvé des morceaux de lui sur plusieurs centaines de mètres.

– Bah putain ! La meuf devait être sacrément épatée après ça, rit Dallas.

Je soupire d'agacement. Je trouve qu'ils abusent de parler d'un pauvre mec qui n'avait sûrement pas envie de finir écrabouillé par un train.

– Tu m'étonnes. Dommage qu'il n'a pas pu en profiter.

Ces deux-là rient alors que je jette ma clope au loin. Je me tourne vers eux, dépité.

– Vous n'avez pas l'impression de manquer de respect à ces pauvres mecs ?

Dallas et Hudson semblent surpris. Mon frère hausse les épaules alors que Dallas semble amusé.

– On leur rend honneur ! Ces mecs ont eu de sacrées couilles pour risquer leurs vies.

Ils sont très bêtes. Risquer de mourir pour épater la galerie ou par défi, c'est complètement idiot.

– Allez, Devon, on déconne. On sait que c'est triste pour ces mecs. Mais personne ne les avait forcés.

– Tu le ferais, toi ? me demande mon frère.

Non, j'ai carrément autre chose à foutre que de prouver si j'ai du cran ou non. Et avec mon séjour en prison, j'ai compris que la vie est courte et qu'elle peut basculer en une fraction de seconde.

– Ce n'est pas ce jeu débile qui prouvera que j'ai une paire de couilles.

– Pourtant, t'en as eu, au casino, fait alors une voix derrière moi.

Je me retourne et remarque Dario foncer droit sur moi, Esteban sur ses talons. Ils sont en retard mais je préfère ne pas m'en formaliser. Je n'étais pas sûr qu'ils accepteraient mon invitation. Dario me sourit en s'approchant de moi et finit par écraser son poing contre le mien pour me saluer. Je vois que ce geste ne fait pas plaisir à Esteban. Il doit penser que son pote sympathise avec l'ennemi. Pourtant, je n'en suis pas un. Nous avons le même intérêt : faire payer Blake.

Esteban se contente de nous saluer d'un petit signe de tête. Je perçois son agacement, il n'est pas plus heureux que ça d'être ici mais il n'a pas eu le choix.

À la fin de notre discussion avec les Skulls, lors de notre mission suicide, Carlos a ordonné à son fils de gérer la situation, en compagnie de Dario. Lui ne voulait pas en entendre parler. Il était prêt à nous aider, dans le seul but que j'honore la promesse que je lui avais faite : la fin des Brothers Of Death.

— Bon, tu voulais me voir pourquoi ?

— L'enquête du meurtre d'Alexis a été rouverte mais Blake est malin. Il y a eu une perquisition au ranch. Les flics n'ont pas retrouvé le couteau.

C'était à s'en douter. Blake a été malin, très malin pour planquer le couteau car je sais au fond de moi qu'il n'aurait pas pu s'en débarrasser. Il y tient beaucoup trop. Si ce n'était pas le cas, il s'en serait débarrassé juste après le meurtre d'Alexis. Il doit forcément l'avoir avec lui mais les flics ne savent pas où il se planque alors que moi, j'ai ma petite idée.

— Il a sûrement dû nettoyer toutes les preuves qui l'incrimineraient, intervient Dallas.

— Tu suggères quoi ? demande mon frère.

— Qu'on monte un plan, pour que Blake se fasse arrêter par les flics.

— C'est ça ton plan ? Faire enfermer Blake ?

J'opine d'un signe de la tête.

— Écoute bien, le bâtard ! Ce mec, je veux le voir mort. Alors pourquoi n'irais-tu pas le surprendre en lui collant une balle entre les yeux.

Je secoue la tête.

— Je ne peux pas !

— Pourquoi ? Tu dis être de bonne foi, prouve-le !

149

Parce que je ne suis pas suffisamment con pour faire quoi que ce soit qui me renverrait directement en taule. Je dois rester blanc comme neige. Et puis, il y a Violet et la promesse que je me dois de tenir, coûte que coûte.

– J'ai fait une promesse, je souffle.

Esteban ricane.

– Une promesse ? Rien que ça ! Tu vas apprendre à tes dépends, bâtard, que dans ce boulot, les promesses peuvent vite être salies. Si ce n'est pas toi qui baises un mec, c'est lui qui finira par te baiser.

– Je l'ai promis à ma copine.

Dario semble amusé par ma remarque.

– Alors tu te la fais, la petite prof sexy ?

Pour seule réponse, j'étire mes lèvres.

– Bien joué, mec !

– Tu as promis un truc de ce genre à une femme ? Sache qu'elles ne comprennent jamais rien au business des hommes.

Je préfère ne pas relever sa remarque sexiste. Alexis était bien la preuve qu'elle avait tout compris. Elle n'était peut-être pas un homme mais elle avait bien plus de couilles que tous les Cursed Skulls réunis.

Pendant presque une demi-heure, nous tentons tous les cinq d'élaborer un plan qui ne mettra aucun de nous en danger. Plus d'une fois, Esteban suggère d'aller buter mon cousin. Cette solution serait la plus simple mais je sais que même si c'est l'issue que je désire le plus pour Blake, ma promesse faite à Violet m'empêcherait de passer à l'acte. Ma conscience aussi. Je flirte peut-être avec le diable depuis que je suis devenu un Brothers Of Death mais ce n'est pas pour autant que je dois frôler les limites. Ce ne serait pas moi.

– Je ne fais que te le dire, bâtard. Il faut le buter !

– Putain ! J'apprécierais que tu arrêtes de m'insulter dès que tu le peux ! Tu me casses les couilles avec tes « bâtards » à tout va !

— Je t'appelle comme je le veux ! Vous êtes tous des enculés, chez les Thomas. Toi-même tu le sais, sinon tu ne voudrais pas te débarrasser de ton cousin.

Il n'y a que Blake qui l'est.

— Bon, c'est quoi ton problème ?

— Hormis que tu es un bâtard de Brothers Of Death ?

— Ouais !

— Tu n'étais pas au courant que ton père a volé ta mère à mon père ?

Je sais que ma mère était une ancienne Skulls. Elle me l'a dit, à Hudson et moi, avant que j'aille en prison. Mais il est vrai que cette information m'était sortie de la tête. Quand je me suis fait arrêter, j'avais d'autres choses à gérer que le passé de ma mère.

— Ma mère était une Skulls, ça je le sais. Mais de là à dire que mon père l'a volée au tien…

— Si seulement. À la base, ton enfoiré de père devait épouser Ellen, la mère d'Alexis. Quant à la tienne, elle était promise à Carlos. Mais ton père l'a séduite, elle a fini par tomber amoureuse de Wilson. Et il l'a mise enceinte. Tu as été conçu hors mariage, Devon, c'est pour ça que tu es un enfoiré de bâtard.

Je laisse échapper un petit rire. *Dans ces cas-là, on est des millions de bâtards sur Terre.*

— C'est à partir de là que la guerre entre les Skulls et les Brothers Of Death a commencé. On ne vole pas la femme d'un autre. Et vous, les Thomas, vous ne savez faire que ça ! Nous prendre nos femmes !

Je fronce les sourcils. Qu'est-ce que ça signifie ? Il suggère quoi ? Que je lui ai volé Alexis ?

— Sauf que ton père se tapait la mère d'Alexis en même temps.

— Quoi ? je réagis en même temps que mon frère, qui est prêt à bondir sur Esteban.

C'est quoi ces conneries ?

— Vous avez très bien compris. C'est pour ça que votre enfoiré de père est mort. Le même jour que la mère d'Alexis. Ils s'enfuyaient ensemble mais leur bagnole a dégringolé Beverlywood Mountain.

– TU DIS DES CONNERIES ! hurle Hudson.

– Ellen Cooper et Wilson Thomas sont morts le même jour. Tous les deux d'un accident de voiture. Seule Alexis a survécu cette nuit-là. Et si vous ne me croyez pas, allez vérifier par vous-même !

Épisode #18
Blake

28 mai

Appartement de James

Complètement stone, mes yeux n'arrivent pas à décrocher de l'écran de télévision. C'est une énième émission sur les rénovations de maison qui passe à la télé. Le vendredi soir, il n'y a que ça ! À mes côtés, Milly s'est endormie devant la télé. Seul un plaid la recouvre partiellement, dévoilant tout de même un sein. Je l'ai complètement épuisée et je dois dire que depuis qu'on a baisé sa copine, Milly est bien plus créative au pieu.

Je tire sur mon joint et recrache la fumée épaisse, sans quitter l'écran. Mon cerveau s'embrume encore plus et je crois qu'il serait plus judicieux d'arrêter de fumer. Je dois garder les idées claires, si je ne veux pas faire capoter mon plan. J'écrase mon joint presque fini dans le cendrier et attrape ma bière sur la table basse. La pièce est plongée dans le noir. Seules la luminosité de la télé et l'enseigne lumineuse du club de striptease éclairent le salon de l'appartement

153

de James. Depuis que mon père m'a foutu dehors, je squatte le canapé de mon pote. On peut dire qu'il me dépanne bien. Ce n'est pas le grand luxe mais c'est toujours mieux que de quitter la ville ou squatter le motel miteux à la sortie d'Ironwood.

Posé sur la table basse, mon téléphone se met à vibrer et je l'attrape aussitôt.

[De J :
« 4377 Alley Way »]

Voilà l'information que j'attendais depuis des heures. Il en a mis du temps, ce vieux dégueulasse, à se décider à sortir pour aller baiser une pute. Lentement, j'attrape les chevilles de Milly, toujours profondément endormie, et les pose sur le canapé tout en me levant. Je saisis mon tee-shirt et ma veste en cuir, que j'avais délaissés sur le dossier d'un fauteuil en cuir et les enfile rapidement, tout comme mes baskets. Milly n'a pas bougé d'un poil, pourtant, je l'entends m'interpeller au moment où je pose ma main sur la poignée de la porte, prêt à sortir.

– Tu vas où ? me demande-t-elle, la voix encore endormie.

Elle se redresse tout en se recouvrant du plaid alors que je saisis un flingue que je cale contre mes reins.

– J'ai un truc à faire, je lâche seulement.

Je sais qu'elle aimerait me demander de quoi il s'agit mais elle sait que je ne lui répondrai pas. Mes affaires sont mes affaires et elle n'a aucune raison d'y fourrer son nez. Et son rôle n'est pas de se mêler de ma vie. Elle a juste à écarter les cuisses quand je le décide.

Je quitte l'appartement de James sans qu'aucun autre mot ne soit prononcé. Je dévale les deux étages à la hâte et me retrouve rapidement dans la rue. James habite à quelques pas de Alley Way et habiter en centre-ville a ses avantages. Je relève le col de ma veste en cuir quand une petite brise s'engouffre dans mon cou.

154

Plusieurs fois durant mon trajet, je vérifie les alentours, pour m'assurer que je ne suis pas suivi par qui que ce soit. Il manquerait plus qu'un enfoiré de Skulls me tombe dessus. J'emprunte la petite ruelle qui mène derrière un immeuble.

Au loin, j'aperçois la silhouette de James, adossée contre un mur, dans la pénombre. Seule la braise de sa clope éclaire faiblement son visage quand il tire dessus. Je m'arrête devant lui, le visage grave.

– Tu as ce qu'il faut ?

James opine avant de sortir une épaisse enveloppe remplie de cash. Ce qu'a demandé Maria, la pute préférée de Carlos, pour laisser la porte du local poubelle de son immeuble ouverte. Quand James lui a proposé un marché, elle n'a pas posé de questions. Pour elle, laisser une porte ouverte contre cinq milles dollars était suffisant pour acheter son silence.

– Il y a deux hommes de De La Vega dans la rue principale. Un autre attend dans une bagnole. Personne dans l'immeuble.

– OK.

Je fourre l'enveloppe de billets dans la poche arrière de mon jean et tire la porte du local poubelle, qui ne s'ouvre d'ordinaire que de l'intérieur. Je monte rapidement les marches jusqu'à l'appartement de Maria. Derrière la porte, j'entends des grognements dégueulasses. Le vieux De La Vega est en train de prendre son pied et Maria joue parfaitement son rôle en simulant. On y croirait presque. Je déverrouille la porte et la pousse de mon pied, après avoir saisi le flingue que j'avais calé dans mon dos.

En entendant le fracas de mon arrivée, Carlos De La Vega se fige et tourne son visage vers moi.

– Qu'est-ce que...

Je ne lui laisse pas finir sa phrase que j'appuie sur la détente de mon flingue, en direction de sa poitrine. Son corps vacille en arrière et il tombe à la renverse sur le matelas. Des éclaboussures de sang viennent parsemer le visage effrayé de Maria. Elle ne s'attendait sûrement pas à ça. Elle semble vouloir hurler mais aucun son ne sort de sa bouche. Je balance alors l'enveloppe sur ses genoux.

– Ça, c'est pour la porte !

La peur sur le visage de la pute s'efface. Elle est bien plus intéressée par le fric qu'elle vient de gagner que par Carlos, sans vie, à quelques centimètres d'elle. Elle a sûrement déjà vu ce genre de scènes.

– Je t'ai mis une rallonge. Tu ne m'as jamais vu. Et si les flics t'interrogent...

– Tu fais un mètre soixante-cinq, tu es chauve et une moustache.

– Non, je préfèrerais que tu décrives mon cousin. Un mètre quatre-vingts, tatoué sur tout le corps, les yeux bleus.

Je souris. J'aime quand les gens comprennent ce qu'ils ont à faire sans qu'on soit obligé de le leur expliquer.

– Si tu essaies de me la faire à l'envers, la petite Shanice et le petit Tyler risquent de grandir sans leur maman. Tu as capté ?

Toujours s'assurer de bien se faire comprendre. Et je n'hésiterai pas à faire deux orphelins. Elle acquiesce d'un signe de la tête et s'affaire déjà à vérifier les billets que je viens de lui filer. J'en profite pour quitter l'appartement vétuste de Maria. Quand je m'apprête à sortir de l'immeuble, j'entends son cri de stupeur. Elle joue son rôle et donne l'alerte.

James m'attend toujours à l'extérieur. Cette fois-ci, il est dans sa caisse et je ne tarde pas à le rejoindre.

– Fonce, j'ordonne.

James s'exécute et appuie sur l'accélérateur. Je prends garde de vérifier dans le rétro extérieur que personne ne nous a vus.

– Alors ?

Mes lèvres s'étirent en un sourire sadique.

– Alors il est déjà en train de refroidir.

– Bien joué, patron !

Je savais que si je voulais un travail bien fait, je devais m'en charger moi-même. Je ne dis pas que James ou Chrys n'auraient pas fait

156

l'affaire mais que ce soit moi qui aie crevé le chef des Cursed Skulls me procure une certaine satisfaction.

— On va devoir fêter ça ! suggère mon pote.

— Ouais, on va devoir.

Je glisse ma main dans la poche de mon jean et en sors un billet de cent dollars que je dépose dans le vide poche de sa caisse.

— C'est moi qui régale. Va chercher à bouffer.

— OK, Patron !

James arrête sa voiture le long du trottoir, à quelques mètres de la porte de son immeuble. Je descends rapidement, sans un mot.

Les mains dans les poches, j'approche de l'immeuble de James quand mon attention est attirée par un homme qui sort de sa caisse, garée de l'autre côté de la rue.

Je reconnais aussitôt Dallas, le meilleur pote de Devon. Ça fait des années que je ne l'ai pas vu et bien que je n'ai jamais rien eu contre ce mec, je préfère rester sur mes gardes. Je l'observe traverser la rue déserte et venir à ma rencontre.

Quand je voyais la loyauté qu'il avait envers mon cousin, je me disais qu'il aurait été un très bon élément, au sein des Brothers Of Death. Malheureusement, il n'a jamais porté d'intérêt à nos business. Il se contentait seulement de suivre fidèlement Devon, comme son ombre.

— Blake, me salue-t-il solennellement.

Je me demande ce qui me vaut sa visite. Je pensais qu'il était parti vivre à Los Angeles, avec l'ex casse-couilles de Devon. Il paraît qu'il a la belle vie là-bas.

— Tu es de retour à Ironwood ?

— Pas vraiment. J'ai entendu dire qu'il était sorti.

Je serre les dents quand je comprends de qu'il parle. Devon bien sûr. Toutes les conversations tournent autour de lui. À croire qu'il est le centre de l'univers.

157

— Ouais. Ton pote est bien sorti.

Cette fois-ci, c'est sur son visage que l'amertume se lit. Je penche ma tête, surpris.

— Mon pote ? J'espère que tu plaisantes ? Ce fils de pute n'est pas mon pote ! crache-t-il.

Je plisse le front, surpris. *Alors Dallas a une dent contre son meilleur ami ? Intéressant.*

— Je suis là parce que je veux me venger. Pour ce qu'il m'a fait.

Est-ce qu'il se fout de ma gueule ? Je le considère du regard. Non, Dallas Green paraît plus que sérieux. J'arrive à lire sa haine contre Devon dans son regard. Et quand Devon lui a pété la gueule, peu avant son arrestation, Dallas l'avait mauvaise. À croire que la rancune est un trait de personnalité qui le caractérise.

— À cause de lui, j'ai perdu beaucoup. Les Skulls m'ont cramé mon salon.

Ça m'avait bien gonflé quand je l'avais appris. Dallas a toujours été l'un des meilleurs tatoueurs de la ville et il a été difficile de trouver quelqu'un qui lui arrive au moins à la cheville. Alors on doit se contenter d'Adam, qui est loin de devenir bon.

— Toi aussi, il t'en a fait baver. Il a pris ta place de chef. Ce mec me débecte. Tout ce qu'il veut, il l'a. Tout ce qu'il touche, il le détruit. Et il est temps que la roue tourne pour lui. Il est temps que ce mec ait ce qu'il mérite !

Mes lèvres s'étirent lorsque j'entends son discours. Il a l'air d'être sur la même longueur d'onde que moi. Et un allié de plus ne peut pas me faire de mal, bien au contraire. Je finis par passer mon bras atour de son cou.

— Et si j'offrais une bière à mon nouveau meilleur pote ? je suggère.

Épisode #19
Devon

Qui prend tous les chemins arrive à mauvaise fin.

Inconnu

28 mai
Squat de Dario

*P*utain ! *Je vais me le faire !* Dario rit aux éclats alors qu'il est en train de me mettre une branlée. Le Dario libre est complètement différent du Dario en prison. Les deux personnalités n'ont absolument rien à voir.

— Tu vas me le payer, je le menace.

Dario rit à nouveau alors que je m'acharne sur la manette. Je n'ai jamais trop joué aux jeux vidéo. Par manque de temps mais surtout par manque d'intérêt. Pourtant, quand Dario m'a proposé de passer chez lui ce soir pour une partie, je me suis dit que ça pourrait être sympa. Notre match de basket se termine et je me retiens de balancer ma manette contre la télé. *Bordel ! Voilà pourquoi je n'aime pas les jeux !* Je ne supporte pas de perdre. Déjà quand j'étais gosse, je retournais

159

de rage le plateau du Monopoly quand Hudson avait le culot d'acheter Boardwalk[1] à ma place.

— On s'en refait une ? me propose Dario.

Non seulement il ose me poser cette question mais en plus, il se permet de l'accompagner d'un petit sourire moqueur.

— Va te faire foutre ! je dis en balançant la manette sur le canapé.

Il rit à nouveau, puis se lève du canapé. Il part dans la cuisine de fortune du squat dans lequel il a emménagé depuis sa sortie de prison et revient avec deux bières.

— Elle est sympa, ta piaule, je lâche en regardant autour de moi.

Quand je suis arrivé tout à l'heure, je n'ai pas vraiment eu le temps d'observer la pièce. Dario m'avait sauté dessus et était déjà chaud pour jouer à la console. Il a squatté le bureau d'une vieille usine de fabrique de chaussure.

— Pourquoi tu ne vis pas au Madness Paradise ?

— C'est un peu compliqué.

— Je suis sûr de pouvoir comprendre.

— Comme je te l'ai déjà dit, je dois faire profil bas chez les Skulls. Je t'ai quand même eu pendant des mois sous la main sans avoir tenté de te buter.

— Eh ! Tu as essayé de me buter ! Avec l'autre connard d'Atkins !

— Ouais, c'est un sacré connard celui-là. Je n'ai jamais réussi à le sentir. Déjà avant la taule.

— Pourtant, tu paraissais bien copain avec lui, à Ironwood State.

Il hausse les épaules et prend une gorgée de sa bière.

— Ce n'est pas comme si j'avais eu le choix. C'était soit ça, soit me faire buter. J'ai préféré sauver mes miches.

— Et en fait, l'autre Atkins, celui qui devait épouser Alexis ?

---

[1] Boardwalk est l'équivalent de la Rue de la Paix dans la version américaine du Monopoly.

— Justin ? Il n'a rien à voir avec son grand frère. Justin est plus sympa, carrément moins con. Il vit à Seattle maintenant. Esteban a eu vite fait de le dégager loin d'Ironwood.

— Pourquoi ?

— Bon, tu le gardes pour toi, mais Esteban a toujours été très amoureux d'Alexis. Elle, elle ne le voyait pas. Je ne suis même pas sûre qu'elle savait ce qu'était l'amour.

Je soupire. Alexis n'avait pas d'émotions. Plus d'une fois, je la sentais éteinte.

— Tu m'étonnes.

— Tu sais, Alexis a toujours été à part. Et elle n'avait le respect de personne, chez les Skulls. Sauf d'Esteban. Pas étonnant en même temps après ce qu'elle a vécu.

— Je t'écoute.

— OK. En taule, on a un peu discuté du sacrifice de la vierge.

Je hoche la tête.

— Son père l'a sacrifiée, quand elle avait onze ans.

— Tu es sérieux ? Pourquoi ?

— Esteban t'a appris que ton père et sa mère avaient une aventure.

Chose à laquelle j'ai toujours du mal à croire. Mon père n'aurait jamais pu faire ça à ma mère.

— Gabriel, le père d'Alexis, était un sacré fils de pute. Il battait sa femme et même si on ne le saura jamais, je me demande s'il ne frappait pas aussi sa fille. Quand ton père a eu son accident, il était avec Ellen et Alexis dans la voiture. Il était allé les chercher et ils avaient prévu de quitter la ville.

Ça aussi j'ai du mal à y croire. Mon père n'aurait jamais abandonné sa famille pour fuir Ironwood, les Brothers Of Death et ses responsabilités.

— Gabriel Cooper les a suivis et il a réussi à les arrêter. Sur les hauteurs de Beverlywood Mountain. Ton père était déjà mort. Quant à Ellen, il a fini par lui mettre une balle dans la tête.

Il marque une pause pour me laisser digérer l'information avant de reprendre :

– Carlos était fou de rage. Gabriel avait agi alors que notre chef lui avait formellement interdit de faire quoi que ce soit. Alors il a banni Gabriel. Pendant plusieurs années, il a dû quitter la ville, avec Lexis. Sa seule façon de réintégrer les rangs était de sacrifier une vierge. Il a offert sa fille en pâture pour se faire pardonner.

Cette histoire me donne envie de vomir. Comment peuvent-ils avoir aussi peu de respect pour leurs femmes ? Heureusement que chez les Brothers Of Death, nous ne pratiquons pas toutes ces conneries. On ne touche ni aux femmes, ni aux gosses.

– C'est…

Je n'arrive même pas à trouver le mot le plus juste pour qualifier tout ça.

– Ouais, je sais. Je n'ai jamais été pour cette pratique. Et je suis bien content de n'avoir ni femme, ni sœur ou fille. Car j'aurais dû en sacrifier une pour pouvoir revenir au Madness après la prison. Vivre ici est bien plus agréable.

La porte du squat de Dario s'ouvre alors et claque contre le mur dans un fracas assourdissant. Dario et moi sursautons avant de pivoter nos têtes. Esteban est sur le seuil de la porte, haletant et trempé. Il tente de reprendre son souffle, le regard noir et mauvais et je plisse le front. *Qu'est ce qui lui arrive ?*

Je n'ai pas le temps de demander ce qu'il se passe qu'Esteban me saute à la gorge. Sous le feu de l'action, il fait basculer le canapé en arrière et commence à me cogner. À califourchon sur moi, il me met un crochet du droit en pleine mâchoire. Il est fou de rage et m'assène des coups de plus en plus violents. Bordel, il a une force incroyable et est tellement rapide que je ne peux rien faire ou tenter pour me dégager de lui. Dario tente de nous séparer mais Esteban arrive à le faire reculer. À son deuxième essai, Dario prend moins de pincettes et finit par saisir Esteban sous les bras et le soulève du sol.

– EST-CE QUE C'EST TOI ? hurle Esteban, toujours retenu par Dario.

162

– PUTAIN MAIS DE QUOI TU PARLES ? je demande en me remettant sur mes pieds.

Je ne comprends pas, qu'est-ce qu'il me reproche ?

– JE SAIS QUE C'EST TOI, ESPÈCE DE FILS DE PUTE ! ET JE VAIS TE SAIGNER !

Je recule d'un pas, essayant d'élargir ma zone de sécurité. Je m'essuie le coin de la bouche du revers de la main. Esteban lui, est prêt à me remettre la misère.

– Calme-toi, Esteban ! clame Dario.

Il dépose son pote sur le sol et appuie ses doigts sur son torse, pour le retenir de me sauter dessus à nouveau.

– Qu'est-ce qu'il s'est passé ?

Esteban, le regard toujours aussi mauvais, reprend son souffle bruyamment.

– Mon père a été retrouvé chez son amie Maria. Un mec est arrivé et lui a tiré dessus.

Sa révélation me surprend mais pour être tout à fait honnête, cette information me laisse de marbre. Carlos De La Vega n'est rien pour moi.

– Il... Il est mort ? demande Dario, horrifié.

Esteban secoue la tête.

– Non. Les secours sont arrivés rapidement et il était encore en vie. Il est plongé dans le coma !

– Esteban, je suis désolé, je...

– TA GUEULE ! JE SUIS SÛR QUE C'EST TOI !

– Eh calme-toi, Esteban. Je suis avec Devon depuis au moins trois heures. Je ne l'ai pas quitté du regard, hormis pendant les trois minutes que j'ai pris pour aller pisser. Il n'aurait pas eu le temps d'aller tirer sur ton père, même de l'autre côté de la rue, et revenir incognito.

Esteban semble complètement perdu mais je vois qu'il essaie tant bien que mal, d'analyser la situation. Je comprends son désarroi. Si j'étais à sa place, j'accuserais la Terre entière, moi aussi.

– Alors c'est un de tes hommes ?

Je secoue la tête.

– Non. Je n'ai rien ordonné. J'essaie de freiner mes frères pour qu'ils vous laissent tranquilles.

Esteban respire fort et tente de retrouver son calme.

– Maria a dit que c'était toi !

– Elle a menti, je réponds. Je n'ai pas essayé de tuer ton père. Pourquoi je l'aurais fait, d'ailleurs ?

Même si je me méfie de Carlos De La Vega, je sais qu'il m'assure une certaine protection et si à un moment j'ai besoin d'hommes, il tiendra sa parole.

– Alors qui ? Qui c'est putain !

– La réponse semble évidente pourtant, intervient Dario. C'est Blake.

Ce ne serait pas étonnant. Ça doit être une nouvelle magouille de Blake, pour tenter de me faire tuer. Il est malin. Il s'assure que j'ai suffisamment de gens à dos pour que l'un d'eux finissent par me buter. Il multiplie ses chances, tout comme je le fais depuis ma sortie. Depuis le début de notre partie, nous abattons les mêmes cartes.

– Je vais le buter ! Je veux buter ce fils de pute ! Je te préviens, bâtard, si tu ne le fais pas, c'est moi qui le ferai et tu crèveras avec.

Sans un bruit, j'entre dans la chambre. Violet est profondément endormie et je n'aimerais pas la réveiller. Je sais que dès qu'elle verra mon visage, elle paniquera. Je ne suis pas con, je n'y manquerai pas, sauf si j'arrive à la rendre aveugle ou si je ne la vois pas pendant quatre ou cinq jours, le temps que ma lèvre dégonfle. Mais à choisir, je préfère que ce soit le plus tard possible. Je viens de passer une soirée de merde.

Je retire silencieusement mon jean, que je laisse pendre sur un fauteuil et ôte mon tee-shirt. Malgré la pénombre, j'arrive à voir qu'une traînée de sang a imbibé le tissu. Je file dans la salle de bain, jette le tee-shirt dans la panière à linge et allume la lumière au-dessus de la vasque. Je m'observe dans le miroir. Putain ! Ce con ne m'a pas loupé. Déjà au Madness Paradise, lors de notre rencontre, j'avais pu ressentir sa force mais ce n'était rien comparé à ce soir. Délicatement, je pose mon doigt sur ma lèvre et grimace. Non, il ne m'a vraiment pas loupé. Mon regard se déporte quand je remarque une silhouette derrière moi.

Violet est appuyée contre le chambranle de la porte, les bras croisés sous sa poitrine et le regard sombre. OK, je n'avais pas envie de me prendre la tête mais vu comment elle me fusille du regard, je ne vais pas pouvoir repousser la conversation à demain.

— Alors c'est ça ?

Je l'interroge du regard à travers le miroir.

— Être avec un chef de gang. Je n'ai pas envie de te voir rentrer tous les soirs avec un œil au beurre noir ou la lèvre éclatée ?

Je préfère ne rien répondre car je n'ai clairement aucun argument.

— Tu as du désinfectant ?

Elle se contente de pointer le placard sous la vasque. Je m'abaisse, ne tarde pas à le trouver et prends du coton dans un bocal en verre. Je l'imbibe d'alcool et le plaque sur ma lèvre. Je grimace aussitôt. Bordel ! Ça pique ! Violet ne dit rien. Elle s'approche de moi et prend le coton de mes mains. Je me tourne vers elle.

— Tu m'avais promis, Devon.

— Je sais. Et je n'ai rien fait de mal. C'était juste un malentendu.

— Un malentendu ? Tu me prends pour une débile ?

Je me retiens de souffler d'agacement. J'ai l'impression que depuis que je suis sorti de taule, on ne fait que s'engueuler. Mon absence de réponse ne doit pas la satisfaire car elle appuie avec rage son coton contre ma lèvre. Je vois qu'elle est en colère mais j'ai appris avec le temps que Violet est du genre à dramatiser n'importe quelle situation. Ce n'est pas qu'elle a un côté Drama Queen, c'est juste qu'elle s'inquiète pour les gens qu'elle aime.

– Aïe !

– Bien fait ! Tu n'as que ce que tu mérites !

Je me retiens de rire. Elle a raison. Si je le voulais, je pourrais tout arrêter et arrêter de la faire froncer des sourcils mais je ne peux tout simplement pas.

Je l'observe en train de me soigner. Elle est si concentrée, malgré la dureté de ses gestes qui montre sa colère. La voir ainsi me fait sourire. Violet est une femme magnifique mais la colère la sublime. Elle est belle pour sa capacité à me faire sourire peu importe la situation, juste en la regardant, même quand elle est énervée. Elle a ce pouvoir de tout faire pour me rendre heureux. Violet est comme une chanson que je ne peux me sortir de la tête. Et que je ne souhaite pas en sortir. Elle est ancrée en moi, elle détient mon cœur entre ses mains.

– Je t'aime, je souffle alors.

Elle interrompt son geste et relève lentement son regard vers moi. La bouche entrouverte, elle ne semble pas savoir quoi répondre. Peut-être ne se sent-elle pas encore prête ? Ou peut-être qu'elle ne m'aime pas en retour. Je ne peux pas lui en vouloir. Je lui ai dit spontanément, sans avoir réfléchi à la situation, ni même songé à si c'était le bon moment ou pas. Je ne veux pas qu'elle se sente piégée.

Ses joues se teintent de rouge. Je vois que mes mots la touchent et son regard trahit la réciprocité de mes sentiments. Violet ne me dit pas qu'elle m'aime, elle me le montre au travers de ses grands yeux verts.

– Je voulais te le dire à notre premier rendez-vous officiel, déclare-t-elle.

Une vague de chaleur m'envahit quand j'entends sa révélation.

Ma main se pose sur sa joue. Elle ferme les yeux, prend une grande inspiration. Je lui refais ressentir les mêmes sensations qu'elle me provoque, rien qu'en me touchant. J'écrase alors mes lèvres contre les siennes et je grimace. *Putain ! Ça fait mal.* Mais paradoxalement, je suis bien, accroché à ses lèvres, comme si c'était la seule place que j'avais en ce monde.

Ses mains viennent s'engouffrer dans mes cheveux et elle tire légèrement dessus pour approfondir notre baiser.

— Aïe !

— Bien fait !

Elle rit alors que nos lèvres sont toujours scellées. J'interromps notre étreinte en déposant chastement mes lèvres sur les siennes.

— Tu fais quoi mercredi ?

— J'ai prévu d'aller voir mon père a la prison.

— Et le soir ?

— Rien, pourquoi ?

— Je me suis dit qu'il était temps que j'honore ma promesse. Tu sais, celle que je t'ai faite quand j'étais en prison.

— Tu veux m'emmener dîner ?

— Ouais ! Quoi... Si ça te dit.

Ses lèvres s'étirent progressivement et son regard s'illumine.

— Bien sûr que ça me dit. Où m'emmènes-tu ?

— Où tu veux ! Le Valentino's ?

Ma proposition semble la surprendre.

— Je... Oui, bien sûr.

— Alors on a un rencard. Dix-neuf heures, mercredi prochain ?

— Le rendez-vous est pris. Je me ferai jolie.

Je souris. Si seulement elle savait qu'elle n'a pas besoin de se faire jolie. Elle l'est déjà. Violet me rend mon sourire avant de presser à nouveau le coton sur ma lèvre.

J'arrête son geste et plonge mes yeux dans les siens. Elle semble surprise mais quand elle comprend mes intentions, une lueur de désir s'illumine dans ses yeux. Je la saisis sous les bras et la force à s'asseoir sur la vasque de la salle de bain. Ses mains sont déjà accrochées à mon cou et ses lèvres chaudes collées aux miennes. Mon entrejambe se gonfle quand sa langue douce commence à taquiner la mienne. Sans interrompre notre baiser, je prends ses jambes que je place sur ma taille. Automatiquement, elle les enroule autour de moi. Je la soulève sans effort et la porte jusque dans la chambre pour la déposer délicatement sur le matelas.

Épisode #20
Devon

La raison peut nous avertir de ce qu'il faut éviter, le cœur seul nous dit ce qu'il faut faire.

Joseph Joubert

2 juin
Maison de Violet

Des coups de marteau me sortent de mon sommeil. Je grogne d'énervement et attrape mon oreiller que j'abats sur ma tête. De nouveaux coups se font entendre et je dégage mon oreiller avec rage. Les yeux bien ouverts, je pivote ma tête vers la table de chevet et vérifie l'heure. *Putain ! Qui est le connard qui me casse les couilles à 11 h 20 ?!* Agacé, je sors du lit d'un bond quand une scie électrique se met en route.

Je quitte la chambre après avoir enfilé un caleçon et me dirige vers la cafetière. Alors que je remplis une tasse, je jette un coup d'œil vers l'extérieur, essayant de trouver l'enfoiré qui a décidé de me sortir du pieu. Si je chope le voisin qui a décidé de faire du bruit depuis tout à l'heure, je l'étrangle.

169

Alors que je prends une gorgée de café, j'attrape mon téléphone portable et le déverrouille. Je constate que mon oncle m'a laissé un message après m'avoir appelé cinq fois. Il me demande de le rappeler au plus vite.

– Oh ! Tu es là ? Violet m'a dit que tu serais au travail.

Je lève mon regard de mon écran et me retrouve face à face avec Franck Pierce.

– Je... Je ne travaille pas ce matin.

Il s'approche de moi, le doigt ensanglanté. Il se dirige vers le micro-ondes et ouvre le tiroir d'où il sort un pansement.

– Oui, bien sûr. Tu travailles plutôt la nuit.

Bien sûr, il ne me croit pas. Son sous-entendu était clair. Je ne sais pas pourquoi je lui ai menti. Ce mec est un ex-flic, il décèle le mensonge à des kilomètres. Il a fait ça pendant des années. C'était son job.

– Un café ? je propose en levant la cafetière.

Il opine du chef et se glisse sur le tabouret, derrière l'îlot central. Je dépose une tasse fumante devant lui.

– Je pensais que je serais seul. Je suis venu réparer les balconnières en bois. Certaines commençaient vraiment à faire peur.

– J'aurais pu le faire. Ça vous aurait évité le déplacement.

Franck m'observe de la tête aux pieds et je me souviens que je suis seulement en caleçon. Il scrute chacun de mes tatouages qui recouvrent ma peau.

– Tu étais tatoueur avant, il me semble ?

– C'est ça.

Je finis mon café et fourre la tasse rapidement dans le lave-vaisselle. Je vais devoir trouver une bonne excuse pour lui fausser compagnie. Ce n'est pas que je n'ai pas envie de parler mais Franck Pierce me met mal à l'aise. À chaque fois qu'il pose son regard sur moi, j'ai l'impression qu'il me juge. Peut-être est-ce parce que j'ai fait de la prison ? Ou qu'il ne me considère pas assez bien pour sa fille ?

– Je vais devoir vous laisser. Mon oncle m'attend. Pour le travail.

– Le travail ?

– Ouais.

Mes lèvres s'étirent timidement. Je m'apprête à sortir de la cuisine quand je le vois se lever du tabouret. Il s'approche lentement de moi, son regard dans le mien.

– Violet semble très attachée à toi, lâche-t-il.

Je ne comprends pas son changement de conversation soudain mais je suis bien content d'esquiver le sujet qui allait mener à un tas de mensonges et des questions auxquelles je ne veux pas répondre.

– Et toi ?

Sa question me déstabilise mais je sais que ce n'est que le côté protecteur d'un père qui parle. Il est inquiet pour sa fille.

– Je suis amoureux de votre fille.

– C'est bien.

C'est bien ? Il n'a que ça à redire ?

– Moi aussi, je suis amoureux de ma fille. Je ne sais pas si tu le sais, mais Violet n'est pas ma fille, à proprement parler je veux dire.

– Si. Violet me l'a dit. J'étais le codétenu de Dublin.

– Dublin ?

– Oui... C'est comme ça qu'on appelle Keane.

Ça me fait toujours bizarre d'appeler Dublin par son prénom. Je crois que je ne m'y ferai jamais.

– En prison, je me sens obligé de préciser.

– Oh ! Je vois

– Si tu es amoureux d'elle, tu comprendras donc pourquoi je vais te faire une demande... particulière.

– Je vous écoute.

Franck Pierce semble hésiter. Il doit sûrement chercher les bons mots pour me soumettre sa proposition particulière.

– À partir du moment où on devient père, notre vision des choses et de la vie change du tout au tout. On cesse de ne penser qu'à soi,

171

on s'inquiète pour tout et on apprend à aimer à l'inconditionnel. Je te souhaite de connaître tout ça un jour, Devon. Être père est la chose la plus merveilleuse au monde et ça demande beaucoup de responsabilités.

— Je ne suis peut-être pas père mais je sais ce que c'est que les responsabilités. Je me suis toujours occupé de ma famille. Et ça, depuis que je suis en âge de travailler.

— Alors tu ne peux que me comprendre. Violet est peut-être une adulte aujourd'hui mais je ne cesserai jamais de l'aimer et d'avoir peur pour elle. C'est une femme forte et incroyablement altruiste. C'est une personne rare qui donne encore et encore sans jamais rien attendre en retour. Elle ferait tout pour ses proches. Sa seule faiblesse est qu'elle se soucie parfois de trop des autres et qu'elle finit par s'oublier.

Je suis bien d'accord avec lui. Violet est un exemple de générosité.

— Et mon rôle de père consiste à la guider, à la protéger. Si tout comme moi, tu aimes réellement Violet, je suppose que tu tiens à ses intérêts ?

Je plisse le front. *Mais qu'est-ce qu'il me raconte ? J'ai peur de voir où il veut en venir.*

— Si c'est le cas, je vais te demander de t'éloigner d'elle.

— M'éloigner d'elle ?

— Oui. Rompre, casser. Je ne sais pas comment vous dites ça, les jeunes, mais je pense que tu as compris.

— Vous me demandez de quitter Violet ?

Il hoche la tête le plus sérieusement possible.

— Et pourquoi ? Parce que je suis un ex-taulard ? Ça vous fait chier, en tant qu'ex-flic, que votre fille soit avec un criminel ?

Il secoue la tête cette fois-ci.

— Je ne vois pas cette erreur de parcours comme une bonne raison de te demander cette faveur. Qui plus est, tu as été innocenté.

— Alors pourquoi ?

Il se penche en avant pour saisir mon bras gauche. *Et merde ! Je me doutais qu'il l'avait vu, bien que j'espérais le contraire.*

— Pour cette raison, dit-il.

Il pointe du doigt mon tatouage, un air de dégoût sur le visage.

— Quitte ma fille au plus vite, si tu tiens vraiment à elle. Elle n'a pas besoin de faire partie de ce monde que tu t'es choisi.

Quand j'arrive au ranch, je suis toujours aussi énervé. J'éteins mon moteur, serre mon frein à main avec un peu trop de force et sors de la voiture. Je fais les quelques pas vers l'immense bâtisse et ouvre la porte. J'entends une conversation depuis la salle à manger et je me dirige vers la pièce. Mon oncle et ma tante sont à table et s'apprêtent à déjeuner. Leurs visages se tournent vers moi. Erick m'accueille d'un large sourire alors que Diana saisit son verre qu'elle vide d'une traite.

— Oh, fiston ! Ravi de te voir ! Tu as mangé ?

Je secoue la tête. *Non, on m'a coupé l'appétit à peine mon café matinal absorbé.*

— Viens t'asseoir avec nous. Diana, tu peux aller chercher un couvert pour Devon ?

C'est la façon polie de mon oncle de congédier sa femme. Il doit penser qu'elle n'a pas à entendre nos affaires. Ma tante sourit faussement mais son mari ne semble pas le remarquer. Elle se résigne et se lève de sa chaise, avant de disparaître dans la cuisine. Erick m'invite à m'asseoir et me propose une boisson.

— Tu voulais me voir ?

— Oui. À propos de nos affaires.

Par affaires, je comprends les Brothers Of Death. Depuis que j'ai pris le poste, à chaque fois que nous avons discuté business, je me suis emmerdé. Ce rôle n'est clairement pas fait pour moi. Diriger des mecs et magouiller ne fait pas partie de ma nature. Je n'ai jamais aimé ça. Toute ma vie, j'ai toujours été sur le droit chemin et du jour au lendemain, en devenant le chef, je dois oublier tous mes principes et mes convictions. L'adaptation est difficile. L'envie est absente.

— Il faudrait que tu sois un peu plus présent.

— On avait dit que tu t'occuperais des détails.

— Je ne te parle pas de gérer nos plans. Je te parle de te montrer, de passer des soirées avec nos frères. Tu es rarement là, ils commencent à se poser des questions.

Pas que ça à foutre de copiner avec ces mecs. Je suis le chef et je le resterai jusqu'à ce que Blake reçoive la monnaie de sa pièce.

— Ça n'a jamais été mon truc.

— Il va falloir que tu fasses un effort. Déjà que les mecs jasent car tu ne vis pas au ranch.

— Qu'est-ce que ça peut leur foutre, où je crèche ?

— Ce n'est pas ça le problème, Devon. Quand tu es sorti de prison et que tu es arrivé ici, lors de la cérémonie, tu as cassé les codes, tu les as sortis de leur routine. Beaucoup ne savent plus où ils en sont. Certains ne te voient toujours pas comme leur chef.

— S'ils ne sont pas contents, personne ne les retient.

Mon oncle secoue la tête.

— Non, Devon ! Ça aussi, c'est casser les codes. Quand on devient un Brothers Of Death, c'est jusqu'à la mort !

Je manque de rire.

— Alors tu suggères quoi ? Qu'on fasse une petite fête, que je leur paie une bière tout en riant avec eux. S'ils ne veulent pas de moi, je ne peux pas les forcer !

Je vois qu'Erick commence lui aussi à s'agacer.

— Arrête, Devon. Tu es en train de te planter complètement. Pour qu'ils te suivent, tu ne dois pas seulement être leur chef. Tu dois aussi gagner leur confiance.

— Avec Blake qui s'est tiré au beau milieu de la cérémonie, comment veux-tu que je sois crédible ? Il a merdé !

— Je le sais. C'est pour ça que je l'ai foutu à la porte. Il ne pourra revenir que s'il retrouve ses esprits et qu'il t'accepte comme chef.

Je ricane. S'il revient ici, je vais vraiment finir par le buter pour que tout ça soit terminé. Ma vendetta commence à prendre du temps et je deviens de plus en plus impatient.

— Bah ce n'est pas demain la veille. Si Blake veut revenir, il va devoir faire ses preuves.

— La aussi, tu te plantes. Blake fait ses preuves depuis des années. Toi, tu arrives alors que tu n'as jamais porté un intérêt pour les Brothers Of Death et tu te crois en droit d'exiger que les frères te suivent aveuglement.

— Si c'est ce que tu penses, pourquoi avoir accepté que je devienne leur nouveau chef ?

— Parce que c'est ton rôle, Devon. C'était ton destin. Je sais que tu as toujours été réfractaire aux frères, que tu n'as jamais voulu ce rôle. Mais je reste persuadé que tu feras un bon chef. Il faut juste que tu apprennes à nous faire confiance et à nous accepter.

Épisode #21
Blake

Prends garde à ne pas te perdre toi-même en étreignant des ombres.

Ésope

2 juin

Appartement de James

C'est avec le sourire que je passe la porte de l'appartement de James. Ça fait plusieurs semaines que je n'avais pas desserré la mâchoire et pour la première fois depuis longtemps, je me sens presque serein. Aller rendre une petite visite à la petite prof de mon cousin a été une de mes meilleures idées. Devon sera obligé de réagir, il se sentira obligé de venir me confronter enfin.

Cette petite guerre qu'il m'a déclarée commence sérieusement à me taper sur le système. Il est temps que tout ça se termine et qu'on règle enfin le problème. Il est grand temps que je l'élimine définitivement du décor.

Quand je suis venu surprendre sa copine sur le parking du lycée, elle paraissait complètement flippée de me voir. Et après ce que je lui ai dit, elle était carrément tétanisée de peur. Comme quoi, une bonne petite menace peut résoudre pas mal de choses et remettre les idées au clair.

Pourtant, quand je vois les visages graves des quatre mecs devant moi, mon sourire retombe. J'avais complètement oublié le message de Chrys qui m'annonçait une nouvelle tuile. J'ai convoqué aussitôt mes gars, pour savoir ce qu'il en était.

Je traverse le petit salon de l'appart de James et me laisse tomber sur le fauteuil en cuir. Chrys et James, assis sur le canapé, m'observent, inquiets. Duncan paraît plus serein, bien que je voie qu'il est aussi anxieux que les deux autres. Dallas, debout contre un mur, m'observe l'air grave.

– Bon, c'est quoi la merde !

Mes trois amis hésitent, ce qui a le don de m'énerver encore plus. Je déteste quand on tourne autour du pot ou qu'on me fait patienter. Les trois hommes ont une conversation silencieuse et se demandent sûrement lequel sera l'annonciateur de cette mauvaise nouvelle.

– Carlos De La Vega est sorti du coma ! intervient alors Dallas.

Putain ! Il a la peau dure, ce vieux pervers ! Et ça ne va pas arranger mes affaires. S'il parle, je suis cuit ! Ça fait cinq jours que cet enfoiré est entre la vie et la mort, et cinq jours que j'espère son dernier soupir.

Je tourne mon visage vers lui, essayant de sonder si c'est une mauvaise blague qu'ils me font. Si c'est le cas, je les défonce tous. Je n'ai pas le temps de jouer en ce moment.

– Il a déclaré aux flics que c'était toi qui l'avais plombé, renchérit Duncan.

Et merde ! Ç'aurait été trop beau s'il avait fermé sa grande gueule. Mais je reste tout de même confiant. J'ai payé Maria pour qu'elle décrive Devon et si elle s'en tient à cette version, les deux témoignages ne colleront pas, ce qui mènera à une affaire sans suite. Ou me fera éventuellement gagner du temps pour que je puisse me retourner pour trouver un alibi en béton.

— Sa pute aussi !

Je manque de m'étouffer en entendant cette révélation. *La garce !* Ce n'était pas ça que nous avions convenu. Ma mâchoire se serre aussitôt. Je vais lui faire la peau, à celle-là !

— Alors je vais devoir lui rendre une petite visite pour lui rappeler notre deal.

James secoue la tête.

— Elle a été mise sous protection. Les flics la planquent quelque part, impossible de savoir où.

— Et Johnson ? je demande.

Ce flic véreux a forcément des infos. Il en a toujours à me refiler, en échange de quelques services ou quelques billets.

Cette fois-ci, c'est Duncan qui secoue la tête.

— Les flics savent que nous avons un indic parmi eux. L'endroit de la planque est aussi bien gardé que le nom de l'assassin de Kennedy. Johnson ne peut rien pour nous. Il est surveillé. Les flics sont sur son dos.

Et merde ! Je suis pris au piège et les flics ne vont pas tarder à me tomber dessus. Ils vont me coller la tentative de meurtre de De La Vega sur le dos, comme le meurtre de la petite pute des Skulls. Johnson a été clair sur le fait que l'enquête avait été rouverte.

Ça commence à sentir vraiment mauvais pour moi. Je crois que je vais devoir songer à un plan de secours.

— Qu'est-ce qu'on fait, boss, me demande Duncan.

Je prends une grande inspiration. Je n'avais pas prévu tout ça et pour la première fois de ma vie, je suis complètement perdu. Avec le témoignage de Maria et du père De La Vega, je ne vais pas pouvoir sortir sans avoir les flics au cul. Ou les Skulls. Ou encore, Devon. La liste de mes ennemis s'allonge de plus en plus et le nombre de mes alliés diminue fatalement. Les seuls mecs sur qui je peux compter sont ici.

Je vais devoir m'offrir une porte de secours. Celle qui me permettrait de me sortir de toutes les merdes qui me tombent dessus les unes après les autres.

Je me demande s'il ne serait pas judicieux que je quitte la ville un moment, le temps que tout ça se tasse. Je pourrais partir pour Los Angeles.

Juste le temps de quelques mois, avant de revenir à Ironwood, au moment où Devon ne s'y attendra pas. Ça me laissera le temps de peaufiner un nouveau plan et c'est là que je pourrai reprendre le trône des Brothers Of Death.

La seule chose dont je ne suis pas certain, c'est la durée de mon absence. Je ne peux pas revenir trop tôt, au risque de tout faire capoter. Je vais devoir trouver un allié du côté des Brothers Of Death.

– Duncan, je veux que tu retournes au ranch !

Mon ordre surprend les quatre hommes.

– Pourquoi ? demande l'intéressé, comme s'il s'agissait d'une punition.

– J'ai besoin d'une taupe auprès de Devon.

Mon attention se porte vers Dallas qui agite nerveusement sa jambe. Ses bras sont croisés sur sa poitrine et son regard est rivé sur moi. J'ai l'impression qu'il tente de masquer ses émotions mais sa nervosité le trahit. Je comprends alors. Dallas est à mes côtés non pour se venger de son pote mais pour l'aider à se venger de moi ! Cette mouche à merde de Devon a envoyé son ami à mes côtés pour déjouer tous mes plans. *Merde !* Je ne comprends même pas comment j'ai pu me faire berner comme un bleu. Je vais devoir m'assurer de ne pas en dire trop sur mes réelles intentions, et mettre seulement Duncan, Chrys et James au parfum. Je tente de ne rien laisser paraître, que Dallas ne comprenne pas ce que je viens de découvrir. Ça me laisse un petit coup d'avance sur mon cher cousin. Tant que Devon pense que son pote est bien infiltré et a ma confiance, je reste maître de notre petit jeu.

– Tu es celui que Devon connaît le moins.

Duncan a intégré nos rangs quelques mois après l'arrestation de Devon.

— Il sait que James et Chrys ne retourneront jamais leurs vestes et me resteront toujours fidèles.

— Jamais il n'acceptera mon retour, me lâche Duncan

Mes lèvres s'étirent. Je connais bien trop mon cousin, il acceptera Duncan avec réticence au début et ma taupe devra mettre le paquet pour gagner la confiance de Devon

— Bien sûr que si ! Devon sera trop heureux de savoir que j'ai perdu un homme. Et si tu joues bien le jeu, il n'y verra que du feu. Fais-lui croire que tu t'es retourné contre moi.

Duncan acquiesce d'un signe de tête, prêt à obéir à mes ordres.

— Et nous, on fait quoi ? demande Chrys.

— Toi, je veux que tu partes à Los Angeles, pour aller voir ton contact.

— Tu veux un deal ?

— Oui. Je pense que je vais devoir quitter la ville pendant un moment. Histoire que tout se tasse.

— Tu quittes Ironwood ? demande alors Dallas, intéressé par l'info.

Je vais devoir lui en dire le moins possible, pour qu'il n'ait pas grand-chose à se mettre sous la dent. Mais tout de même suffisamment d'infos qu'il s'empressera de répéter à Devon. Des infos pas importantes donc.

— Juste quelques temps. Mais avant ça, je dois faire un deal avec le pote de Chrys.

Je ne peux pas quitter la ville les poches vides. Si je dois partir pendant un moment, je dois essayer de me refaire. Avec de la came que je pourrais revendre, de préférence.

Je me tourne vers James.

— Toi, je veux que…

— Ouais, me coupe-t-il. Tu veux le fric que tu planques ?

181

Je serre les dents. Pourquoi a-t-il fallu qu'il ouvre sa gueule devant Dallas ? James est loin d'être un cerveau. Je lui ai toujours dit qu'il fallait se méfier de tout le monde, n'accorder sa confiance à personne. Mais il n'écoute rien et plus d'une fois, il a fait des gaffes qui m'ont fait perdre des deals.

Malgré mon envie de lui faire les dents, je hoche seulement la tête.

— Et moi ? Je dois faire quelque chose ?

Je tourne mon visage vers Dallas. Je n'ai rien pour lui. Je ne peux pas lui faire confiance et je ne peux pas le renvoyer. Et je sais que si je ne veux pas qu'il retourne auprès de Devon pour lui balancer mes plans, je vais devoir le garder à l'œil. L'avoir dans les pattes ne m'enchante pas mais c'est la seule solution que j'ai si je veux garder le contrôle de la situation.

— Toi, tu vas assurer ma protection. Tu resteras H24 avec moi.

Épisode #22
Devon

L'ami le plus fidèle est celui qui nous met dans le bon chemin.

Proverbe oriental

2 juin
Prison d'Ironwood

— Eh bien ! Regardez qui est de retour ! fait Fields, un sourire aux lèvres.

Autant la prison ne m'avait pas manqué, autant le visage de Fields, si ! C'est con, surtout quand je me souviens que la première fois que j'ai passé les portes de cette prison, je ne pouvais pas l'encadrer et me retenais de lui faire les dents.

— On te manquait tant que ça ?

— Loin de moi l'idée de vous manquer de respect, patron, mais je n'ai même pas pensé à vous l'espace d'une seconde.

Je ris en même temps que lui.

— Alors, tu viens voir qui ?

– Arthur Stevenson.

Fields hausse un sourcil.

– Ses tours de magie te manquent tant que ça ?

– Pas le moins du monde.

Cette fois-ci, il lève les yeux au ciel, comme pour souligner l'évidence.

– Mais j'avais promis de venir le voir de temps en temps.

– Et tu tiens parole. C'est tout à ton honneur.

Je hoche la tête respectueusement alors qu'il me demande une pièce d'identité, une formalité selon lui.

– Alors ? Ta nouvelle vie en tant qu'homme libre ?

Je manque de rire. Ma nouvelle vie commencera le jour où je serai vengé de Blake, le jour où je l'aurai empêché de nuire à nouveau. Et tant que ce n'est pas fait, je ne serai jamais un homme libre.

– Vous savez ce que c'est. Métro, boulot, dodo.

Fields acquiesce, comprenant très bien ce que je veux dire même s'il n'y a pas de métro à Ironwood. Il me fait signer un registre et m'invite à me diriger vers une petite salle où je patiente quelques minutes.

Un gardien, que je ne reconnais pas, vient me faire sa fouille réglementaire et je peux enfin entrer dans la grande salle des visites. Je repère rapidement Arthur qui attend sagement son visiteur. Quand il m'aperçoit, ses lèvres s'étirent et ses yeux pétillent. Il semble heureux de me revoir et je mentirais si je disais penser le contraire. Ce gosse me manque, je m'étais attaché à lui.

Je m'assois à une table, m'assurant d'en choisir une libre à côté d'une autre. Ici, deux détenus ne peuvent recevoir le même visiteur alors mon frère est venu avec moi. Arthur marche déjà vers moi, suivi par Dublin. Je les observe tous les deux. J'ai l'impression que je ne les ai pas vus depuis des années, alors qu'en réalité, cela ne fait qu'un mois. Ils s'assoient en même temps autour de leurs tables respectives, Arthur face à moi et Dublin face à Hudson.

— C'est mon frère, je précise.

Dublin se contente de hocher la tête pour le saluer alors qu'Arthur me signale qu'il l'avait déjà vu, du temps où c'était moi qui recevais des visites ici.

— Violet doit venir vers quelle heure ?

Je préfèrerais qu'elle ne me voie pas ici, pas qu'elle me l'interdirait mais je sais qu'elle me suspecterait de lui cacher quelque chose. Elle se demanderait pourquoi nous ne sommes pas allés ensemble voir son père, ce qui aurait été le plus logique.

Dublin secoue la tête.

— Elle devait venir pendant sa pause-déjeuner. Mais elle n'est pas venue.

Sa réponse me fige.

— Elle est peut-être en retard ? suggère Arthur.

— De trois heures ? Ça m'étonnerait. Violet n'est jamais en retard, je réponds.

— Elle a peut-être oublié, intervient mon frère en haussant les épaules.

J'en doute aussi. Même si Violet est parfois tête en l'air, elle n'oublierait jamais de venir rendre visite à son père. Elle a attendu de le rencontrer pendant des années, elle ne l'oublierait pas au bout d'un mois. Je plisse le front, inquiet.

— Alors, comment ça se passe dehors ? demande Dublin.

Mon ex-codétenu ne semble pas plus inquiet que ça pour sa fille. C'est sûrement moi qui suis trop parano pour voir le mal partout Non, Violet a dû avoir un imprévu. Sûrement au lycée. Et la connaissant, elle a dû oublier son téléphone portable et n'a pas pu prévenir son père qu'elle ne viendrait pas aujourd'hui.

— Compliqué. Les flics ont réouvert l'enquête mais ça prend du temps.

— Oui, c'est souvent comme ça et j'aurais vraiment été étonné si ç'avait changé avec le temps.

Je manque de rire.

– Blake ne semble pas vouloir lâcher l'affaire, je lâche.

En effet, il est déterminé à prendre le pouvoir et à me mettre hors circuit. Il refuse d'accepter que je sois le chef des Brothers Of Death, il refuse de lâcher prise.

– Tu as prévu quoi ? me demande Dublin.

Je secoue la tête. J'ai l'impression que je piétine en ce moment. Blake est malin et semble prédire tous mes coups.

– Ce qu'il faudrait, ce serait réussir savoir ce qu'il compte faire. Ce qu'il a prévu, dit Arthur. Pour pouvoir contrecarrer ses plans.

– En effet, ce serait l'idéal. C'est pour ça que j'ai envoyé Dallas auprès de mon cousin. Il semble avoir gagné sa confiance.

– C'est une bonne chose, tu as eu raison de l'envoyer espionner auprès de Blake, acquiesce Dublin.

Et j'ai l'impression que c'est la seule chose que j'ai réussi à maîtriser. Pour l'instant, tout ce que j'avais prévu a capoté. Je devais gagner la confiance de Blake, l'amadouer suffisamment pour qu'il baisse sa garde. Mais il y a plusieurs facteurs que je n'avais pas pris en compte. Et le principal est le caractère de Blake. Il est intelligent et suffisamment prévoyant. Et il aime tout contrôler.

– Si seulement j'arrivais à avoir un coup d'avance sur lui, pour le forcer à aller dans ma direction sans qu'il ne s'en rende compte…

Mes amis et mon frère hochent la tête, en accord avec moi.

– Chaque détail compte, Devon. Dallas doit être attentif à tous les petits détails, même ceux qui paraissent insignifiants.

– Dallas m'a informé que Blake avait de l'argent caché, je pense à voix haute.

Mais il n'a pas précisé où. Je ne sais pas pourquoi il ne m'a pas appelé comme d'habitude, cette fois c'était seulement un SMS succinct, ce qui n'arrange pas mes affaires. Je suppose que c'est au ranch mais avec mon cousin, rien n'est sûr. Le domaine est grand et mon cousin est trop malin pour l'avoir caché dans sa piaule. Il l'a forcément mis ailleurs. Mais sans information supplémentaire, c'est comme chercher une aiguille dans une botte de foin. Je relève mon visage vers Arthur qui me fixe, le visage grave.

— Ouais, sûrement dans la remise.

Je pivote mon visage vers mon frère, surpris.

— Comment tu sais ça ?

— Parce que la fenêtre de ma chambre donne sur cette remise. Et que je l'ai déjà surpris plus d'une fois, en train de déplacer de vieilles caisses en bois.

— Tu penses qu'il planque du fric dans ces caisses ?

Mon frère secoue la tête.

— J'ai déjà été vérifié. Je n'ai jamais rien trouvé.

Et merde !

— En revanche, à chaque fois qu'il y allait, la terre sous les caisses venait d'être retournée.

— Donc, il enterre son fric, dit Dublin.

— Il n'est pas con ! lâche Arthur.

Je souris en repensant aux raisons qui ont conduit Arthur en prison. Il a détourné du fric et il n'a jamais été retrouvé. Si seulement j'étais aussi doué pour subtiliser du pognon.

— Il faut que ce fric disparaisse. Qui sait ce qu'il pourrait faire avec, fait mon frère. S'il décidait d'engager à nouveau quelqu'un pour éliminer Devon.

— Non, il ne le fera pas. Du moins, je pense.

Mais comment en être sûr ?

— En tentant de tuer De La Vega, je reprends, il pense qu'il m'a mis tous les Skulls à dos. Il croit avoir réussi à me foutre cent mecs au cul. Et tout ça, gratuitement !

Je sais comment pense et agit mon cousin. Jusque-là, ça m'a pas mal aidé mais je sens que Blake me réserve encore quelques surprises, des rebondissements que je n'oserais jamais imaginer.

— Blake a élaboré un plan qu'il pense infaillible, fait mon frère. Il compte utiliser ce fric pour quitter la ville, une fois qu'il t'aura tué.

187

Arthur ricane.

— Comme si Devon allait se laisser buter. Ce mec est immortel. Sept coups de couteau, je vous rappelle.

Mes lèvres s'étirent alors que je secoue la tête en même temps. C'est vrai qu'en y repensant, je reviens de loin. Mais encore une fois, avec Blake, je dois m'attendre à tout, et surtout au pire.

— Et si Blake ne compte pas utiliser son fric pour refaire sa vie ? suggère alors Dublin.

Je grimace. Je vais devoir mettre Dallas au parfum, qu'il se renseigne et tente de faire parler Blake sur ses intentions. Je sais que c'est dur pour lui. Depuis quelques jours, il doit suivre Blake comme son ombre et nous ne communiquons que par messages, afin de rester les plus discrets possible.

— Alors j'improviserai...

Épisode #23
Devon

23 juin

Maison de Violet

L'ongle coincé entre mes dents, je ne peux détacher mon regard de la rue. Putain ! Où est-elle ? Ça fait des heures que j'essaie de la joindre mais elle a oublié son téléphone sur la table basse, ce matin. Violet est tête en l'air, je le sais et je l'ai déjà remarqué. Mais je ne pense pas qu'elle aurait oublié notre rendez-vous au Valentino's, surtout que je le lui ai rappelé ce matin.

Pour la énième fois, je vérifie l'heure. Il est près de 23 heures et je me demande si je ne devrais pas aller voir les flics ou courir à l'hôpital. Il a forcément dû lui arriver quelque chose. Violet est rarement en retard, elle est d'ailleurs tout le temps en avance. Et qu'elle oublie son père ce midi aurait pu être un hasard mais qu'elle

189

me pose un lapin ce soir, j'ai du mal à croire en une deuxième coïncidence. Ça me paraît trop gros.

Alors que je m'apprête à enfiler ma veste en cuir, des phares viennent éclairer le salon plongé dans le noir. Rapidement, je tire le rideau et constate que Violet vient d'arriver. Enfin ! Je l'observe dans sa voiture. Elle essuie son visage. Est-ce qu'elle a pleuré ? Elle sort de sa voiture, longe la maison et passe la porte d'entrée quelques instants plus tard.

Je la fixe toujours alors qu'elle dépose ses affaires sur la table de la salle à manger. Elle actionne l'interrupteur et sursaute quand elle m'aperçoit.

– Tu étais où ?

Son visage passe de la surprise à la colère. Je crois que ma question était malvenue et sûrement trop sèche mais je me suis fait un sang d'encre.

– Tu as oublié, on devait aller manger au...

– Non, je n'ai pas oublié.

Sa réponse me déconcerte. Alors si elle n'a pas oublié, pourquoi n'est-elle pas rentrée plus tôt ?

– J'étais chez June.

June ? Pourquoi ? C'est quoi le problème ?

– Violet, qu'est-ce qui se passe ?

Violet prend une grande inspiration. Je vois qu'elle se contient de ne pas exploser. Elle semble folle de rage.

– Ton cousin est venu me voir tout à l'heure, au lycée.

Blake ? Mais pourquoi ? Il lui voulait quoi ? Je n'ai pas le temps de lui demander qu'elle reprend aussitôt.

– Il m'a gentiment rappelé tous les noms de mes proches, sans oublier de me préciser que la vie ne tenait qu'à un fil.

– Quoi ? C'est quoi ces conneries ? Il est venu te menacer ?

– Ça a l'air d'être des conneries ?

190

Mes poings se serrent en même temps que ma mâchoire. Alors Blake en est résolu à venir menacer Violet au lycée, en plein jour aux yeux de tous. Il est en train de perdre pied.

Même si cette nouvelle devrait me réjouir, je n'y arrive pas. Blake a osé venir menacer ma petite amie.

— Violet, je suis désolé. Je...

Je m'approche d'elle et tente de poser ma main sur son épaule pour la réconforter mais je m'interromps quand elle recule d'un pas. Son geste me fait mal mais je ne dis rien. Je vois que sous sa colère, elle a peur.

— J'étais tellement paniquée que j'ai dû demander à June de venir me chercher. Quand il est parti, je suis restée presque une heure dans ma voiture sans pouvoir faire quoi que ce soit d'autre que pleurer.

— Pourquoi tu ne m'as pas appelé ?

— C'est une blague, j'espère ? Parce que pour commencer, j'ai oublié mon téléphone ce matin et je ne connais pas ton numéro par cœur. Et pour finir, je n'avais de toute façon pas envie de t'appeler.

Je hausse un sourcil en entendant son ton sec.

— Devon je veux que tu arrêtes tout de suite ta vendetta contre ton cousin.

— C'est hors de question ! Tu ne peux pas me demander ça. Pas maintenant. Blake est en train de perdre pied. Bientôt, tout sera terminé et...

— ... Alors c'est fini, Devon, me coupe-t-elle.

Fini ? Dans le sens où elle me quitte ?

— Attends. Tu veux arrêter ? Tu veux me quitter ?

Son regard plongé dans le mien, elle hoche la tête, sérieusement. Mon souffle se coupe en même temps que mon cœur se met à me comprimer le thorax. Non, elle ne peut pas me dire ça, elle ne peut pas penser ainsi. Pas après que je lui ai dit que je l'aimais, pas le soir où nous devions avoir notre premier rendez-vous, le soir où elle avait prévu de me dire qu'elle m'aimait aussi.

— Mais... Tu m'aimes...

– C'est vrai.

– Alors pourquoi tu... Si tu m'aimes, tu ne peux pas me quitter.

Je fais pitié en lui disant ça mais je ne peux pas accepter qu'elle veuille me laisser sur le carreau. Je ne le veux pas.

– C'est ce qui fait la différence entre les hommes et les femmes, Devon. Les femmes peuvent quitter un homme par amour. Je t'aime, mais je ne peux plus le supporter. Te voir risquer ta vie, ta liberté pour... par esprit de vengeance, je ne le tolère pas.

– J'ai perdu quatre ans de ma vie, Violet. Quatre ans à cause de lui.

– On ne peut pas effacer le passé.

– Mais il aurait pu être différent. J'aurais pu voir mon neveu naître, j'aurais pu être là, dans les derniers instants de la vie de ma mère.

– Je le sais bien, Devon. Mais comme je te l'ai dit, le passé ne se réécrit pas. Tu dois apprendre à tourner la page, à accepter de continuer ton histoire, malgré tout ce qu'il t'est arrivé.

Mais je ne peux pas. Qui pourrait oublier tout ça et continuer sa vie, faire comme si rien ne s'était passé ? Personne ! Et surtout pas moi ! Je suis beaucoup trop rancunier et je refuse de vivre toute ma vie avec des regrets.

– Violet, je t'aime.

Je m'approche d'elle lentement. Elle semble sur le point de fondre en larmes. Je vois que je lui fais du mal et ça, ça me crève ! Je pose ma main sur sa joue et ancre mes yeux dans les siens.

– Tout ça sera bientôt fini, Violet. Je te le promets !

Elle pivote son visage, refusant mon baiser. Mon cœur se brise un peu plus. Violet est en train de piétiner mon cœur que je lui ai offert.

– Je ne veux plus être spectatrice de ta destruction, Devon. Je n'ai pas besoin de ça dans ma vie. Je veux pouvoir sortir sans avoir peur d'être suivie ou d'avoir la crainte de me faire menacer sur mon lieu de travail ou quand j'irai faire mes courses. Ce n'est pas la vie que j'ai choisie. C'est une vie que tu m'imposes. Alors le mieux serait qu'on arrête tout, avant que toi ou moi en payions les frais. Libre à toi de risquer ta vie, de subir tout ça. Moi, je le refuse.

— Violet, je…

Elle secoue la tête, navrée. Je vois qu'elle essuie la larme qui perle au coin de son œil.

— C'est fini, Devon.

— Je te promets qu'une fois que j'aurai arrêté Blake, je…

— Tu quoi ? Tu vas arrêter de diriger les Brothers Of Death ? Tu vas reprendre ta vie ? Tu ne le pourras jamais. Les BOD, c'est jusqu'à la mort je te rappelle. Et moi, je ne veux pas vivre toute une vie comme ça. Tu as fait le choix de devenir leur chef, tu as choisi de continuer à te venger. Je choisis d'arrêter notre histoire.

Quand j'arrive au ranch, l'immense bâtisse est silencieuse et plongée dans le noir. Il est tard, pas loin d'une heure du matin et mon oncle et ma tante doivent sûrement dormir. Je contourne la maison. En entrant par l'arrière, je serai plus discret et ne prendrai pas le risque de réveiller qui que ce soit.

Arrivé sur la terrasse, je porte ma main vers le pot de fleurs suspendu à la marquise pour trouver la clef de secours. Je la glisse dans la serrure et déverrouille la porte. Le plus silencieusement possible, je traverse la cuisine, plongée dans le noir, esquivant l'énorme îlot central. Je traverse rapidement la salle à manger et arrive dans l'entrée. Ma main sur la rambarde, je m'apprête à grimper les marches afin d'aller m'écrouler sur un lit quand des voix se font entendre. Je me fige et m'arrête aussitôt.

— Je veux mon fils !

Je reconnais facilement la voix de ma tante et je tends l'oreille. Sur la pointe des pieds, je m'approche du bureau de mon oncle. La porte est entrouverte et je colle mon œil dans l'entrebâillement. Mon oncle est assis derrière son bureau. Il semble s'occuper de la paperasse. Quant à ma tante, elle ne cesse de faire les cent pas devant lui, seulement vêtue d'une robe de chambre en satin et un éternel verre de scotch à la main. Je secoue la tête. Diana devrait vraiment se faire désintoxiquer. Boire autant la mènera à sa perte.

— Diana, je n'ai pas envie de me prendre la tête. Tu devrais aller te coucher.

— Et moi, je veux que mon fils revienne à la maison !

Mon oncle se pince l'arête du nez, agacé. J'ai toujours vu ma tante comme une femme taciturne, qui n'a jamais rien à dire et qui se contente de s'écraser. Je vois un tout autre visage d'elle, ce soir.

— Je n'en reviens pas que tu aies osé le foutre à la porte !

— Blake a franchi les limites. Je n'ai pas eu le choix que de le recadrer. Il refuse d'accepter que Devon soit notre nouveau chef. Et tant qu'il persistera dans cette voie, il ne pourra pas remettre un pied ici.

Ma tante ricane mais je comprends qu'elle est amère.

— Ton précieux Devon ! Encore lui ! Il n'y en a que pour lui. Au point que tu en oublies Blake !

— Diana, ne dépasse pas les bornes, le menace mon oncle.

Ma tante paraît encore plus furieuse. Elle finit son verre d'une traite et s'empresse de le remplir, ce qui rend mon oncle encore plus en colère.

— Tu veux bien arrêter de boire ! ordonne mon oncle. Tu es saoule du matin au soir.

— Parce que tu crois que ça me fait plaisir ? Non, ça m'aide à tenir. Je suis obligée de boire depuis des années, pour oublier toutes tes erreurs, toutes tes infidélités.

Je me fige en même temps que mon oncle. Alors que je plisse le front, étonné par sa remarque, Erick semble comprendre de quoi sa femme l'accuse. Il a une maîtresse, ce qui rend ma tante folle de rage.

— Tout ça est fini, dorénavant, souffle mon oncle.

Qui est cette femme ? En tout cas, il devait en être sacrément amoureux. Mon oncle a soufflé sa dernière remarque avec une telle

194

tristesse, que je suis déconcerté par autant de souffrance. L'a-t-il quittée pour rester avec ma tante ?

— Tu crois que je ne voyais pas comment tu la regardais ? continue ma tante en ignorant la remarque de son mari. Comment tu t'occupais d'elle tous les jours ? Tu crois que je ne voyais pas à quel point vous étiez proches tous les deux ?

Tous les jours ?

— Tu ne vas pas recommencer avec ça, Diana. Ta jalousie n'a plus lieu d'être, elle est morte maintenant. Tout est fini, je t'ai dit !

— C'est loin d'être fini ! Et je suis obligée de voir votre bâtard tous les jours ! Tu sais le mal que ça me fait ? Et je ne te parle même pas du fait de voir son mari en aimer une autre pendant des années. Morte ou pas, ça ne retire pas ce que tu m'as fait, Erick !

Cette révélation me fait l'effet d'une bombe. Mon oncle a un autre enfant ? Quel âge a-t-il ?

Mon cerveau commence à surchauffer. Des milliers de questions traversent mon esprit et mes suppositions commencent à trouver des réponses.

Et si cette femme était ma mère...

195

Épisode #24
Devon

La seule vérité c'est celle que l'on cherche.

Feltin stani

3 juin
Ranch des Brothers Of Death

Le regard fixé sur le plafond blanc, je ne cesse de plisser le front. Mille et un scénarios ne font que se jouer dans ma tête depuis que j'ai surpris la conversation de mon oncle et ma tante. Je crois que j'aurais préféré ne jamais l'entendre, cela m'aurait évité de me faire des nœuds au cerveau pendant des heures. Je déteste avoir entendu tout ça. Je déteste avoir entendu ma tante cracher son venin avec autant d'hostilité et de colère. Elle était si amère quand elle a parlé, elle avait tellement la haine.

Je n'en reviens pas de ce que je viens d'apprendre. Je n'ai pas réussi à en fermer l'œil de la nuit. Je jette un coup d'œil à l'écran de mon téléphone. 10 h 15. Je soupire aussitôt.

Pendant plus de neuf heures, un tas de questions se sont bousculées dans ma tête.

La première est de savoir si je dois croire aux paroles d'une femme ivre du matin au soir. J'aimerais ne pas y croire mais, mon oncle ne l'a pas contredite, hier soir. Il n'a même pas essayé de nier. Ce qui voudrait dire que ma tante n'a pas menti.

La deuxième question qui me vient est quand ? Puis pourquoi ? Diana a parlé d'amour. Mon oncle a aimé sa maîtresse pendant des années, il était proche d'elle, ce qui me conforte dans l'idée que ma mère pourrait être cette femme. Pourtant, je n'en ai pas la certitude.

Ma dernière question, et sûrement la plus importante, est lequel de nous est cet enfant ? Ma tante n'a pas précisé s'il s'agissait d'une fille ou d'un garçon. Le premier nom qui me vient en tête est celui d'Alysson. C'est ce nom qui me paraît le plus logique. Esteban m'a appris que mon père trompait ma mère avec Ellen, la mère d'Alexis. Et si leur couple battait de l'aile et que ma mère en faisant autant avec Erick. Peut-être que mes parents avaient un accord, que lorsque mon père a appris que ma mère était enceinte d'Alysson, il a compris qu'il n'était pas le père et qu'il a décidé qu'il était temps pour lui de quitter sa femme, pour vivre avec sa maîtresse. Alors pourquoi mon oncle et ma mère ne se sont jamais mis ensemble, après la mort de mon père ? Pour ma tante ? Parce que ma mère avait décidé de s'éloigner des Brothers Of Death et que mon oncle n'avait pas d'autre choix que d'y rester pour gouverner ? Alors c'était pour ça qu'il tenait tant à ce que je devienne le chef ? Pour pouvoir enfin partir du ranch pour vivre son amour avec ma mère ?

Pour mon frère, j'ai dû mal à croire en cette hypothèse. Je ne sais pas pourquoi mais mon instinct me pousse à refuser cette supposition.

Je souffle à nouveau, las. Quel putain de bordel ! Tout ça, toutes ces révélations risquent de changer nos vies. D'une certaine façon du moins.

Moi qui suis le tuteur légal d'Alysson, que deviendra-t-elle si mon oncle, son véritable père, décidait de la reconnaître et de la faire habiter au ranch ? Qu'est-ce que je deviendrais à ses yeux ? Et si c'est mon frère qui est cet enfant ? Qu'est-ce qu'ils deviendront légalement pour moi ? Mon demi-frère ? Ma demi-sœur ? Mon demi-cousin ? Ma demi-cousine ?

Je secoue la tête. C'est bien trop compliqué et en réalité, ça n'a aucune importance.

Que ce soit Hudson ou Alysson, je sais qu'ils resteront mon frère et ma sœur, ceux qui ont partagé mon enfance, ceux que j'ai protégés et dont je me suis occupé toute ma vie. Et je m'opposerai au retour de ma sœur au ranch. Elle ne s'y sent pas bien, elle est bien mieux avec Violet.

Quand je pense à elle, je ne peux m'empêcher de grimacer. Elle m'a quitté ça fait à peine une nuit qu'elle me manque déjà. Hier soir, j'ai cru que mon monde s'écroulait quand elle m'a largué. Je n'avais pas envie d'y croire.

Je soupire à nouveau. Comment ces 24 dernières heures ont-elles pu être aussi chaotiques ? Entre ma rupture avec Violet et cette révélation, j'ai l'impression que tout m'est tombé dessus en l'espace de quelques heures.

Je soulève le drap qui me couvrait et sors du lit. Il faut que j'en aie le cœur net. Je ne peux pas rester sans réponses à toutes ces questions qui sont en train de grignoter mes neurones. Je dois aller voir mon oncle, lui demander des explications. J'ai envie de savoir, j'ai besoin qu'il m'éclaire sur tous ces secrets.

Rapidement, j'enfile mon jean et passe un tee-shirt avant de quitter la chambre qui appartenait à ma mère. Je dégringole les marches à toute vitesse et manque de rentrer dans mon neveu, au détour d'un couloir.

– Coucou, tonton Devy !

Je me stoppe dans ma course.

– Salut, morpion ! Tu n'es pas à l'école.

Mon neveu grimace et porte sa main à sa bouche. Il tousse.

– Non ! Je suis malade ! Je tousse !

Je vois bien qu'il joue la comédie. Mon neveu a sûrement dû se faire porter pâle pour s'accorder une journée de repos. Et connaissant mon frère, il a dû céder.

– Il est où ton papa ?

– Bah, au travail.

Oui, logique. On est jeudi.

– Et qui te garde ?

– Tante Diana. Mais elle s'est endormie sur le canapé.

Je tends le cou vers le salon et constate que ma tante est à moitié affalée sur le sofa, un verre à la main. Je secoue la tête, navré. Bordel ! Elle devrait songer à se faire greffer un verre au bout de son bras.

– Tu devrais aller voir si Rosita a besoin d'un coup de main.

La femme de ménage, qui ne parle pas un traître mot de notre langue, me paraît bien plus apte à s'occuper d'un gosse, plutôt qu'une vieille alcoolique. Au moins, il sera plus en sécurité.

– Tu sais où est oncle Erick ?

Mon neveu hoche lentement la tête.

– Dans la réserve, avec les gros tonneaux.

Je le remercie, lui redis d'aller voir Rosita puis sors de la maison. Je foule le gravier, passe près de la grange devant laquelle des membres des Brothers Of Death fument une clope. Certains semblent surpris de me voir ici, d'autres plus enjoués.

– Hey, salut chef ! me salue l'un entre eux.

– Salut les gars !

– Tu viens boire une bière avec nous ? me propose un autre.

Je me souviens de ce que mon oncle m'a dit il y a quelques jours. Il veut que je fasse un effort et boire une bière n'en demande pas un considérable. Si c'est le prix à payer pour me rapprocher des gars et obtenir leur confiance, ça peut le faire.

– Je dois passer voir Erick avant, les gars ! Je vous rejoins après !

Ma réponse semble les réjouir.

– Pas de soucis, chef !

Je leur souris avant de reprendre mon chemin vers la réserve. Je ne sais pas comment je vais entrer dans le vif du sujet avec mon oncle. Je crois que le mieux est que je ne passe pas par quatre chemins et que j'y aille cash.

Je tire la lourde porte en bois de la réserve, le cœur battant. Je repère Erick facilement. Il est en pleine conversation avec un ouvrier. Quand il me remarque, ses lèvres s'étirent. Je sais que mon oncle aime son travail, c'est une véritable passion pour lui et il semble heureux et fier que je daigne enfin m'intéresser à ce qu'il fait ou à quelque chose qui s'approche de près et de loin aux Brothers Of Death.

Quand il voit ma démarche déterminée, son sourire retombe. Il a compris que quelque chose n'allait pas. Je me pointe devant lui, prêt à entendre les réponses à mes questions.

– Devon ? Je suis surpris de te voir ici de si bonne heure. Tu as dormi au ranch ou...

– J'ai besoin de te parler. En privé !

Il chuchote à l'oreille de l'ouvrier, qui me jette un rapide coup d'œil avant de tourner les talons.

– Ça a l'air grave. Dis-moi ce qui te tracasse.

– J'ai entendu une conversation hier soir.

Mon oncle semble ne pas comprendre.

– Quelle conversation ?

– Celle que tu as eue avec Diana.

Il appuie mon regard, essayant de me faire parler plus.

– Cette nuit. Dans ton bureau.

Cette fois-ci, il comprend bien de quoi je veux parler. Sa bouche s'entrouvre, formant un « o » parfait. Il met quelques secondes à assimiler l'information et finit par secouer la tête.

– Il n'est pas bon d'écouter aux portes, Devon ! Ça n'apporte jamais rien de bon.

– C'est vrai ? je demande en ignorant sa remarque.

Mon oncle prend une grande inspiration. Il semble gêné et je comprends qu'il aurait préféré que je ne sache jamais rien.

– Tu avais une aventure avec ma mère ?

Mon oncle hésite à me répondre et je comprends tout de suite. Oui, ma mère et mon oncle ont eu une aventure.

– Tu étais amoureux d'elle ?

Cette fois-ci, il relève son visage vers moi.

– Je l'ai aimée pendant des années.

Sa confirmation me fait l'effet d'une bombe. Je n'arrive pas à y croire, je refuse de l'accepter.

– Vous avez eu un enfant ensemble, qui ?

Je sais que sa réponse pourrait changer ma vision des choses. Qu'elle changera beaucoup de choses. Est-ce que je réussirai à garder le secret et ne rien dévoiler à mon frère et à ma sœur ? Est-ce que je dois leur dire ?

– Qui ? Alysson ou Hudson ?

Le regard appuyé de mon oncle dans le mien, il garde le silence et je comprends alors.

C'est moi.

C'est moi l'enfant de leur amour. C'est moi le bâtard. J'en ai presque envie de vomir, tant cette révélation me bouleverse. Mon père n'est pas mon père. Je suis bien un Thomas mais Wilson n'est pas mon père biologique, il n'est pas mon géniteur. Mon véritable père est mon oncle !

– C'est toi, Devon.

Allongé sur le capot de ma caisse, je crache l'épaisse fumée de ma cigarette. Je ne sais pas depuis combien de temps j'observe le ciel, ni depuis combien de temps je suis sur les hauteurs d'Ironwood. J'avais besoin de m'isoler, d'être seul pour faire le point. Mon oncle a essayé plusieurs fois de me contacter, sûrement voulait-il m'expliquer des choses que j'aurais préféré irréelles. Il a arrêté depuis cinq bonnes heures maintenant et dans son dernier message, il m'a juste dit qu'il s'inquiétait pour moi.

Je n'arrive pas à croire ce que mon oncle a avoué. Je ne suis pas le fils de Wilson Thomas, je suis le fils de mon oncle.

Cette révélation me fait l'effet d'une bombe. J'ai l'impression qu'elle est en train de faire sombrer ma vie encore plus, que cette découverte sur le passé de mes parents, sur ma vie est la goutte d'eau qui fait déborder le vase.

Comment n'ai-je pas pu être au courant de tout ça ? Comment ma mère, mon oncle ont-ils pu me cacher ça ? Comment je n'ai pas pu m'en rendre compte ?

À vrai dire, je n'aurais jamais pu le savoir et si je n'avais pas surpris cette conversation, je serais resté dans l'ignorance jusqu'à la fin de ma vie. J'ai très bien vu qu'il lui en coûtait beaucoup de tout me révéler.

À cette pensée, ma mâchoire se serre. Mon oncle a eu mille occasions de m'expliquer la vérité, de tout me dire. Mais il a préféré me laisser trimer comme un con, toute ma vie.

Mon téléphone se met de nouveau à vibrer, pour la énième fois de la soirée. Honnêtement, je me retiens de balancer mon smartphone dans le ravin. Je l'attrape furieusement, près à raccrocher au nez de mon oncle quand je constate que c'est Violet qui essaie de me joindre. Je me redresse aussitôt.

Il est prévu que je vienne chercher Alysson, après le lycée. De savoir que je vais devoir la ramener au ranch me tord les tripes. Elle semblait aller mieux, depuis qu'elle avait emménagé chez Violet et je ne veux pas qu'elle rechute si elle devait retourner au ranch. Mais je n'ai pas le choix, pas tant que je ne trouve pas une maison pour nous quatre.

Depuis hier soir, j'ai l'impression que ma vie est un bordel sans nom. Que le sol s'est effondré sous mes pieds. J'ai l'impression d'être retourné dans cette putain de spirale infernale dans laquelle j'étais il y a cinq ans, ce même cercle vicieux qui me rongeait de l'intérieur.

– Violet ?

Un blanc s'installe. Je la sens hésitante. Elle doit sûrement chercher ses mots.

– Je ne te dérange pas ?

– Non, non.

– OK. Je... Je voulais savoir, pour Alysson.

– Elle va bien ?

– Oui, oui, ne t'inquiète pas. Elle demande juste où tu es. Je ne sais pas ce que tu fais mais si tu as le temps de passer, ...

– J'arrive !

Elle ne répond rien, se contente seulement de raccrocher. Rapidement, je descends du capot de ma caisse, grimpe dans l'habitacle puis démarre le moteur.

Le trajet jusqu'à Liberty Lane se fait rapidement et quand je me gare dans l'allée de la maison de Violet, je remarque qu'elle est derrière sa fenêtre, attendant mon arrivée. Je descends de ma voiture, monte les quelques marches du perron et m'apprête à frapper. Je n'en ai pas le temps que Violet ouvre à la volée. Je tombe sur son magnifique sourire et mes lèvres ne peuvent s'empêcher de s'étirer à leur tour. Habillée dans une petite robe d'été fleurie, elle est sublime et ma première envie est de l'embrasser et la supplier de m'aimer.

Sa petite bouche s'entrouvre mais elle n'a pas le temps de dire quoi que ce soit qu'Alysson se poste devant moi.

– Devon !

Ma sœur s'accroche à mon cou, geste surprenant de sa part. Alysson montre rarement ses émotions mais je suis rassuré. Si elle le fait, c'est qu'elle se sent bien.

— Salut, petite sœur !

Mon cœur se serre.

— Je suis contente de te voir. Tu étais où ?

Mes yeux se déportent rapidement vers Violet. Elle semble mal à l'aise et je comprends qu'elle n'a rien dit à Alysson.

— Au boulot.

Violet se tourne alors vers Alysson et lui sourit tendrement.

— Et si tu allais continuer tes devoirs.

— Vous devez parler ?

— Oui, c'est ça. Tu as tout compris.

Alysson hausse les épaules et finit par tourner les talons. Je la vois filer jusqu'à la cuisine où elle grimpe sur un tabouret et reprend son stylo.

— Comment ça se passe au lycée ?

— Elle s'en sort très bien. Tous mes collègues sont unanimes. Alysson a beaucoup de capacités et travaille très bien.

— Et avec les autres gosses ?

— Ça va. Elle reste un peu à l'écart mais je pense que c'est le temps qu'elle prenne ses marques.

— Ils ne la font pas chier ?

— Non. Il n'y a pas de soucis de ce côté-là.

— OK, c'est bien.

— Écoute, Devon, si je t'ai appelé, ce n'est pas seulement parce qu'Alysson voulait te voir.

Silencieusement, je prie pour qu'elle me dise qu'elle ne veut pas me quitter, que je lui manque.

— Alysson m'a parlé de son agression.

Je me fige aussitôt. Quoi ? Alysson n'en a jamais parlé à personne. L'affaire avait été classée sans suite, en l'absence du témoignage de ma sœur, qui avait refusé de parler pendant des années.

– Tu es sérieuse ? Qu'est-ce qu'elle a dit ?

– Oui. Elle m'a dit qu'elle en avait rêvé. Ou du moins, elle pense que c'est un rêve.

Mes poings se serrent de rage. Cet enfoiré, il va falloir que je m'en charge personnellement. Et pour lui, je serais bien capable d'aller à l'encontre de mes principes. Je pourrais le tuer de mes mains nues.

– Elle a donné son nom.

– James, je souffle.

Violet hausse la tête, pour confirmer ce que je savais déjà.

– J'ai suggéré qu'elle devrait raconter son « rêve » à un policier. Je ne sais pas si j'ai bien fait mais...

– Si, si, tu as bien fait.

Je m'approche d'Alysson, toujours occupée à faire ses devoirs. Elle est penchée sur un livre d'algèbre. Lentement, je m'assois près d'elle. Imperturbable, elle ne lève pas son visage vers moi et continue à poser des calculs sur une feuille. Je suis surpris de constater qu'elle n'utilise pas de calculatrice. Moi, je serais déjà paumé rien que pour une addition.

– Aly ?

– Humm ?

Elle ne relève toujours pas sa tête de son bouquin et je finis par saisir sa main, celle qui tient son crayon. Cette fois-ci, je capte son attention. Je lui offre un sourire timide.

– Violet m'a parlé de ton rêve.

Ma sœur jette un rapide coup d'œil à Violet qui nous a rejoint.

– Je me disais qu'on devrait en parler à un policier.

– Pourquoi ?

Pour arrêter ce fils de pute de James ! Mais je sais qu'elle ne comprendrait pas ma réponse alors je préfère détourner sa question.

– Tu veux bien faire ça pour moi ?

– J'ai des devoirs à faire et...

– Ça peut attendre. Et c'est très important.

Ma sœur finit par hausser les épaules.

– C'est très bien. Va te préparer, on va y aller tout de suite.

– D'accord, souffle-t-elle.

Elle referme son manuel d'algèbre, réunit ses affaires et descend de son tabouret. Je la vois filer jusque dans le couloir.

– Merci, je souffle alors à Violet.

– C'est normal, Devon. Je...

Violet s'interrompt. Elle veut me dire quelque chose mais hésite.

– Je pensais qu'Alysson pouvait rester ici.

Sa proposition me surprend.

– Je peux m'en occuper, le temps que tu trouves une maison. Alysson a fait beaucoup de progrès depuis qu'elle est partie du ranch. Tu ne peux pas la ramener là-bas, j'ai peur que ça la chamboule trop.

On est sur la même longueur d'onde mais je sais que je ne peux pas accepter sa proposition.

– Violet, je ne sais pas si c'est une bonne idée.

– Je fais ça pour elle. Pour toi. Et puis, tu sais que tu seras toujours le bienvenu ici aussi. Tu pourras venir voir ta sœur quand tu le souhaites et...

Ma sœur arrive à cet instant. Elle a enfilé un petit gilet rose et patiente sagement.

– On en reparlera plus tard. Tu... On devrait aller au commissariat avant qu'elle change d'avis.

Violet a raison. Il faut battre le fer tant qu'il est chaud et le plus important est qu'Alysson parle enfin. Et encore plus important, il est temps que James paie pour ce qu'il lui a fait.

Épisode #25
Devon

Peut-être que parfois la vengeance vaut bien mieux que la justice.

Michael Connelly

5 juin
Ranch des Brothers Of Death

Quand je vois le nom de Dallas s'afficher sur mon écran, je décroche aussitôt et bloque mon appareil entre mon oreille et mon épaule. Depuis trois jours, ses appels sont rares et il profite toujours que mon cousin soit sous la douche ou qu'il dorme pour me contacter. C'est juste une précaution dont nous avons convenu ensemble, pour éviter que Blake grille Dallas.

— Ouais ?

— Devon ? Tu es où ?

— En voiture. Je vais au ranch.

— OK, je te rejoins.

— Non, surtout pas.

Ce ne serait pas prudent. Au ranch, je ne sais pas encore en qui je peux avoir confiance, parmi mes hommes. Certains pourraient encore accorder leur loyauté à mon cousin et pourraient lui répéter que Dallas a été vu avec moi. Je ne préfère prendre aucun risque. Je veux garder tous mes atouts en main et surtout ne pas griller cette carte.

— Ah oui, je suis con. Bon, accroche toi mec, j'ai ton info.

— Attends, je me gare.

J'appuie sur la pédale de frein et me gare sur le bas-côté. Je reprends mon appareil en main, prêt à entendre son information.

— Tu as bien joué de me demander de m'approcher de lui. Et ce mec a été trop con pour y croire. Il n'y voit que du feu.

— Je savais qu'il te prendrait sous son aile.

Blake aime deux choses dans la vie. L'attention qu'on lui porte et son besoin de tout contrôler. Il aime ces deux choses presque autant qu'il me déteste. Alors envoyer Dallas auprès de Blake cochait toutes les cases. La haine qu'il me porte, son obsession du contrôle et être le centre du monde.

— Je t'écoute.

— Blake sent qu'il a chaud au cul. Il a prévu un coup. Un gros coup. Et il compte quitter la ville juste après.

— Quand ?

— Cette nuit. Au dépôt.

Je grimace. Je déteste le dépôt, ça pue trop la mort là-bas. Mais c'est un territoire neutre, où Brothers Of Death et Cursed Skulls peuvent aller à leur guise.

— Raconte. Il deale avec qui ?

— Je ne sais pas encore. Je n'ai pas tous les détails. Seulement les grandes lignes. Je sais juste que c'est un pote de Chrys, qui vient de L.A.

— Je dois tout savoir. Il faut que tu...

— Oui, je sais. Justement, je suis sûr le point d'arriver chez James, Blake m'a demandé d'aller lui chercher des clopes.

— Il crèche toujours chez son sale violeur de pote ?

— Toujours. Blake n'a pas d'autre endroit où squatter.

— OK, Dallas, il me faut plus d'infos. Il me faut l'heure, les mecs avec qui il compte y aller, le gars avec qui il deale. Je veux tout savoir.

— Ça marche. Je suis dessus.

— OK. Rappelle-moi.

Je raccroche et reprends ma route, en direction du ranch.

Quand j'arrive au petit chemin de terre qui y mène, je suis surpris d'y découvrir une voiture sur le bas-côté, et un homme, adossé, qui patiente, les bras croisés. Au fur et à mesure que je m'approche, je reconnais Franck Pierce.

Mon premier réflexe est de sourire, priant pour que sa visite m'annonce que Blake va tomber, que les flics ont trouvé un élément dans l'enquête du meurtre d'Alexis et que mon cousin va être arrêté. Mais quand le regard froid et hostile de Franck se pose sur moi, je comprends qu'il n'est pas venu pour une visite de courtoisie. Et s'il est aussi en colère, c'est parce qu'il est en mode « papa protecteur ».

J'arrête ma voiture juste derrière la sienne et sors rapidement de mon véhicule. Mes boots foulent le sol, laissant une traînée de poussière sur mon passage et je me plante devant Franck.

— Je t'avais demandé de laisser ma fille tranquille !

Comme si je le pouvais ! Violet n'est pas le genre de femme qu'on peut laisser. Violet est le genre de femme auquel on s'accroche et qu'on fait tout pour garder. Chose que j'ai été incapable de faire au demeurant.

— Écoutez, Franck, je...

— Je savais que tu la mettrais en danger, tôt ou tard. On ne peut pas se fier à un petit voyou.

Il commence à me saouler sérieusement. Il ne croit pas que je m'en veux suffisamment.

211

— Ton cousin a menacé ma fille ! Il lui a fait peur ! Et tout ça, c'est ta faute !

— Mais vous croyez quoi ? Que cette situation me fait plaisir ? Que savoir que Violet a été menacée me laisse indifférent ?

Les yeux de Franck Pierce fouillent les miens. Il paraît surpris et abasourdi de ce que je viens de lui dire. Je vois qu'il sonde si je bluffe.

— Vous croyez que j'ai eu envie de tout ça ?

Cette fois-ci, c'est une pointe de rage qui anime son regard.

— Tu es en train de me faire croire que tu t'es fait tatouer par obligation ? Que tu n'as pas voulu de ce rôle de chef de ce petit gang de merde !

Mais il croit quoi ? Que tout ça me fait plaisir ? J'aurais tellement voulu pouvoir tourner la page, me tirer d'Ironwood avec ma famille et être enfin heureux. Ailleurs. J'aurais même souhaité ne jamais avoir à mettre un pied en taule. J'aurais encore plus souhaité ne pas naître au sein des Brothers Of Death. Bref, j'aurais voulu beaucoup de choses… Mais Violet me l'a dit : on ne réécrit pas le passé. Et j'ai dû faire avec ce que j'avais. J'ai dû m'adapter pour survivre, pour vivre, tout simplement.

— Mais oui ! Je ne voulais pas de tout ça ! Mais Blake a essayé de me détruire. Il a tué Alexis et m'a fait plonger en me mettant tout sur le dos. Il... Il m'a fait perdre tellement de temps, putain ! Plus de quatre ans de ma vie où j'ai cru que ma sœur avait tué Alexis, où je me suis battu contre mes convictions. Je n'ai jamais voulu être chef, je ne veux pas de tout ça ! Mais je n'ai pas eu le choix ! C'est soit moi, soit lui. Et quitte à choisir, je préfère que ce soit lui qui crève.

Franck semble encore plus abasourdi.

— Si vous voulez le véritable meurtrier d'Alexis, vous allez devoir me faire confiance.

— L'enquête vient tout juste d'être rouverte, ça prend du temps, dit-il en se radoucissant.

— J'ai assez perdu de temps comme ça !

— Aie confiance en la police. Blake tombera.

— Sans vouloir vous offenser, j'emmerde les flics. Dans cette ville, ils sont tous pourris. Il suffit de voir ce qu'ils ont fait à Dublin, votre ancien partenaire.

Il grimace mais ne me contredit pas pour autant.

— Alors fais confiance à la justice de ce pays.

— Elle aussi, je l'emmerde. Vous pensez que je peux avoir confiance en une justice qui m'a tout de même envoyé derrière les barreaux alors que vous saviez pertinemment que j'étais innocent ?

— Tu avais avoué, Devon. J'ai tout fait pour travailler sur cette enquête, pour trouver le véritable coupable. Mais mon chef était sur mon dos, il me rabâchait de lâcher l'affaire, qu'on n'avait pas de temps à perdre car on avait un tas d'autres enquêtes. Tu sais combien de crimes les flics de cette ville doivent gérer ? Rien qu'avec les Brothers Of Death ou les Cursed Skulls, c'est trois quart de nos dossiers. Et les deux gangs ont des indics et des relations partout. Quand on met l'un de vous en taule, c'est une victoire pour nous et crois moi, peu d'entre vous se font coffrer.

— Mais je n'en ai rien à foutre, de ça aussi ! Vous pouvez boucler tous les Brothers Of Death, je m'en tape.

Franck me croit. Je le vois à son regard. Il s'apprête à me répondre, quand une sonnerie de téléphone retentit. Il fouille dans la poche de son pantalon, attrape son appareil puis relève son regard vers moi.

— Je dois répondre.

Il décroche, porte son téléphone à son oreille. Il ne dit pas grand-chose, se contente de « oui » et de « hum » puis raccroche rapidement.

— Carlos De La Vega est sorti du coma.

Ravi pour lui, bien que son sort m'indiffère complètement. Je n'ai jamais ressenti la moindre sympathie pour ce mec, avant même de l'avoir rencontré.

— Il a donné le nom de son agresseur.

Je lève les yeux au ciel. C'est évident que c'est Blake. Carlos a beaucoup d'ennemis mais mon cousin est le seul qui a eu les couilles de passer à l'acte.

— Maria Rodriguez est revenue sur sa déposition et a confirmé. C'est bien ton cousin qui a agressé De La Vega.

— Vous allez faire quoi ?

— Il va être arrêté. Mais pour l'instant, il est introuvable.

— Bah si vous voulez coffrer Blake, c'est maintenant ou jamais. Il a prévu de quitter la ville ce soir, après un dernier coup.

— Comment le sais-tu ?

— Vous avez vos indics, j'ai les miens.

Franck se frotte sa barbe naissante. Je vois que son cerveau carbure à mille à l'heure.

— Tu es sûr de ton coup ?

— À 100 %. J'ai confiance en mon gars.

Dallas est mon plus vieil ami. Le seul qui a toujours été là pour moi. Je lui ferai confiance les yeux fermés.

— Très bien. Je vais voir ce que je peux faire. Je... Écoute moi bien. Voilà ce qu'on va faire…

Épisode #26
Devon

La vérité ruine souvent nos illusions, mais nous ouvre toujours les yeux pour qui veut voir.

Franck Ntasamara

5 juin

Ranch des Brothers Of Death

Sur la pointe des pieds, je descends les marches des escaliers à pas de loup. Depuis hier, je préfère ne pas trop me montrer au ranch car j'évite mon oncle. Je ne veux pas le croiser et entendre ce qu'il a me dire. Je sors de l'immense bâtisse, prends garde de fermer discrètement la porte derrière moi et descends déjà les quelques marches du perron.

Je grimpe dans ma voiture, fourre mon téléphone et mes clopes dans le vide poche et relève la tête. Mon oncle est planté devant le capot et me fixe avec insistance. Et merde ! Je n'ai pas été assez discret.

– Je dois y aller. On m'attend.

– Et moi, je crois qu'on doit parler.

Je soupire d'agacement.

– Je n'ai pas envie de parler.

Mon oncle grimace. Je le vois contourner la voiture et ouvrir la portière.

– Alors je parlerai pour deux.

Il grimpe dans ma voiture, attache sa ceinture.

– Erick, je ne suis vraiment pas d'humeur. Je suis attendu et...

– Roule !

Putain ! Je sens que je n'y couperai pas. Je n'ai pas vraiment envie d'entendre ses explications, ni même de connaître la vérité. Mais ma curiosité et les mille questions qui se bousculent dans ma tête me crient que je devrais. Je tourne la clef dans le contact de ma voiture et démarre le moteur.

– On va où ? je demande au bout de quelques minutes.

– Beverlywood Mountain.

Je hoche la tête et appuie sur l'accélérateur.

Le trajet jusqu'aux hauteurs de la ville se fait dans un sépulcral. J'espère que mon oncle sera plus éloquent quand nous serons arrivés. Bien que depuis hier, j'essaie tant bien que mal de digérer la nouvelle, maintenant que mon oncle est assis à mes côtés, je crève d'envie de lui poser un million de questions.

Quand j'arrête le moteur sur les hauteurs d'Ironwood, je tourne mon visage vers lui. Le sien est blême, comme si être ici le mettait mal à l'aise. Au bout de quelques secondes, je finis par sortir de ma caisse, bientôt imité par Erick. Je l'observe en train de scruter les lieux, comme s'il les découvrait pour la première fois.

– Ça fait vingt ans que je ne suis pas venu ici.

Je ne réponds rien. Moi, j'aime cet endroit. Tout est calme ici et mes problèmes ne semblent plus exister quand j'observe la ville en contrebas.

– C'est ici que Wilson est mort.

– Je sais.

– Devon, ton père était un homme bien.

Avec tout ce que j'ai appris dernièrement, tous les secrets qui l'entouraient, je me demande si c'est vraiment le cas. S'il était vraiment un homme bien.

– Il... Je pouvais toujours compter sur lui.

– Pourquoi tu me dis ça ? Pour mieux me faire passer la pilule sur tous ces mensonges, tous ces secrets.

Mon oncle paraît surpris. Il secoue la tête puis baisse son visage. Je ne l'ai jamais vu aussi vulnérable. Lui qui semble si sage, si sûr de lui d'ordinaire, là, on pourrait croire que c'est un gosse coupable pris sur le fait. Son silence commence à me taper sur les nerfs et je me fais violence pour ne pas le secouer et l'obliger à parler. Je le vois déglutir plusieurs fois, hésiter, comme s'il cherchait ses mots. Quand il prend une grande inspiration, il relève son visage et plonge son regard dans le mien.

– Quand nous étions plus jeunes, ton père et moi étions très amis avec ta mère et Ellen Cooper, la mère...

– D'Alexis.

Erick fronce les sourcils. Et oui ! J'en sais un peu plus que ce qu'il pense.

– Ta mère était promise à Carlos De La Vega.

– Oui, je le sais. On me l'a déjà dit.

– Qui ?

Je secoue la tête. Ça n'a aucune importance. La seule chose qui compte est la vérité.

– Peu importe.

Il n'insiste pas et tant mieux ! Ce n'est pas le moment de débattre.

217

– Je suis tombé amoureux de ta mère dès le premier regard. Un vrai coup de foudre. Grace et moi, nous avons tout de suite eu le feeling. Elle était belle, insouciante, dotée d'un petit caractère bien à elle et...

– Passe-moi les détails, s'il te plaît.

L'entendre me dire comment il a aimé ma mère ne m'enchante pas du tout. J'ai déjà dû mal à accepter que ma mère ait pu tromper mon père.

– Pardon. Je... Enfin bref, je venais de me marier avec Diana, quelques mois plus tôt. Quand nous nous sommes rencontrés pour la première fois, nous sommes tombés amoureux mais j'étais déjà engagé avec ta tante. J'aurais pu demander le divorce mais elle était déjà enceinte de Summer. Pendant près d'un an, Grace et moi avons essayé de lutter contre nos sentiments. Et un jour, elle m'a appris qu'elle avait été promise à Carlos De La Vega qui était prédestiné à devenir le chef des Cursed Skulls.

Je vois que parler de tout ça chamboule mon oncle. Il déterre des souvenirs qui ne doivent pas être faciles à revivre.

– Le soir où elle m'a appris ses fiançailles, elle était dévastée. Elle ne voulait pas de cette union, elle n'aimait pas Carlos. Elle n'arrêtait pas de pleurer, voulait s'enfuir. Chez les Skulls, ce sont les parents qui organisent les unions et elle savait que si elle refusait ce mariage, elle serait mise à la porte. Ou pire. Je lui ai promis de l'aider comme je pouvais, j'avais réussi à la calmer et à la rassurer comme je pouvais. Ce soir-là, une chose en entraînant une autre, nous avons... J'ai trompé ta tante.

Donc ma mère couchait avec Erick avant même d'être mariée ?

– C'était la seule fois. Après cette nuit-là, nous avions décidé que nous ne recommencerions pas.

Je me sens soudainement soulagé de savoir que ma mère n'a jamais trompé mon père.

– Mais quelques semaines plus tard, elle m'a annoncé qu'elle était enceinte.

– Je ne savais pas quoi faire. Summer était un bébé. J'étais tiraillé entre le fait d'abandonner un enfant pour un autre. J'en ai tout de suite parlé à Wilson, j'avais besoin de ses conseils. Ton père a toujours été plus sage, moins insouciant que moi. Il m'a alors proposé d'épouser Grace, de reconnaître l'enfant. Il a assumé à ma place, car moi, je ne pouvais pas le faire. Mais ton père était aussi engagé. Son mariage avec Ellen était prévu quelques semaines plus tard. C'était ton grand-père et Ricardo De La Vega qui l'avaient organisé, pour renforcer l'amitié entre les Brothers Of Death et les Cursed Skulls. Avant, nous étions tous amis mais quand ton père a rompu ses fiançailles avec Ellen, car « il » avait mis enceinte la fiancée de Carlos, la guerre a été déclarée.

— Tu es en train de me dire que mon père s'est engagé dans un mariage dont il ne voulait pas pour sauver l'honneur ?

— Oui, Devon. Ton père était un homme d'honneur, tout comme toi. Il n'est peut-être pas ton vrai père mais vous partagez les mêmes valeurs. Le respect, l'honneur, le dévouement.

Je le regarde, perplexe, alors il reprend :

— Ne va pas croire que Wilson et Grace ne se sont jamais aimés. Ils sont devenus fous l'un de l'autre au fil du temps. Ils étaient heureux ensemble, avec toi. Puis avec Hudson. Malheureusement, il n'a pas pu connaître sa fille mais je sais qu'il aurait été pour la troisième fois le père formidable qu'il a toujours été. Il aimait tendrement sa femme, il a toujours respecté ta mère.

— S'ils étaient vraiment amoureux, pourquoi a-t-il trompé ma mère avec Ellen ?

Mon oncle secoue la tête.

— Non, Devon. Ton père n'a jamais trompé ta mère.

— Pourtant, il est mort ici, en compagnie d'Ellen.

— Bien qu'Ellen en ait voulu à ta mère de lui avoir « volé » son fiancé, le temps a fini par les réconcilier. Ellen n'a pas eu la chance d'épouser un homme bon. Gabriel Cooper était froid, autoritaire. Il était violent avec sa femme et sa fille. Ellen a tenté de fuir plus d'une fois, et à chaque fois, Gabriel la retrouvait et la ramenait dans son enfer quotidien. Quand Grace l'a appris, elle était complètement chamboulée. Et elle a supplié Wilson de la protéger. Même si elle ne l'a jamais avoué, ta mère culpabilisait. En lui volant son fiancé, elle avait en quelque sorte condamné sa meilleure amie. Elle lui avait offert un destin violent et toxique. Alors Wilson, Grace et Ellen ont tout préparé à la minute près. Ton père avait déjà loué une petite maison non loin de Phoenix pour Ellen et sa fille, il avait fait faire de fausses pièces d'identité. C'était le soir de Noël. Gabriel était censé sortir. J'étais également dans le coup. Je devais récupérer Ellen et la petite Alexis à la sortie de Palo Verde pour les emmener à Phoenix. Mais leur voiture n'est jamais arrivée.

C'est la nuit où ils ont eu leur accident.

— Gabriel Cooper a été mis au courant de cette fuite. On ne sait toujours pas qui a vendu la mèche et on ne le saura jamais mais la voiture de ton père a dégringolé le ravin de Beverlywood Mountain.

D'instinct, mon regard se déporte vers le ravin.

— Ils ont été retrouvés sans vie tous les deux. Lui est mort sur le coup. Quant à Ellen, elle a été abattue, une balle dans la tête. La gamine était vivante mais dans un état critique. Je pense que Gabriel Cooper n'a pas eu le cœur d'abattre aussi sa fille.

Mes poings se serrent. Cet enfoiré a de la chance d'être mort, sinon je me serais occupé de son cas.

— Gabriel a été banni des Skulls pendant des années. Carlos lui avait interdit de tenter quoi que ce soit mais il avait désobéi. Il a offert sa fille aux Skulls, en échange de son retour parmi eux. Elle était encore une enfant.

Je le savais déjà mais le réentendre me donne toujours autant envie de vomir. C'est abject ! Comment un père peut-il faire ça à sa propre fille ? Pas étonnant qu'Alexis ait semblé cassée, limite éteinte. Avec ce qu'elle a vécu, elle ne pouvait qu'être aussi froide.

— Devon, tes parents se sont aimés pendant des années.

— Et toi, tu es resté amoureux d'elle pendant tout ce temps ?

— Je n'ai jamais cessé de l'aimer. Grace était la femme de ma vie, mon âme sœur. Mais Wilson l'a rendu heureuse, elle l'a été bien plus que si elle avait dû épouser De La Vega ou même moi, d'ailleurs. À la mort de ton père, ta mère à tout voulu lâcher. Elle a quitté le ranch car elle ne voulait pas que ses enfants connaissent tout ça. Les gangs, les vengeances, la mort. Elle a fait ça pour vous préserver et je pense qu'elle a aussi fait ça pour elle. Elle n'en pouvait plus de tout ça.

Et en quittant le ranch, elle s'est assurée que nous ne ferions jamais partie des Brothers...

— C'est pour ça que tu as toujours voulu que je reprenne les rênes des Brothers Of Death ? Parce que je suis ton fils ?

— Oui. Et parce que tu es le fils de Wilson Thomas. C'est ta place.

— Wilson n'est pas mon père !

— Tu es un Thomas, Devon. Peu importe qui est ton père, c'est Wilson qui t'a élevé.

Seulement les premières années de ma vie car un Skulls me l'a pris.

— Qui est au courant de cette histoire ?

— Nous avions convenu que nous garderions le secret. Seuls ton père, ta mère et moi le savions. Et Diana.

— Et Blake ?

— Non, je ne pense pas qu'il soit au courant.

— Diana n'aurait pas parlé ?

Mon oncle semble réfléchir.

— Je ne sais pas. Je...

— Il doit être au courant.

Erick fronce les sourcils, ne comprenant pas ma remarque. Il est temps que je lui raconte tout, que je lui explique pourquoi j'ai croupi quatre ans derrière les barreaux.

— C'est Blake qui avait mis un contrat sur ma tête. C'est lui qui avait engagé Alexis pour qu'elle m'élimine. Je ne sais pas ce qu'il s'est passé entre eux deux mais il a fini par la poignarder.

— Tu... Tu es en train de... me dire que Blake a tué...

Il n'arrive pas à finir sa phrase, tant ma révélation le laisse sous le choc.

— Il s'est assuré que toutes les preuves soient contre moi. Il a déposé mon couteau de cérémonie sur les lieux. Il a engagé un mec, en taule, pour me poignarder. Il a tenté de tuer Carlos De La Vega pour que tous les Skulls me tombent dessus.

— Mon Dieu !

Dieu ne peut plus rien faire désormais. Et Blake, avec tout ce qu'il a fait, ne risque pas de le rencontrer de sitôt.

— Alors c'est pour ça qu'il a insisté pour te trouver un avocat ?

J'ignorais que c'était Blake qui avait trouvé mon premier avocat. Mais maintenant que mon oncle pose la question, les raisons de Blake me sautent aux yeux. Pas étonnant que j'aie fini derrière les barreaux, mon cousin a dû graisser la patte de cet avocat véreux pour que je reste suffisamment à l'ombre. Comme ça, il avait tout le temps de parvenir à ses fins.

— Blake s'est assuré que ma défense ne soit pas à la hauteur et que je finisse derrière les barreaux.

Le visage de mon oncle se tord de colère. Il fulmine.

— Ramène moi au ranch, ordonne mon oncle, furieux.

Je toque contre le bâti en bois, le cœur battant. Quand j'ai déposé mon oncle au ranch, je suis reparti aussitôt. Dans quelques heures, tout sera fini. Dans quelques heures, Blake ne sera plus dans la partie. Franck Pierce m'a assuré que tout était prêt, Dallas m'a bien confirmé le lieu, l'heure et les détails de la dernière transaction de Blake. Bientôt, il se fera arrêter, bientôt, il paiera enfin pour tout ce qu'il a fait.

Mais avant que je puisse étancher ma vengeance, je dois la revoir. J'en ai besoin, c'est aussi vital que l'air qui s'engouffre dans mes poumons. La porte d'entrée s'ouvre et Violet me fixe, surprise.

— Devon ? Je... Alysson dort déjà et...

Je ne la laisse pas finir et écrase mes lèvres sur les siennes. Elle paraît surprise mais quelques secondes plus tard, elle se laisse aller.

— Qu'est-ce que...

— C'est ce soir, Violet. Tout ça se terminera ce soir.

Je la vois fermer son long gilet contre sa poitrine. Elle fait un pas, m'obligeant à reculer et ferme la porte derrière elle.

— Tu arrêtes ?

Je secoue la tête.

— Non, tu sais que...

— Tu ne peux pas !

Elle a parfaitement fini ma phrase. Je ne peux plus m'arrêter. Pas avec ce que j'ai appris de plus ce soir.

— C'est trop important pour toi, précise-t-elle.

Je hoche la tête. Elle semble enfin comprendre.

— J'aimerais qu'il en soit autrement, Violet. Mais tu m'as dit un jour qu'on ne peut pas réécrire le passé. Tu avais raison. Mais je compte bien écrire mon futur. Et il ne vaut pas un clou si tu n'en fais pas partie.

Ses lèvres s'étirent timidement et ses joues rougissent.

— Devon, je ne veux pas faire partie de ce monde. Je ne veux pas m'angoisser à l'idée que tu pourrais ne jamais revenir.

— Je sais. Mais ce soir, tout sera fini. Blake, les Brothers Of Death. Je veux écrire mon futur mais pour ça, je dois vivre mon présent.

— Je ne comprends pas.

— Ce soir, je vais arrêter Blake. Demain, je vais dissoudre les Brothers Of Death et je pourrai enfin être libre. Complètement libre.

Elle semble choquée par ce que je lui dis. Et pleine d'espoir. Ce qui me laisse penser que Violet veut que je revienne dans sa vie. Dès demain, je suis prêt à changer tous mes principes et mes convictions pour cette femme. Tout à l'heure, mon oncle m'a avoué que ma mère était la femme de sa vie, son âme sœur. Violet est exactement ça pour

223

moi. Mais je refuse d'avoir le même destin que mon oncle et voir la femme que j'aime loin de moi ou dans les bras d'un autre.

– Ce soir, c'est le dernier soir où tu t'inquiètes. Je te le promets.

– D'accord, souffle-t-elle timidement.

Lentement, elle approche ses lèvres des miennes et les dépose délicatement. Son baiser me gonfle d'espoir. Elle accepte de faire partie de mon avenir. Elle accepte que je revienne dans sa vie.

– Je dois y aller, je souffle.

Je recule mon visage du sien. Inquiète, elle hoche lentement la tête. Je déteste voir autant de peur dans son regard mais je n'ai plus le choix. Je descends les marches de son perron quand elle me rappelle.

– Devon ?

Je pivote vers elle.

– Sois prudent.

– Ça aussi, je te le promets.

Épisode #27
Blake

Quand tu lances la flèche de la vérité, trempe toujours la pointe dans du miel.

Proverbe arabe

5 juin
Ranch des Brothers Of Death

J'ai l'impression que ça fait des siècles que je n'ai pas remonté l'allée menant au ranch familial. Dehors, l'air est lourd. Un orage menace d'éclater à tout moment. J'ai toujours détesté ce temps.

Quand j'arrive à une centaine de mètres de la maison, j'éteins mes phares. Je dois me faire le plus discret possible. Mon père ne doit pas me surprendre ici. Arrivé devant l'immense bâtisse, je coupe mon moteur et prends garde à ne pas claquer trop fort ma portière.

Je quitte la ville ce soir. Je sens que le vent est en train de tourner pour moi. James s'est fait arrêter ce matin, Duncan n'a pas pu réintégrer les rangs des BOD et j'ai appris que De La Vega était sorti du coma et avait parlé aux flics de notre dernière rencontre. Tous les flics d'Ironwood sont à mes trousses et tentent de me tomber dessus. Mais il hors de question que je me fasse coffrer, je préfère crever.

225

Je pousse la lourde porte en bois de la remise, plongée dans le noir. Mes yeux mettent un certain temps à s'adapter à l'obscurité. Je ne peux pas allumer la lumière, sous peine que quelqu'un m'y voie. Lentement, je pénètre dans la grande remise où nous entreposons différents outils et machines qui servent à la récolte des céréales. Je sors mon téléphone et active la lampe torche. Je trouve rapidement une pelle et me dirige vers l'endroit où de vieilles caisses en bois, dégradées par le temps, ont été stockées depuis des décennies.

Je les dégage une à une, le plus silencieusement possible. Une fois fait, je reprends la pelle que j'avais laissée contre le mur et la plante dans le sol. Il me faut quinze bonnes minutes pour parvenir à mon but et sortir le sac de sport de terre. Je l'extirpe sans mal, le pose sur un vieil établi en bois.

C'est ma réserve de fric et ça fait cinq ans que je garde suffisamment de pognon dans ce sac, au cas où je devrais quitter la ville ou pour tout autre problème. Je crois que c'est le moment de l'utiliser. Je dois avoir près de vingt mille dollars là-dedans, de quoi recommencer ma vie ailleurs, le temps que tout se calme et que je puisse revenir avec un plan infaillible pour enfin buter Devon et obtenir la place que je mérite.

Je sors mon couteau que je fourre dans ma poche, ferme rapidement la fermeture Éclair de mon sac, m'apprête à le mettre sur mon épaule quand la lumière s'allume soudainement.

Mon père se tient sur le seuil de la porte et me fixe, le regard froid, son Colt à la main. Je crois que je n'ai jamais vu autant de haine dans son regard. Une haine que je n'aurais jamais pensé voir dans ses yeux. Je comprends alors qu'il sait tout, qu'il a tout découvert. À moins que ce soit son bâtard qui lui ait tout dit.

– Dis-moi que c'est faux !

Je laisse échapper un petit rire. Mon père a soufflé sa phrase avec tellement d'amertume mais aussi une pointe d'espoir que ç'en est presque pathétique. Il espère que tout ça soit faux, il ne me croit pas capable d'avoir organisé l'agression de ma cousine ; d'avoir tué la petite pute des Skulls ; d'avoir envoyé mon cousin, mon demi-frère, en taule. Mon père me croit incapable de faire de grandes choses, de ne pas hésiter une seconde pour parvenir à mes fins. Il devrait me connaître, je suis capable de tout. Je suis connu pour n'avoir aucune pitié, aucune morale et ma réputation me précède. J'ai fait des choses bien plus immorales pour réussir.

— Blake, tu... Tu n'as pas pu...

— Et si ! je le coupe. Mais tu croyais quoi ? Que j'allais laisser ce bâtard monter sur le trône. Ton bâtard !

— Il est mon fils !

— Bien moins que moi ! C'est moi ton fils, ton seul fils ! Lui n'est qu'un bâtard, le fils d'une salope !

Mes poings se serrent en même temps que ma mâchoire. Mon père se contient lui aussi.

— Comment as-tu su ? C'est ta mère ?

Je laisse échapper un rire.

— Maman a la langue qui se délie un peu trop, après deux ou trois verres de scotch.

Ce soir-là, je revenais d'une fête et quand j'ai croisé ma mère, en pleine nuit, à se servir son énième verre en douce, j'ai pété un plomb. Je n'en pouvais déjà plus de la voir se détruire ainsi, je ne comprenais pas pourquoi elle buvait autant. Mais quand elle m'a tout raconté, j'en ai compris les raisons. Ma mère se sentait bafouée, trompée. Trahie.

— *Arrête de boire, maman !*

— *Laisse-moi !*

— *Maman ! Arrête ! Tu ne vois pas que ça te détruit ?*

— *Et toi, tu ne vois pas que je suis malheureuse, Erick !*

Je me fige quand elle prononce le nom de mon père, elle est tellement saoule qu'elle me confond avec lui.

— *Maman, c'est moi, Blake.*

Je m'approche d'elle et pose ma main sur son bras. Elle se dégage aussitôt, faisant déborder du scotch de son verre sur le tapis.

227

— Arrête Erick ! J'en peux plus ! Je sais que tu l'aimes toujours. Il suffit de voir comment tu la regardes.

Je plisse le front.

— Tu parles de qui ?

— Te fous pas de moi ! Je parle de Grace. Elle... Tu es toujours amoureux d'elle, comme au premier jour.

Sa révélation me fait l'effet d'une bombe. Qu'est-ce que c'est que ces conneries ? Mon père, amoureux de ma tante ?

— Tu crois que je ne sais pas que tu as eu un enfant avec elle ? Tu crois que je ne sais pas que Devon est ton fils ?

Mon cœur se met à battre la chamade. Bordel ! Elle a dit quoi ? Devon ? Le fils de mon père ? Mon... Mon frère ?!

— Blake ?

Voyant qu'elle reprend ses esprits, j'arrache son verre des mains et lui ressert un verre de scotch. Hors de question que je n'en sache pas plus. Je dois, je veux tout savoir !

Quand je me retourne, prêt à lui tendre son verre, ma mère s'est écroulée sur le canapé et dort profondément.

— Pourquoi Blake ? Pourquoi ?

— Parce qu'il ne mérite pas d'être le chef des Brothers Of Death. Cette place me revient bien plus qu'à un autre.

— Si cette place ne revenait pas à Devon, elle aurait été pour Hudson, tu le sais.

Je ricane à nouveau. Comme Devon avant son arrestation, Hudson ne portait pas vraiment d'intérêt aux Brothers Of Death. Il trimait entre deux tafs, pour subvenir à sa famille et quand j'ai commencé à sérieusement m'impatienter, me demandant s'il n'était pas temps de le sortir du jeu, mon jeune cousin a refusé.

— Alors il aurait été lui aussi sur ma liste. Et m'occuper de son cas aurait été bien plus simple qu'éliminer Devon. Il est tellement naïf. Quoi qu'il en soit, ce n'est plus d'actualité, j'ai bien trop de problèmes en ce moment.

Mon père devient fou de rage. Son visage se tord de colère. Il s'approche de moi d'un pas énergique, me menaçant en me pointant du doigt.

– Je ne veux plus te revoir ! Tu n'es plus mon fils ! Tu es mort pour moi !

Mon cœur se brise en entendant les paroles de mon père. Encore une fois, il préfère Devon à moi, encore une fois, il le choisit, lui, son bâtard ! Et je ne le supporte pas. Comment un père peut-il choisir entre son fils et son bâtard !?

Mes mains attrapent mon père par le cou et mes doigts resserrent leur emprise. Il est choqué par mon geste, tétanisé par mes intentions.

Si je suis mort pour lui, il le sera autant pour moi !

Mon père tente de se débattre, de se dégager de mon emprise. À chacune de ses tentatives, je serre encore plus mes doigts. Son visage devient rouge, ses yeux se gorgent d'eau. Il ne cesse de me fixer, me suppliant du regard mais je ne fais rien. Je ne fais rien d'autre que serrer un peu plus à chaque seconde qui passe.

Il suffoque, manque d'air. Ses yeux cessent de me supplier, ils se révulsent et je comprends qu'il est temps de le lâcher.

Je suis mort pour toi mais toi, tu l'es réellement !

Mon père s'écroule au sol, le visage sans vie. Je me penche sur son corps inanimé et récupère le pistolet dont il ne se sépare jamais. Ce flingue se transmet de génération en génération, de chef en chef. Et il est hors de question que ce bâtard en hérite un jour. Je cale le Colt derrière mon dos et jette un dernier regard à mon père. Je l'ai tué mais c'était la seule solution. Si je ne l'avais pas fait, c'est lui qui l'aurait fait.

229

Assis dans ma voiture, j'attends. Je déteste être en retard mais je déteste encore plus attendre un mec en retard. Pour la quatrième fois au moins, je vérifie l'heure sur mon téléphone et souffle d'agacement. *Putain ! Chrys et son pote vont m'entendre ! Faut que je me casse vite d'ici, j'ai les flics au cul et le temps commence sérieusement à me manquer.*

Des gémissements se font entendre depuis le coffre et je les ignore. J'entends qu'elle essaie de hurler, d'appeler à l'aide mais son bâillon l'en empêche. Celle-là, je vais me faire un malin plaisir de m'occuper d'elle. Mais je m'amuserai un petit peu avec elle avant d'en envoyer un petit bout à Devon, chaque jour. Ce bâtard m'a tout pris. Le pouvoir, les Brothers Of Death, mon père. Et je compte bien lui prendre au centuple tout ce qu'il m'a volé. Je lui prendrai sa sœur, son frère, son neveu et sa petite copine avant de reprendre enfin les Brothers Of Death.

Tout à coup, des phares m'aveuglent au moment où la pluie se met à tomber. *Putain ! C'était bien le moment d'arriver.* Quand la voiture s'arrête près de la mienne, je vois Jake, le contact de Chrys, descendre de sa voiture, ignorant la pluie. À mon tour, je sors de la mienne, ajuste mon col pour me protéger des gouttes et fais les quelques pas dans sa direction. Il me salue d'un signe de tête quand je me poste devant lui.

– Tu as ce que je t'ai demandé ?

Le mec pose un sac sur son capot que j'ouvre rapidement. Je vois plusieurs sachets de coke, deux flingues et un passeport, que j'attrape rapidement. Dean Lincoln. Voici ma nouvelle identité, de quoi refaire ma vie ailleurs et quitter le pays s'il le faut, en attendant mieux pour finalement revenir détruire Devon.

– Parfait !

À mon tour, je lâche sur son capot mon sac rempli de thune, fraîchement déterré.

– Vingt mille ! Le compte y est !

Je ne lui laisse pas le temps de répondre quoi que ce soit que j'ouvre la portière de ma voiture et balance le sac sur le siège passager.

Alors que je m'apprête à démarrer, Jake m'attrape par le col de ma veste, me fais sortir de la caisse, me soulève du sol sans mal et me plaque contre la carrosserie.

– C'est quoi ton bordel ? Il est où mon fric ?

Quoi ?

– Tu te crois au jardin d'enfant pour me payer en billets de Monopoly !

– Quoi ? C'est quoi ton délire ?

Jake me fourre le sac que je lui ai filé sous le nez et mon premier réflexe est de fouiller le sac. *Bordel ! Mais c'est quoi ces conneries ? C'est quoi tous ces billets de jeux de société ?*

– Attends, je ne pige pas ! je lâche.

Quand j'ai ouvert mon sac tout à l'heure, dans la remise, pour récupérer mon couteau, je n'ai pas pensé à vérifier le fric. Mais quel con !

– Ouais ! Moi non plus, je ne pige pas.

Il braque un flingue sous mon menton, son visage à quelques centimètres du mien.

– Tu as essayé de m'arnaquer ?!

Je ne réfléchis pas un instant, porte ma main dans la poche de mon jean et sors mon couteau. J'enfonce ma lame dans son dos et je sens qu'il relâche sa pression sur moi. Ses yeux se voilent et un sourire se forme sur mes lèvres. Dans la mort, je crois que la surprise est ce que je préfère voir. Le moment où le gars réalise qu'il a perdu, que c'est la fin.

Son corps tombe au sol et je le pousse du pied. Je me retiens de cracher sur ce fils de pute. Il était hors de question que je le laisse me plomber ! Et je préfère ce scenario plutôt que de quitter la ville sans flingue, sans came et sans nouvelle identité. Au moins, je n'ai pas perdu de fric !

Derrière moi, j'entends des cailloux crisser sous mes pas. Je me retourne rapidement et remarque une silhouette s'avancer droit sur moi. Quand je le reconnais, je laisse échapper un rire. *Putain ! J'aurais dû m'en douter. J'aurais dû savoir que je le verrais ici ce soir. Je savais que Dallas venait fouiner pour tout balancer à son pote à la première seconde.*

Devon jette un rapide coup d'œil vers le corps sans vie de Jake et il déglutit. Voilà pourquoi il n'aurait pas fait un bon chef, il n'est même pas capable de regarder un corps sans flipper. Quand on fait ce job, on ne doit avoir aucune compassion, aucune pitié, aucun scrupule.

– J'aurais dû me douter que ton pote était incapable de te lâcher. Il n'en a pas marre d'être toujours dans l'ombre du grand Devon Thomas ?

Devon déporte son attention vers moi.

– À croire que non, finit-il par lâcher.

Je prends une grande inspiration quand les yeux de Devon se déportent vers mon sac rempli de billets de Monopoly. Ses lèvres s'étirent. Il s'amuse et je comprends alors que c'est un de ses coups.

– Tu as braqué un magasin de jouets ? rit-il.

– C'est toi ?

Je le demande mais je connais déjà la réponse.

– Bordel ! Tu as piqué tout mon fric !

Ses lèvres s'étirent encore plus.

– Tu ne crois tout de même pas que j'allais te laisser quitter la ville aussi facilement ?

Ma mâchoire se serre. Bien sûr, ça aussi j'aurais dû m'en douter. Il a tout découvert depuis un moment et j'attendais sa riposte. Je dois avouer qu'il a bien joué, qu'il a su mettre tous ses meilleures cartes de côté pour mieux les abattre en temps voulu. Je l'ai sous-estimé.

– Je n'ai pas le temps de jouer. Qu'est-ce que tu me veux, Devon ?

– La vérité ?

Épisode #28
Devon

Le mensonge a des fins, la vérité une seule.

Stéphane Théri

5 juin
Ancienne gare d'Ironwood

Je l'ai attendu pendant presque une heure, planqué dans l'ombre à me bouffer chaque ongle de mes doigts, stressé et impatient de le confronter enfin, après tant d'années de mensonges et de manipulation. Et maintenant qu'il se tient devant moi, je suis pressé que tout ça se termine, je suis impatient de voir cette lueur de désespoir dans son regard, mêlée à la colère, quand il comprendra que tout est fini pour lui, qu'il est hors circuit.

— La vérité ? Tu la connais déjà !

Oui, je la connais. Dans les grandes lignes du moins, mais j'ai envie de l'entendre de sa bouche. Je veux qu'il me dise pourquoi. Et j'ai besoin de ses aveux.

233

— Pourquoi tu m'as fait tout ça ?

— Parce que tu es son fils. Parce que ta mère a séduit mon père et...

— Ils ont été amoureux, Blake. Et ça, ni toi ni moi n'y avons pu quoi que ce soit.

— Tu ne méritais pas d'être le chef.

— Toi non plus, Blake. La place revient seulement à Hudson.

— Il n'a pas l'étoffe pour !

— Peut-être. Mais il est le seul qui a le droit à cette place. Pas toi, ni même moi. Et si demain, il revendique le trône, je ne pourrais que lui laisser.

Et c'est vrai ! Même si voir mon frère se tatouer me ferait vraiment chier. Mon propre tatouage me brûle la peau, empoisonne mon sang. Je ne voudrais pas que mon frère porte ce fardeau. Je veux autre chose pour lui.

— Tu ne crois pas qu'il est temps d'arrêter tout ça ?

— Pas tant que tu n'auras pas rejoint ta catin de mère !

L'entendre parler ainsi de ma mère commence à me faire monter en pression. Mais je sais que je dois garder mon calme si je veux le faire parler. Blake ne supporte pas qu'on le prenne de haut, qu'on le contredise ou qu'on le confronte. Et j'ai besoin qu'il avoue tout. Mais si je connais chacune de ses manigances, chacun de ses mensonges, de ses actes, je dois l'entendre de sa bouche.

— Tu m'en veux pour quelque chose dont je ne suis pas responsable. Je n'ai jamais voulu de tout ça.

Son regard meurtrier me transperce. Ce n'est pas que de la haine que je lui inspire. C'est un réel dégoût.

— Pourquoi as-tu tiré sur Carlos De La Vega ?

J'ai besoin du maximum de ses aveux pour aider les flics à l'enfermer pour un bon moment. Franck m'a assuré que si j'arrivais à lui faire avouer le meurtre d'Alexis, l'agression de ma sœur et de De La Vega, Blake prendrait perpétuité.

— Qu'est-ce que tu en as à foutre ? Ce vieux connard méritait de crever. Mais il a la peau dure, ce fils de pute !

Je secoue la tête. Le sort du chef des Skulls ne m'a jamais inquiété mais je ressens une sorte de culpabilité car je sais que Blake s'en est pris à lui uniquement pour me coller une cible dans le dos, pour que les Skulls organisent une grande chasse à l'homme où j'aurais été la proie.

— Tu as tenté de le buter uniquement pour me mettre les Skulls à dos.

Blake ricane et je me retiens d'en faire autant. Si seulement il savait...

— Et Alexis ?

— Cette petite pute ne voulait pas t'éliminer. Elle a fait la connerie de tomber amoureuse de toi. Elle a voulu tout arrêter, en me faisant croire tout un tas de conneries. J'ai dû agir.

Et Blake ne supporte pas qu'on lui désobéisse et est prêt à tout. Il se fout des dommages collatéraux.

— Alors tu l'as tuée et tu as tout fait pour que je porte le chapeau ?

— Bien sûr que je l'ai tuée. C'était presque trop simple. Tu aurais vu son regard. Entichée comme une gamine.

Et moi, comme un con, je n'ai rien vu. Je l'ai rejetée avant qu'elle ne puisse tout m'expliquer. Pendant toutes mes années d'incarcération, je l'ai regretté. Si je l'avais fait, Alexis serait sûrement encore vivante. Elle aurait quitté Ironwood et aurait refait sa vie ailleurs.

— Et tu as engagé un avocat véreux pour t'assurer que je passe pas mal de temps à l'ombre.

— Il m'avait assuré que tu prendrais perpète. Mais tu as décidé de plaider coupable. Je dois avouer que je n'avais pas prévu que ta sœur soit là, cette nuit-là. Mais ça a été encore plus facile. En bon samaritain, tu ne pouvais que te dénoncer à la place d'Alysson.

J'ai été tellement con ce soir-là. J'ai foncé dans le tas, sans réfléchir aux différentes options. Mais seule Alysson comptait. Et je me suis sacrifié pour elle. Pendant des mois, j'ai cru ma sœur capable d'une chose aussi horrible.

– Mais mon père s'est entêté à te garder bien au chaud la place de chef. Les mois passaient et j'ai compris que tant que tu serais vivant, mon père ne comptait pas me céder le trône. Alors j'ai dû agir.

– Et un de tes potes t'a rendu un petit service.

En me plantant sept fois...

– C'est ça qui est bien parmi les Brothers Of Death. La loyauté des frères. Et leur obéissance.

– Mais apparemment, il n'a pas su bien faire son travail.

– Il a payé pour ça !

Je n'ose imaginer ce qu'il a pu lui faire...

– Quand je t'ai vu revenir au ranch, le soir de la cérémonie, j'ai compris que tu connaissais toute la vérité. Alors encore une fois, je devais agir. Tu venais de me déclarer une guerre dont j'étais prêt à gagner toutes les batailles.

– Et tu as joué avec le feu en osant menacer Violet.

Un sourire machiavélique se dessine sur ses lèvres mais moi, ça ne me fait pas rire.

– Tu sais que je suis un grand joueur. Et je dois avouer que je t'ai sous-estimé. Je ne pensais pas que tu serais un concurrent aussi redoutable.

– Tu n'aurais jamais dû t'attaquer à la femme que j'aime.

– En amour comme à la guerre, tous les coups sont permis !

– Il est temps d'en finir. Je ne te laisserai pas quitter la ville, Blake.

– Alors tu vas devoir me descendre, Devon !

Il semble déterminé et n'aura aucun scrupule à me tuer. Il saisira cette opportunité qui lui échappe depuis tant d'années.

– Tu savais qu'ici, on aime frôler la mort ? C'est la tradition. Un petit jeu entre amis.

Bien sûr que je le sais. Des mecs s'amusent à rester sur les rails, quand un train est en approche et c'est à celui qui restera le plus longtemps, qui cédera en dernier qui gagne. C'est juste une démonstration de courage à la con, qui a causé la mort de plusieurs personnes.

— Tu aimes jouer, cher frère ?

Je déteste ça car je déteste perdre. Mais je vois qu'il me met au défi, qu'il me provoque. Et je ne peux pas me défiler.

Il sort un flingue de derrière son dos et quand je reconnais le Colt Python qui appartenait à mon père, je déglutis. Je sais que c'est mon oncle qui en a hérité. Jamais il ne s'en sépare, sauf pour dormir. Plusieurs fois, il m'a proposé de le prendre mais j'ai toujours refusé.

Blake ouvre le barillet et retire des cartouches qu'il laisse tomber au sol. Je comprends aussitôt ses intentions et un long frison court le long de ma colonne vertébrale. Il veut jouer, il est prêt à tout. Il finit par tendre le vieux Colt vers moi.

— Tu n'es pas sérieux ? je demande.

J'aurais préféré affronter un train, plutôt que de compter sur la chance pour arrêter tout ça. Blake ricane. Rapidement, il pose le Colt sur sa tempe et presse la gâchette, sans sourciller. Ce mec est dingue !

— Seul le vrai chef des Brothers Of Death a les couilles de jouer. Tu n'as pas l'étoffe, tu ne l'auras jamais.

Son venin me heurte l'ego mais je ne laisse rien paraître. Je ne veux pas qu'il voie que ses paroles peuvent m'atteindre.

— Je n'ai pas envie de jouer à ton petit jeu tordu. Je n'ai rien à te prouver.

Blake étire ses lèvres en un sourire pervers. Je vois qu'il joue, me provoque pour que je sorte de mes retranchements.

— Et Violet, dans tout ça ? Tu ne veux pas la revoir ?

— Quoi Violet ?

Cette fois-ci, il ricane.

— J'aime beaucoup Liberty Lane. C'est un petit quartier sympa, pour élever des gosses.

Putain, mais qu'est-ce qu'il me raconte ?

— Violet a très bon goût. Des volets violets, c'est original.

Mon cœur fait un triple salto dans ma poitrine. Je comprends alors. Il est allé chez elle et ce n'était pas une visite de courtoisie. Blake a Violet. Ma mâchoire se serre en même temps que mes poings.

– Tu bluffes ?!

– Oh ! Tu crois que je suis le genre de mec à bluffer !

– Où est-elle ?

Son petit sourire machiavélique ne me dit rien qui vaille. Il braque le flingue sur moi et sans me quitter du regard, il se déplace jusqu'au coffre de sa voiture qu'il ouvre sans tarder. Mes yeux s'exorbitent quand je remarque Violet, recroquevillée sur elle-même, les pieds et poings liés. Ses grands yeux me fixent, trahissant sa peur. Elle tente de dire quelque chose mais son bâillon m'empêche de comprendre quoi que ce soit.

– Putain ! Tu vas me le payer, je crache, furibond, en déportant mon regard vers mon cousin.

Blake tend alors le Colt vers moi.

– Si tu la veux, il te suffit de jouer avec moi.

J'attrape le flingue, sans réelle envie. Mais je n'ai pas le choix. Blake me force à jouer avec la mort, avec le destin. Et je ne peux pas prendre le risque. Il a Violet et je ne veux pas la perdre.

À mon tour, j'appuie l'arme contre ma tempe et presse la détente, le cœur battant. Un petit clic se fait entendre et les lèvres de Blake s'étirent alors que je souffle de soulagement.

– Ne lui fais pas de mal, c'est tout ce que je te demande, je le supplie.

Pour seule réponse, Blake presse la détente une seconde fois, encore plus déterminé. Il pousse alors un cri et presse une troisième fois.

Bordel ! Ce mec est dingue ! Il se fout de mourir en réalité. Il veut juste aller jusqu'au bout, pour me prouver je ne sais quoi.

Son sourire pervers toujours aux lèvres, il me tend le flingue et je prends alors conscience qu'il ne me reste plus qu'une chance sur deux. Soit je vis, soit je meurs.

Blake l'a bien compris, bien plus vite que moi. C'est pour ça qu'il a tiré deux fois. Il a triché, pour diminuer mes chances.

Le regard de mon cousin m'encourage. Il patiente, attendant de voir ce que le sort me réserve. J'aurais peut-être mieux fait de vider le chargeur sur lui, le problème aurait été réglé. Mais je ne peux pas tuer Blake. Je suis un homme droit dans mes bottes, avec des convictions. Un homme d'honneur. Même si c'est tentant et que je rêve de le voir six pieds sous terre, je n'oublie pas pour autant la promesse faite à Violet. Jamais je ne pourrais trahir le serment que j'ai fait à la femme que j'aime.

– Tic-Tac, Devon ! Plus vite notre jeu sera fini, plus vite tu la retrouveras.

Il paraît que lorsqu'une balle entre dans sa chambre, un revolver émet un son différent que si la chambre était vide. Je ne sais pas pourquoi cette information, que j'ai entendue il y a des années, me revient en mémoire. Peut-être parce que je suis sûr le point de mourir, ou vivre, tout dépend de la chance qui me sera offerte.

Le souffle saccadé, je tente de réprimer mes tremblements quand je lève l'arme jusqu'à ma boîte crânienne. Je ne veux pas que Blake voie que je flippe et je veux encore moins mourir, pas en laissant Hudson, Alysson et même Violet. Je veux vivre et pour la première fois depuis des semaines, je regrette d'avoir voulu faire payer Blake. Je ne demandais que ça, lui rendre la monnaie de sa pièce mais je suis en train de me demander si ce n'était pas une connerie. Violet avait raison, j'aurais dû apprendre à faire avec, à accepter, à tourner la page. Mais ma rancœur m'a aveuglé

Je porte un dernier regard vers Violet, qui panique complétement. Mon souffle se coupe en voyant autant de peur. Elle sait que ce jeu est beaucoup trop dangereux, que je suis fou de me plier à la volonté perverse de mon cousin. Mais ai-je vraiment le choix ? Qu'aurait fait Blake de Violet si j'avais refusé de jouer ? Et que fera-t-il si la chance est contre moi ?

Les lèvres de mon cousin s'étirent, il a compris que je flippe mais maintenant il est trop tard pour faire marche arrière. Je ferme les yeux, le cœur battant et prends une grande inspiration pour me donner ce courage suicidaire qu'il me manque. Je presse lentement la détente. J'arrive à entendre le mécanisme s'activer dans l'arme que je tiens à quelques millimètres de mon crâne, je tente de me concentrer sur ma respiration saccadée.

Clic.

Le cœur toujours aussi battant, je comprends que la chance a été avec moi. Mes yeux s'ouvrent alors sur le visage déconfit de mon cousin. Son sourire s'est effacé, son assurance s'est envolée. La peur s'anime dans son visage. Et je comprends alors. Blake reste un homme. Même s'il aime jouer avec le feu, il a compris qu'il venait de perdre pied et qu'il n'était pas immortel. Il a compris qu'il allait mourir ce soir et que c'était lui qui était à l'origine de tout ça.

– Tu as perdu, Blake ! je dis en abaissant le flingue.

Blake semble perdu. Je vois qu'il réfléchit, se torture presque les méninges.

– Il reste une balle, souffle-t-il.

Je n'ai pas le temps de réagir qu'il approche d'un pas, saisit le Colt de ma main, le regard déterminé. Il a choisi son option. Il préfère mourir.

Une vague de compassion m'envahit. Il analyse toutes les options qui s'offrent à lui. Elles sont peu nombreuses. Soit son issue est fatale, soit il se rend. Pourtant, je serais presque capable d'accepter qu'il quitte la ville et ne revienne jamais.

– Tu n'as plus beaucoup d'options, Blake, mais tu peux encore tout arrêter. Tu peux aller voir les flics et...

– Jamais ! Je préfère crever qu'aller en taule.

Blake est fou de rage. Son bras se lève alors lentement. Il préfère mourir et cette issue me convient bien plus, je sais que ma compassion aurait fini par me bouffer avec le temps. Et je sais que s'il part, il ne pourra pas s'arrêter là et reviendra un jour, au moment où je m'y attendrais le moins pour achever sa vendetta.

– Il y a une autre option, murmure-t-il.

Alors que Blake devrait porter l'arme sur sa tempe, c'est vers moi qu'il la pointe. *L'enfoiré ! C'est déloyal !* La mâchoire serrée, une fois de plus je me sens trahi. Blake n'a aucune parole, il est prêt à tout pour y arriver, quitte à mentir et surtout à tricher.

Le silence de la nuit me glacerait presque le sang. Il va me tuer et je sais que mon temps est compté. Il peut tirer à tout instant. Mais contre tout attente, j'entends alors des gémissements venant de sa caisse. Bordel ! Violet ! Des larmes coulent sur ses joues. Je tente un pas, prêt à aller réconforter celle que j'aime mais Blake actionne le chien du Colt. Je me raidis aussitôt.

— Tu as perdu, Blake ! Relâche Violet !

— Pas tant que je ne t'aurai pas crevé !

Des dizaines de petits points rouges se mettent alors à danser sur le torse de Blake et je comprends alors que les flics sont enfin prêts à passer à l'action, à tout moment. Les yeux de Blake se déportent sur son torse, voyant les lasers des armes de flics braqués sur lui. Il a compris que s'il tente quoi que ce soit, il sera abattu. Sa haine se lit dans ses yeux quand il relève son visage vers moi. Sa rage se transforme alors en détermination et avant que je ne puisse lui dire quoi que ce soit, il presse la détente.

Je sens une vive douleur dans ma poitrine et je ne peux retenir mon corps qui bascule en arrière sous le choc. Je m'écroule sur la terre sableuse. *Ça fait mal !* Jamais je n'aurais pensé que ce serait aussi douloureux. L'impact était si fort que j'en ai presque le souffle coupé. Mon premier réflexe est de poser ma main sur le point d'impact et d'appuyer le plus fort possible, pour espérer que la douleur s'atténue. Je prends de grandes inspirations et m'allonge sur le dos. Cette nuit, les étoiles semblent briller plus fort que les autres soirs et je ne saurais l'expliquer mais je pense aussitôt à mes parents, qui se sont enfin retrouvés là-haut, après de nombreuses années.

Alors que la douleur s'atténue, je glisse lentement ma main vers l'ourlet de mon tee-shirt pour le soulever. La balle s'est parfaitement enfoncée dans le gilet pare-balles que Franck m'a ordonné de porter, avant mon entrevue avec Blake. Il avait beaucoup insisté pour que je le porte et je vais devoir me rappeler de le remercier.

Une masse tombe alors près de moi et je remarque Blake, gisant au sol, un trou en plein milieu du front. Il est inconscient, les yeux ouverts. Il est mort !

Un poids énorme semble s'enlever de mes épaules. C'est fini ! Tout est fini ! Je ferme les yeux et repense à ces dernières années, à tout ce que j'ai vécu, tout ce que j'ai sacrifié. Maintenant que tout est terminé, tout ça n'a plus d'importance. Et pour la première fois de ma vie, je me sens serein. Libre.

Une main s'abat soudainement sur moi et me force à ouvrir les yeux. On empoigne mon gilet pare-balles et un flic me remet rapidement sur pied.

– Ça va, mec ?

Mes yeux ne peuvent se détacher de Blake. Il n'a pas reçu qu'une balle dans la tête. Son corps est criblé de trous et des auréoles de sang tachent son tee-shirt blanc. Il est mort. Il a voulu jouer, il a perdu... Il a payé.

– Hey ! Tu m'entends ?

Je tourne ma tête vers le flic qui m'a relevé et remarque qu'un autre l'a rejoint. Je hoche lentement la tête.

Oui, ça va. Merveilleusement bien.

– On va te retirer ton micro.

Je me laisse faire quand on me retire mon gilet. Un des flics soulève mon tee-shirt et commence déjà à retirer le scotch qui tenait le fil du micro. Ils ont leurs aveux maintenant même si ça ne servira pas à grand-chose. Blake est mort.

Un corps vient alors heurter le mien et le parfum de Violet vient chatouiller mes narines. Mon premier réflexe est de la serrer contre fort contre moi.

– Mon Dieu ! ne cesse-t-elle de me souffler.

Ses lèvres parcourent chaque centimètre carré de mon visage. Elle paraît soulagée alors que moi, je ne peux détourner mon regard du corps sans vie de mon cousin, étendu sur le sol. C'est fini ? Vraiment fini ?

– Je t'aime, Devon !

Mes yeux s'ancrent à ceux de Violet et j'esquisse un petit sourire à peine visible. Je la serre encore plus fort contre moi et écrase mes lèvres sur les siennes. Je l'embrasse avec passion, jusqu'à en avoir le souffle coupé. Je ne sais pas comment j'aurais pu continuer si je l'avais perdue.

– Tu vas bien ? je m'assure. Il t'a fait du mal ?

Elle secoue la tête plusieurs fois.

– Ça va, ne t'inquiète pas.

Au loin, Franck Pierce semble être en grande discussion avec des hommes et quand il tourne son visage vers moi, il hoche la tête avant de faire les quelques pas vers moi. Il s'arrête devant moi et j'étire mes lèvres alors que Violet se défait de mon emprise.

– Vous avez tout ce qu'il vous faut ?

– Oui, Devon. Avec tous les aveux de Blake, beaucoup d'affaires vont enfin pouvoir être bouclées.

Son regard se déporte vers Blake, toujours inanimé au sol.

– Dommage qu'il soit mort. Mais ce n'est peut-être pas plus mal, il aurait eu droit à la chambre à gaz.

Je grimace. Sa mort est sûrement la mort la plus digne qu'il espérait.

– Écoute, mon grand, je dois t'annoncer quelque chose.

Son visage grave ne me dit rien qui vaille.

– Je vous écoute.

– Ton oncle a été retrouvé dans l'une des remises du ranch. Il a été étranglé.

Choqué, j'écarquille les yeux sous sa révélation.

– Il... Il va bien ? je demande, la voix tremblante.

Il baisse alors son visage et secoue la tête.

– Il est mort.

Épisode #29
Devon

10 juin
Cimetière d'Ironwood

C'était une belle cérémonie, un dernier hommage fait à mon oncle. Depuis quelques jours, le temps semble s'être suspendu. Le regard rivé sur les lys blancs qui ornent le cercueil de mon oncle, je n'arrive pas à réaliser que je ne le verrai plus jamais.

Mon père...

Quand j'ai appris toute la vérité sur l'histoire de mes parents, je n'ai pas pris conscience de la chance que j'avais, en quelque sorte. J'étais orphelin de père depuis des années, n'ayant que des souvenirs d'enfant et une destinée dont je n'ai jamais voulu. Je suis orphelin de mère depuis des semaines, ayant perdu la femme qui a toujours été là pour moi et que j'ai toujours protégée. La vie m'avait offert une seconde chance, celle d'avoir mon véritable père à mes côtés. Je ne

245

sais pas si nos rapports auraient pu changer, si notre relation se serait peut-être dégradée. Mais peut-être que mon avenir aurait été différent.

Aujourd'hui, je suis encore plus orphelin. J'ai perdu mon oncle depuis quelques jours. C'est quand Franck Pierce m'a annoncé sa mort que j'ai pris conscience que je ne pourrais jamais rattraper le temps perdu.

Je sens une présence s'arrêter sur ma droite. Je n'ai pas besoin de tourner mon visage pour vérifier de qu'il s'agit. L'odeur de son parfum hors de prix, mêlée à l'alcool me chatouille les narines.

Ma tante reste silencieuse un instant, les yeux rivés sur la tombe de son mari. Je l'entends renifler plusieurs fois. Elle a enterré son fils hier et aujourd'hui, c'était le tour de son mari. Ma tante est anéantie et depuis plusieurs jours, elle refuse de manger quoi que ce soit. Elle se contente de rester dans sa chambre, à boire pour l'aider à atténuer sa douleur. C'est ma cousine Summer, venue de New York, qui s'est chargée d'organiser les obsèques de son frère et son père. Ça a été très dur pour elle mais elle a tenu bon.

Je ne l'avais pas vue depuis des années. La dernière fois, c'était lors de son mariage. Ça me semble être il y a des années lumières.

— Maman, on devrait y aller...

— Va dans la voiture, j'arrive dans une minute.

C'est bien ce qu'il me semblait. Ma tante veut me parler mais elle ne sait pas vraiment par où commencer, à moins qu'elle ne cherche ses mots. Summer acquiesce d'un signe de tête, tapote mon épaule avant de tourner les talons. Je fixe de nouveau la sépulture de mon oncle, attendant que Diana se décide.

— Tu ne peux pas savoir le nombre de fois où j'ai souhaité ta mort, souffle-t-elle.

Les paroles de ma tante pourraient me blesser mais ce n'est pas le cas. Je la comprends en réalité. Pendant plus de vingt-cinq ans, elle a vu son mari aimer une autre femme, considérer son fils illégitime bien plus que son autre enfant. Je comprends mieux pourquoi elle ne faisait que boire. C'est sûrement la seule chose qui la faisait tenir. À sa place aussi, j'aurais été aigri et je ne peux pas lui en vouloir.

En l'espace d'une nuit, elle a perdu son mari et son fils. Ma tante aura été malheureuse toute sa vie.

— Je m'en doute. Mais je ne suis pas responsable de tout ça.

— Je le sais, Devon. Je m'en veux tellement d'avoir pensé ainsi.

Elle a parlé au passé, ce qui me rassure. Aujourd'hui, elle ne semble plus vouloir ma mort, ni porter une quelconque haine envers moi. Peut-être accepte-t-elle enfin les erreurs de son mari ? Peut-être accepte-t-elle enfin ?

— Je... Je suis tellement désolée, souffle-t-elle. Je regrette tellement.

— Ne le sois pas. Je crois que tu es juste humaine.

— Pour Blake aussi, je le regrette. Je savais qu'il voulait te tuer mais je n'ai rien fait. Si j'avais su tout ce qu'il avait fait, j'aurais...

Elle s'interrompt, ne sachant pas comment finir sa phrase. Si elle avait su, elle l'aurait raisonné ? Arrêté ? Elle n'aurait jamais pu. Blake était beaucoup trop déterminé, prêt à tout. Même elle, elle n'aurait pas pu l'arrêter. Et il aurait été bien capable de la dégager de son chemin. Mon cousin, mon frère, était froid et sans cœur, manipulateur et vicieux. Machiavélique. Il aurait éliminé sa propre mère sans scrupules, tout comme il a tué son père.

— Il a tué son propre père, murmure-t-elle.

Je baisse la tête. Je ne sais pas ce qui l'a motivé à en arriver au parricide. Bien que personne ne le saura jamais, ils se sont sûrement disputés à mon sujet.

— Je sais, Diana.

C'est dur. Mon oncle ne méritait pas cette fin. Malgré les erreurs du passé, il était un homme bon, la seule figure paternelle que j'ai jamais eue.

— Je... J'ai une faveur à te demander, se lance-t-elle alors.

Elle tourne son visage vers moi pour la première fois depuis plusieurs jours. Je relève ma tête et plonge mon regard dans le sien. Blake a les mêmes yeux qu'elle et je crois qu'à chaque fois que je regarderai ma tante, je repenserai au visage sans vie de mon cousin, allongé sur le sol, une balle en plein front.

— Je t'écoute.

— J'aimerais rester au ranch. Si tu me le permets, bien sûr.

Ce n'est pas vraiment à moi de décider. Ma tante est une Thomas et sa place est au ranch. Elle est autant chez elle que Summer, Hudson, Alysson ou Easton...

— Tu es chez toi au ranch.

Ses lèvres s'étirent en un léger sourire pour la première fois depuis des jours. Elle comprend que c'est ma façon de lui pardonner ses paroles, pour tout ce qu'elle a pensé de moi depuis que tant d'années.

— Mais il y aura une condition.

Sa tête se relève vers moi. Elle patiente, inquiète.

— Plus d'alcool !

Elle ne devait pas s'attendre à cette condition car la surprise se lit sur son visage. Pourtant, elle hoche la tête.

— Je sais que ça va être dur. Mais tu ne peux pas continuer à te détruire ainsi. C'est la seule condition.

— J'arrêterai, je te promets.

— Je vais te trouver un centre, qui t'aidera à...

— Devon, me supplie-t-elle presque.

Il est hors de question qu'elle reste au ranch pendant son sevrage, pas avec toutes les tentations qu'il y a dans la réserve. Ce ne serait pas l'aider. Je comprends qu'elle ne veuille pas partir mais elle le doit, si elle veut vraiment guérir.

— Tu ne peux pas rester ici, dans une fabrique d'alcool, pendant ton sevrage. Je te promets que je te trouverai le meilleur centre et si tu es vraiment déterminée à en finir, tu reviendras vite chez toi.

Je lui offre un sourire pour la réconforter et elle me remercie plusieurs fois timidement. À cet instant, Hudson arrive près de nous et ma tante en profite pour filer sans un mot. Derrière lui, Easton patiente, sa main dans celle d'Alysson et l'autre dans celle de Violet.

— Il faut y aller.

— Les gars t'attendent, m'informe Hudson.

C'est aujourd'hui que j'ai décidé de faire la grosse annonce. Tous les membres des Brothers Of Death sont venus assister à l'enterrement d'Erick. Nous nous sommes tous réunis dans la grange pour rendre un dernier hommage à mon oncle. Je pose délicatement mon verre sur la table et me dirige vers les escaliers menant à la mezzanine. Mon regard s'accroche à celui de Violet quand elle s'approche de moi. Vêtue d'une petite robe noire, elle me sourit avec tendresse.

— Tu vas bien ? me demande-t-elle, inquiète.

Elle ne peut s'empêcher de s'inquiéter pour moi. Depuis la mort de mon oncle et celle de Blake, elle ne cesse de me poser cette question et me regarde avec appréhension, comme si elle s'attendait à ce que je pète un plomb à tout moment.

— Ça va, je lui réponds simplement.

En réalité, je ne sais même pas si je vais bien ou pas. Depuis quelques jours, le temps me semble suspendu, comme s'il me préservait de la réalité. Elle me sourit mais je vois bien qu'elle ne me croit pas. Elle n'insiste pas pour autant et pour la rassurer, je dépose doucement un baiser sur ses lèvres.

— Je t'aime, je lui souffle.

Ses lèvres toujours sur les miennes, je la sens sourire.

— Je t'aime, me répond-elle.

Je me détache d'elle, plonge mon regard dans le sien et elle m'encourage d'un nouveau sourire dont elle seule a le secret.

Je monte rapidement les escaliers menant à la mezzanine où mon frère m'attend. Lui et moi avons toujours été très proches, même si avant mon arrestation, c'était assez tendu entre nous. Mais depuis que je lui ai raconté toute la vérité sur l'histoire de nos parents, je sens que nous sommes encore plus proches et complices. Il a été choqué par la nouvelle, tout comme je l'ai été.

Derrière moi, Dallas pose sa main sur mon épaule, comme pour me presser de faire cette grande annonce. Ce ne sera pas facile, je sais qu'elle ne fera pas l'unanimité mais je dois le faire. Je l'ai promis et c'est la meilleure issue qui s'offre à moi pour être enfin heureux. Je déporte mon regard vers les membres des Brothers Of Death et observe leurs visages graves. Ils patientent, attendant tous d'entendre mes paroles. Pas un bruit se fait entendre et je finis enfin par dire :

— Aujourd'hui, nous sommes tous réunis pour faire nos adieux à Erick. Pendant des années, il a été votre chef. Beaucoup disaient de lui qu'il était un chef juste et bon, toujours à l'écoute de ses frères et prêts à aider chacun d'entre eux. Comme vous le savez tous, je ne l'ai pas connu en tant que chef. Mais je l'ai connu toute ma vie en tant qu'oncle.

Voir tous ces hommes, les visages relevés vers moi et buvant mes paroles est déstabilisant. Je ne suis pas habitué et clairement, je ne suis pas fait pour ça.

— Il a toujours été là pour moi, et ça, depuis la mort de mon père, alors que je n'étais qu'un gamin. C'était un homme sage, qui savait analyser chacune de ses options pour choisir le meilleur pour ses proches. Mes frères, j'ai longuement hésité à vous parler de certains faits que j'ai appris dernièrement.

Le silence est encore plus lourd. J'ai l'impression que les membres des Brothers Of Death ont compris qu'après mon discours, plus rien ne sera pareil.

— Je ne suis pas le fils de Wilson Thomas, je finis par lâcher.

Les visages des membres se décomposent presque sur place. Des murmures se font entendre, des questions résonnent et je dois lever la main pour réclamer le silence.

— Quand je l'ai appris, j'ai été aussi déconcerté par cette nouvelle que vous l'êtes aujourd'hui. Et pour être tout à fait transparent avec vous, mon véritable père n'est autre que l'homme à qui nous rendons honneur aujourd'hui.

De nouveaux murmures se font entendre. Ils sont perdus, perplexe et certains ont déjà tourné leurs regards vers Hudson.

— Vous l'avez compris, ma place de chef n'a pas lieu d'être.

— Erick t'a choisi, j'entends alors.

— C'est vrai. Mais cette place ne me revient pas et être sur le trône ferait de moi un imposteur.

— C'est donc Hudson qui deviendra notre nouveau chef ? demande un nouvel homme.

Je tourne mon visage vers mon frère. Je lui ai laissé le choix et nous en avons longuement parlé. Maintenant qu'il connaît toute la vérité, il a dû prendre une décision et son choix m'a rendu fier. Lui non plus ne veut pas faire partie de ce monde.

— Hudson ne sent pas capable de devenir votre nouveau chef.

— Qui sera le chef alors ?

— C'est toi qui vas le choisir ?

Je secoue la tête.

— Non, il n'y aura pas de nouveau chef. J'ai décidé qu'il était temps de dissoudre les Brothers Of Death.

La stupeur se lit sur presque tous les visages des membres de Brothers Of Death. Ma déclaration a fait l'effet d'une bombe et avant que de nouvelles questions fusent, je préfère continuer.

— Vous êtes désormais tous libre de partir. Pour ceux qui veulent rester, un travail leur sera trouvé au sein de la fabrique. Quant aux autres, ils devront faire leur chemin de leur côté.

Je vois que certains n'acceptent pas cette décision mais je suis encore leur chef et ils devront s'y résoudre. La fin des Brothers Of

Death, c'est aujourd'hui et ma décision est sans appel. Maintenant, je compte vivre ma vie, reprendre la fabrique de whisky qui est dans la famille depuis plusieurs générations. Peut-être que je transmettrais à mon tour l'entreprise familial à mes enfants, ou à Easton. En parallèle, j'aimerais aussi ouvrir mon propre salon de tatouage. Peut-être ici, dans la grange. Je pourrais former mon frère, si le cœur lui en dit et peut-être que Dallas accepterait de venir y travailler, comme au bon vieux temps. Dans tous les cas, je compte rester ici, au ranch et vivre ma vie et la gagner honnêtement.

Durant ces dernières semaines, je n'espérais qu'une chose : me venger afin de retrouver une vie normale, de pouvoir vivre enfin heureux et avancer. Il est temps que je sois enfin en paix avec moi-même. Je pense avoir mérité d'être heureux.

Au loin, Violet arrive à capter mon regard et me sourit, une pointe de complicité dans son regard. Je crois que ma nouvelle vie est sur le point de commencer. C'est aujourd'hui que je sors réellement de prison, c'est aujourd'hui que je peux commencer à avancer.

Je suis vivant désormais...

Je suis Devon Thomas désormais…

Épilogue
Devon

2 ans plus tard...
Ranch des Thomas

J'essaie de rester concentré et surtout ne pas rire mais la situation est clairement hilarante. Violet grimace alors que mon dermographe lui chatouille l'épiderme. Je vois qu'elle a mal et je me retiens de la traiter de chochotte car je sais qu'elle me passera un savon et partira dans un long discours prétendant que seules les femmes peuvent réellement affronter la douleur, en me donnant l'exemple de l'épilation ou de l'accouchement. En réalité, elle n'a pas tort mais je me cache bien de le lui avouer.

– Ça va ? je demande, amusé.

Elle râle.

– Tu n'es qu'un sale menteur ! « *T'inquiète ma chérie, ça fait pas mal, ça chatouille juste !* »

253

Son imitation est trop marrante car elle m'imite très mal. Et j'espère que je ne parle pas vraiment comme ça, sinon, ma virilité en prendrait un sacré coup.

– Je t'avais dit que sur la colonne, c'était assez douloureux, je ne t'avais pas menti. Mais c'est toi qui as voulu te faire tatouer ici.

Pour un premier tatouage, c'était assez ambitieux.

– Je suis sûre que tu as minimisé la douleur.

Peut-être un peu... Mais si je ne l'avais pas fait, elle se serait dégonflée et ça m'aurait fait chier. C'est un honneur pour moi de tatouer la femme que j'aime et qui partage ma vie depuis deux ans. Et puis, il y a aussi le truc…

– Je n'aurais jamais osé, voyons.

Je ris alors qu'elle râle encore plus.

– Ça fait trois heures que tu me charcutes !

Je jette un rapide coup d'œil vers l'horloge accrochée au mur.

– Ça fait à peine quinze minutes !

Elle fait pivoter sa tête vers moi, le visage déconfit. J'ai juste le temps de relever mon dermographe.

– Tu mens !

– Ne bouge pas ! Tu n'aimerais pas que je te loupe !

Violet fait la moue et se remet en place.

– Dis-moi que c'est bientôt fini !

– J'en suis au dernier mot. Encore cinq minutes.

Elle semble soulagée et je la vois à nouveau fermer les yeux quand je repose mon appareil sur elle.

Je finis rapidement mon travail et quand je pose ma machine sur ma petite table, je vois le soulagement dans son regard.

– C'est fini ?

– Oui.

– Je peux voir ?

— Laisse-moi nettoyer d'abord.

Je m'active et essuie le surplus d'encre. J'aime la phrase qu'elle a choisie : *L'amour, on ne le discute pas, il est.* Je trouve cette citation criante de vérité. L'amour, on ne le choisit pas, il nous tombe dessus sans crier gare. C'est ce qui s'est passé entre Violet et moi. Jamais de ma vie, je n'aurais pensé que j'aurais rencontré la femme de ma vie dans un endroit aussi sinistre que la prison, alors que j'avais perdu tout espoir.

Je continue de m'affairer pendant quelques minutes puis lui annonce que j'ai fini et applique le stencil[2] sur sa peau.

Elle se relève du fauteuil de tatouage, passe son bras sur sa poitrine pour maintenir ses seins et file devant le miroir. J'en profite pour ranger et nettoyer ma table. J'essaie surtout de me calmer. Le cœur battant, je l'observe. Ça fait des jours que j'ai tout préparé. Quand elle m'a dit qu'elle voulait se faire tatouer par mes soins, je savais que c'était le bon moment pour le lui demander.

Les yeux rivés sur elle, elle se place devant le miroir et se tord le cou pour observer mon travail. Elle a voulu se faire tatouer une phrase de l'un de ses livres préférés tout le long de sa colonne vertébrale. Le cœur fou, je crois que je n'ai jamais été aussi stressé de tout ma vie. Et impatient qu'elle découvre les mots que j'ai ajoutés à l'instant :

Alors épouse-moi

Ses yeux se plissent alors et je la vois s'approcher d'un pas, pour mieux lire. Je suis sûr qu'elle a remarqué mon petit ajout. À travers le miroir, je vois ses yeux s'écarquiller avant qu'elle tourne

---

[2] Le stencil tatouage est un élément utilisé pour dessiner un motif sur la peau afin de réaliser un tatouage. Il est composé d'un papier carbone et d'une feuille de soie. Le stencil permet de transférer de l'encre sur la peau. Il est délébile.

rapidement son visage vers moi, abasourdie par ce qu'elle vient de voir. Je souris. Elle l'a vu et j'aime tellement sa réaction.

– Tu... Tu es sérieux ?

– Je le suis.

Elle se mord la lèvre inférieure et sonde si je blague ou pas. C'est loin d'être le cas. Je n'ai jamais été aussi sérieux de toute ma vie.

Violet est celle qu'il me faut, je le sais. Elle est celle dont j'ai besoin, c'est une certitude. Elle est celle avec qui je veux vivre, c'est une évidence.

– Tu... Tu veux vraiment qu'on...

Elle s'interrompt quand elle voit que je fourre ma main dans la poche de mon jean. Je trouve rapidement la bague que j'ai achetée il y a trois semaines, en compagnie de June qui m'a aidé à trouver la bague parfaite pour sa meilleure amie. Je plie un genou, que je pose sur le sol alors que Violet, toujours à moitié nue, semble surprise.

– Violet, je...

– Mais oui ! Bordel ! Bien sûr que je veux !

Je pouffe de rire devant son empressement. C'est du Violet tout craché.

– Je ne t'ai encore rien demandé.

– Oh oui ! Pardon, pardon ! Je... Pardon ! Mais je suis tellement heureuse que...

– Alors sois heureuse à mes côtés.

J'avais prévu tout un discours, celui où je lui expliquais pourquoi je l'aimais, tout ce que j'aimais en elle et pourquoi elle me rendait heureux. Mais ça n'aurait servi à rien. Violet est une littéraire, elle aime les mots mais ma seule proposition d'être heureuse à mes côtés est suffisante. Ces quelques mots veulent tout dire.

– C'est déjà le cas !

Ses yeux se posent alors sur la bague que je tiens toujours entre mes doigts. Elle passe sa main sur sa bouche.

– Elle est magnifique.

— June m'a aidé à choisir.

Violet pouffe de rire et secoue la tête. Elle finit par tendre sa main vers moi et je m'empresse de passer la bague de fiançailles autour de son doigt, avant qu'elle ne change d'avis. Je me relève aussitôt. Violet a toujours un large sourire aux lèvres. Elle saute à mon cou et m'embrasse avec fougue et passion. Mes doigts frôlent son dos nu et je prends garde de ne pas toucher à sa peau rougie par le passage de mon dermographe. Je sais que la peau peut être sensible au début et il faut plusieurs jours pour que ça se calme.

Mais parfois, il faut plus de temps. Malgré le temps, le symbole couronné des Brothers Of Death me brûle encore la peau. Je sais que ce n'est qu'une impression mais encore aujourd'hui, les gens voient ce tatouage comme une mauvaise chose. Je sais que je pourrais le faire enlever, qu'une opération au laser me permettrait de l'effacer mais je sais que le retirer ferait de moi un autre homme. Et je ne veux pas changer, je ne veux pas oublier. Les Brothers Of Death, la prison, Blake, je ne veux pas oublier. Ils font partie de mon histoire, de mon passé et m'ont permis d'être enfin l'homme libre et épanoui que je suis aujourd'hui. Dans la vie, il faut savoir subir pour savoir où aller.

— Je t'aime, Devon.

— Je t'aime aussi.

Son cou se tord vers le miroir où elle regarde à nouveau son tatouage et ses lèvres s'étirent en un sourire radieux. Elle paraît si heureuse, autant que je le suis.

— Ne t'inquiète pas. C'est juste un stencil, il s'effacera quand tu prendras ta douche.

Cette fois, elle fait la moue.

— Quoi ? Tu aurais préféré que je te tatoue vraiment cette phrase ?

Elle laisse échapper un petit rire.

— Oui. Ça m'aurait plu.

Sa réponse me surprend.

— Il est encore temps, je suggère.

Elle n'a pas le temps de répondre qu'on toque à la porte. Nous nous éloignons tous les deux l'un de l'autre.

– Hey tous les deux, vous avez bientôt fini ? raille la voix de Dallas à travers la porte. On vous attend pour le déjeuner.

– On arrive dans deux minutes, je réponds.

Je reporte mon attention sur Violet qui saisit déjà son soutien-gorge et son débardeur sur le dossier d'une chaise. Je l'observe discrètement, heureux de voir que cette merveilleuse femme a accepté de m'épouser.

Ça fait plus de six mois que j'y pense sérieusement, depuis que Violet a emménagé au ranch avec nous. C'est un cap dans notre relation que nous avons passé et qui me paraissait évident. Depuis deux ans, on ne se quitte plus et même si nous vivions chacun chez nous, il n'y a pas une nuit que nous avons passée séparés. La plupart du temps, c'est elle qui venait dormir au ranch et un matin, après avoir oublié une nouvelle fois ses fringues, je lui ai demandé si elle ne voulait pas s'installer avec moi. Elle a aussitôt dit oui et a emménagé les jours suivants.

Une fois Violet prête, nous sortons de la grange, main dans la main.

– Quand veux-tu te marier ? je lui demande.

Je souris en entendant mes propres mots. De toute ma vie, jamais je n'aurais pensé que je me marierais un jour. Pas que je ne voulais pas, c'est juste que je pensais que ce serait impossible de me poser réellement avec une nana, qui aurait accepté de subir la vie que j'avais et de partager mes responsabilités familiales. Mais Violet n'est définitivement pas comme toutes les autres femmes.

Ma fiancée hausse les épaules.

– Je ne sais pas. Je pensais que… Non. C'est… Laisse tomber.

Je la force à s'arrêter et à me regarder en attrapant son menton entre mon pouce et mon index.

– Dis-moi, Vi !

— Je… J'ai toujours voulu me marier, accompagnée de mes deux pères à l'autel.

— Alors c'est ce que tu auras, Vi ! Tout ce que tu veux !

Elle laisse échapper un petit rire.

— C'est gentil, Devon. Mais tu sais que mon père a encore quelques années à tirer. Tu n'auras peut-être pas envie d'attendre tout ce temps.

— J'attendrai toute une vie pour toi.

Elle semble rassurée et je tente de cacher mon petit sourire. Elle reprend la direction du jardin et je l'imite aussitôt. J'entends déjà les rires de mon neveu et de la petite Aubrey. Leurs pères respectifs les poussent sur leurs balançoires.

— Encore, papa !

— Plus vite ! Plus vite !

Je souris en voyant mon neveu. Easton a bien grandi et est entré à l'école. Il est bien dégourdi et aime rendre chèvre mon frère en faisant un tas de bêtises. Heureusement que mon frère est patient.

— À table ! j'entends Camy nous appeler.

Elle sort de la cuisine, un grand plat dans les mains qu'elle dépose sur la grande table dressée sur la pelouse, en dessous d'un arbre énorme. Mon neveu descend rapidement de sa balançoire, suivi de près par la petite Aubrey dont les boucles sautent à chacun des pas.

— Easton, attends-moi ! le supplie-t-elle.

Ces deux-là se sont tout de suite entendus, quand Dallas et Camy sont venus revivre à Ironwood, il a presque deux ans maintenant. Avec cette dernière, au début, c'était un peu tendu. Elle a toujours été très rancunière et m'en voulait toujours d'avoir frappé Dallas, il y a longtemps. Mais j'ai appris à la dompter et elle a fini par me refaire confiance avec le temps. Dorénavant, il n'y a plus de soucis entre nous.

Nous nous installons tous autour de la table alors que Diana et Taylor arrivent à leur tour sur la terrasse, d'autres plats en main.

Taylor dépose un baiser rapide sur les lèvres de mon frère avant de s'asseoir à ses côtés et je ne peux retenir mon sourire.

Ils se sont rencontrés tous les deux à l'université d'Ironwood, où mon frère suit des cours du soir en Histoire de l'Art. Ça fait plus d'un an qu'il a commencé son cursus, en même temps que son travail. Il est le troisième associé de *Brothers in Ink,* le salon de tatouage que nous avons ouvert, il y a presque deux ans maintenant, en compagnie de Dallas. Mon frère est très doué et je suis fier de l'homme qu'il est devenu. Il est un père patient et aimant, un travailleur acharné et un étudiant studieux. Et il semble très amoureux de Taylor, adoptée par Easton. Mon neveu l'adore et ne jure que par elle.

Ma tante s'occupe de nous servir de bonnes assiettes de chili con carne et je salive déjà. Diana est en réalité très douée en cuisine et depuis qu'elle est rentrée de son centre de désintoxication, il y a un an, elle ne cesse de nous nourrir de plats et gâteaux plus délicieux les uns que les autres. Ma tante est une tout autre femme, depuis qu'elle a cessé de boire et cette nouvelle femme me plaît. Elle est plus joyeuse, plus attentive et entre nous, tout se passe pour le mieux. Je ne ressens plus son animosité envers moi.

— Il y a une assiette de trop, lâche alors Violet, surprise.

— Non, non, il y a le compte ! je réponds.

— Mais non ! Il…

— Laisse tomber, Violet. Tu ne sais pas compter. Heureusement que tu n'es pas prof de maths, ricane Dallas.

Elle ne semble pas apprécier la remarque de mon pote. Je manque de rire en voyant son air. Je n'ai qu'une hâte, c'est voir son visage quand elle comprendra pour qui est cette assiette en trop.

— Non mais oh ! Ce n'est pas parce que je suis prof de littérature que je ne sais pas compter. Je vous dis qu'il y a une assiette de trop.

— C'est pour un invité surprise !

— Un invité surprise ? Qui ? Alysson ?

Si seulement. Ma petite sœur me manque. À la rentrée, elle a été acceptée à l'université de San Francisco et s'est tournée vers des études de physique. Elle semble bien là-bas. Elle s'est fait des amis, a de bonnes notes et je suis fier du chemin qu'elle a parcouru. Elle revient de loin mais elle a su se relever. Avec le temps, elle a appris à revivre, après ce que James lui avait fait. C'est une battante, une jeune femme forte. Un exemple.

En pensant à lui, mes lèvres s'étirent. Il purgeait sa peine dans une prison du Maryland depuis presque un an, et quand j'ai appris qu'il s'était fait tuer, lors d'une altercation avec d'autres détenus, je n'ai pas pu retenir mon sourire. Il a payé pour ce qu'il a fait à ma sœur.

Violet s'apprête à répliquer quelque chose mais elle se ravise quand ses yeux tombent sur le visage de notre invité surprise. Lentement, elle se lève de sa chaise.

– Papa ?

Elle ne semble pas croire que Dublin se tient réellement devant elle. Lui a un sourire jusqu'aux oreilles et je ne peux m'empêcher de l'imiter. Après toutes ces années et plusieurs demandes de libération anticipée, il a enfin eu la réponse qu'il espérait et a été libéré pour bonne conduite. Depuis deux semaines, il a gardé le secret pour faire la surprise à sa fille et c'est Franck qui s'est chargé d'aller le chercher à Ironwood State. Je suis dans la confidence depuis qu'il a eu sa réponse, et a accepté de me donner la main de sa fille à la condition que je garde son secret et prenne soin de Violet, avant de me dire que j'étais un bon gars et qu'il ne pouvait espérer mieux pour elle.

Demander la main de Violet à Franck Pierce a été une autre affaire. Il a été plus réticent malgré ma promesse de dissoudre les Brothers Of Death que j'ai honorée et bien que je l'aie aidé à classer plusieurs affaires dont Blake était coupable.

Je ne l'ai pas mal pris. Franck Pierce n'est qu'un père protecteur qui veut le meilleur pour sa fille. Je suis un homme qui veut le bonheur des miens aussi, et cela inclut Violet.

Violet tombe en sanglots quand son père l'enlace. Elle ne cesse de lui demander s'il est enfin libre et il la rassure en caressant ses cheveux. Au bout d'un instant, il la recule en souriant.

– Je suis là, ma petite fleur.

Violet tombe alors en sanglots. Je crois que c'est beaucoup d'émotions pour elle. Elle qui était anéantie au dernier refus de libération anticipée.

– Pourquoi tu pleures, petite fleur ?

– Je… Je n'en reviens pas que tu sois enfin libre, je…

Dublin l'embrasse avec tendresse et arrive à redonner le sourire à sa fille qui reprend place autour de la table. Dublin s'assoit à ses côtés alors que Franck trouve une place entre Diana et Hudson.

– Allez, il est temps de manger, fait Diana qui attrape l'assiette de Dublin. Ça va refroidir.

Une fois que nous sommes tous servis, la bonne humeur anime la tablée. Quand je les regarde tous, je me dis que je suis l'homme le plus chanceux sur Terre. Ma famille n'est peut-être pas parfaite mais c'est celle que j'ai choisie. J'ai un frère qui se donne les moyens pour réussir et élever son fils. J'ai une sœur qui a une particularité et qui devient une femme extraordinaire. Ma tante a dû, elle aussi, affronter un tas d'épreuves dont elle a su se relever. J'ai la chance d'avoir retrouvé mes deux plus vieux amis.

Et je l'ai, elle, Violet. Cette femme qui m'a aidé plus d'une fois, avec tellement de fougue, de détermination. Qui m'aime avec tellement de passion et de naturel.

Grâce à eux tous, je suis désormais un nouvel homme, un homme bien, prêt à tout pour les siens. Même si maintenant, j'ai arrêté de m'oublier.

– Je crois qu'on devrait leur dire, je chuchote à Violet.

Elle descend son regard sur sa bague et ses lèvres s'étirent aussitôt.

– Oui, je crois que c'est une bonne idée.

– Qu'est ce qui est une bonne idée ? demande alors Camy.

Je laisse échapper un petit rire avant de me lever de ma chaise.

— Violet et moi, nous allons nous marier, j'annonce alors.

FIN

REMERCIEMENTS

Nous y voilà ! Maintenant que j'ai mis le point final à cette saga, il est temps de remercier les personnes qui m'entourent au quotidien, que ce soit dans la vraie vie ou virtuellement.

Comme d'habitude, je commence par mon amour de mari qui m'aime, me supporte et me fait rire depuis tellement d'années. Grâce à toi, je me sens soutenue et aimée, et ça, ça n'a pas de prix.

À mon fils, mon plus beau Roman, pour toutes ces heures de rire et de bonheur. Merci d'avoir fait de moi une maman.

À mes parents, mes beaux-parents, mes sœurs, ma belle-sœur, mes beaux-frères, mes nièces et mes neveux. La famille ; c'est ce qu'il y a de plus important dans la vie. Une mention spéciale à mon beau-père, Jean-Pierre. Au début, ce n'était pas ça, toi et moi. Mais on a appris à s'accepter et même à apprécier les défauts de l'autre. Alors, ne déconne pas, Papi Tiktok, ton petit coco a encore besoin de toi.

Un immense merci à mes copines. Laetitia, Flo, Cyn, Lina, Céline, Nanou, Mél, Elizandra, Mag. Toujours là quand j'ai besoin de vous, vous me motivez, m'écoutez râler, aimez m'embêter (heureusement que je vous le rends bien). À charge de revanche les nanas !

Merci aux shingfettes. Depuis que je vous ai rencontrées, j'ai l'impression de faire partie d'une grande famille. Un gros bisous à Laetitia Romano, Charlie Malone et Julia Teis, les trois nanas que j'aime le plus embêter.

Merci à Virginie et Cécile, mes éditrices pour m'avoir donné la chance de publier Devon. Cette histoire a su nous donner un peu de fil à retordre mais si ça n'avait pas été le cas, ça n'aurait pas été aussi marrant.

Merci à tous celles et ceux qui me suivent au quotidien, que ce soit sur Instagram, en passant par Wattpad. Merci à toutes les partenaires Shingfoo pour avoir aussi bien accueilli Devon. Je ne m'attendais pas à un si bel accueil et vous m'avez mis des étoiles plein les yeux…

Et pour finir, merci à toi qui a acheté Brothers Of Death. J'espère sincèrement que l'histoire de vengeance de Devon t'aura plu.

Découvrez les premiers chapitres de Divorce Imminent du même auteur

CHAPITRE 01
Alice

Lundi 30 mars 2020

J'ai toujours eu une règle : ne jamais rien regretter. Cette règle est importante pour moi, je l'ai toujours suivie, un peu comme mon mantra, ma ligne de conduite. Eh bien aujourd'hui, j'emmerde cette règle. Et royalement.

Je suis dans une merde pas possible. Une sacrée merde ! Et jusqu'au cou. Mes sentiments sont mitigés et je suis tiraillée entre chialer de rage toutes les larmes de mon corps ou envoyer valser le premier truc qui me tombe sous la main. Mais, là, maintenant, j'ai surtout l'incroyable envie de le tuer ! *Pourquoi a-t-il fallu que je me laisse embobiner par ce crétin !?*

Je sors de l'état civil de la mairie de la petite ville, non loin de l'endroit où j'ai grandi, en claquant la porte. La gorge nouée, je ravale mes larmes qui menacent de tomber. *Comment je vais faire pour me sortir de cette galère ?*

Derrière moi, j'entends la porte de la mairie se rouvrir.

– Alice !

J'ignore Audrey, ma meilleure amie et prends déjà la direction du parking, afin de rejoindre ma voiture. Elle ne cesse de m'appeler et me supplie de ralentir mais je suis tellement sur les nerfs, que là, maintenant, je rêve de frapper tout ce qui m'entoure et je n'aimerais pas qu'elle subisse mes foudres. Elle n'y est pour rien, elle, après tout.

Les talons de mon amie claquent rapidement sur les pavés de la petite place et je sens la main d'Audrey s'enrouler autour de mon bras. Elle me tire légèrement en arrière, m'obligeant à m'arrêter.

Ses grands yeux bleus me fixent et j'arrive à voir les mille questions qui lui traversent l'esprit. Elle est inquiète, perdue, mais surtout curieuse. Je déteste quand elle me regarde ainsi et elle le sait. Ce regard qui veut clairement faire comprendre que je suis pathétique et irrécupérable.

– Ne me regarde pas comme ça !

Elle hausse les épaules, navrée et me sourit timidement.

– Désolée Alice, mais crois-moi, là, je suis sous le choc !

Tout comme je l'ai été les trente premières secondes quand la secrétaire de mairie m'a demandé mon acte de divorce. Sur le coup, j'ai cru à une blague et j'avoue que j'ai cherché les caméras cachées. J'ai même ri, jusqu'à ce que la secrétaire de mairie me montre un acte de mariage ; de mon mariage ! Et quand j'ai vu le nom qui était inscrit à côté du mien, j'ai dû me tenir au bureau pour ne pas m'écrouler au sol.

– Tu es mariée, Alice ! Je… C'est…

Elle ne termine pas sa phrase et je ne peux pas lui en vouloir. Je crois qu'il n'y a aucun mot pour qualifier ma situation.

– Je n'étais même pas au courant, ajoute-t-elle.

– Ouais, bah je ne savais même pas que c'était valable en France, je raille.

Je m'en veux de lui parler ainsi. Audrey n'y est pour rien. Mais là, je n'arrive pas du tout à me contenir.

– C'était quand ?

Je la fixe et plante, avec un peu trop de force, mes dents dans mes lèvres. Je veux tout sauf avoir cette discussion avec elle ici. Je préfèrerais ne jamais l'avoir, pour être honnête. Elle semble le comprendre, m'offre un petit sourire compatissant avant de m'inviter à m'asseoir à la terrasse d'un café, quelques mètres plus loin.

Nous sommes à peine installées qu'un serveur, plutôt pas mal vu le regard qu'Audrey lui lance, vient déjà à notre table. Mon amie se charge de nous commander deux sodas alors que je joue nerveusement avec les serviettes d'un distributeur qui est posé sur la table. Le serveur nous fausse compagnie pour préparer nos boissons et Audrey sort son paquet de cigarettes et s'en allume une. Je la lui arrache aussitôt du coin des lèvres et en tire une latte.

Audrey fait mine de rien et s'abstient de tout commentaire. J'ai besoin de me détendre.

— C'est dégueulasse, je lâche sans pour autant lui rendre la cigarette.

Audrey hausse les épaules une seconde fois. Elle me regarde, compatissante. Elle hésite le temps d'une seconde avant de se décider à se lancer.

— Bon, tu m'expliques ?

— Je pense que tu as compris quand cette charmante secrétaire de mairie me l'a annoncé. Je suis mariée.

— Ouais, j'avais compris, ça. Mais ce que je veux savoir, c'est depuis quand. Et surtout avec qui ?

Je roule des yeux. "Quand" n'est pas vraiment la question. Elle doit bien s'en douter et ça n'a pas vraiment d'importance. C'est quand elle saura "qui" qu'elle restera sans voix.

— Depuis quatre ans. Quand je suis partie un an en stage à Las Vegas.

Fichu stage en entreprise. C'était une vraie galère et mon patron était un véritable con qui me faisait des remarques sexistes à tout bout de champ.

— Oui, bah ça, j'avais compris. C'est qui ?

Je redresse ma tête et plonge mon regard dans le sien. Ses yeux fouillent les miens, à la recherche des réponses aux centaines de questions qu'elle se pose.

– Raphaël, je souffle, honteuse.

Son front se plisse et je vois qu'elle s'interroge.

– Raphaël ?

– T'en connais beaucoup des "Raphaël", toi ? je réponds, agacée.

Ses sourcils toujours froncés, elle finit par se figer quand elle comprend enfin. Ses yeux s'écarquillent.

– Attends, Raphaël !? Tu veux dire Raphaël Beaumont !?

Je mords ma lèvre inférieure et finis par hocher la tête. La surprise, la déception puis l'incompréhension se lisent sur son visage.

– Mais… Mais vous n'avez jamais réussi à vous piffrer tous les deux ! Ce mec est un cauchemar ambulant, un bon à rien !

Charmant tableau de l'homme qui est censé être mon époux. En même temps, elle n'a pas tort. Ce sont exactement les termes que j'utilise depuis des années pour le qualifier.

Je connais Raphaël Beaumont depuis que je suis enfant. Mon frère, Rémy, et lui ont été dans la même classe depuis le primaire et sont vite devenus inséparables, toujours à faire les quatre cents coups ensemble, ce qui a attiré quelques emmerdes sans conséquence à mon frère. En tant que petite sœur, j'étais vite devenue leur souffre-douleur. Leur passe-temps préféré était de m'emmerder. Autant dire que j'ai pas mal chialé à cause d'eux.

Avec le temps, alors que Rémy a fini par s'assagir, ça n'a pas été le cas de Raphaël. Il faut dire que ce mec n'a jamais rien pris au sérieux. Le genre de mec qui se laisse couler et qui profite de la vie ou qui ne s'attire que des emmerdes. Le genre que je ne supporte pas.

– Mais comment tu… ? Il s'est passé quoi ?

– Tu te rappelles quand vous êtes venus me rejoindre pour ma remise des diplômes ?

– Ouais, bien sûr. Ton frère se… Merde, ton frère le sait ?

Je secoue la tête. Personne ne le sait. Il faut dire que je pensais que c'était une blague, que les mariages à Las Vegas étaient des faux mariages et je n'avais aucune raison de raconter ce canular à qui que ce soit. Et pour être honnête, j'avais complètement oublié ce maudit épisode.

– Tu vas lui dire ?

À nouveau, je secoue la tête. Si Rémy l'apprend, je suis morte. Par lui ou par mon père. *Oh mon Dieu ! Comment je vais annoncer ça à mon père ? Et à Charles ?*

– Tu te doutes bien que non. Il me tuerait après avoir enterré le corps de son pote.

– Tu es dans la merde !

Merci ! Ça, je le sais déjà !

– Charles est au courant ? reprend-elle.

– Non, il n'y a que toi. Et l'autre débile, bien sûr.

– Tu vas lui dire ?

Je vais bien être obligée.

C'est vrai après tout. Je me vois mal cacher à l'homme que je suis censée épouser dans moins de six mois que je suis déjà mariée depuis quatre ans. Et je pense que s'il l'apprend par le maire, lors de la cérémonie, ce n'est pas un « oui » que je risque d'entendre. Charles apprécie Raphaël tout autant que moi, mais c'est surtout mon mensonge par omission qu'il risque de ne pas digérer.

– Je n'en sais rien. On était bourrés ce soir-là. Je ne sais même pas comment nous est venue l'idée. Rémy et toi, vous étiez partis roucouler je ne sais où. Tout ce dont je me souviens, c'est...

Je m'interromps. Ce qui va suivre risque de ne pas lui plaire. Elle aussi déteste Raphaël et pense que ce n'est qu'un bon à rien. Non, rectification, personne ne peut détester cet abruti plus que moi ! Je dois être la seule à m'être fait pitoyablement embobiner par ce con ! Et quand elle va savoir qu'il ne m'a même pas offert une bague, elle va sûrement l'insulter.

– C'est ? reprend-elle.

Je prends une grande et longue inspiration, puis tire sur la cigarette qui s'est consumée toute seule. Je l'écrase aussitôt dans le cendrier.

– J'avais un boulon à mon annulaire. Tu t'imagines, un boulon ?!

– Un boulon ? Un écrou tu veux dire ?

– On s'en fout des détails techniques. Il n'a même pas été fichu de m'offrir une bague, ce boulet !

– C'est clair. C'est la moindre des choses ! Quel abruti !

– Je ne te le fais pas dire !

– Et tu as fait quoi de ta jolie alliance ?

Je ne le sais même pas. Je crois que je l'ai laissée sur la table de chevet avant de me tirer en priant pour ne plus jamais le revoir.

– Je ne sais plus. Quand je me suis réveillée le lendemain matin, ce boulon n'était vraiment pas ma priorité.

Elle se met à rire et je peste intérieurement. Elle se moque de moi, de ma situation, de la connerie que j'ai faite il y a quatre ans. Elle s'interrompt alors dans son fou rire puis écarquille les yeux.

– Attends ! Vous avez couché ensemble ?

Mon Dieu ! Ça non plus, je ne m'en souviens pas.

– Je n'en sais rien. Quand je me suis barrée de l'hôtel, je lui ai dit que j'allais chercher de quoi déjeuner. Et vous repartiez le soir même. Depuis, je n'ai eu aucune nouvelle.

Il paraît que depuis quatre ans, il s'est installé aux Etats-Unis et qu'il voyage beaucoup. Cet abruti est bien le genre de mec à kiffer vivre dans une vieille bicoque et aller pêcher son déjeuner dans une rivière. Quatre ans qu'il n'est pas revenu en France pour voir ses grands-parents et ça fait tout autant de temps que je ne l'ai pas revu. Et il est loin de me manquer.

– Je n'étais même pas sûre qu'on avait été dans cette chapelle. Tu t'imagines, je ne suis plus sûre mais je crois que c'est un sosie de Michaël Jackson qui nous a mariés. Et qu'on avait Mickey en témoin.

Elle se remet à rire et je dois avouer qu'exposé comme ça, il y a de quoi se pisser dessus.

— Ne rigole pas Audrey, je suis au bord de la dépression là !

Elle explose de plus belle. Elle rigole de mon malheur. *Super la copine !*

— Sérieusement, je ne sais pas ce qui m'a pris ce soir-là. Jamais je n'aurais pensé qu'un mariage express dans une chapelle était un vrai mariage. Merde ! Qu'est-ce que j'étais conne à 21 ans. Maintenant, j'en paie les conséquences, je soupire.

— Mais, vous étiez ensemble ou...

— Ah ! je dis en grimaçant. Beaumont et moi ? Je t'en prie !

— Ah ouais, je comprends. Pas de relation avec Beaumont, vous passez direct au mariage. Et aux parties de jambes en l'air !

Elle se remet à rire mais quand elle voit mon visage grave et désespéré, elle reprend son sérieux.

— Je suis dans la merde ! je geins.

Je prends une grande inspiration avant de laisser tomber ma tête sur la table au moment où le serveur revient avec nos boissons. Il me regarde, surpris par mon geste.

— Euh... Elle a un problème ?

— Règles douloureuses ! répond ma meilleure amie.

Je me redresse rapidement en toisant ma soi-disant amie du regard. Le serveur hausse les épaules en déposant nos sodas sur la table.

— Bah quoi ? Tu préférais que je lui dise que tu dois te marier alors que tu l'es déjà ?

Ma mâchoire s'en décroche. *Elle a osé ? Elle a vraiment raconté ma vie à un parfait étranger ?* C'est du Audrey tout craché. Une vraie emmerdeuse. Et incapable de garder un secret plus d'un quart d'heure.

— Merci d'exposer ma vie devant des inconnus !

— De rien, dit-elle en me souriant faussement.

Je fulmine et étouffe un cri de rage. Le serveur rit aux éclats en secouant la tête.

– Si c'est pour te foutre de ma gueule, tu peux aller le faire derrière ton comptoir, je dis sèchement.

Le garçon rit une nouvelle fois, non vexé par mon impolitesse. Il se retourne le temps d'une seconde et tire une chaise qu'il dépose entre nous deux. Je le regarde, surprise. *Mais qu'est-ce qu'il fait ?*

– Laisse-moi deviner. Le futur marié n'est pas au courant ? demande-t-il.

Je me fige et le regarde avec un peu plus d'intérêt.

– Et comment tu le sais ?

– Je vous ai entendues quand je servais la table derrière vous, rit-il.

– Petit malin ! On ne t'a jamais dit qu'écouter les conversations des autres était impoli ? dit Audrey en souriant.

– Disons que ça me permet d'en apprendre plus sur les jolies filles.

Audrey pouffe de rire. Ça y est ! Elle est en mode "chasseuse" ! Depuis qu'elle n'est plus avec mon frère, elle s'éclate avec les mecs. Elle s'éclate d'ailleurs un peu trop au goût de mon frère, qui est extrêmement jaloux. Il n'arrête pas de m'en parler et tente toujours de me soutirer des informations, ce qui a le don de m'agacer. Ça fait longtemps que j'ai arrêté de me mêler de leurs affaires de couple. Entre Rémy et Audrey, ça a toujours été ainsi. Ils ne font que se quitter pour se rabibocher le jour suivant. Je ne compte plus le nombre de fois où ils se sont séparés. Douze fois ? Treize fois ? Leur histoire est digne d'un soap américain.

Tous les deux se regardent un instant et je dois claquer des doigts pour qu'ils se rappellent ma présence et surtout mon problème.

– Eh oh ! Je suis là, je vous rappelle que je suis dans la merde !

– Oh oui, désolée ! reprend Audrey. Je... Écoute Alice, je suis désolée pour toi, mais je ne vois pas ce que je pourrais faire pour t'aider.

Je laisse tomber une nouvelle fois ma tête sur la table. Charles risque d'être déçu ce soir, quand je le lui annoncerai une fois rentrée à la maison. On va devoir repousser le mariage si je ne trouve pas une solution au plus vite. *Et s'il annulait le mariage ?*

— Moi, j'aurais peut-être une solution ! fait le serveur.

Je relève la tête et le fixe, l'analysant pour la première fois. Il est plutôt pas mal, pas du tout mon style, mais je sais reconnaître quand je suis face à un bel homme. Un peu jeune, mais plutôt sexy.

— Si tu me conseilles de faire semblant de rien et d'épouser Charles, je te jure que...

Il se met à rire en passant sa main dans ses longs cheveux noirs.

— Non, non. Je te déconseille la polygamie. Ça coûte cher. Un an de prison et quarante-cinq mille euros d'amende.

Je lève un sourcil, surprise et intriguée par ses connaissances. *Comment un serveur peut savoir ça ?*

— Je suis en troisième année de droit, reprend-il, comme si j'avais formulé ma question à voix haute. En cours, nous avons étudié le cas d'un mariage de deux Français célébré à Las Vegas.

Il s'interrompt et je lui fais signe de continuer.

— Comme vous devez le savoir, les mariages célébrés à Las Vegas ont une valeur légale et sont officiellement reconnus par les autorités américaines comme françaises. C'est l'article 47 du Code Civil.

Ça y est ! Il me sort sa science ! Je me fous de quel article il s'agit. Je veux une solution !

— Ok, ça, j'avais compris, je rétorque amèrement. Mais concrètement, c'est quoi la solution miracle à mon problème ?

Il me regarde puis me sourit.

— Le divorce. Ou l'annulation de ce mariage.

— C'est quoi la différence ? demande Audrey.

Le serveur se racle la gorge avant de reprendre.

— Ce sont deux choses bien différentes même si les deux procédures aboutissent à la même conséquence : la dissolution du mariage. Bon, vous savez ce qu'est le divorce, je n'ai pas besoin de vous l'expliquer. L'annulation, c'est différent. Ça efface l'ardoise et légalement, ton casier marital est vierge, comme s'il n'avait jamais eu lieu.

Il m'intéresse de plus en plus ce mec !

— Mais c'est génial ! je m'écris. Je vais faire annuler ce mariage. Comme s'il n'avait jamais existé.

Manquerait plus que j'accorde de l'importance à cette horrible blague !

— Attention, je ne veux pas te décourager mais annuler un mariage est aussi compliqué que de divorcer. Tu dois prouver que celui-ci ne respecte pas les conditions légales d'un mariage.

— C'est-à-dire ?

— Si j'ai bien compris, vous aviez bu cette nuit-là ?

Je hoche la tête. Beaucoup trop bu. Et même si je ne regrette jamais rien d'ordinaire, je me fais la promesse de ne plus jamais boire de ma vie. Enfin si, mais pas plus de deux verres désormais.

— Tu peux jouer sur le fait que tu n'avais pas tous tes esprits à cause de l'alcool. Mais aux États-Unis, c'est la raison de la moitié des divorces et les juges commencent à saturer de cette excuse.

— Ok. Tu suggères quoi, alors ?

— Tu as trois solutions pour régler ton petit problème.

— Je t'écoute, je l'encourage à nouveau, regonflée d'espoir.

— La première serait que tu fasses une demande de divorce, ici, en France. Ce qui impliquerait que ton mari adoré signe cette demande et qu'il soit d'accord. La procédure peut prendre un an environ. Tu sais ce que c'est, les institutions françaises aiment prendre leur temps et nous le faire perdre.

— Non ! Ça, c'est impossible ! Je me marie en septembre. Je ne peux pas attendre un an.

Et surtout, ça donnerait de l'importance à ce pseudo mariage, ce que je refuse. Et je n'ose imaginer la déception de Charles quand il apprendra que j'ai déjà été mariée. Et je ne veux pas prendre le risque qu'il annule notre mariage. Non, Charles ne doit pas être au courant et le mieux serait que j'efface mon ardoise maritale.

— Je vois, continue le serveur. Alors tu peux aller à Las Vegas et faire une demande de divorce aux autorités de l'État du Nevada et…

— Voilà, je vais faire ça ! je le coupe. Je file à Vegas, je fais ma demande, je signe les papiers et je rentre le lendemain.

— Attends, il y a un petit hic à cette solution. Le Nevada exige une résidence minimum de six mois sur place.

— Et merde !

Je ne vis pas aux États-Unis et je ne peux pas perdre six mois. Je me marie dans six mois et j'ai un mariage à organiser. Je frappe sur la table pour accompagner mon énervement. Je suis vraiment dans une galère pas possible.

— Bon, c'est quoi la troisième solution ? demande Audrey.

— Elle peut demander l'annulation du mariage par l'intermédiaire d'un avocat américain.

Mes lèvres s'étirent. La voilà ma solution ! J'engage un avocat qui se charge de toute la paperasse et la galère.

— Ok, je vais faire ça alors. Je n'aurais même pas besoin de me déplacer et…

— Attention ma belle, les honoraires d'un avocat américain sont très chers et il devra venir ici pour te remettre en main propre la demande d'annulation. Tous les frais administratifs, les allers-retours seront à ta charge. Tu risques de casquer.

Tout pour me faire chier ! J'ai mis toutes mes économies dans le mariage et je ne me vois pas demander à Charles ou à mon père de l'argent pour que je puisse aller divorcer à l'autre bout de la planète.

— Et si c'est moi qui y vais ? Je peux me représenter moi-même ?

— Tu peux essayer. Je ne t'en ai pas parlé car sans avocat, il y a moins de chance que la procédure aboutisse à une annulation. La procédure est moins longue dans ces cas-là. Une quinzaine jours maximum après avoir fait une demande en ligne, je crois.

— Eh bien, je vais faire ça, je dis en me levant rapidement, faisant racler les pieds de ma chaise sur le carrelage du petit café.

Ma décision est prise. Et je n'ai pas vraiment le choix. Un avocat me coûterait trop cher, je vais donc devoir me rendre à Las Vegas. Je dois tenter le tout pour le tout et avec un peu de chance, ma résidence aux États-Unis, il y a quatre ans, pourrait jouer en ma faveur. Ils me regardent tous les deux, ébahis.

– Je vais à Vegas, je fais la demande d'annulation et je rentre en France.

Je me mets à rire toute seule. Chaque problème a une solution ! Pourquoi je me suis autant minée pour ça ? En plus, je n'aurais même pas besoin d'en parler à Charles car je ne vais pas divorcer mais annuler ce mariage. Mon « casier marital » redeviendra vierge.

– Merci beaucoup... euh... euh...

– Clément, répond-il.

Je le gratifie d'un sourire puis tourne les talons. Je vais à Las Vegas. Et il me faudra plus de temps pour y aller que pour annuler ce fichu mariage !

CHAPITRE 02
Alice

Mardi 31 mars 2020

L e plan est simple ! Très simple !

Il a été élaboré minutieusement avec Audrey, pendant des heures et des heures et il est infaillible. Je le connais sur le bout des doigts et compte bien l'appliquer à la lettre.

Étape 1 : demander à mon patron quelques jours de vacances.

Fait ! Je fais tellement d'heures supplémentaires qu'il n'a pas rechigné une seconde et m'a même proposé de prendre une semaine entière. Mon boss est un amour.

Étape 2 : trouver un méga prétexte qui justifierait ma petite escapade de ce week-end.

Fait ! C'est Audrey qui m'a suggéré cette idée. Ce week-end, je suis censée être à la réunion des anciens élèves de ma promo de l'université de Las Vegas. Charles ne se proposera pas de venir, il a toujours détesté ce genre d'évènement. Et j'espère ne pas me tromper car cette réunion est un mensonge.

Étape 3 : réserver mes billets d'avion.

Fait ! En cinq minutes top chrono. Je pars jeudi en fin d'après-midi et rentre le mardi soir. Le jet-lag va me tuer et heureusement que j'ai pris mon mercredi juste après mon retour, pour récupérer du décalage horaire.

Étape 4 : faire ma pré demande d'annulation de mariage.

Fait ! J'ai passé toute ma journée au bureau à remplir des formulaires juridiques pour qu'un juge puisse anticiper ma demande. Un bon point pour le système américain, on n'arrête pas le progrès ! Et ils ne m'ont demandé aucun justificatif sur mon lieu de résidence.

Étape 5 : prévenir Charles de mon petit voyage.

À faire ! Il ne devrait plus tarder à rentrer de l'hôpital et je compte bien le faire dès ce soir.

Étape 6 : me rendre au rendez-vous avec le juge, le remercier d'avoir accepté ma demande d'annulation de mariage et ressortir du tribunal en femme libre et heureuse.

Étape 7 : me prélasser dans le spa de l'hôtel que j'ai réservé avant de reprendre mon avion en direction de Paris.

Un plan simple, efficace et inébranlable ! Tout est parfaitement organisé et calculé. Rien ne pourra m'empêcher de mener à bien ma mission « effacement de casier marital ».

Après mûre réflexion, je préfère ne pas parler à Charles de cette erreur de parcours. Avec l'annulation de ce mariage, il ne sera jamais au courant de ce faux pas et il n'aura aucune raison de le savoir. Je sais que je devrais lui dire, que dans un couple, on se dit tout et qu'il n'y a pas de secrets mais je ne peux pas lui dire. Connaissant Charles, si je devais le lui expliquer, il voudrait des détails sur ce qu'il s'est passé ce 11 avril, il y a quatre ans. Et il voudra forcément venir avec moi au tribunal pour régler le problème et s'assurer que tout a été fait dans les règles. Charles est comme ça, il a le besoin compulsif de tout organiser, planifier et maîtriser. Il est un peu comme moi, il aime tout contrôler.

Il me poserait un tas de questions et il y en a une à laquelle je ne veux surtout pas répondre : « qui ». Lui et Raphaël Beaumont n'ont jamais réussi à se sentir. C'était souvent la guerre entre eux et même s'ils ont appris à se tolérer avec le temps, par amitié pour Rémy, je sais que Charles serait capable de monter dans le premier avion pour aller casser la gueule à Raphaël.

Alors non, il est préférable que Charles ne sache rien.

La porte de notre appartement s'ouvre et je détourne mon regard de la télévision. Je ne la regardais même pas, tant j'étais perdue dans mes pensées.

– Salut ma puce !

Charles dépose son attaché-case près du guéridon de l'entrée et retire sa veste qu'il suspend dans le dressing de l'entrée.

– Salut, je souffle, un sourire aux lèvres.

Il fait quelques pas jusqu'au salon, dépose un baiser sur mon front avant de se laisser tomber sur le canapé, près de moi. Il soupire, fatigué.

– Je t'ai laissé une assiette. Elle est dans le micro-ondes.

Il soupire à nouveau et se frotte les yeux.

– Je n'ai pas faim. Je suis crevé.

– Dure journée ? je demande.

Il pousse sur les talons de ses chaussures et les laisse tomber sur le tapis épais avant d'étendre ses jambes sur la table basse. Il se fait craquer le cou avant de tourner son visage vers moi. Je lui offre un large sourire.

Aussi loin que je m'en souvienne, je suis amoureuse de Charles Delvincourt. Depuis que j'ai 7 ou 8 ans. J'étais fascinée par le meilleur ami de mon grand frère, âgé de trois ans de plus que moi. Je le trouvais tellement beau et il était tellement gentil avec moi. Rien à voir avec cet abruti de Beaumont qui passait son temps à m'emmerder ou me faire chialer.

– Crevante ! Comme toutes les autres. Les urgences ont été prises d'assaut aujourd'hui. Je n'ai pas arrêté de la journée. J'ai couru partout.

Comme souvent. Je sais que Charles n'aime pas être aux urgences. Il préfère largement être affecté à un service particulier et bien plus calme.

– Je sais ce que je pourrais faire pour te détendre.

Une délicieuse idée derrière la tête, je me glisse sur ses genoux et écrase mes lèvres sur les siennes, tout en engouffrant mes doigts dans ses cheveux épais. Charles se recule aussitôt et décroche mes doigts de sa chevelure.

– Pas ce soir, ma puce, je suis trop crevé.

C'est la douche froide et je ne cache pas ma frustration. Ça fait bientôt trois mois que Charles ne m'a pas touchée et ça commence sérieusement à m'agacer et à me vexer. Je sais qu'il est très fatigué par le rythme de ses journées et depuis un moment, une routine monotone et loin d'être excitante s'est installée entre nous. J'ai l'impression que quelque chose a changé entre nous mais je ne sais pas quoi.

Notre couple, comme tous les autres, a connu des hauts et des bas. Depuis dix ans que nous sommes ensemble, nous nous sommes déjà séparés deux fois, avant de mieux nous retrouver mais cette fois-ci, je sens que quelque chose est différent. Charles subit pas mal de pression au boulot, entre ses patients, son supérieur qui le pousse à donner le meilleur de lui et ses examens qui approchent à grands pas.

Pourtant, avec sa demande en mariage, notre complicité s'était renforcée. Cet évènement était un souffle nouveau pour notre couple. Et il était le premier excité par les préparatifs, tout comme nos familles. Les Demerlier et les Delvincourt sont amis depuis trois générations et quand nous leur avons annoncé nos fiançailles, l'automne dernier, ils se sont fait une joie de se lancer dans les préparatifs du mariage qu'ils voient tous comme le mariage du siècle.

Lentement, je laisse glisser de ses genoux et retombe sur le canapé en serrant la mâchoire.

— Ne le prends pas comme ça, Alice, souffle-t-il.

Je ne réponds rien et croise mes bras sur ma poitrine, le regard droit devant moi.

— Allez ma puce, je suis désolé mais je suis vraiment claqué. Je n'ai qu'une hâte, prendre une douche et aller me coucher.

— Super programme ! On n'est pas encore mariés qu'on se comporte déjà comme un vieux couple. Moi qui regarde la télé pendant que tu ronfles.

— Tu sais que c'est dur pour moi, en ce moment. Mais dans quelques semaines, quand mes examens seront terminés, tout ira mieux.

Son bras glisse sur ma nuque et il m'attire vers lui pour déposer un baiser rapide sur mes lèvres. Il me plante son index dans les côtes en souriant.

— Allez, ma puce, arrête de bouder.

Cette fois-ci, son baiser se fait plus passionné et j'oublie rapidement la raison de ma bouderie. Je sais que je suis trop exigeante, parfois, que je devrais être plus conciliante. Charles travaille dur pour nous offrir un avenir et je devrais lui en être reconnaissante.

— Je vais me faire un thé, tu veux quelque chose ?

Je me lève du canapé et me dirige vers la grande cuisine ouverte de notre appartement.

— Non merci, ma puce. Rien pour moi.

Alors que je mets la théière en marche, il saisit la télécommande et zappe rapidement sur les chaines du câble.

— Oh ! En fait, je suis de garde samedi soir.

Je tourne mon visage vers lui et lâche mon sachet de thé dans mon mug, surprise.

— Tu ne devais pas être de repos ce week-end ?

— Si, mais j'ai repris la garde du docteur Lefebvre. Il a eu une urgence.

Je soupire. *Encore ?* Charles est vraiment trop bon pour reprendre les gardes de ses collègues quand ils ont des « urgences ». J'ai l'impression que c'est de plus en plus fréquent et qu'ils abusent un peu trop de sa bonté. Mais je ne dis rien, je sais qu'une fois diplômé, il ne comptera pas ses heures et rentrera très fréquemment tard le soir. Charles est sur le point de finir son internat. Cet été, il sera officiellement médecin généraliste et il a déjà sa place dans le cabinet de son père qui partira en retraite dans quelques années., dans le village de notre enfance.

— Ne m'en veux pas Alice. Quand mon internat sera terminé, je ne travaillerai plus de nuit.

— Oui, oui, je sais. Ce n'est pas grave.

— Tu devrais profiter de ce week-end pour inviter Audrey et passer une soirée entre filles.

Oui, c'est sûrement ce que j'aurais fait, si je ne devais pas aller à l'autre bout de la planète pour divorcer. Je vois là l'occasion de saisir ma chance et de lui parler de mon petit projet de voyage.

— Audrey n'est pas disponible ce week-end, je mens.

— Ah oui ? Un nouveau mec ?

— Oui, je crois. Tu la connais.

— Ouais, je sais comment elle est. J'imagine que ça ne va pas faire plaisir à Rémy.

— Je n'en sais rien. Impossible de suivre, avec ces deux-là.

Il lève les yeux au ciel, pour marquer l'évidence de ma remarque.

— Oh, j'y pense. J'ai eu des nouvelles de mes amies de Las Vegas aujourd'hui, me lancé-je.

— Ah ouais ?

— Oui, elles me demandaient si je venais pour la réunion des anciens élèves ce week-end.

— Je ne savais pas qu'il y avait une réunion, tu m'en as parlé ?

Bien sûr que non, comme cette réunion est inventée de toutes pièces…

— Non, je ne t'en avais pas parlé. Je ne savais pas si je pouvais m'y rendre, je mens à nouveau.

— Tu devrais y aller.

Je retiens mon sourire. Mon plan fonctionne parfaitement, il a mordu à l'hameçon. Je sais d'expérience que quand c'est Charles qui suggère quelque chose, c'est gagné d'avance. Et j'ai l'art pour le manipuler et le diriger dans mon sens. Je sais que ce n'est pas correct mais toutes les femmes font ça, c'est notre super pouvoir.

— Oh, je ne sais pas, je souffle.

Son visage se tourne à nouveau vers moi.

— Vas-y, ma puce. Je travaille tout le week-end et ce serait dommage que tu restes seule.

— Tu crois que c'est raisonnable ?

— Ce n'est pas la question. Si tu as envie d'y aller, fais-toi plaisir. Je suis sûr que ton patron te donnera des jours. Avec toutes les heures supplémentaires que tu fais, il serait gonflé de te les refuser.

Je me mords la lèvre. Je m'en veux de lui mentir, vraiment, mais je n'ai pas le choix. Il m'encourage avec un petit sourire et je finis par le lui rendre.

— Ok. Je pars à Las Vegas.

— Je suis sûr que tes copines seront heureuses de te revoir après toutes ces années.

Oh oui ! Elles le seraient sûrement. Mais malheureusement, je n'aurai pas le temps de les revoir. J'ai un tout autre programme : je dois annuler mon maudit mariage !

CHAPITRE 03
Alice

Vendredi 3 avril 2020

— Eh ! Mais ne vous gênez pas surtout ! je râle. C'est mon taxi !

Alors que l'homme d'affaires balance son attaché-case sur la banquette arrière du taxi, je jette un coup d'œil au chauffeur, espérant que celui-ci me vienne en aide. Il ne dit rien, n'en a clairement rien à foutre et continue à mâcher vulgairement son chewing-gum sans dire un mot. Il se contente seulement de hausser les épaules.

— Désolé ma p'tite dame, j'ai une réunion très importante à l'autre bout de la ville et je suis très en retard !

Et moi, je dois annuler mon mariage au plus vite !

— Mais je m'en fous ! C'est mon taxi !

Je retiens l'homme par le bras et il se dégage de mon emprise en quelques secondes.

— Ça va ! raille-t-il. Vous n'avez que ça à faire de votre journée ! Je travaille, moi, et vous, vous avez le temps pour votre séance shopping !

Mais quel mufle ! Face à sa réflexion si sexiste, je n'ai pas le temps de répondre quoi que ce soit que l'homme m'a déjà claqué la portière au nez. Je l'insulte encore de tous les noms d'oiseaux que je connais alors que le taxi s'engage dans la circulation. Quel toupet ! Sous prétexte que je suis une femme, ma seule distraction est forcément le shopping. Il ne sait pas que nous ne sommes plus dans les années cinquante et que les femmes aussi ont une activité professionnelle de nos jours ?

Je hèle un nouveau taxi, ma valise toujours à la main et Dieu merci, personne ne semble se risquer à m'en voler un nouveau. Difficilement, je glisse ma lourde valise sur la banquette du taxi et essuie mon front. La chaleur du Nevada est étouffante et écrasante. Il est à peine midi qu'il doit déjà faire une trentaine de degrés. Dire qu'il y a plusieurs heures, j'étais en France, vêtue d'un manteau, à cause de ce foutu vent.

J'ai toujours aimé les États-Unis, hormis leurs longues heures de contrôle à l'aéroport et leur faculté à perdre mon bagage à chaque fois que je foule leur sol. Heureusement, cette fois-ci, ils me l'ont retrouvé assez rapidement, bien que j'aie perdu près de quatre heures de mon temps et que j'aie eu une sacrée envie de meurtre à cause de ce mufle en costard cravate.

– On va où ma jolie ?

– Au tribunal, s'il vous plaît.

Je rêverais d'une bonne douche, afin d'effacer ces onze heures de vol, sans compter les trois heures d'escale à Washington mais ma priorité est ce fichu mariage.

Le plan concocté avec Audrey et Clément, mon nouveau meilleur ami, est simple. Je fais ma demande d'annulation, je rentre à l'hôtel, je dors un peu avant de profiter enfin de mes vacances forcées. Ça me laissera également le temps de finir l'ordre du jour de ma réunion de jeudi prochain.

Le chauffeur s'insère sur la chaussée et je pose ma tête contre la vitre de la portière en souriant, préférant oublier ce fichu épisode avec Monsieur « j'ai une réunion très importante ».

Alors que le taxi remonte le Strip jusqu'au tribunal de Las Vegas, je regarde le paysage défiler sous mes yeux. Cette ville m'a tout de même manqué. J'y ai passé un an de ma vie pour obtenir mon diplôme dans les finances et je m'y suis même fait de nombreux amis. Je repense à mon ancienne colocataire, avec qui j'ai énormément de souvenirs. Je ne sais même pas si elle vit toujours ici, je n'ai pas eu de nouvelles d'elle depuis quatre ans.

Je n'ai jamais eu l'occasion de revenir à Las Vegas depuis que j'ai terminé mes études et jamais je n'aurais pensé y revenir pour cette raison. Pendant les quatre jours précédant mon départ, je n'ai cessé de ruminer ma situation. J'ai vérifié les différents articles de lois américaines pendant mes nuits d'insomnie et il s'avère que Clément a raison. Je peux annuler ce mariage en quelques jours, à la condition que mes arguments devant le juge soient béton. Mais je n'oublie pas les mises en garde de Clément sur la principale raison de ma demande d'annulation. J'ai peur que le juge à qui j'ai affaire ne soit pas très conciliant et refuse l'annulation du mariage. Avec ma chance, je vais tomber sur un ancien alcoolique anonyme qui ne supporte pas entendre le mot « alcool ».

Mais si la chance me sourit, je reviendrai en France en femme libre de tout engagement. Et je ne vois pas d'autre scénario possible. Je ferai tout pour retrouver ma liberté.

Et puis, le petit plus dans l'histoire est qu'avec ce maudit mariage annulé, il ne figurera même plus au registre de l'état civil. *Ardoise effacée, il ne se sera jamais rien passé !* Charles n'a donc aucune raison d'être au courant. Ça restera mon petit secret.

Bon, maintenant, Audrey, Clément et mon cher et tendre premier époux « bientôt effacé de mon état civil » sont au parfum et je leur promets les pires sévices si l'un d'eux décide de parler. Pour Clément, je ne me fais pas de soucis, je ne reverrai sûrement jamais ce petit serveur. Pour Raphaël, ça ne devrait pas poser de problèmes s'il n'a jamais rien dit jusqu'ici.

Non, ce qui m'inquiète, c'est Audrey. Bien que j'aie eu sa parole d'honneur de garder ce petit secret, je connais bien trop ma meilleure amie. Elle ne sait pas garder sa langue et serait capable de faire une gaffe.

— On est arrivés ma jolie, me dit le chauffeur.

Je me tire de mes pensées, observe le tribunal et lui tends aussitôt des billets pour régler ma course. Je sors du véhicule, sans oublier de récupérer ma valise et pénètre dans le bâtiment en souriant, pleine d'espoir et heureuse de savoir que dans quelques heures, ce maudit mariage sera annulé.

Fini le petit sourire et l'excitation de redevenir une femme célibataire et libre de tout engagement ! Ça fait exactement dix heures que je suis sur le sol américain et plus de cinq heures que je poireaute comme une conne dans ce fichu tribunal. *Sérieusement, même à la sécurité sociale, ils sont plus rapides.*

Je souffle d'agacement et mon pied tapote le carrelage en marbre du couloir du tribunal.

À côté de moi, un vieil homme me toise du coin de l'œil. Je stabilise aussitôt ma jambe. C'est vrai que je dois être agaçante. Je lui souris pour m'excuser puis tourne ma tête vers ma gauche. Dans son cosy, un petit bébé de six ou sept mois gazouille en tendant ses mains vers moi. Je lui souris à mon tour puis lève les yeux vers la mère.

– Il est mignon. Comment il s'appelle ? je demande.

Je ne sais pas pourquoi j'ai posé cette question, sûrement pour faire passer le temps qui est incroyablement lent. La femme me sourit avant de remettre la tétine dans la bouche de son bébé.

– Jayden. Et moi, je suis Nora.

– Enchantée. Je suis Alice.

– Alice comme dans *Alice au Pays des Merveilles* ?

Mon sourire s'efface. Je déteste ce dessin animé rien que pour ça.

– Française ?

– Tout à fait.

– Je l'ai compris à votre petit accent. Vous habitez ici ou vous êtes en vacances ?

— Ni l'un, ni l'autre. Je suis venue pour annuler mon mariage.

— Eh bien, bon courage, il paraît que c'est une galère administrative sans nom.

Elle vient de me décourager en quelques secondes mais je ne compte pas me laisser abattre. Des arguments pour annuler ce mariage, j'en ai la pelle. Et je ferai tout pour ne plus être associée à Raphaël Beaumont.

— Je... Je pourrais vous demander un petit service ? reprend-elle.

— Oui, bien sûr.

— Vous pouvez me garder Jayden le temps que j'aille aux toilettes ?

Je reste sans voix et incapable de dire ou faire quelque chose. Comment peut-elle confier son enfant à une parfaite inconnue ? Elle ne connaît que mon prénom. Elle est inconsciente ?

Je n'ai pas le temps de répondre qu'elle se lève aussitôt en me remerciant puis traverse le long couloir.

Toujours abasourdie, je la suis du regard avant de me concentrer sur le petit Jayden. J'aime bien les enfants... Mais des autres ! Je ne me vois pas du tout devenir maman et prendre autant de responsabilités.

Pendant quelques minutes, je m'amuse à faire rire le bébé, quand une assistante juridique appelle un nom.

— Madame Beaumont.

Je relève mon visage et observe les personnes dans la salle d'attente. Le couloir s'est vidé sans que je m'en rende compte, trop occupée à faire des papouilles au petit Jayden. Personne ne semble réagir.

— Madame Beaumont Alice ! répète-t-elle, irritée.

Quand j'entends mon prénom, je me reprends. Et merde ! C'est censé être moi. Mes oreilles saignent, rien que d'entendre son nom et mon prénom dans la même phrase. Hésitante, je me lève puis regarde à droit et à gauche, à la recherche de la mère de Jayden, qui n'est toujours pas revenue.

– Madame, s'il vous plaît. Vous êtes la dernière pour l'État Civil et nous aimerions bien partir en week-end.

– J'arrive.

Résignée, je saisis l'anse du cosy et prends le sac à langer, laissé par la mère aux pieds de la chaise, que je fourre sur mon dos. Je suis l'employée jusqu'à une petite pièce dans laquelle une femme d'une cinquantaine d'années est assise derrière son bureau.

– Très bien, Madame Beaumont, asseyez-vous.

Je grimace. *Je ne suis pas Madame Beaumont. Je suis la très bientôt Madame Delvincourt.*

– Votre demande d'annulation de mariage a été rejetée, me dit-elle sans détacher ses yeux de mon dossier.

Quoi ? Elle n'est pas sérieuse ? Mon cœur cesse de battre quelques secondes. Je sens que je vais faire une attaque. Je tente de reprendre mon souffle et de calmer mon rythme cardiaque. Je suis sûre qu'elle essaie de me faire une petite blague. C'est forcément ça ! Je me mets à rire, nerveusement.

– Je peux savoir ce qui vous fait rire, Madame Beaumont ?

– Je... Attendez, vous êtes sérieuse ?

– Je ne suis pas connue pour être comique...

Tu m'étonnes. Elle est carrément flippante avec son chignon serré, ses petites lunettes et son tailleur emprunté à *Madame Doubtfire*.

– Et je pourrais savoir pour quelle raison ?

La femme baisse les yeux sur son dossier puis relève la tête en retirant ses lunettes.

– Il est écrit qu'une demande de retranscription de l'acte de mariage a été faite auprès du Consulat de France de Las Vegas le 29 avril 2016, dit-elle en remettant ses lunettes.

Une demande de retranscription ? C'est quoi ce truc ?

– Attendez, je ne comprends pas. Qui a fait la demande ?

– Monsieur Beaumont.

– Quelle plaie ! je souffle.

La femme m'interroge du regard, d'un air sévère.

— Je suis désolée. Je parlais de lui, bien sûr. Et qu'est-ce que ça signifie ?

— Que votre mariage ne peut être annulé. Vous devez faire une demande de divorce que vous, comme votre mari, devrez signer.

Je me fige. Non mais ce n'est pas possible. Je ne peux pas divorcer, je dois annuler ce mariage ! Il a vraiment tout fait pour m'emmerder jusqu'au bout.

— Et dès que la demande de divorce aura été déposée, ça prendra combien de temps ?

— Quel est le problème exactement, Madame Beaumont ? dit-elle, agacée.

— Je... Je me marie en septembre. Le voilà mon problème.

Elle me fixe, agacée.

— Et qu'est-ce qui vous a empêché de faire une demande de divorce plus tôt ?

Je soupire d'agacement. Cette femme est aussi chieuse que mon pseudo mari.

— Madame Beaumont… se radoucit-elle.

Madame (très bientôt) Delvincourt ! Bordel ! Ce n'est pas si compliqué !

— Quel est le problème ?

Je ne réponds rien. Hors de question que je raconte ma vie à cette vieille peau.

— Écoutez, je me mêle sûrement de ce qui ne me regarde pas mais vous pouvez peut-être essayer d'arranger les choses entre vous.

— Arranger les choses ?

— Rentrez chez vous Madame Beaumont et essayez de régler votre problème avec votre mari. Faites-le pour votre bébé.

Mon bébé ? Je fronce les sourcils jusqu'à ce que ses yeux descendent vers le petit Jayden qui joue avec son jouet. Je l'avais complètement oublié.

– Il n'est pas très vieux. Et vous pourriez peut-être faire quelque chose pour que ses parents restent ensemble.

– Quoi ? Je… Non, attendez ! Ce n'est pas ce que vous croyez. Le bébé n'est…

Fatiguée, je finis par me pincer l'arête du nez. Je soupire. Je ne vais pas lui raconter ma vie, surtout maintenant que je dois passer par une procédure de divorce. Et si je veux me marier en septembre, comme prévu, je ne peux pas perdre de temps.

– Je… Auriez-vous par hasard l'adresse de mon cher mari ?

Son sourire s'efface. Elle se penche une nouvelle fois sur son dossier.

– Voici sa dernière adresse connue de nos registres.

Elle retranscrit l'adresse de Raphaël sur un post-it, qu'elle fait glisser jusqu'à moi.

Tusayan, Arizona.

CHAPITRE 04
Alice

Vendredi 3 avril 2020

— Mais si je vous dis que c'est une erreur !

Une erreur complètement idiote et bien sûr, je n'ai pas fait ce dont ils m'accusent tous.

— Mademoiselle, vous êtes bien sortie du tribunal avec ce bébé ?

Je me pince l'arête du nez et prends une grande inspiration. Mon Dieu ! Ce flic va finir par me rendre dingue. Il me fixe, le regard mauvais comme si j'étais la pire criminelle du monde.

— Ecoutez, c'est une erreur, une bête erreur. Je suis sortie du tribunal avec ce bébé sans m'en rendre compte. J'étais perturbée par mon entretien avec le juge et je n'ai pas fait attention.

Et d'ailleurs, elle était où, la mère de ce gosse quand je suis sortie du bureau de Madame Doubtfire ?

La porte de la petite salle d'interrogatoire s'ouvre alors sur un flic, un peu plus âgé que celui qui tente de me faire passer aux aveux depuis tout à l'heure.

— Murphy ? fait-il.

Il fait signe à son collègue de le rejoindre. J'observe les deux hommes discuter à voix basse, non sans me lancer quelques coups d'œil furtifs. Le plus jeune est clairement un connard alors que le plus âgé semble bien plus malléable. Je prends à nouveau une grande inspiration. Mon Dieu, c'est un cauchemar !

En sortant du bureau de cette vieille bique, une demande de divorce en main, j'étais tellement abasourdie par cette retranscription que je suis sortie du tribunal avec le petit Jayden. C'est quand il a commencé à chouiner que je me suis rendu compte qu'il était toujours avec moi. J'ai immédiatement fait demi-tour, prête à le rendre à sa mère. J'étais à peine rentrée dans le tribunal que j'ai été accueillie par deux agents de sécurité loin d'être amicaux et une mère en panique, qui criait au kidnapping d'enfant.

Sur place, j'ai tenté de leur expliquer la situation mais je n'ai pas pu en placer une et j'ai fini à l'arrière d'une voiture de flic, en direction du poste le plus proche.

Et ça fait presque une heure que j'essaie de leur faire comprendre que c'est une stupide erreur. Je suis en train de perdre un temps phénoménal et mon sang froid par la même occasion. Je n'ai pas le temps pour ce genre de conneries. Nora avait pris le risque de confier son bébé à une parfaite inconnue et c'est moi qui trinque pour son inconscience. Ça me servira de leçon, plus jamais je ne rendrai service.

– Si j'avais vraiment voulu kidnapper ce gamin, pourquoi j'aurais fait demi-tour et serais-je retournée au tribunal ? j'interviens, voyant que leurs messes basses ne sont pas près de se terminer.

Les deux flics se tournent vers moi et m'observent avec encore plus d'intérêt. Ils semblent analyser ma remarque.

– Je serais montée dans un taxi avec le bébé et je serais partie. Mais non, je suis retournée au tribunal quand j'ai vu que j'avais toujours l'enfant avec moi, j'ajoute pour appuyer mon argument.

Les deux hommes se regardent et finissent par quitter la pièce. Je fais tomber mon front contre la table froide de cette petite salle d'interrogatoire. Dieu merci, ils ne m'ont pas menottée. Je soupire.

Je suis à deux doigts de la crise de nerfs. Ce petit périple pour me débarrasser de mon cher mari est le pire voyage que j'ai pu faire. Et il vient seulement de commencer. Moralement, je suis exténuée.

Quand je sortirai du poste tout à l'heure, parce que, oui, il est hors de question que je passe ma nuit ici, je vais devoir trouver un moyen de rejoindre Tusayan au plus vite. J'ai déjà perdu trop de temps avec toutes mes galères.

Mon plan si simple est en train de s'effondrer comme un château de cartes. Et je n'ai pas le choix : je vais devoir divorcer. Et dire à Charles que j'ai été mariée. Autant, avant, je détestais Raphaël mais maintenant, je le hais. Dès que je l'aurai face à moi, je lui tordrai son petit cou et lui briserai les noix en souriant sadiquement. Il m'a mise dans une merde encore plus noire en faisant retranscrire ce pseudo mariage au Consulat de France. Et je suis sûre qu'il a fait ça pour me faire chier. C'est bien son style. Il a toujours été un emmerdeur de haute compétition.

Après une vingtaine de minutes à me torturer l'esprit sur tous ces rebondissements dont je me serais bien passée, la porte s'ouvre à nouveau et je me redresse aussitôt. Les deux flics qui m'ont quittée quelques minutes plus tôt me fixent et je sens ma gorge se nouer. Putain, je ne le sens pas. Mais alors pas du tout. Je tente de retenir mes larmes. Je me vois déjà photographiée par ces connards de flics et priée d'enfiler cette horrible tenue orange, une fois qu'ils m'auront conduite à la prison la plus proche.

— Madame Beaumont ?

— Mademoiselle Demerlier, je rectifie.

— Oui, Mademoiselle Demerlier. Vous êtes libres. Nora Jones a retiré sa plainte contre vous.

Sérieusement ? Elle a fait ça ? Cette femme est une chieuse. Pourquoi porter plainte contre moi pour la retirer quelques heures après ? Mais je ne vais pas poser de questions, je suis libre et je ne vais pas leur donner une occasion de me retenir plus longtemps. Je me lève aussitôt de ma chaise, sans un mot et ne me fais pas prier pour jouir de cette liberté.

Cela fait quatorze heures que je suis arrivée à Las Vegas et je n'ai qu'une hâte : prendre mon vol de retour.

J'ai dû trouver un moyen pour rejoindre Tusayan au plus vite et après des renseignements auprès de l'aéroport, j'ai pris un vol interminable dans un vieux coucou, où j'ai vu ma vie défiler devant mes yeux à chaque turbulence.

Arrivée dans le petit aérodrome de Tusayan, je n'ai pas trouvé de taxi et ai dû attendre une navette, que j'ai mis plus d'une demi-heure à trouver, afin d'arriver enfin à destination.

Et quelle déception, maintenant que je suis dans cette petite ville !

Autour de moi, hormis quelques bâtiments délabrés, il n'y a rien. Ils appellent ça une ville ? Ville, c'est un bien grand mot. Je suis clairement dans le trou du cul du monde ici. *Bienvenue à Plouc-Ville, Alice !* Et il n'y a personne dans la rue. Un frisson court le long de ma colonne vertébrale. Et en plus, il commence à faire nuit.

Je regarde autour de moi. Je ne sais même pas par où commencer. Je remonte l'anse de mon sac à main sur mon épaule et commence ma marche en tirant ma lourde valise.

Bon ma priorité : manger ! Je suis affamée et je ne serais pas contre un bon cheeseburger. Ensuite, je dois me trouver de quoi dormir. Est-ce qu'il y a des hôtels ici ? J'espère que oui car je ne me vois pas dormir à la belle étoile. Je n'ai d'ailleurs jamais fait de camping de ma vie.

Mon téléphone se met à sonner dans mon sac à main et je l'extirpe rapidement. Le visage de ma meilleure amie s'affiche sur mon écran et je m'empresse de décrocher.

— Allô ?

— Alice ?

Qui d'autre ?

— Alors ? Ça y est ? Tu es une femme libre ?

Je soupire d'agacement. Si seulement…

— Ne m'en parle pas ! Tu ne sais pas ce qui m'arrive.

— Bah non, mais tu vas me raconter.

Elle pouffe. Mais moi, je n'ai pas envie de rire.

— Audrey, cet enfoiré a fait une demande de retranscription au Consulat de France. Je ne peux pas annuler le mariage.

— Pardon ?

Elle semble choquée, mais ce n'est rien comparé à ce que j'ai ressenti quand j'ai appris cette « merveilleuse » nouvelle. J'ai frôlé l'AVC.

— Je ne peux pas annuler le mariage. Je vais être obligée de divorcer. Et tout dire à Charles.

— Et merde !

— Ça va prendre des mois.

— Oh ! Je suis désolée, Alice. Il n'y a pas une autre solution ?

— Non. Cette conne au tribunal m'a dit, mot pour mot, « Rentrez chez vous Madame Beaumont et essayez de régler votre problème avec votre mari. Faites-le pour votre bébé ».

— Le bébé ? Mais quel bébé ?

— Longue histoire. Je t'expliquerai plus tard. Attends un instant ma belle.

J'aperçois un homme sur un vélo, à quelques mètres de moi. Super ! Je vais lui demander où je peux trouver un hôtel en ville. Il passe près de moi sans me lâcher du regard.

— Excusez-moi, je…

Le cycliste m'ignore totalement. Charmant ! J'espère qu'ils ne sont pas tous comme ça ici.

– Allô ? Allô ?

Je me rappelle alors que mon amie est toujours en ligne.

– Non, mais tu ne vas pas le croire ! Il y a un mec, je voulais juste lui demander un renseignement, il m'a carrément snobée.

– Pas cool ! Demande à quelqu'un d'autre !

– Il n'y a personne ! Je suis dans un petit bled paumé et …

– Mais qu'est-ce que tu fous dans un bled paumé ? Tu n'es pas à Vegas ?

– À ton avis ? Je dois divorcer et je devais retrouver l'autre, pour qu'il signe la demande. Alors je suis à Plouc-Ville.

– Attends, ça veut dire que tu vas revoir ce boulet ?

– Malheureusement ! Mais je n'ai pas le choix ! Connaissant ce mec, il serait bien capable de laisser traîner cette demande de divorce pendant des mois et finir par me l'envoyer l'hiver prochain. Et je dois régler le problème avant de repartir à Paris.

Au loin, j'aperçois une enseigne lumineuse d'un petit restaurant. Merci mon Dieu ! J'étais à deux doigts de bouffer mes chaussures.

– Audrey, je vais te rappeler, ok ?

– Ça marche, appelle-moi vite.

Je raccroche sans rien ajouter et accélère le pas jusqu'au petit restaurant. Bon, je voulais un burger mais une pizza ou un fish and chips fera l'affaire. Et un bon coca bien frais. Je suis assoiffée.

Quand je rentre dans le petit restaurant désert, je regarde tout autour de moi. C'est très pittoresque ici, j'ai l'impression d'être en plein dans les années soixante-dix et que le temps s'est figé dans ce restaurant mais j'aime l'ambiance qui y règne. On s'y sent bien.

– Je peux faire quelque chose pour toi, ma jolie ?

Je me retourne et vois une vieille femme, d'une soixantaine d'années, affublée d'un tablier qui mériterait un bon nettoyage.

Je m'approche d'elle en souriant tout en la détaillant. Elle n'a pas l'air bien méchante.

— Euh, bonsoir ! J'aimerais dîner, s'il vous plaît.

— Toi, tu n'es pas d'ici.

Eh non ! Et heureusement !

— En effet !

— Allez, je vais te trouver un petit truc à manger. Tu bois quelque chose ?

— Un coca bien frais.

Elle me sourit, se retourne puis sort un coca du frigo et un verre qu'elle dépose sur le comptoir. Je me sers aussitôt ma boisson et la descends d'une traite.

— Vous pouvez m'en remettre un autre ?

— Bien sûr ma jolie. Niels ? braille-t-elle soudainement, en direction des cuisines. Tu nous fais ta spécialité ?

Je sursaute devant son ton et j'entends une réponse au loin.

— Pas de problème.

La femme se retourne vers moi et me sourit.

— Alors ma belle ? Qu'est-ce qui t'amène à Tusayan ?

— Je cherche quelqu'un.

— Dis-moi, c'est une petite ville ici. Je connais sûrement.

— Raphaël Beaumont, vous connaissez ?

— Le Français ? Bien sûr. Tout le monde le connaît ici. Un garçon charmant.

"Charmant" n'est pas le terme que j'emploierais. Crétin, emmerdeur, bon à rien et très bientôt décédé seraient des termes qui le qualifieraient mieux.

— Vous savez où je peux le trouver ?

— Il n'habite pas la ville. Il vit à quelques kilomètres, sur la route 814.

— Oh ! Très bien ! Vous avez le numéro d'un taxi ?

— Un taxi ? À cette heure-ci ? Déjà qu'ici on n'en trouve pas la journée, alors la nuit...

Bah oui, ça aurait été beaucoup trop simple, voyons. Raphaël a sûrement dû se planquer dans le trou du cul du monde pour que je ne le retrouve jamais.

– Si vous pouvez m'indiquer le chemin, j'irai à pied.

Avec mes talons et ma valise, ça risque d'être compliqué mais je n'ai pas vraiment le choix. Je dois retrouver ce crétin au plus vite.

– Avec les coyotes ? Non, ça ne serait pas très prudent ma jolie. Niels va t'accompagner après ton dîner.

Je ne sais pas qui est ce Niels mais je ne suis pas sûre d'avoir envie de faire sa rencontre. Je ne le connais pas après tout. Elle se déplace vers la cuisine et revient avec une assiette remplie de frites et de saucisses bien grasses.

– Mange ma jolie, ça va être froid !

CHAPITRE 05
Alice

Vendredi 3 avril 2020

Je m'accroche fermement à la poignée de la portière. Depuis presque vingt minutes, le vieux pick-up du fameux Niels ne cesse de me secouer dans tous les sens. Maintenant que je suis assise presque confortablement dans cette épave roulante, je suis bien contente que Niels m'accompagne jusque chez Raphaël. Si j'y étais allée à pied, je me serais soit tordu une cheville, soit perdue ou encore pire, fait bouffer par un de ces maudits coyotes qui ne cessent de hurler à la mort. Sérieusement, je panique complètement. Je n'ai jamais aimé la nature. Ce n'est pas mon truc. Je suis plus macarons de chez *Ladurée*, escarpins *Louboutin* et shopping sur les Champs Élysées. Alors être dans un trou perdu comme celui-ci me fait juste flipper à mort.

Sérieusement, qu'est-ce qu'il ne faut pas faire pour divorcer !

– Donc tu es française ?

– Tout à fait.

– Raphaël est de ta famille ?

– On peut dire ça.

– Ah ! Tu es sa sœur ?

Mais qu'est-ce qu'il est curieux !

– Non.

– Sa cousine alors ?

Et insistant !

– Non plus.

– Bah tu es quoi alors ?

Là, il est clairement chiant !

– Je suis sa grand-mère, je lâche, sarcastique.

Niels se met à rire. *Putain, il est con, en plus.*

– Vous avez un humour particulier, les Français.

Je lui offre un sourire faussement hypocrite. *Ouais, définitivement con !*

Je reporte mon attention sur la route et vois au loin un taudis fait de bois et de tôle. Je plisse les yeux pour être sûre de ne pas me tromper. On dirait une caravane ou j'hallucine ?

Au fur et à mesure que le véhicule de Niels s'approche, je reconnais un espèce de mobile-home blanc en piteux état et un grand hangar en tôle avec plusieurs voitures garées devant.

C'est une blague ? Si c'est le cas, elle n'est clairement pas drôle.

Quand Niels arrête la voiture, je comprends que ça n'en est pas une. Putain, Raphaël Beaumont vit là ? J'ai vraiment du mal à croire qu'un être humain accepte de vivre dans un taudis comme celui-ci de son plein gré. Je laisse échapper un petit rire. Raphaël n'a sûrement pas les moyens de se payer mieux. Il doit vivre au jour le jour, de petits boulots en petits boulots et galérer à payer ses factures, comme il l'a toujours fait. Ce mec n'a aucune ambition et n'en aura jamais.

Voyant qu'aucune lumière n'est allumée dans la caravane, je me demande s'il y a l'électricité ou s'il est absent.

– Vous êtes sûr qu'il est là ?

– Oui, il est revenu dans le coin aujourd'hui ! Je l'ai vu au restaurant pas plus tard que ce soir. Il doit être dans le hangar en train de bricoler sur sa vieille voiture.

– Ah ok. Merci, Niels.

Hésitant un instant, je finis par ouvrir la portière et descends du véhicule. La nuit est fraîche et une chair de poule recouvre ma peau. J'aurais dû mettre ma veste et... *Merde ! Ma valise !*

Je pivote sur moi-même et regarde le vieux Niels, horrifiée.

— Je... J'ai oublié ma valise au restaurant...

Niels se met à rire. Je ne trouve pas ça très marrant. Ma journée a été la pire de ma vie et avec toutes mes péripéties et le jet-lag, j'ai fini par perdre la boule.

— Ne t'inquiète pas ma beauté, on va te la garder au chaud et tu la récupèreras demain.

Il m'offre un petit sourire rassurant et je le remercie à nouveau. Quelques secondes plus tard, son pick-up repart en direction de la ville. Je l'observe s'éloigner et finis par prendre mon courage à deux mains. *C'est l'heure des grandes retrouvailles !*

Depuis le hangar, une musique d'un vieux rock a été poussée à fond. Je m'avance lentement. J'ai du mal à faire un pas devant l'autre à cause de mes hauts talons qui s'enfoncent dans le sable. Manquerait plus que je me torde une cheville alors que je touche enfin au but.

J'entre dans le hangar dans lequel une vieille voiture est surélevée sur des parpaings. L'endroit est étrangement propre et bien organisé, chose qui m'étonne de sa part. Ce n'est pourtant pas son genre, il a toujours été bordélique.

— Eh oh ! je tente.

La musique est tellement forte qu'elle couvre le son de ma voix. Je m'avance un peu plus et aperçois une paire de jambes, allongées sur le sol.

Je me penche légèrement et tapote de l'index le tibia de Raphaël. Il sursaute aussitôt et un bruit sourd se fait entendre. Il a dû s'éclater le crâne contre sa voiture et je ris intérieurement. *Bien fait ! Ça, c'est pour m'avoir pourri la vie !*

Ses jambes se plient alors et son corps se dégage aussitôt de sous la voiture, à l'aide d'une planche montée sur roulettes.

Il est torse nu, ne portant qu'un jean taché de cambouis. Je dois avouer qu'il n'a pas changé et qu'il est toujours aussi sexy.

La fine couche de sueur sur ses abdominaux parfaitement dessinés luit à la lumière des néons de son garage. Ses grands yeux bleus clignent plusieurs fois et quand il me reconnaît, il finit par m'analyser de la tête aux pieds. Il semble hésiter un instant mais ne dit rien.

— Il faut qu'on parle, je commence.

Pas de réaction. Il est devenu sourd ou quoi ? Peu importe, j'ai juste besoin de sa signature et de rien d'autre. Et je saurai me faire comprendre en lui foutant la demande de divorce sous le nez.

— Il faut qu'on parle, je répète.

Il plisse le front légèrement et sa mâchoire finit par se serrer.

— Café pour moi, avec deux sucres.

Il roule à nouveau sous sa voiture. *Quoi ? Mais qu'est-ce qu'il me raconte ? Il croit que je vais lui faire un café ?*

Je m'abaisse et tapote une nouvelle fois son tibia. Il roule de nouveau.

— Oh et pas de lait, s'il te plaît.

— Mais qu'est-ce que tu racontes ?

— Bah. Pour le petit-déjeuner. Je te rappelle que c'est pour ça que tu es partie de cette petite chambre d'hôtel, il y a quatre ans.

Ok ! Je crois qu'il m'en veut !

Il s'apprête à retourner sous la voiture, mais anticipant son geste, je saisis son tibia, l'empêchant de se planquer une nouvelle fois. Il me fusille du regard. *Ok ; je confirme, il m'en veut !*

Mais il s'attendait à quoi franchement ? À ce que je devienne la parfaite Madame Beaumont alors que nous n'avons jamais été ensemble et que nous ne pouvons pas nous sentir ?

Il me toise un instant puis se met sur ses pieds sans me quitter du regard. Il essuie ses mains pleines de cambouis sur son vieux jean, la mâchoire serrée et finit par tourner les talons.

Je le regarde s'approcher d'un petit frigo installé dans le coin du hangar. Il en sort une bière qu'il me propose aussitôt.

– Euh, non merci.

Je ne préfère pas boire avec lui. La dernière fois que j'ai bu en sa compagnie, j'ai fini avec un boulon au doigt.

– Ouais, c'est vrai, tu es plus champagne et caviar, Duchesse !

Je déteste ce surnom qu'il me donne depuis des années mais je ne préfère pas m'en formaliser. Je n'ai pas envie de me prendre la tête. J'ai juste besoin d'un stylo et de sa signature et je me casse.

Il laisse échapper un petit rire sarcastique puis décapsule sa bière à main nue. Il en prend une longue gorgée sans cesser de me fixer. Je crois que le mieux est que j'en vienne au fait. Ma présence n'est clairement pas la bienvenue.

– Raphaël, je dois te parler.

– Ouais, je m'en doute. Sinon, tu n'aurais pas fait le déplacement jusqu'ici. Et comme je n'ai pas eu de nouvelles depuis des années, je suppose que tu n'as pas parcouru la moitié de la planète pour boire le thé et échanger nos bons souvenirs.

J'esquisse un petit sourire, espérant que ça le détendra un peu. Mais Raphaël croise ses bras contre son torse, le regard noir et la mâchoire toujours aussi serrée.

– C'est important, je continue.

Il finit sa bière et pose sa bouteille vide sur un vieil établi en bordel.

– Je suis mort. Et il est tard.

Ok ! Plus amical et chaleureux, ça n'existe pas !

– Oui, je comprends mais…

– Tu dors où ?

– Euh, je… Je ne sais pas encore. Tu pourrais me ramener en ville pour que je trouve un hôtel ?

Il laisse échapper un nouveau rire.

— Avec la compétition de kayak de la semaine prochaine, tu n'as aucune chance. Toutes les chambres sont réservées depuis des mois. Et je ne suis pas ton taxi !

Je serre les dents. Il semble en colère contre moi mais je le suis tout autant. S'il n'avait pas fait retranscrire notre mariage, je ne serais pas ici. Mais je ne suis pas folle, je sais que je vais devoir la jouer maligne pour l'adoucir.

— Bon ! Je vais aller me coucher. Tu connais la sortie ?

Sans me laisser le temps de répondre quoi que ce soit, il tourne les talons et se dirige vers l'extérieur. Je n'ai toujours pas bougé qu'il éteint les néons de son garage, me laissant dans le noir. *Il n'est pas sérieux ?* Il me fout carrément dehors et ne prend pas de pincettes.

— Non mais tu te fous de moi, je m'écrie en le suivant à l'extérieur.

Il m'ignore totalement et je prends sur moi-même pour ne pas l'insulter. Tant bien que mal, je le colle au train alors qu'il se dirige vers le mobile-home.

— Raphaël !

Il m'ignore toujours et je dois presque courir pour le rattraper, ce qui n'est pas une mince affaire avec mes talons. Au bout de quelques mètres, je me tords la cheville et tombe à terre en poussant un petit cri. *Putain de merde ! Je viens de me péter la cheville à cause de cet abruti.* Je me la masse en grimaçant et gémissant quand je sens une main se poser délicatement sur mon épaule.

— Ça va ? Tu t'es fait mal ?

Je relève mon visage vers Raphaël qui s'est accroupi près de moi. Il semble soucieux et compatissant alors que je suis folle de rage. *C'est de sa faute et il fait mine de s'inquiéter maintenant. Quel emmerdeur !*

— Va te faire foutre, Beaumont ! je râle.

Il souffle d'agacement et se relève d'un bond, le visage furibond.

— Toi aussi, va te faire foutre, Duchesse !

Il m'abandonne à mon sort et fait les quelques mètres jusqu'au taudis qui lui sert de maison. Je l'entends même claquer sa porte. *Connard !*

Il me faut un instant avant de réussir à me remettre sur mes pieds. Ma cheville est douloureuse mais je ne pense pas qu'elle soit foulée. Je vais devoir me faire examiner par un médecin et Raphaël a plutôt intérêt à m'y emmener sur le champ.

En boitant, je fais les quelques pas qui me séparent du mobile-home. Je sais que Raphaël est têtu et qu'il n'ouvrira pas dans les premières minutes mais je compte m'acharner sur cette foutue porte jusqu'à ce qu'il le fasse.

Je monte péniblement les deux petites marches menant à la porte d'entrée et frappe avec fermeté. Au loin, j'entends de nouveau les coyotes hurler. Je flippe à l'idée de me faire croquer.

Alors que je m'apprête à frapper une fois de plus, la porte s'ouvre soudainement et je hoquette de surprise.

— Quoi ?

— Euh… Il y a beaucoup de coyotes ici ?

— Ouais, pas mal. Mais tant qu'il y a du bruit, ils n'approchent pas. Et avec le bordel que tu fous, ils ne risquent pas de venir par ici.

— Je t'emmerde.

— Moi aussi.

Il souffle d'agacement en même temps que moi. Il ne m'a pas encore claqué la porte au nez, ce qui est bien surprenant de sa part.

— Je crois que je me suis foulé la cheville. Emmène-moi chez un médecin !

Raphaël croise ses bras sur sa poitrine, son regard noir dans le mien.

— Non, répond-il sèchement.

— Non mais tu plaisantes ? C'est à cause de toi que je me suis fait mal et j'exige que tu m'emmènes chez un médecin sur-le-champ !

Cet enfoiré se met à rire, en bon provocateur qu'il est.

— Tu n'exiges rien, Duchesse ! Je t'ai dit que je n'étais pas ton taxi.

— Mais tu vois bien que c'est une urgence.

Ses yeux se posent sur ma cheville un bref instant. Il finit par lever les yeux au ciel en soufflant.

— Montre-moi ça !

Il ouvre un peu plus la porte de l'espèce de truc qui lui sert de maison. Et au moment où je passe le pas de la porte, il m'attrape et me porte dans ses bras jusqu'à l'intérieur.

— Mais qu'est-ce que…

— C'est la tradition, chérie ! Ça porte bonheur !

Je lui souris faussement quand il me repose délicatement sur le vieux lino défraîchi de sa caravane. Je sais que c'est de la provocation. Raphaël est comme ça mais c'est de bonne guerre car je suis aussi provocatrice que lui.

À l'intérieur, je m'attendais tout à fait à découvrir le bordel qui s'offre à moi. De la vaisselle sale a été accumulée dans l'évier. Des fringues sont parsemées dans chaque coin de l'unique pièce. Des boîtes de pizza et autres plats à emporter sont entassées sur la table. J'entrevois une porte, près du lit et suppose qu'il s'agit de la salle de bain.

— C'est charmant ici, je dis quand il me dépose délicatement au sol.

— Ça change de la grande bâtisse du domaine de ton papa, plaisante-t-il.

Connard ! Il n'a jamais réussi à blairer mon père. Si seulement il savait que c'est réciproque. Il m'abandonne un instant et part dans la salle de bain pour revenir quelques minutes plus tard, une crème anti-inflammatoire et un bandage dans la main.

— Vas-y, installe-toi ! me dit-il.

Je regarde autour de moi. Le problème, c'est que je ne sais pas vraiment où je peux poser mes fesses sans attraper une infection ou écraser un cafard. *C'est dégueulasse ici !*

Je chope une spatule en bois posée sur l'unique table de la pièce et m'aide de mon ustensile pour virer des vêtements qui sont posés sur un vieux fauteuil. Lui est adossé à sa petite kitchenette et ne cesse de me fixer, en secouant la tête.

Une fois installée et sûre de ne pas m'être assise sur quelque chose de bizarre, Raphaël s'approche et s'accroupit devant moi.

— Montre-moi.

— Merci Raphaël, c'est gentil mais je peux le faire.

— C'est plus simple que je le fasse.

Il a déjà attrapé ma cheville et il la soulève pour mieux l'examiner pendant quelques secondes.

— Elle n'est pas foulée. Mais on va faire un bandage au cas où.

Il me met de la crème et me masse pour la faire pénétrer. Il semble plus serein, plus adouci et je le fixe, alors qu'il est concentré sur mon pied. Il est temps de lui expliquer la raison de ma venue ici. Je prends une grande inspiration.

— Raphaël, je vais me marier, j'ose me lancer.

Son visage se relève vers moi. Le visage impassible, il m'observe avant de déposer doucement ma cheville au sol. Tout aussi lentement, il se relève et recule. Il attrape une canette de soda, qui était posée sur sa table basse et la porte à ses lèvres après avoir vérifié son contenu.

— Félicitations, lâche-t-il, amer.

Il prend une nouvelle gorgée de sa boisson en me toisant du regard. Je sens que divorcer ne sera pas si simple que ça.

— Tu oublies juste un petit détail. Légalement, tous les deux, dit-il en baladant son doigt entre lui et moi, nous sommes mariés.

— Oui. J'ai été bien étonnée quand je l'ai appris.

Il sourit puis secoue la tête.

— Donc, tu viens demander le divorce ?

— Tu as tout compris, je réponds avec un grand sourire.

Il me fixe toujours, le regard noir, puis écrase sa canette avec son poing avant de la déposer sur les plaques de cuisson.

— Je vais aller prendre une douche.

Surprise, je me fige. C'est quoi son délire ? C'est quoi ce changement soudain de conversation ? Il passe devant moi, sans rien ajouter d'autre. Je me relève tant bien que mal à cause de ma cheville et le suis aussitôt.

– Raphaël, on pourrait finir cette discussion ?

Il me claque la porte de la salle de bain au nez.

– Non !

Super ! Quelles charmantes retrouvailles !

Cela fait presque une heure que Raphaël est enfermé dans la salle de bain. Il semble prendre son temps, comme s'il essayait de repousser notre conversation le plus possible. Agacée de devoir patienter, j'ai fini par allumer mon ordinateur portable que Dieu merci, j'avais laissé dans mon sac à main. J'ai plutôt bien avancé sur ma réunion que je dois présenter à mon boss jeudi prochain mais j'ai encore pas mal de travail.

Quand la porte de la salle de bain s'ouvre, je dépose mon ordinateur portable sur la petite table basse face à moi. Raphaël sort, une serviette de bain entourée autour de son bassin, dévoilant ses abdominaux et le petit V parfaitement visible.

Il me regarde du coin de l'œil et je détourne aussitôt le regard.

– Tu...

– La salle de bain est libre si tu veux, me coupe-t-il.

Est-ce sa façon de m'autoriser à dormir ici ? Je préfère ne pas le lui demander, de crainte qu'il m'envoie bouler, ce qui m'obligerait à aller dormir avec les coyotes. Je lui souris pour le remercier. Je rêve de cette foutue douche depuis que je suis sortie de l'avion mais mon sourire s'efface quand je me souviens que j'ai bêtement oublié ma valise au restaurant de Niels.

Je repère une prise près du fauteuil et en profite pour brancher mon ordinateur portable. Quand je me relève, il est en train de retirer sa serviette de bain, m'offrant une vue sur son postérieur. Je me retourne aussitôt.

Comment j'ai pu oublier qu'il avait un cul d'enfer ?

Je me racle la gorge, gênée par la situation.

— Il te faut quelque chose ? demande-t-il

— Je peux me retourner ?

Il laisse échapper un rire en soufflant un petit « oui » amusé.

Je m'exécute et le vois, seulement vêtu d'un caleçon.

— J'ai oublié ma valise dans le restaurant de la ville. Tu aurais des vêtements pour cette nuit à me prêter ?

— Regarde sur la chaise.

Je grimace en voyant le tas de vêtements sales et froissés. *Il est hors de question que je mette ça !*

— J'aurais dû te préciser des vêtements propres.

— J'avais oublié que tu étais aussi chiante !

Il ouvre un placard et en sort un large tee-shirt et un jogging qu'il lance dans mes bras. *Toujours aussi sympathique !*

Je prends aussitôt la direction de la salle de bain, n'osant pas lui demander s'il a une brosse à dents neuve à me donner. Tant pis, j'utiliserai mon index.

Ici, le chaos est tout autant conséquent. Sérieusement, il ne sait pas ce qu'est le rangement ni le ménage ! Je suis hyper maniaque et je prends sur moi pour ne pas me barrer en courant.

Je râle quand je marche sur une chaussette sale. Pourquoi les hommes paraissent avoir un sens de l'orientation sauf pour trouver le bac à linge ? C'est un grand mystère, tout de même.

Je me baisse, relève chaque vêtement qui jonche le sol et m'approche de la panière pour y fourrer mes « trouvailles ».

Je me déshabille alors et fonce dans la cabine pour y prendre une douche fraîche. Je suis collante de partout et une fine couche de sueur fait briller ma peau.

S'il y a bien quelque chose que j'adore, c'est faire le bilan de ma journée sous la douche. Beaucoup le font quand ils sont étendus dans leur lit mais moi, je trouve ça plus relaxant et surtout plus efficace sous ma douche. Ça me donne l'impression que tous les événements négatifs de la journée partent en même temps que l'eau dans les canalisations. Et il y en a eu beaucoup aujourd'hui !

Bon, malgré mes petites galères à Las Vegas et à Tusayan, je suis quand même arrivée à bon port et j'ai retrouvé Raphaël. Un point négatif à évacuer.

Et autre point et pas des moindres, Raphaël n'a pas l'air décidé à vouloir discuter. Bon, ce deuxième point sera à revoir. Il est peut-être tout simplement fatigué et n'est pas disposé à discuter ce soir. Demain est un autre jour et je suis bien décidée à quitter ce trou perdu au plus vite. Demain, on discutera, il signera les papiers du divorce et je pourrai rentrer sereinement à Paris.

Je sors de la douche et enfile rapidement les vêtements dix fois trop larges que Raphaël a accepté de me prêter. Après avoir brossé minutieusement mes dents avec mon index et démêlé ma tignasse blonde en y passant les doigts, je sors de la salle de bain, propre et débarrassée de toutes les saletés accumulées pendant mon périple.

Raphaël est assis sur le fauteuil que j'ai quitté quelques minutes plus tôt, un ordinateur portable sur les genoux. Quand je le reconnais, mes yeux s'écarquillent aussitôt. *Il est vraiment gonflé !*

– Eh ! Mais c'est mon ordinateur ?

– Ouais, je sais.

Je fronce les sourcils et m'empresse d'arracher mon bien de ses mains.

– Faut pas se gêner ! je crache.

— Bah quoi ?! Il n'y a pas de secrets entre mari et femme, dit-il en affichant un petit sourire provocateur.

Je tressaille presque en entendant les termes qu'il utilise pour nous désigner. Je referme mon ordinateur et le fourre rapidement dans mon sac à main. Raphaël se lève alors, sans cesser de me fixer.

— Tu peux dormir dans mon lit, si tu veux, me dit-il.

— Non, je ne vais pas prendre ton lit, je ne veux pas t'embêter. La chambre d'amis, ce sera parfait !

Son sourcil se relève.

— Sérieusement ? La chambre d'amis ? Tu es dans un mobile-home, Alice, pas dans un hôtel particulier du seizième, avec moulures au plafond et lustres en cristal !

Je ne préfère pas relever sa remarque. Encore une fois, il me provoque avec une de ses nombreuses réflexions. Ça fait des années qu'il m'appelle « Duchesse », qu'il me traite de bourgeoise ou de coincée du cul. Ça a toujours eu le don de m'agacer. Je n'y peux rien si je suis née dans une famille qui ne manque de rien.

Je me retourne et regarde l'état du lit. *Il est sérieux ? Je ne vais pas dormir là-dedans ?*

— Euh ? C'est quand la dernière fois que tu as changé les draps ?

— Je n'en sais rien. Il y a un mois, peut-être deux.

— Mois ? Putain, c'est dégueulasse !

Il soupire, las.

— Bon, écoute, je rentre d'un voyage de quinze jours alors je n'ai pas vraiment eu le temps de changer les draps. Et si tu n'es pas contente, je t'en prie, dit-il en me désignant la porte d'un geste de la main.

Putain ! Qu'est-ce qu'il me saoule !

— Bon, tu as des draps propres ?

Il roule des yeux puis s'avance vers un placard. Il en sort quelques secondes plus tard un drap beige qu'il me lance. Je soupire d'agacement. Je m'attelle à changer les draps, faisant abstraction de son comportement et de son regard dans mon dos. Une fois ma tâche accomplie, je me plonge dans le lit, savourant le bonheur d'être dans des draps propres et frais, et impatiente de récupérer mes heures de sommeil.

– Euh... et bien bonne nuit, je dis en souriant timidement.

– Bonne nuit Alice.

Il appuie sur un interrupteur et la pièce est plongée dans le noir. Seule la lueur de la Lune filtre à travers les vitres de la « maison ». Je ferme aussitôt les yeux. En France, il est un peu plus de 9h mais le décalage horaire me tue complètement. Et je n'ai pas vraiment dormi dans l'avion, préférant m'avancer le plus possible dans mon travail.

Je sens une masse s'installer près de moi et j'ouvre instantanément les yeux. Il est là, étendu sur le dos, les bras croisés sous son crâne.

– Eh, mais tu fais quoi ?

Il ouvre les yeux et tourne la tête vers moi en me lançant un regard qui veut clairement dire « ça ne se voit pas ? ».

– Bah, je dors.

– C'est hors de question que l'on dorme ensemble !

Il souffle un "quelle chieuse" qui me fait serrer la mâchoire.

– Tu ne peux pas aller dormir sur le fauteuil ? je rétorque.

– Non, je ne peux pas.

– Et pourquoi ?

– Parce que je suis chez moi et que si tu n'es pas contente, tu n'as qu'à y aller, toi.

– Mais c'est hors de question que je me pète le dos sur ton vieux fauteuil miteux.

– Eh bien, moi non plus. Donc tu as le choix. C'est soit ça, soit le fauteuil, alors décide-toi, chérie !

Il accentue bien le "chérie" et je grimace aussitôt.

– À moins que tu préfères aller dormir avec les coyotes ! il ajoute.

Pour bien accentuer ma panique, un coyote se décide à hurler au loin. Je suis sûre qu'il a payé cette maudite bestiole pour me faire flipper. Il en serait capable ce crétin !

— Je te préviens, tu gardes tes mains baladeuses et tu ne viens pas te coller à moi.

— Encore faudrait-il que j'en aie envie...

CHAPITRE 06
Raphaël

Samedi 4 avril 2020

Je n'ai pas fermé l'œil de la nuit. Dormir avec une petite boule de nerfs d'à peine un mètre soixante, qui vous fout des coups de pied dans le dos tous les quarts d'heure est une chose. Mais dormir au côté d'Alice Demerlier en est une autre.

Cette fille est une chieuse internationale. Capricieuse, autoritaire, égoïste et vénale. Sans oublier qu'elle se croit supérieure à tout le monde et que tout lui est dû.

Mais c'est la femme que j'aime depuis des années.

Pour être plus exact, c'est la seule femme dont je suis tombé amoureux. Je ne sais pas comment c'est possible, surtout quand on énumère ses nombreuses « qualités ». Peut-être est-ce dû au fait que c'est la seule femme qui m'a toujours repoussé. Je dois être maso pour être amoureux d'elle, pour la vouloir à tout prix. Surtout après ce qu'elle m'a fait il y a quatre ans.

Quand je l'ai vue hier, la première chose à laquelle j'ai pensé était que je devais délirer. Je devais être en pleine hallucination ou dans un rêve. La voir devant moi était complètement irréel et surprenant. Je n'aurais pas été étonné de voir arriver un avocat tôt ou tard, qu'elle aurait engagé pour me faire signer cette procédure de divorce à laquelle elle tient tant, plutôt que la voir se déplacer d'elle-même. Alice est plus du genre à payer des gens pour faire le sale travail. Alors la voir devant moi était une sacrée surprise mais au fond, j'étais content : j'allais enfin avoir droit à mes explications.

Deux secondes plus tard, mon cerveau m'a crié qu'elle était encore plus belle et sexy que dans mes souvenirs. Scandaleusement sexy. Et j'ai tout de suite compris que j'étais toujours amoureux de cette chieuse sur escarpins, et ça, malgré ce qu'elle m'a fait il y a quatre ans.

Ensuite, c'est la rancune qui m'a envahi. Et mon besoin de vengeance. Elle veut divorcer, et bien elle va ramer et devoir me lécher les bottes pour que je signe son putain de papier. Et ça, quitte à devoir supporter ses caprices pendant des semaines. Je suis têtu et tenace, mais surtout très patient. Et je veux qu'elle admette que notre mariage était tout sauf une blague, qu'elle accepte qu'il soit bien réel et que nous serons liés d'une certaine façon jusqu'à la fin de nos vies.

Elle croit que notre mariage est bidon mais j'ai tout fait pour qu'il soit officiel. Je m'en suis assuré quand je suis allé le retranscrire au Consulat de France. Cette idée m'a paru évidente. Et sur le coup, je l'ai fait uniquement pour l'emmerder.

Quand je me suis réveillé ce matin-là, et qu'elle m'a dit qu'elle allait chercher de quoi déjeuner, j'y ai cru. Mais vraiment. J'étais peut-être naïf mais j'y croyais. J'avais l'impression qu'elle avait changé d'avis sur moi, qu'elle m'appréciait vraiment. Elle n'était plus avec Charles et j'avais enfin ma chance de l'avoir rien qu'à moi. J'ai tout fait pour la saisir.

Mais au bout de trois heures, ça a été la grosse désillusion. Quand j'ai enfin compris qu'elle ne reviendrait pas, j'étais furax. Elle avait osé me jeter de la pire des manières. Et même si elle n'a jamais réussi à me sentir, je ne pouvais pas accepter qu'elle ait pu être aussi cruelle.

Alors j'ai envoyé un message à Rémy, lui disant que je comptais rester quelques jours supplémentaires à Las Vegas et que je ne viendrais pas à l'aéroport le soir même pour prendre notre vol de retour. Lui a cru que j'avais décidé de prolonger mes vacances à cause d'une fille et je ne l'ai pas contredit. Il avait plus ou moins raison et je me suis bien gardé de lui préciser de quelle fille il s'agissait. S'il avait appris que c'était pour Alice, je n'aurais pas donné cher de ma peau. Rémy est super-protecteur avec sa petite sœur.

Et depuis ce 11 avril, je suis resté ici et je ne suis jamais retourné en France.

Alors que j'entre dans la petite ville de Tusayan, je décide de chasser Alice de mes pensées. J'aurai bien le temps de me prendre la tête quand je rentrerai tout à l'heure et j'ai besoin d'un café. Un bon. Et ceux de chez Suzy sont les meilleurs.

J'arrête ma jeep devant le restaurant et entre sans tarder. Suzy, comme à son habitude, est derrière son comptoir et sert les quelques clients qui s'y trouvent. Quand elle relève la tête et croise mon regard, elle m'offre un large sourire dont elle seule connaît le secret. Suzy, c'est la gentillesse incarnée. Cette femme est une sainte, d'une bonté naturelle et spontanée. Elle est la première personne qui m'a accueilli à Tusayan et j'ai tout de suite aimé son côté chaleureux et aimant. Ses clients, ce sont ses enfants, comme des membres de sa famille. Elle les chouchoute, les fait rire, les réconforte ou les conseille quand ils en ont besoin. Une mère pour tous.

— Eh mon tout beau !

— Salut Suzy ! Tu vas bien ?

— Qu'est-ce que je te sers ? Comme d'habitude ?

Mes lèvres s'étirent. Je suis un habitué, ici. Quand je suis à Tusayan, je prends mon petit-déjeuner tous les matins ici, dimanche compris. C'est un peu une tradition et j'aime passer du temps à écouter Suzy me donner les dernières nouvelles du coin.

— Ouais. Et il te reste des scones ?

Je sais qu'Alice adore les scones. Et puis, il n'y a rien à bouffer chez moi. Je vais devoir passer au supermarché pour acheter quelques trucs.

— Seulement à la myrtille.

— Ça me va.

Elle me sourit à nouveau alors que je prends place sur l'un des tabourets, près de Matthew McDermott, le concessionnaire de la ville, qui est également le premier adjoint au maire. Je le salue rapidement, échange quelques banalités avant que Suzy revienne vers moi et me dépose une assiette.

– Œufs brouillés et bacon. Ton scone et ton café.

– Merci, Suzy.

Elle me sourit à nouveau tendrement quand Niels sort de sa cuisine en s'essuyant les mains sur son tablier plein de graisse.

– Eh le Frenchy ! Comment vas-tu ?

– Ça va, et toi ?

– La forme, comme toujours.

Ses yeux scrutent la salle avant de revenir vers moi.

– Tu n'as pas ramené ton invitée ? demande-t-il.

Je n'ai pas le temps de répondre que quelqu'un s'installe sur le tabouret à ma droite et qu'une main se pose sur mon épaule.

– Quelle invitée ? j'entends.

Mike me sourit et m'offre une poignée de main chaleureuse. Mike est l'un de mes très bons amis ici, à Tusayan. Toujours joyeux, prêt à rendre service et grand déconneur.

– Je ne savais pas que tu étais de retour en ville. Tu es arrivé quand ?

Trois petites heures avant l'arrivée surprenante de la tornade blonde.

– Hier.

– Et alors ? C'était comment le Pérou ?

Je lui réponds un simple « bien », suivi de quelques banalités, préférant ne pas en dire trop, de peur que mon mensonge soit découvert. Personne ici ne connaît mes activités et mon business à Las Vegas et quand je m'y rends, je prétexte toujours un voyage à l'autre bout de la planète. À Tusayan, je suis juste le Français qui a ouvert une école de kayak à la sortie de la ville.

Je lui demande comment il va, m'assure de prendre des nouvelles de son bébé et de Stella, sa femme, jusqu'à ce qu'il me demande à nouveau.

— Alors ? Quelle invitée ?

Je roule des yeux. J'avais espéré esquiver le sujet et c'était bien parti.

— Alice, je souffle, la mâchoire serrée.

— Oh ! Alice ? Ta femme est ici ?

Je ne sais pour quelle raison je lui ai parlé d'Alice l'été dernier. Je me souviens très bien de ce jour, quand nous étions à la pêche et que nous parlions des filles et du mariage. Je l'avais mis dans la confidence et lui avais avoué que j'étais marié depuis quelques années. Bien sûr, il m'a pas mal cuisiné ce jour-là. Stella a été au courant dès que nous sommes rentrés chez lui et évidemment, j'ai dû répondre à toutes ses questions. Et je ne sais pas comment mon mensonge a pu empirer de fil en aiguille. Il s'avère que tout Tusayan était au courant le soir même.

— Alice ? demande Niels. Ta femme ?

— Oh mon Dieu ! Elle est revenue d'Afrique ?

Je bois une gorgée de mon café avant de reporter mon attention sur Suzy qui ne cesse de me fixer.

— Oui. Sa mission est finie. Elle est venue passer quelques jours ici avant de repartir.

J'ai trouvé cette excuse pour ne pas avoir à leur expliquer pourquoi ma femme ne vit pas avec moi. Pour eux, Alice est médecin, partie sauver le monde et nous nous voyons lors de mes nombreux voyages en Afrique. Mon mensonge est tellement gros que je me demande comment personne n'a pu découvrir la supercherie.

— Oh ! C'est triste qu'elle reparte. Où est-elle envoyée cette fois-ci ?

— Au Malawi, je réponds pour parfaire mon mensonge.

— Quand repart-elle ?

Je hausse les épaules

— Je n'en sais rien. Ça dépend de son organisation humanitaire. Elle peut repartir demain, comme dans une semaine. Ou plus !

J'aimerais espérer qu'elle reparte au plus vite. Je n'ai pas envie de l'avoir trop longtemps dans les pattes. La dernière fois que je l'ai vue, elle m'a brisé le cœur. Hors de question que je lui laisse l'occasion de me le piétiner cette fois-ci. Pourtant, je ne veux pas céder aussi rapidement. J'ai envie de la faire attendre et retarder le divorce le plus possible et qu'elle ne reparte pas aussi rapidement qu'elle le souhaiterait. Je sais parfaitement qu'elle est censée se marier cet automne et j'ai bien envie de lui mettre des bâtons dans les roues. La vengeance est un plat qui se mange froid. Et bien, il est temps que je lui serve à bouffer. Elle va comprendre ce que c'est de se sentir minable.

— J'espère que tu nous la présenteras, fait Mike.

— Oui. Pourquoi pas à la fête, ce soir ? suggère Suzy.

Et merde ! J'avais carrément oublié que ce soir, c'est la fête annuelle de Tusayan, pour célébrer sa création, il y a plus de deux cents ans.

— On verra, je râle.

Je n'arriverai jamais à convaincre Alice de venir à la fête. Elle déteste être en ma compagnie et elle trouvera toutes les excuses pour ne pas venir avec moi. Et si c'est en tant que Madame Beaumont, je sais d'avance qu'elle refusera. À croire qu'être vue en ma présence lui donne des crises d'urticaire.

— Allez mec ! reprend Mike. On ne l'a jamais vue ! C'est l'occasion.

— Ouais, je ne vous promets rien. Le jet-lag l'a fatiguée.

— Si tu ne nous la ramènes pas ce soir, on vient te chercher !

— Et si on arrive à la convaincre de rester vivre ici, on pourra rouvrir le cabinet médical, ajoute Matthew.

Notre médecin est mort il y a presque huit mois et le maire n'a toujours pas trouvé de remplaçant. Du coup, nous sommes obligés de faire une vingtaine de kilomètres pour voir un médecin. Ou aller à l'hôpital le plus proche, qui est tout de même à plus de cinquante kilomètres.

Préférant fuir cette conversation qui devient de plus en plus compliquée, je me lève de mon tabouret, récupère mon scone à la myrtille et dépose des billets sur le comptoir pour régler mon petit-déjeuner.

— Bon, je vais devoir vous laisser.

— Attends ! fait alors Suzy.

Elle contourne son comptoir et me fait signe de la suivre dans l'arrière-salle. Nous passons devant les cuisines, où Niels a déjà repris sa place derrière les fourneaux.

— Tiens, la valise de ta femme ! Elle l'a oubliée ici hier soir. Elle sera sûrement heureuse de retrouver ses affaires.

— En effet. Merci Suzy !

Je dépose un baiser sur sa joue pour la remercier et attrape la valise. Je suis sur le point de tourner les talons quand elle me retient.

— C'est toujours d'accord pour demain ?

Je plisse le front. *Demain ? Qu'est-ce qu'il se passe ?*

— Demain ?

— Oui. La journée « Children's Dreams », précise-t-elle.

Merde ! J'avais carrément oublié que c'était demain. Et cette journée me tient particulièrement à cœur.

— Ouais, c'est toujours d'accord. Je vais appeler Eva pour qu'elle s'en charge. Je risque de ne pas être très présent.

— Oui, je comprends. Avec l'arrivée d'Alice.

— C'est ça.

— Tu as dû être surpris de la voir arriver hier soir ?

Surpris ? Le mot est faible ! Je pensais que j'aurais affaire à son avocat et que j'aurais encore quelque temps pour m'y préparer. Alors la revoir elle !

— Oui ! Très !

— En tout cas, c'est super tout ce que tu fais pour ces orphelins, Raphaël. Tu es un homme bon.

CHAPITRE 07
Alice

Samedi 4 avril 2020

M*ais c'est quoi ce bordel ?*

Mon cœur s'affole dans ma cage thoracique et mes yeux s'ouvrent en grand. Je grimace en entendant le son strident d'une machine en fonctionnement. Je grogne.

Moins de bruit, bordel ! Y'en a qui dorment !

J'attrape mon oreiller et le coince sur mon visage pour tenter d'atténuer le bruit. En vain ! Je souffle d'agacement et quand des aboiements de chien s'additionnent à ce boucan, je hurle de rage. *C'est l'enfer sur Terre ici !*

Je me lève rapidement en soufflant, traverse le bordel de Raphaël et ouvre la porte comme une furie.

Dehors, le soleil m'agresse aussitôt et me force à grimacer. Je plisse des yeux. Face à moi, toujours cet horrible paysage désertique et ces rochers à perte de vue. Il ne manquerait plus que les Indiens et les cowboys et on pourrait se croire dans un vieux western.

Le brouhaha se remet en route et je tourne la tête instinctivement vers le vieux hangar. *Je vais le tuer !*

Seulement vêtu du même jean que la veille, Raphaël est torse nu et porte un casque à souder. Sans rire ! Ce mec sait faire ce genre de choses ? J'étais persuadée qu'il ne savait rien faire de ses dix doigts.

Je m'empresse de le rejoindre et vois qu'il a des écouteurs sur ses oreilles. Je suis des yeux le fil électrique et pars débrancher la machine.

– Mais ? fait Raphaël en tournant la tête dans tous les sens quand je tire avec force sur le fil.

Il se retourne et me voit. Je pose mes mains sur les hanches, furibonde. Il relève son casque et je le vois soupirer.

– Je me doutais bien qu'il n'y avait qu'une chieuse pour emmerder un mec qui travaille !

– Ça te dérangerait de respecter le sommeil des autres ?

On se fusille du regard un instant.

– Il est plus de midi, dit-il.

– Et alors ? Je suis en plein décalage horaire.

– Parce que tu dors à 21h, en France, peut-être ?

– Non, mais j'ai loupé ma nuit d'hier. Je courais après toi.

– Je ne t'ai pas demandé de venir me chercher.

– Je sais et, crois-moi, je ne voulais pas venir te chercher.

– Bien.

– Bien.

On continue à se toiser mutuellement. Mon Dieu ! Je n'ai jamais vu un mec aussi con et borné.

– Et si tu me remerciais, plutôt ?

– Te remercier ? Et pourquoi ? Pour me faire chier dans mon sommeil ?

– Non, Duchesse ! Pour être allé chercher ta valise. Si j'avais su, je t'aurais laissée te démerder comme une grande.

Je reste stoïque. Il est allé me chercher ma valise ?

– Je… Je…

– Le mot que tu cherches, c'est merci ?

– Euh… Merci. C'est gentil de ta part.

– Ne te fais pas de film. Je suis allé la chercher pour que tu te casses au plus vite de ma vie.

Je serre les dents quand j'entends sa remarque.

– Je n'ai jamais demandé à y entrer !

C'est sa mâchoire qui se serre cette fois-ci. Sans un mot, il s'approche de moi, arrache la prise de sa machine de mes mains puis la rebranche. Il me bouscule d'un coup d'épaule puis rabaisse son casque. Il redémarre son appareil et je tape du pied de rage. Il est encore plus con qu'il y a quatre ans.

Je sais que j'avais dit que je ne rangerais pas mais c'était juste impossible. Je ne peux pas rester plus longtemps dans cette crasse et vu comment c'est parti, je ne suis pas près de me barrer de ce trou à rats. Oui, à rats ! J'en ai vu passer plus d'un à l'extérieur.

Alors que je suis sur ma présentation, la porte de ce taudis s'ouvre et Raphaël entre dans la « maison ». Il paraît étonné de me voir encore ici. Je ne peux m'empêcher de sourire. *S'il croit qu'il va se débarrasser de moi aussi facilement.*

Raphaël scrute la pièce, m'interroge du regard en levant un sourcil. Il ne dit rien, se retourne vers l'évier où il se lave les mains. *Et oui, du rangement, ça fait du bien ! Il devrait essayer de passer le balai de temps en temps.*

Je me lève et dépose mon ordinateur sur la table basse, prête à mettre à exécution mon plan.

Mon nouveau plan est très simple. J'ai eu le temps de ruminer alors que je récurais ce tas de merde. J'ai décidé d'être gentille. Du moins, je vais essayer de l'être au maximum afin de le rendre de meilleure humeur mais surtout pour qu'il accepte de signer cette demande de divorce.

Je m'adosse contre la plaque de cuisson devenue étincelante, près de lui et le regarde se laver les mains en souriant.

— Tu as bien travaillé ? je demande.

Merde ! Ça sonne drôlement faux car je n'en ai rien à foutre !

Il tourne la tête et hausse un sourcil tout en se frottant les ongles à l'aide d'une petite brosse.

— Et toi ? Tu t'es occupée à ce que je vois ?

— C'est mieux comme ça, non ?

Il tourne sa tête, hausse les épaules puis se rince les mains. Je prends sur moi pour ne pas lui rentrer dedans.

Le mot que tu cherches, c'est merci ?

— Raphaël, il faut qu'on discute. Sérieusement.

— Quoi ? Tu vas me dire que tu veux divorcer ?

— Euh… oui, je dis en souriant.

Il s'essuie les mains puis lâche le torchon sur la plaque de cuisson.

— Et si, moi, je ne veux pas divorcer ? dit-il.

Je me fous de ce qu'il veut ! Je me marie dans six mois, bordel ! Qu'est-ce qu'il ne comprend pas ?

Il me toise puis part s'asseoir sur le fauteuil. Je m'assois face à lui, sur la table basse.

— Raphaël, il faut que tu comprennes que je vais me marier en septembre et que pour ça, je dois être divorcée.

— Je ne suis pas con, tu sais ?

— Suffisamment pour avoir demandé la retranscription de ce mariage au Consulat de France, je laisse échapper.

Il me fixe, expire lentement. Ok, je n'aurais pas dû dire ça à voix haute mais cette évidence m'a échappé.

— Tu vois, je ne pense pas que j'ai été si con que ça. Au contraire, je pense que j'ai eu la meilleure idée de ma vie ce jour-là.

— Ah oui ! Et pourquoi ?

— Parce que je savais qu'un jour ou l'autre, j'aurais eu de tes nouvelles pour le divorce. Et que du coup, j'aurais le droit à mon explication.

Je plisse le front. *Quelle explication ? Je ne comprends pas.*

— Mais quelle explication ? On était bourrés ce soir-là. On a fait une connerie. Ce mariage était un énorme canular.

— Ça ne te donnait pas le droit de te barrer comme une voleuse.

— Ah donc, c'est ça que tu me reproches ?

Son regard dans le mien, il hoche la tête. *Mais il n'est pas sérieux ? Il m'en veut pour ça ? C'est complètement ridicule !*

— Comprends-moi aussi. Je ne me rappelle pas grand-chose de cette soirée. Je me suis réveillée le lendemain, dans cet hôtel pourri, complètement nue avec un boulon au doigt et toi dans le lit.

Je le vois sourire et passer sa main sur sa nuque.

— Un écrou, tu veux dire !

Mais qu'est-ce qu'on se fiche de ce genre de détails ! Qu'est-ce qu'ils ont tous avec leur science du bricolage ?

— C'était ton idée ça, continue-t-il.

Mon idée ? Mince, je devais être sacrément bourrée.

— Ah bon ?

— Ouais, dit-il en souriant. Tu avais fait chier un gars qui retapait une boutique. Il a fini par céder quand tu as commencé à pleurer sur son épaule comme quoi tu voulais à tout prix te marier.

Quoi ? Je ne me rappelle pas ça ! En réalité, je ne me souviens vraiment de pas grand-chose. Quelques bribes mais c'est tout.

— Attends ! C'est moi qui ai eu l'idée de ce fichu mariage ?

— Eh oui ma belle. J'étais trop défoncé pour refuser. On avait pas mal bu ce soir-là et c'était assez marrant. Tu rigolais de tout, tu ne te prenais pas la tête. Tu étais différente.

Je laisse échapper un petit rire. Comment ai-je pu avoir une idée comme ça ?

– Tu étais assez géniale ce jour-là. Tu n'étais pas la petite bourgeoise coincée du cul habituelle, ajoute-t-il.

Je l'attendais celle-là. Son insulte préférée envers moi. Comme si le fait que je vienne d'une famille aisée faisait de moi une pestiférée.

– Je ne suis pas coincée du cul !

– Oh ouais ! J'ai vu ça le soir même !

Je sens un frison parcourir ma colonne vertébrale. *Et merde ! J'ai couché avec lui ! Maintenant, c'est sûr !* Je ferme les yeux un instant.

– Attends, tu ne t'en souviens pas ?

Je mords ma lèvre et plonge mon regard dans le sien.

– Putain, tu étais en train de me convaincre d'accepter ce divorce, mais là, je suis vexé.

– Non, non, non ! Je suis désolée. Je m'en souviens, je mens.

– Mais quelle sale menteuse ! Si tu t'en souviens vraiment, tu vas pouvoir me dire combien de fois on a consommé ce mariage ?

– Euh… Bien sûr ! Une fois ?

– C'est une question ou une affirmation ?

– Une affirmation, bien sûr !

Raphaël imite le bruit d'un buzz.

– Mauvaise réponse, chérie !

Il se relève lentement, sans me quitter du regard. Je me lève à mon tour. Nous sommes si proches que c'en est presque gênant. Je peux sentir l'odeur de son parfum, celui qu'il porte depuis des années. Je déglutis.

– Tu… Tu veux bien signer la demande de divorce, alors ?

Il m'offre un large sourire mais je reste sur mes gardes.

– Je vais prendre une douche sinon, on va être en retard.

– On va être en retard ? Quoi ? Mais on va où ?

CHAPITRE 08
Alice

Samedi 4 avril 2020

Je ne sais pas comment j'ai pu accepter d'aller à la soirée de Plouc-Ville ! Ah oui, sûrement parce que Raphaël ne m'a pas vraiment laissé le choix.À bord de son 4x4, je me plains pour la énième fois des bosses de ce petit chemin de terre. Raphaël en rajoute et s'amuse à prendre tous les trous du chemin afin de me faire hurler. Il a toujours aimé me faire râler, déjà quand nous étions gosses.

— Sinon, tu ne m'as toujours pas dit qui est suffisamment fou pour vouloir t'épouser, dit-il.

Je tourne la tête vers lui et l'interroge du regard. Qu'est-ce que ça peut bien faire ? Que je me marie avec Pierre, Paul ou Jacques n'y changera rien. Et je ne préfère pas citer le nom de Charles, il serait capable de refuser de divorcer, rien que pour faire chier mon fiancé. Entre Charles et Raphaël, ça a été la guerre dès le début. Enfants, ils se faisaient les pires crasses au monde mais se toléraient pour garder tous deux l'amitié de mon frère.

— Je veux dire, qui est le deuxième mec le plus fou sur Terre pour supporter une chieuse de ton genre ?

Il m'offre un petit sourire narquois.

— Oui, bah, c'est bon ! je raille.

Il pouffe de rire alors que je râle à cause d'une nouvelle bosse. Il ne peut pas conduire normalement ?

– Alors ? Qui c'est ?

Je souffle d'agacement. Il insiste en plus.

– Je ne suis pas sûre que tu aies envie de savoir qui est mon amant, mon chéri. ?

Il éclate de rire. J'avais oublié son rire. Il a toujours été communicatif et Raphaël a toujours été rieur.

– Tente toujours ! Juste pour savoir quel homme je dois tuer pour avoir touché ma femme.

– Je plaide coupable. Je t'ai trompé mon chéri. Je comprendrais que tu demandes le divorce. On peut signer les papiers dès maintenant, je ne m'y opposerai pas et te laisserai ta merveilleuse « maison ».

Il tourne sa tête vers moi alors qu'il rejoint enfin la route goudronnée.

– Bien tenté ! Mais je te pardonne, ma chérie.

Merde ! Mais il fait vraiment tout pour m'emmerder.

– Je ne veux pas que tu me pardonnes, je rétorque.

– Mais je le fais quand même. Dans un couple, on doit faire des compromis et se pardonner nos erreurs.

Je souffle d'agacement. *Ce mec a prévu de me torturer. Ça ne peut pas être autrement.*

Au bout de quelques minutes, après notre entrée dans la petite bourgade de Tusayan, Raphaël gare son 4x4 sur une place de parking puis descend de son véhicule. Je regarde avec dédain la petite place où ont été alignées plusieurs tables et chaises. Je regarde les gens qui font la fête entre eux. *Ouais, je suis bien à Plouc-Ville ! C'est sûr maintenant !*

Raphaël ouvre ma portière et me propose sa main, pour m'encourager à descendre du véhicule. Je prends une grande inspiration puis la saisis.

— Il faut que je t'avoue quelque chose, me dit-il.

Je me fige. Je n'ai jamais aimé ce genre de phrases. C'est souvent l'introduction d'une grosse galère et avec Raphaël, je sens qu'elle va être énorme.

— Je t'écoute, je dis, réticente.

— Ton arrivée à Tusayan avait déjà fait le tour de la ville, ce matin, quand je suis allé chercher ta valise au restaurant de Suzy et Niels et...

Oh oui ! Ça craint ! Et je sens que je ne vais pas aimer ce qui va suivre.

— Et ?

— Et tout le monde m'a demandé qui tu étais et j'ai fini par leur dire la vérité.

— Tu leur as dit quoi ?

— Bah, que tu es ma femme.

Mais quel abruti !

— Je ne suis pas ta femme !

— Je suis désolé de te contredire, chérie, mais sur le papier que tu veux me faire signer, ça dit que tu l'es.

Je saisis l'arête de mon nez et souffle d'agacement. Il va me rendre chèvre ! Je relève mon visage vers lui et tombe sur son magnifique sourire qui en ferait craquer plus d'une.

— Tu veux bien jouer le jeu et être Madame Beaumont le temps d'une soirée ?

Je le fixe. Je ne sais pas si je dois être agacée par tout ça ou pas.

— Et tu signeras les papiers du divorce ?

— Bien sûr !

— Tu me le promets ?

— Je te le promets !

— Pas d'entourloupes ?

— C'est mal me connaître.

Ouais, bah, justement, Raphaël a toujours eu le don de se dépêtrer de certaines situations avec des combines dont lui seul a le secret.

— Attention, Beaumont, tu sais que je déteste le mensonge !

Et c'est bien quelque chose qui m'horripile. J'ai toujours détesté les menteurs, les tricheurs et la mauvaise foi. Je sais que je suis un peu hypocrite car je mens moi-même à mon fiancé en ce moment. Mais je compte le lui dire dès que le souci sera réglé puisque mon casier marital ne peut plus être vierge.

— Je le sais.

Raphaël me sourit tendrement avant de me proposer son bras et je le saisis aussitôt. Il m'attire vers la fête des neuneus, son sourire toujours aux lèvres.

— C'est que Madame Beaumont devient docile ! rit-il.

— Ne va pas croire que je suis fière d'être à ton bras, je le fais uniquement car j'ai peur de me vautrer à cause de ce sol instable.

Ma remarque le fait rire et nous nous dirigeons vers la petite place, près du restaurant dans lequel j'ai dîné la veille.

Quand nous arrivons, tous les regards se braquent sur nous, comme si j'étais l'attraction de l'année. Les femmes me regardent de la tête aux pieds et les hommes me lorgnent sans discrétion. C'est vrai qu'ils ne doivent pas être habitués à voir autre chose que des salopettes, des chemises à carreaux et des bottes en caoutchouc ici. Je fais bien tache parmi eux, perchée sur mes *Louboutin* de douze centimètres et ma petite robe noire de chez *Chanel*.

La main de Raphaël se pose sur le bas de mon dos et il me pousse légèrement en avant. Toutes les conversations se sont tues et pas un bruit ne se fait entendre. C'est tellement gênant que j'hésite à faire demi-tour et me barrer de cette petite fête.

— Salut tout le monde. Je vous présente Alice, ma femme.

Je ferme les yeux un bref instant avant d'afficher un sourire. Pourquoi s'est-il senti obligé de préciser que je suis sa femme ? Tout le monde semble déjà bien au courant, pas besoin d'en rajouter. Mais je dois jouer le jeu pour avoir enfin ce que je veux. La mâchoire serrée, je prends sur moi mais je le hais. Oui, je le hais ! Les habitants de Plouc-Ville me saluent et Raphaël m'affiche un sourire fier. Il me saisit par la taille.

— Tu vas me payer ça, tu le sais ? je lui souffle.

— Arrête de te prendre la tête, Madame Beaumont. Je veux juste profiter de ma femme avant qu'elle retourne dans les bras de son amant.

Je lève les yeux au ciel alors qu'une femme s'approche de nous, un gamin posé sur son bassin et un homme derrière elle.

— Je suis heureuse de faire enfin ta connaissance. Raphaël nous a tellement parlé de toi.

Il leur a parlé de moi ? C'est quoi ce délire ? Je ne vois pas Raphaël parler de sa femme qu'il n'a pas vue depuis quatre ans à tout ce petit monde. Elle m'enlace de ses bras tandis que l'homme salue mon « mari ».

— Alice, je te présente Stella et Mike. Des amis.

Je joue à nouveau le jeu et leur souris. *Qu'est-ce que je ne ferais pas pour divorcer !*

Après avoir échangé quelques banalités affligeantes, le couple nous invite à les rejoindre à leur table. Pourquoi pas ! Ils semblent plutôt sympas, bien moins ploucs que je ne le pensais.

Durant la soirée, on me vante les mérites de la petite ville de Tusayan et la convivialité des habitants. Je ris plusieurs fois quand on me raconte des anecdotes sur Raphaël, sûrement grâce à la quantité d'alcool que l'on m'a forcée à boire. Raphaël semble très bien intégré parmi les habitants de Plouc-Ville et je me surprends à lui sourire plusieurs fois.

Je dois constater qu'il a changé. Il n'est plus aussi con qu'avant et il est bien plus agréable. Je pourrais même dire que je pourrais l'apprécier, quand il ne passe pas son temps à m'emmerder.

Suzy, la vieille femme du restaurant est venue me saluer et m'a reconnue aussitôt ainsi que le fameux Niels. Je me suis fait saluer par plusieurs personnes qui, contre toute attente, me semblent tout aussi sympathiques. Et étrangement, je passe un bon moment.

Au loin, Raphaël m'observe et m'offre un petit sourire complice, assis au bar, aux côtés de son ami Mike.

– Vous paraissez si amoureux, j'entends alors.

Je tourne mon visage vers Stella, assise face à moi. Elle me sourit, tout en berçant son petit bébé dans ses bras.

– Pardon ?

– Raph et toi. On voit qu'il y a quelque chose entre vous. Un lien.

Je me retiens de rire. Si seulement elle savait que la seule chose qui nous lie, c'est le statut de notre état civil.

– Tu lui manques beaucoup quand tu n'es pas là.

Je plisse le front. Qu'entend-elle par-là ?

– Comment ça ?

– Raph nous parle tout le temps de toi. Vous vous êtes connus enfant ?

– Oui. À l'école élémentaire. Nous habitions dans le même village.

– C'est beau, un amour de jeunesse. Avec Mike, on s'est connus à la fac.

Je lui souris pour seule réponse. Je ne sais pas trop quoi penser de ce qu'elle vient de me dire. Je ne sais pas si ce qui me perturbe le plus est que Raphaël parle souvent de moi ou ce fameux lien qu'elle croit voir entre nous.

Je tourne mon visage vers lui, il m'offre un nouveau sourire qui s'efface subitement quand une brune s'approche de lui. Il se tend légèrement alors que la jeune femme miaule devant lui, en posant sa main sur son torse. Je devrais rire de le voir en mauvaise posture mais je n'oublie pas que je dois jouer mon rôle. Je m'excuse auprès de Stella et me lève aussitôt. Je crois qu'il a besoin d'aide.

Alors que je me dirige vers le bar, le sourire de la jeune femme s'efface au fur et à mesure que je m'approche et j'affiche un sourire des plus hypocrites. Raphaël, lui, semble soulagé dès qu'il m'aperçoit. Je m'arrête près de lui, alors que la brune continue à m'analyser sous toutes les coutures. Raphaël passe sa main sur ma hanche et me colle contre lui.

Il dépose ses lèvres sur ma joue et je hoquette de surprise. Je ne m'attendais pas à son geste et encore moins à la sensation que ça m'a procuré. Une bouffée de chaleur m'envahit alors que ses doigts se resserrent encore plus sur ma hanche.

— Sauve-moi la vie, s'il te plaît. Je te revaudrais ça, me dit-il en français.

J'aurais dû m'en douter. J'ai l'impression de faire un bond dans le temps et de me retrouver en plein dans mes années lycée où Raphaël, pour éconduire une fille trop insistante, m'utilisait. Il faisait souvent ça avec moi et je l'ai souvent détesté pour cette raison. Mais je n'en oublie pas l'enjeu. Raphaël signera les papiers du divorce si je me prête à toute cette mascarade. Je tends ma main vers la brune.

— Je suis Alice, la femme de Raphaël.

— Eva. La femme qui tient compagnie à ton mari quand tu es trop occupée à sauver le monde.

Hein ? C'est quoi cette histoire ? La brune me sourit, toute fière de son attaque. Je vais devoir la recadrer. Espèce de garce !

— Merci Eva de t'occuper de Raphaël. Mais maintenant, je suis là. Tu peux aller trouver un autre mari à consoler.

La brune me toise de la tête aux pieds, trouve une excuse pour s'éclipser puis tourne les talons. Mike, tout comme Raphaël, paraît surpris.

— Waouh ! Je ne voulais pas le croire quand il disait que vous étiez un couple libre, fait-il.

– Oh ! C'est normal. Je ne suis jamais là. Et je comprends que mon mari ait des besoins à assouvir, que ce soit avec des pouffes comme cette greluche ou avec des hommes.

Raphaël recrache la bière qu'il s'apprêtait à avaler. Il regarde son ami, horrifié, qui se retient de rire.

– Elle plaisante bien sûr, s'empresse de répondre Raphaël, en s'essuyant le menton avec la manche de sa chemise. Viens Alice, je vais te montrer le truc dont je t'ai parlé tout à l'heure.

– Quel truc ? je dis, amusée alors que Mike ne peut plus se retenir et explose de rire.

– Viens, je te dis.

Il agrippe mon bras et m'attire loin du bar où Mike rit encore de bon cœur. Il me tire à l'écart de la fête et m'arrête devant une fontaine.

Raphaël plonge ses grands yeux bleus dans les miens.

– Mais ça ne va pas de dire que je me fais des hommes !

– Et toi, tu as bien dit que je parcourais le monde à… à… à faire quoi d'ailleurs ?

Il lève les yeux au ciel puis se reconcentre sur moi.

– Je leur ai dit que tu étais médecin sans frontières et que tu aidais les femmes à accoucher dans les pays sous-développés.

Je ris intérieurement. Moi, médecin ? Je suis plus du genre à épouser un médecin, ce que je suis censée faire dans moins de six mois d'ailleurs.

– Sans rire. Tu es capable de dire du bien de moi ?

– Non, je dis du bien de ma femme.

Je ris vraiment là.

– À des petites pétasses que tu sautes ?

– T'es jalouse ou quoi ?

– Jalouse ? Moi ? Sérieusement Raphaël, je ne vois pas de quoi je serais jalouse. Tu peux bien sauter cette pétasse, ça ne me fait ni chaud, ni froid. Et en parlant de ça, tu m'as trompée alors j'exige le divorce !

C'est à son tour de rire.

— Tu n'exiges rien du tout. Tu m'as trompé, je t'ai trompée. Un point partout, la balle au centre.

— Non, non, non. La différence entre toi et moi, c'est que, moi, je ne savais pas qu'on était mariés légalement.

— Et ça ne change rien. Il y a quand même eu un mariage.

Je croise les bras sur ma poitrine et souffle d'agacement.

— Tu ne pourrais pas tout simplement accepter de divorcer, je dis, à bout de nerfs. Tu signes ce maudit bout de papier et je sors de ta vie.

— Pour quoi faire ? Pour te marier au si gentil et si parfait Docteur Delvincourt ?

Oh mince ! Il est donc au courant. Je me mords la lèvre inférieure, mon regard dans le sien.

— Oui, je vais me marier avec Charles. Comment tu l'as su ?

— Rémy. Il me l'a appris il y a trois mois. C'est pour ça que je savais que je te reverrais tôt ou tard.

Il me regarde, écœuré. Je déteste quand il fait ça. J'ai l'impression d'avoir une maladie contagieuse et incurable.

— Ironique venant d'une fille qui a trompé son petit copain en se mariant avec le mec qu'il déteste le plus au monde.

— On n'était plus ensemble quand on s'est mariés.

Durant mon séjour à Vegas, Charles et moi étions dans une situation compliquée et notre couple battait de l'aile. Je le soupçonnais de se taper une camarade de promo.

— Pfff ! Depuis quoi ? Trois heures ?

— Ça, c'est un coup bas, je fulmine.

Nous nous fusillons du regard un moment.

— Je suis sûr que le charmant docteur n'est pas au courant de tout ça ? Que tu es ici pour divorcer ?

Je baisse les yeux, un peu honteuse. Je m'en veux déjà suffisamment de lui mentir sur la véritable raison de ma venue ici.

– Non, il ne sait même pas pour le mariage.

– Donc, si par erreur il l'apprenait, tu serais dans une situation compliquée.

– Tu as tout compris.

– Donc, mieux vaut qu'il ne l'apprenne pas.

– Euh non… Tu peux faire ça pour moi ?

Il me sourit et je lui rends un sourire timide.

– Donc, si je comprends bien, je ne dois rien dire et je dois signer le divorce ?

– Oui.

– J'en fais des choses pour toi. Mais toi, tu fais quoi pour moi ?

– Tout ce que tu veux.

– Ah ouais ?

Il affiche un petit sourire en coin en haussant un sourcil. Je vois tout de suite à quoi il pense. Son index se porte à mon bustier et je frappe sa main pour le dégager.

– Pas ça, espèce de pervers !

– Quoi ? Ma femme refuse d'accomplir son devoir conjugal ?

– Même pas en rêve !

Raphaël s'approche d'un pas, réduisant la distance entre nous. Son regard bleu dans le mien, j'ai l'impression qu'il tente de lire en moi, pour savoir si je mens ou pas. Au bout de quelques secondes gênantes, je déglutis.

– Bon, tu veux quoi ?

– Une invitation à ton mariage.

Je me recule d'un pas, surprise par sa réponse.

– Tu es sérieux ? Tu m'emmerdes pour venir à mon mariage ?

— Je n'ai jamais dit que je comptais y assister, quoique, à ton dernier mariage, tu étais magnifique. Et je veux surtout voir si tu comptes te barrer en moins de douze heures, comme tu l'as fait au premier.

Je ne le lâche pas du regard. Il a toujours son petit sourire provocateur. Il fait ça pour m'emmerder. Je suis bien tentée de lui envoyer un faire part avec la mauvaise date, histoire qu'il sache que je gagne toujours.

— Ok, je finis par céder. Je t'enverrai une invitation à Plouc-Ville. Maintenant, rentrons et allons signer cette demande, s'il te plaît. J'aimerais rentrer en France au plus vite.

— Eh, tu oublies juste un petit détail.

— Lequel ?

— Je dois t'aider deux fois, donc tu m'aides deux fois.

Je soupire une deuxième fois. *Qu'est-ce qu'il me veut encore ?*

— Tu oublies que je me suis gentiment fait passer pour Madame Beaumont ce soir !

S'il croit m'avoir, il se plante complètement.

— Ça, c'était juste l'un de tes nombreux devoirs conjugaux que tu as pris plaisir à satisfaire.

Je grince des dents

— Tu es vraiment un enfoiré !

— Râle pas, ma chérie, je sais que ça t'a fait plaisir d'être Madame Beaumont le temps d'une soirée.

Je râle cette fois-ci. Je savais qu'il allait m'arnaquer ! Avec lui, ça a toujours été comme ça. Je finis par souffler d'agacement. Encore une fois, il ne me laisse pas le choix. Je vais devoir céder à son caprice et à ses conditions pour pouvoir le voir sortir de ma vie.

— Bon, je t'écoute. Mais je te préviens, c'est la dernière chose que je ferai pour toi.

Son petit sourire s'efface et il finit par acquiescer de la tête, comme pour me le promettre. Je sais que je devrais me méfier.

— Alors ?

– Avant de commencer, promets-moi de ne pas t'énerver.

Ça ne me dit rien qui vaille. À mon tour, je hoche la tête.

– OK. Tu es au courant que j'ai créé ma petite affaire ici ? Non, bien sûr que non, tu ne te soucies de personne d'autre que toi…

Il marque un point. Même si je me soucie de ma famille et de mes amis aussi. Mais son business et sa petite vie, je m'en contrefous !

– Une affaire dans quoi ?

S'il me répond un club de striptease, je ne serais même pas étonnée. Ça serait bien son genre.

– Dans le tourisme. Nous sommes à quelques kilomètres du grand Canyon. Des touristes affluent ici tout le long de l'année et vois-tu, ma petite affaire à quelques petits soucis en ce moment.

– Ouais, et que veux-tu ? De l'argent ? Je te rappelle que je me marie cette année et que plus de quatre cents invités seront attendus.

– Je ne veux pas d'argent. Juste ton aide.

Mon aide ? Il ne sait pas dans quoi il s'embarque, le pauvre. S'il croit que j'ai le sens de l'accueil et du commerce, il me connaît très mal.

– Et pourquoi je t'aiderais, hormis le fait que ça te fasse signer ce maudit bout de papier ?

– Bah, tu vois, si je ne redresse pas la pente, je vais devoir rembourser mes créanciers au plus vite. Et, comme nous nous sommes mariés sans contrat de mariage, je crains que tu ne sois légèrement impliquée dans cette histoire.

Mon cœur manque un battement. C'est officiel, Raphaël Beaumont est le pire des salauds qu'il m'ait été donné de rencontrer.

– Tu es en train de me dire qu'à cause de toi, j'ai également des dettes ?

– Et oui, chérie. C'est ça l'amour. On partage tout.

Le fumier ! Je crois que le divorce n'aura pas le temps d'être prononcé que je vais devenir veuve ! Je prends une grande inspiration et tente de me calmer pour ralentir mon rythme cardiaque.

— Crois-moi, là, je suis à des années-lumière de t'aimer. Bon, combien ?

— Pas grand-chose.

— Raphaël, je le sermonne.

— Un peu moins de dix mille.

— Dix mille dollars ?

— Dollars, euros. C'est quasi la même chose.

Et en plus, il essaie de faire de l'humour.

— Je veux voir les comptes de ta petite affaire florissante dès qu'on sera rentrés à la maison.

— Oh ! Tu as dit la maison ! Tu es trop mignonne, ma petite femme.

Il m'encercle de ses bras et m'attire vers lui. Je me débats aussitôt et me recule en le pointant du doigt.

— Je te préviens Beaumont, je veux voir les comptes et tu as intérêt à respecter notre accord et tu signes la demande dès ce soir.

— Tu es d'accord pour m'aider ?

— Ce n'est pas comme si j'avais le choix. Tu ne peux savoir tout ce que je ferais pour enfin divorcer de toi.

CHAPITRE 09
Alice

Dimanche 5 avril 2020

Je bâille pour la énième fois et trempe mes lèvres dans ma tasse de café qui a fini par refroidir. Je grimace et porte mon regard vers la fenêtre au-dessus de l'évier. Le soleil se lève à peine et je constate qu'il est presque 6h. Je n'ai pas fermé l'œil de la nuit, la passant à éplucher les comptes de la société dont je suis soudainement devenue propriétaire, emmerdes incluses. Le livre des comptes avait seulement été suivi les deux premiers mois. J'y ai passé la nuit à tout trier et tout retranscrire.

Une fois rentrés de la petite fête de Plouc-Ville, j'ai exigé de voir le livre des comptes de sa petite affaire bancale. Raphaël a pesté et râlé, m'insultant de chieuse et de casse-couilles au passage avant de déposer devant moi une boîte à chaussures dans laquelle des tickets et factures étaient entreposés. Il voulait que l'on voie ça le lendemain mais il était hors de question de reporter le problème. Il aurait bien été capable de me trouver un nouveau prétexte pour le faire plus tard. Je n'en reviens pas. Comment j'ai pu être aussi bête, il y a quatre ans, pour me marier avec lui. Raphaël est un aimant à problèmes.

J'appuie sur la touche « total » de la vieille calculatrice que Raphaël m'a passée tout à l'heure, avant de s'endormir. J'écarquille les yeux quand je vois le montant des dettes. *Quel sale menteur ! Pas plus de dix mille, c'est ça oui !*

Je prends la calculatrice et la balance de rage sur le crâne de Raphaël, encore profondément endormi sur le lit. Il se redresse d'un coup, sous le choc et quand il voit la calculatrice, ses yeux se posent aussitôt sur moi.

– Mais t'es malade !?

– Et toi un menteur ! Dix mille ! Espèce de… On est au triple presque. Je te jure Beaumont, je vais vraiment finir par te tuer. J'espère que quand je te jetterai aux coyotes, ils aimeront la saveur de ta trahison.

Il se met à rire à ma remarque mais quand il voit mon air grave, il reprend vite son sérieux.

– Ouais, désolé… Je n'ai jamais été bon en maths.

– Alors heureusement que ta chère femme a fait des études en économie et sait analyser une entreprise.

C'est mon job après tout. Je travaille dans une société qui aide des entreprises à bout de souffle à remonter la pente. Mon boulot consiste à découvrir l'entreprise et son fonctionnement, éplucher leurs comptes sous tous les angles et leur proposer des solutions pour redresser la barre.

– J'avoue que j'ai de la chance. Si elle ne s'était pas barrée il y a quatre ans, je suis sûr que je ne serais pas autant dans la merde.

– Parce que tu crois que j'aurais accepté que tu ouvres ton petit business bancal à Plouc-Ville !

– Je suis sûr que tu te plairais ici.

Je lève les yeux au ciel et soupire. Je ne préfère pas répondre, ça serait le conforter dans sa connerie.

– Bon, je vais prendre une douche et après, on s'y met. Alors bouge ton cul. On a du boulot aujourd'hui.

Je me lève du fauteuil et Raphaël m'examine avec hésitation.

– Quoi ?

– Tu veux bien m'aider ?

– Je n'ai pas vraiment le choix ! Ta boîte a trop de dettes !

Et comme nous sommes liés, j'en ai aussi. Et je ne veux pas revenir en France endettée. Charles risque déjà de faire la gueule quand je lui expliquerai que j'étais mariée alors si je rajoute *« endettée jusqu'au cou à cause de mon charmant premier mari »*, il risque de péter un plomb. Charles n'a jamais manqué d'argent et ne comprend pas que des gens puissent se retrouver dans ce genre de situation.

Un sourire s'étire sur les lèvres de Raphaël. Je vois qu'il est reconnaissant que je veuille l'aider.

– Ok. Alors mets un jean, je te montre où je travaille.

Mets un jean ? Sa demande est particulière et je finis par plisser le front. Ça ne me dit rien qui vaille et ça sent à nouveau l'arnaque.

Au bout d'un instant, je finis par tourner les talons et entre dans la salle de bain où je fais couler l'eau de la douche tandis que je me déshabille.

Une fois l'eau à bonne température, j'entre dans la cabine et tire le rideau de douche. Je ferme les yeux sous le jet chaud. Mon Dieu ! Ça fait du bien ! Et j'espère que cette petite douche va me réveiller car je suis exténuée. Je vais avoir besoin d'un litre de café.

J'entends alors la porte s'ouvrir et je passe ma tête derrière le rideau. Mais quel culot ! Raphaël est devant les toilettes, une main contre le mur et l'autre tenant son machin. *Je n'y crois pas. Il est entré dans la salle de bain comme si de rien n'était !*

– Tu es sérieux ?

Il tire la chasse d'eau puis se retourne. Nos regards se croisent. Il me gratifie d'un petit sourire, encore endormi, puis va devant le lavabo où il prend sa brosse à dents. Ok, je n'en tirerai rien et je préfère laisser couler. Je n'ai pas envie de mourir d'une hypertension à cause de lui.

Je retourne sous la douche et passe mon savon sur ma peau. Le rideau est alors subitement tiré et Raphaël entre dans la cabine. J'ai juste le temps de me cacher laborieusement le corps de mes deux mains.

— Eh, faut pas se gêner !

Instinctivement, mes yeux descendent sur son corps jusqu'à son membre. Mon Dieu ! Comment j'ai pu oublier que nous avons couché ensemble ? Avec un membre comme le sien, j'aurais dû m'en rappeler. Je relève mon regard quand je le sens s'approcher de moi.

— La vue te plaît ? me demande-t-il.

Je reste impassible et le fixe droit dans ses magnifiques yeux bleus. Hors de question qu'il perçoive ma gêne ou tout autre sentiment. Sa main se tend vers mon ventre.

— Tu as toujours ce petit piercing au nombril.

— Ne me touche pas ! je le menace.

— C'est bon, je les ai déjà vus tes tétons. J'ai même adoré les lécher.

Il pose le bout de ses doigts délicatement sur mon ventre et son pouce caresse le petit diamant de mon piercing. Je le gifle aussitôt. Je regrette aussitôt mon geste. Pourtant, ce n'est pas la première fois que je le fais. Je l'ai déjà frappé plus d'une fois, car plus d'une fois, il a dépassé les limites avec moi. Il affiche un petit sourire, comme si je ne venais pas de le frapper.

— Toujours aussi beaux d'ailleurs à ce que je vois. Tu me les remontres ?

— Tu peux rêver !

Je force le passage et passe devant lui, manquant de me vautrer. Nos corps se frôlent alors et un frisson parcourt ma peau.

— Ferme les yeux, crétin !

Il se met à rire et finit par me céder le passage. J'attrape ma serviette pour m'enrouler rapidement dedans et je sors, agacée.

— Ne t'avise plus jamais de rentrer dans la salle de bain quand j'y suis ! je le menace.

— Tu étais trop longue, j'avais envie de pisser.

— La prochaine fois, trouve un arbre.

— La prochaine fois, sois moins longue.

— Je suis une femme. C'est bien connu que les femmes sont longues.

— Et je suis un homme. C'est bien connu que les hommes n'aiment pas attendre.

— Grrr ! Je te déteste.

— Moi aussi je t'aime.

Je sors de la salle de bain, furibonde. Mais quel gamin ! Je ne vais pas réussir à le supporter plus longtemps.

Je m'habille rapidement et démêle mes cheveux en y passant mes doigts. Je décide de relever mes cheveux en un chignon haut. Je chope mon téléphone et vois que j'ai manqué un appel de Charles. Je décide de le rappeler aussitôt. Entendre sa voix va me faire du bien. Et ça fait deux jours que je n'ai pas de nouvelles de lui. Il est sûrement surchargé de travail à l'hôpital. Alors que je pensais que j'aurais seulement le droit à sa voix sur sa messagerie vocale, contre toute attente, il décroche au bout de la deuxième sonnerie.

— Salut ma puce !

Oh mon Dieu ! Que ça fait du bien de l'entendre !

— Coucou mon cœur ! Ça va ?

— Ça va bien. J'ai pris une petite pause pour t'appeler. Alors ? Vegas ?

— C'est super ! Je suis trop contente d'avoir retrouvé mes amies. Elles n'ont pas changé d'un pouce, je mens.

Je m'en veux de lui mentir et d'avoir prétexté être invitée à une réunion d'anciens élèves mais c'était la première chose qui m'était venue en tête. Je ne pouvais pas lui dire que j'allais à Vegas pour divorcer. Et je ne compte pas le lui avouer maintenant, au téléphone. Tant que le problème n'est pas réglé, je ne veux pas l'inquiéter.

— C'est génial ! J'espère que tu joues un peu pour nous. Histoire qu'on puisse partir en lune de miel.

– Pour l'instant, j'ai gagné juste de quoi nous offrir un week-end à Deauville, je mens.

Tu parles ! J'ai surtout contracté plus de trente mille dollars de dettes à cause de mon cher époux !

Il rit au téléphone alors que Raphaël sort de la salle de bain, enroulé de sa serviette. Je préfère écourter la conversation. Raphaël serait bien du genre à ne pas être discret pour que Charles reconnaisse sa voix.

– Je vais devoir te laisser mon cœur, les filles m'appellent.

– Pas de soucis.

– On se rappelle ce soir ?

– Je ne peux pas ce soir, je suis de garde.

– Encore ?

– Eh oui ! Quand on est médecin, on ne compte pas les heures. Je t'appellerai quand j'aurai deux minutes.

Deux minutes ? Juste deux minutes ? Il ne peut pas m'accorder plus de temps ?

– Tu me le promets ?

– Oui, souffle-t-il, las. Je te le promets.

Je l'agace ou quoi ? Je ne sais pas ce qu'il a en ce moment mais je commence à me poser de sérieuses questions sur son comportement. Je sais qu'il est pas mal stressé avec son internat qui se termine bientôt et les examens qui approchent mais quand même !

– Bon courage pour cette nuit. Je t'aime.

– Ouais, merci.

Il raccroche sans un mot de plus et une pointe de tristesse m'envahit. Il ne m'a même pas dit qu'il m'aimait et s'est contenté d'un banal « ouais ».

Je reste un instant à fixer l'écran de mon téléphone portable, la gorge nouée, quand j'entends un raclement de gorge. Je lève les yeux vers Raphaël, qui m'observe tout en enfilant ses chaussettes. Il plisse le front un moment avant de m'offrir un sourire.

— Ouh ! La petite menteuse ! Dire à son fiancé qu'elle est avec ses copines alors qu'en fait, elle est avec son mari. Rassure-moi, tu ne me mens pas autant ?

Je le toise du regard. Je sais qu'il a ressenti ma peine et qu'il tente de me remonter le moral grâce à son humour. Mais je ne suis pas d'humeur. J'ai les boules que Charles se soit contenté d'un simple « ouais » alors que je venais de lui dire « je t'aime ».

— Non, je ne te mens pas à toi, mon chéri, je dis, sarcastique.

— Tu es en train de me dire que je connais tous tes petits secrets ?

Je souffle d'agacement et le montant de sa dette, notre dette, me revient en mémoire.

— Ta gueule ! C'est toi qui m'en fais. Trente mille dollars Raphaël !

— Ouais, je sais, répond-il, honteux.

— Putain, mais on va faire comment pour rembourser tout ça ?

— Pas de soucis. J'ai un plan.

Je le regarde, étonnée. *Lui, un plan ? C'est suspect ! Et je préfère rester sur mes gardes avec ses plans foireux !*

— Tu prends tes talons et ton petit sac à main et je te trouve un petit trottoir pour racoler.

— Connard ! Je ne vais pas me prostituer pour rembourser tes dettes…

— Nos dettes !

— Que tu as contractées tout seul.

— Mais dont tu es redevable quand même.

— Peu importe. Je ne suis même pas sûre de pouvoir récolter trois mille dollars en une semaine.

— Avec ce que je viens de revoir sous la douche, peut-être que si.

— Pfff ! Tu peux être sérieux deux minutes ?

Il se met à rire, amusé. Moi, je n'ai pas envie de rire. Je déteste ne pas avoir d'argent et en devoir. J'aime vivre confortablement.

— Tu n'as qu'à rester plus longtemps.

Là, c'est moi qui ris.

– Je te rappelle que j'ai un job et un mariage à préparer.

– Putain, qu'est-ce que tu peux être chiante ! Tu n'as que les mots "mariage" et "divorce" à la bouche.

– Eh ! Tu ne me parles pas sur ce ton ! Je ne suis pas ton chien.

– Moi non plus.

– Grrr !

Je hurle de rage. Il est décidé à me rendre chèvre aujourd'hui.

Je pince l'arête de mon nez et ferme les yeux. Bon, il faut que je retrouve mon calme.

– Bon, écoute, Raphaël. Nous sommes des adultes. Alors je propose que pour le bien-être de notre état mental, nous cohabitions dans la paix et l'harmonie sans nous bouffer le nez à chaque réflexion. On peut essayer ça ?

Il hausse les épaules. Il relève la tête et me sourit.

– Ok, dit-il.

– Ok ?

– Ok.

J'opine de la tête et lui souris.

– Tu me fais un câlin ?

Et puis quoi encore ? Je plisse le front et pince les lèvres, hésitante.

– Pas d'entourloupes ?

– Promis.

Il m'offre un sourire charmeur et écarte déjà les bras. Je secoue la tête en souriant. Ce mec est un vrai gamin mais pour une fois, ça ne m'agace pas. Je me lève, m'approche du lit et m'assois près de lui. Je me blottis contre lui et il ne tarde pas à m'enlacer dans ses bras. Je pose ma tête sur son torse nu et ferme les yeux, apaisée par l'odeur de son gel douche.

– J'aurais été un super mari, lâche-t-il soudainement.

— Oh, mais je n'en doute pas. Vu comment tu es ordonné et adorable, tu comblerais plus d'une femme, je ris.

Il laisse échapper un rire sous mes faux compliments.

— Oui, et toi, tu es tellement altruiste, aimante et pas du tout capricieuse et chiante.

— Merci pour les compliments. Mais tu oublies belle et sexy.

Je ris à mon tour. Il resserre un peu plus son emprise sur moi et nous restons un moment silencieux. Je cale ma respiration sur la sienne et ferme les yeux.

— Raph ! On devrait y aller !

— Encore cinq minutes, me souffle-t-il.

— Je t'en accorde deux !

Il laisse échapper un petit rire et souffle que je suis une chieuse. Il resserre encore plus son étreinte et je finis par fermer les yeux et m'endormir.

CHAPITRE 10
Alice

Dimanche 5 avril 2020

Je me réveille, agacée par les aboiements d'un chien au loin. J'ouvre les yeux et vois le torse toujours nu de Raphaël. Je relève mon visage. Il dort profondément. Je ne me rappelle même pas m'être endormie dans ses bras. Je décale son bras lentement, pour ne pas le réveiller et l'observe. Ce mec est un chieur mais quand il dort, il affiche un tout autre visage. Il paraît serein, adorable et carrément craquant. J'approche mon visage du sien et dépose un baiser sur sa joue. Je ne sais pas ce qui m'arrive et pourquoi j'ai fait ça mais plus je le côtoie, plus j'apprends à le connaître et plus je l'apprécie. Il n'est plus aussi immature qu'avant. Je vois qu'il a mûri, même s'il y a encore pas mal de boulot !

Et j'ai très bien compris que je l'ai blessé, il y a quatre ans, quand je me suis tirée, douze heures après notre mariage. En y réfléchissant bien, même si ce mariage était une blague, ma fuite était vraiment dégueulasse.

Je me lève du lit en râlant quand j'entends un nouvel aboiement canin. *Je vais buter cette bête, bien que je n'aie rien contre les animaux !* Tout comme les enfants, je les aime bien, mais surtout chez les autres. En revanche, je n'aime pas les chiens. Pour moi, ce sont des destructeurs de canapé et des décorateurs de trottoirs. Je tire le rideau de la fenêtre au-dessus de l'évier mais n'aperçois rien. *Est-ce que les coyotes aboient comme les chiens ?*

Je me retourne et mon regard croise celui de Raphaël. Il n'a pas bougé d'un pouce, hormis qu'il a les yeux ouverts.

— Tu as bien dormi ? me demande-t-il.

— Oui, mais on n'aurait pas dû. On devait aller à ton travail pour trouver une solution pour régler les créanciers.

— Mouais, tu as raison. Mais tu étais fatiguée.

C'est vrai ! Entre le jet-lag et ma nuit blanche à analyser toute la comptabilité de son entreprise, j'étais crevée. Il se lève d'un bond, enfile rapidement un tee-shirt qui traînait sur une chaise et me tend sa main.

— Allez ! On y va ! fait-il gaiement.

Sa bonne humeur me fait sourire. J'attrape mon smartphone que je glisse dans la poche arrière de mon jean et saisis sa main. Il m'attire à l'extérieur et m'invite à grimper dans son 4x4.

La première chose que je fais est de changer de station de radio. Hors de question d'écouter sa musique de dingue. Raphaël ne dit rien mais je vois bien que ça l'agace que je touche à son autoradio.

— Bon, tu as bientôt fini ?

— Non, je commence seulement, je ris.

Il retient son sourire.

— Je déteste qu'on touche à la radio.

— Oui, mais moi, je suis ta femme, donc j'ai le droit.

— Tu es ma femme quand ça t'arrange.

Je laisse échapper un petit rire. Ses yeux se portent sur ma main et je remarque que sa mâchoire se serre.

— Un problème ? je demande.

Il secoue la tête.

— Ton petit fils à papa ne s'est pas foutu de toi quand il t'a offert cette bague.

Je regarde à mon tour ma bague de fiançailles et esquisse un petit sourire. Charles m'a fait sa demande lors de notre neuvième anniversaire. Il m'avait invitée à dîner au *Fouquet's* et avait fait les choses bien. Je savais qu'il allait me demander en mariage ce soir-là. Il m'avait toujours dit qu'il me ferait sa demande pour nos neuf ans et Audrey m'avait vendu la mèche quelques jours plus tôt. Il est prévu que nous nous mariions le 5 septembre prochain le jour de notre dixième anniversaire, un an, jour pour jour, après sa demande.

Le lendemain, nos parents, surtout sa mère, se faisaient déjà une joie de préparer l'évènement. Plus de quatre cents invités sont attendus à la réception et j'ai déjà choisi ma robe.

— Rien à voir avec le boulon ! je ris.

— L'écrou, rectifie-t-il.

Je grimace en même temps que lui.

— J'aurais voulu t'offrir une vraie bague, comme celle-ci. Mais il n'y avait aucune bijouterie d'ouverte quand nous nous sommes mariés.

— Raph, je…

Je ne sais même pas ce que je comptais lui répondre. Peut-être que, même si nous avions trouvé une bijouterie ouverte, il n'aurait jamais eu les moyens de m'offrir une bague comme celle que Charles m'a offerte. Mais je sais que ça serait vraiment déplacé de le lui rappeler. Raphaël n'a pas eu une enfance facile. Il est arrivé dans notre petit village natal quand il avait 8 ans, après l'accident de voiture qui lui a fait perdre ses deux parents. Ce sont ses grands-parents qui l'ont élevé et il venait d'un autre milieu social qu'Audrey, Charles, Rémy ou moi. Je sais que son père était mécanicien et sa mère était secrétaire de mairie. Ils ne roulaient pas sur l'or, tout comme ses grands-parents et Raphaël a souffert de cette situation.

— Ouais, je sais, souffle-t-il, comme s'il avait lu dans mes pensées.

Je lui offre un petit sourire compatissant et pose ma main sur la sienne, posée sur le levier de vitesse. Aussitôt, il entremêle nos doigts ensemble et porte ma main à ses lèvres pour y déposer un baiser délicatement.

Le silence règne dans l'habitacle de son 4x4. Je m'en veux de l'avoir rendu triste et je ne sais pas vraiment quoi faire pour le réconforter.

Au bout de plusieurs longues minutes, Raphaël ralentit enfin sa voiture et je relève mon visage vers le pare-brise. Le paysage qui s'offre devant moi est juste magnifique.

– Waouh, c'est…

– Ouais, je suis d'accord.

– Je ne m'attendais pas du tout à ça.

Raphaël me sourit, heureux d'assister à mon émerveillement.

– La première fois que je suis venu ici, je suis tombé amoureux.

– Je comprends, ce paysage est spectaculaire.

– Et encore, ce n'est pas le plus bel endroit.

– Et on y va ?

– Non. Pas aujourd'hui.

Il laisse échapper un petit rire devant mon entrain et finit par arrêter sa voiture devant un cabanon qui ressemble à un chalet comme l'on en trouve au Québec. L'endroit semble désert. Près de la rivière, j'aperçois des petites barques près de la berge, sûrement des kayaks, bien que je n'en sois pas sûre.

– C'est ici que tu travailles ?

– Oui. J'ai ouvert cette école de kayak il y a presque deux ans.

– Ça a l'air super.

Et je suis sincère ! L'endroit est juste génial. Je vois le potentiel de l'affaire.

Raphaël sort de sa voiture et je l'imite à mon tour. Un aboiement rauque se fait entendre et je sursaute aussitôt quand un énorme molosse me saute dessus avec ses pattes trempées. Je laisse échapper un cri ! *Bas les pattes, sale cabot !* Le cerbère a déjà posé ses deux pattes avant sur mes épaules et m'a plaquée contre la voiture. Ce chien est énorme. Il doit faire deux fois mon poids et un énorme filet de bave coule de sa babine. *Mon Dieu ! C'est dégueulasse !*

– Raphaël, je hurle presque. Au secours !

Ce dernier retient le chien et le force à reposer ses pattes au sol.

– Tout doux mon pote !

Il caresse l'énorme tête du chien

– Ne me dis pas que ce monstre est à toi.

– Et si ! Il est à moi. Il s'appelle Sirius. C'est un mâtin de Naples.

Je laisse échapper un petit cri quand Sirius lèche ma main.

– Retiens-le, s'il te plaît, je l'implore.

– Sirius est très gentil. Il est un peu brusque mais c'est un bon chien. Un bon gardien. C'est lui qui surveille le site, la nuit.

– Ok, c'est super mais éloigne-le, s'il te plaît.

– Tant que tu ne le caresseras pas, il ne voudra pas te lâcher.

– Non, je refuse de toucher à ce monstre.

– Ce n'est pas un monstre, Alice. C'est juste un chien !

– Qui doit manger au moins dix kilos de croquettes par jour pour être aussi énorme.

– Allez, caresse-le et il s'en ira.

En grimaçant, je prends mon courage à deux mains et finis par caresser brièvement sa tête. L'animal émet un petit aboiement.

– Je crois qu'il t'aime bien.

Eh bien pas moi ! Il me fait flipper !

– Allez Sirius ! File !

Obéissant, le chien finit par enfin s'éloigner de moi et court vers la rivière avant d'y plonger.

– Ah ! Il me semblait bien avoir reconnu ta voiture, j'entends alors.

Je détourne mon regard et reconnais aussitôt la garce de la veille. Elle est habillée d'un petit débardeur bleu ciel et d'un short en jean qui dévoile ses longues jambes bronzées et interminables. Je serre aussitôt les dents. Je suis envieuse. Je tuerais pour avoir son bon mètre soixante-dix et ses jambes qui doivent faire la moitié de sa taille. La nature m'a moins bien gâtée. Pour espérer la dépasser, je dois me percher sur des escarpins de douze centimètres.

— Alice, tu te souviens d'Eva ? demande Raphaël, un peu gêné.

Bien sûr que je m'en souviens ! Cette garce a voulu faire la maligne mais elle a très bien compris à qui elle avait affaire hier.

— Non, pas du tout ! Je devrais ?

Je ne sais pas pourquoi je réagis et je n'aime pas vraiment ça. J'ai cette mauvaise impression d'être jalouse, et je ne parle pas de ses foutues jambes à la Adriana Karembeu. C'est son air de défi qui m'agace, comme si le fait d'avoir couché avec Raph lui donnait un passe-droit. Elle croit qu'elle est une concurrente, ce qui est vrai en soi, je suis sa femme alors qu'elle, elle est sa maîtresse. J'ai presque envie de lui hurler de ravaler son petit sourire narquois. Moi aussi, j'ai couché avec Raphaël.

— Pourtant, on s'est vues hier. À la fête, précise-t-elle.

— Désolée, ça ne m'a pas marquée.

Sa mâchoire se serre et je la fusille du regard. Si elle veut jouer avec moi, elle devrait se préparer à perdre. Je quitte des yeux cette garce quand je sens la main de Raphaël se refermer sur la mienne.

— On devrait entrer, ma chérie. Je vais te faire visiter.

J'adresse un large sourire à cette cruche puis tourne mon visage vers lui.

— Oui, allons-y !

Raphaël me tire en arrière et nous nous éloignons vers le cabanon. Je peux sentir le regard d'Eva sur moi, qui nous colle au train.

Une fois entrés dans le petit chalet, je me détends légèrement. Face à moi, un jeune homme d'une vingtaine d'années me fixe avec intérêt. Raphaël me le présente comme un étudiant qui travaille ici le week-end et pendant les vacances pour financer ses études et qui s'appelle Scott. Lui et Raph échangent quelques banalités sur le planning du jour alors que je fusille toujours du regard Eva qui nous a suivis. Pour une employée, elle n'est pas très rentable et productive et je suis à deux doigts de lui hurler de faire son boulot, plutôt que de lorgner son patron.

Apparemment, aujourd'hui est un grand jour et plusieurs amis de Raphaël sont attendus pour gérer l'événement qui commence dans deux heures.

— Ok. Je te laisse installer les tables avec Eva. Suzy ne devrait plus trop tarder à arriver avec la commande.

— Ça roule, répond l'étudiant.

Ce dernier quitte le petit cabanon, suivi de la pouffe en mini-short. Raphaël tourne alors son visage vers moi.

— Tu m'expliques ?

— Expliquer quoi ?

— Eva.

Je roule des yeux et soupire.

— Cette fille est une garce. Je ne l'aime pas du tout.

— Elle est pourtant très gentille.

— Gentille ? C'est comme ça que tu considères une fille dans laquelle tu t'es logé ?

Raphaël se met à rire et je serre les dents. Il n'y a rien de marrant.

— Oh je vois ! fait-il.

Je l'interroge du regard. *Il voit quoi ?*

— Tu vois ?

— Non, mais y'a pas de soucis.

— Y'a pas de soucis de quoi ? Je n'aime pas quand on parle à demi-mot.

— Tu es jalouse, précise-t-il.

Mes deux sourcils se lèvent et je le regarde avec dédain.

– Mais n'importe quoi ! Je ne suis pas jalouse. C'est elle qui l'est. Parce que je suis ta femme et qu'elle me voit comme de la concurrence.

– Ouais, mais ça te fait chier que j'ai couché avec elle.

Je pince les lèvres.

– Je me demande comment tu as pu faire ? Elle est moche et elle a un gros cul.

Ce qui est faux. Eva est très mignonne et avec un cul tout à fait respectable, pour la taille du moins. N'importe quelle fille le reconnaîtrait. Raphaël rit à nouveau.

– Tu étais bourrée la fois où tu l'as sautée ?

– Même pas !

Je me raidis en entendant sa réponse. J'aurais préféré. Quitte à être cocue, j'aurais apprécié que ce soit à cause de l'alcool, même si pour moi, rien n'excuse une tromperie.

– Avoue que ça te fait chier que j'ai couché avec elle.

Plutôt crever que de l'avouer. Même si c'est la réalité. Et cette réalité me saute aux yeux. Ça me fait chier que Raphaël ait couché avec cette garce mais ça me ferait aussi chier qu'il ait couché avec d'autres femmes.

– Non, ça ne me fait pas chier. C'est à Madame Beaumont que ça fait chier. Tu m'as demandé de jouer un rôle, je le fais.

– Et tu le fais à la perfection. Tu es une très bonne actrice.

Je rêve d'effacer son petit sourire narquois.

– Ne va pas t'imaginer je ne sais quoi.

Raphaël lève ses deux mains, en signe de reddition. Pourtant, je vois très bien qu'il jubile.

– Bon, et c'est quoi cet évènement dont tu parlais avec le boutonneux ?

– La Children's Dream.

– Tu m'éclaires ?

C'est une association qui réalise les rêves des orphelins de l'État d'Arizona.

Mes yeux s'écarquillent. Raphaël est un orphelin, tout comme moi, mais lui n'a plus aucun de ses deux parents, alors que moi, j'ai la chance d'avoir encore mon père. Ma mère est morte quand j'avais 12 ans, d'un cancer.

— Je ne savais pas que cette cause te tenait autant à cœur.

— C'est le cas pourtant.

Et je suis assez surprise. Lui qui ne prend jamais rien au sérieux d'ordinaire.

— Plusieurs fois par an, je propose une journée découverte pour les gamins de l'orphelinat de Flagstaff, c'est une ville à une vingtaine de kilomètres d'ici. Suzy nous offre des tartes et gâteaux pour le goûter et le maire participe en fournissant les boissons et en payant le bus.

— Le bus ?

— Oui, qui emmène les enfants ici. Ils ne viennent pas à pied, tu sais.

— Oui, je m'en doute. Et il y a beaucoup d'enfants qui vont venir aujourd'hui ? je demande, réticente.

J'aime bien les enfants, mais ça braille souvent beaucoup trop, ça fait des caprices et ça pose trop de questions.

— Oui. Une quarantaine.

Une quarantaine ? Youpi ! C'est bien ma chance ! Des gosses, une pouffe et un chien ! Je suis une veinarde aujourd'hui !

CHAPITRE 11
Alice

Dimanche 5 avril 2020

Une petite fille blonde m'observe avec intérêt depuis une bonne heure. Je ne sais pas si c'est plus perturbant qu'amusant. Depuis tout à l'heure, elle mime chacun de mes gestes et de mes mimiques et m'observe de ses grands yeux bleus. Elle doit être âgée de 6 ou 7 ans et elle a une petite bouille adorable. Alors que je détourne mon regard de la horde de gamins qui braillent dans l'eau, la fillette me fait un petit sourire timide. Je vois qu'elle veut me parler mais qu'elle n'ose pas. Je délaisse mon téléphone que je fourre rapidement dans la poche arrière de mon jean et m'approche d'elle. Elle m'accueille d'un sourire moins farouche.

— Coucou, me dit-elle alors que je m'assois près d'elle, sur l'énorme rondin.

— Pourquoi tu n'es pas avec les autres enfants ? je demande.

La petite fille hausse les épaules et fait la moue.

— Je ne sais pas faire du kayak.

— Je suis sûre que Scott ou Eva seraient d'accord pour t'apprendre.

C'est le but de cette journée après tout. Que les enfants découvrent ce sport. Non pour réveiller en eux une vocation mais pour qu'ils s'amusent.

– Oui, je sais. Mais je préfère quand c'est Raph !

Je plisse légèrement le front, surprise par cette remarque. La petite semble bien connaître Raphaël. Dès qu'elle est sortie du bus, elle s'est accrochée à sa jambe et ne l'a plus lâché. Mon regard se tourne aussitôt vers lui, à plusieurs mètres, où il est en compagnie du maire de Tusayan et d'un reporter du journal local. J'ai préféré m'éloigner quand le journaliste s'est avancé vers nous tout à l'heure. Raphaël aurait bien été capable de me présenter comme sa femme.

– Pourquoi ?

C'est vrai ça ! Pourquoi cette gamine semble autant apprécier la compagnie de Raphaël ?

– Parce que je l'aime bien. Il est très gentil avec moi.

Elle m'offre un petit sourire au moment où celui-ci s'approche de nous.

– Eh Princesse ! Ne te fais pas embêter par Alice. Elle a peut-être le nom d'un personnage de dessin animé mais elle est plus « reine de cœur » que « sauveuse du pays des Merveilles ».

Quel enfoiré ! Me comparer à une dingue coupeuse de têtes et fétichiste du rouge est vraiment un coup bas.

– Ah ! Ah ! Ah ! Tu es très drôle ! je rétorque, un brin vexée.

– Moi, je la trouve gentille, fait la gamine. Et elle est très belle.

J'offre un petit regard plein de dédain à Raphaël qui se met à rire.

– Oui, tu as raison, Mia. Alice est très belle.

– C'est ta chérie ?

– Mieux encore, c'est ma femme.

Et voilà ! C'est reparti ! À ce rythme, tout l'Arizona et les états voisins seront au courant. Il ne peut pas s'empêcher de scander sur tous les toits que nous sommes mariés. Et je sais qu'il fait ça pour m'emmerder.

– Tu es marié ? Je ne savais pas.

– Eh oui !

– Donc Alice est ton amoureuse ?

Qu'est-ce que je disais ? Les gamins posent trop de questions !

– Non, je réponds.

– Oui, fait-il en même temps que moi.

La gamine semble perdue par nos deux réponses diamétralement opposées. Je menace Raphaël du regard un instant et il finit par prendre la petite dans ses bras.

– Et si on allait dans l'eau ? suggère-t-il à la petite Mia.

– Mais Raph, tu sais mon secret. Je ne peux pas y aller.

Son secret ?

– Oui, mais si je viens avec toi ?

– D'accord !

La petite semble satisfaite. Elle se tortille dans les bras de Raph, excitée, avant qu'il la dépose au sol. Elle s'éloigne de nous en direction de la berge et commence à retirer ses vêtements.

– Mia a peur dans l'eau. Ses parents sont morts lors d'un accident de ferry-boat, à Seattle. Elle a survécu, mais pas eux.

– Oh mon Dieu ! C'est horrible !

Quelle tragédie ! Je comprends mieux pourquoi elle ne veut pas aller dans l'eau, elle a subi un traumatisme.

– Tu vas aller avec elle ?

– Ouais. Mia semble avoir confiance en moi. Et on ne va jamais trop loin. Je l'habitue progressivement à aller dans l'eau et je lui ai promis que je lui apprendrai à nager.

Au loin, la petite Mia, en maillot de bain, appelle Raphaël en faisant de grands gestes.

– Le devoir m'appelle.

Je n'ai pas le temps de répondre quoi que ce soit qu'il dépose un baiser sur ma joue et file rejoindre la fillette. Je l'observe s'éloigner et me mords les lèvres quand il retire son tee-shirt. Il a toujours eu un corps magnifique et parfaitement musclé mais je dois avouer que le soleil de l'Arizona qui a doré sa peau le rend encore plus sexy. *Mon*

Dieu ! J'ai dit sexy ? En parlant de Raphaël ? Qu'est-ce qui m'arrive ? Ça y est ! Je deviens complètement folle !

— Tu viens Alice ? m'appelle Mia.

Mon téléphone se met à sonner dans la poche de mon jean et je l'extirpe rapidement pour reconnaître le visage de ma meilleure amie sur l'écran.

— Commencez sans moi ! je réponds.

Raphaël se dirige déjà vers la rivière alors que je décroche mon téléphone.

— Allô !

— Salut Alice ! Tu vas bien ?

— Ça va et toi ? Tu ne dors pas ?

Il doit être presque 2h du matin à Paris.

— Non, je suis en train de sélectionner des photos de l'un de mes shootings. Je te jure, photographier des mariés qui puent l'amour, c'est loin d'être excitant ! Ça me saoule de n'avoir que des contrats de mariage.

— Ah bah sympa !

Audrey est photographe professionnelle et je l'ai engagée pour le mien.

— Non mais pour le tien, ce sera différent.

— C'est ça, oui ! Tu es une garce !

Elle pouffe dans le combiné.

— En parlant de garce, ça en est où avec l'autre ?

Mon visage se déporte vers la rivière. La petite Mia, fermement accrochée au cou de Raph rit aux éclats. Je ne sais pas pourquoi mais je les trouve magnifiques tous les deux. On voit qu'il y a un lien entre eux, une complicité.

— Au point mort ! Il ne veut pas divorcer !

— Pourquoi je ne suis pas étonnée ? Ce mec est un boulet ambulant ! Il se dit sûrement qu'en restant marié avec toi, il pourrait avoir du fric. Ou alors, il a engagé un avocat de son côté pour essayer de te faire payer une pension alimentaire. Je te jure, c'est monnaie courante aux États-Unis.

Je ne pense pas que ce soit ça. Raphaël semble avoir une tout autre raison pour refuser ce divorce. Je crois qu'il est question d'amour-propre et que ma fugue d'il y a quatre ans lui est restée au travers de la gorge.

— Oui, peut-être, je souffle seulement, sans quitter Raph et Mia des yeux.

— Ne te laisse pas avoir, Alice ! Ce mec est capable de tout pour grappiller un peu de fric.

Je ne sais pas pourquoi mais sa remarque ne me plaît pas vraiment. Même si Raphaël n'a jamais roulé sur l'or, il semble heureux et satisfait dans sa nouvelle vie, ici. Contrairement à moi, il n'a jamais été matérialiste et s'est toujours contenté de ce qu'il avait.

— Oui, peut-être.

— Sinon, j'ai vu Charles ce soir et…

— Tu es allée à l'hôpital ?

Mon Dieu ! Qu'est-ce qui a pu lui arriver ?

— À l'hôpital ? Pourquoi tu me demandes ça ? Non, je suis allée à une soirée. Je me suis fait chier à un point, tu n'as pas idée. Je suis rentrée, il n'était même pas minuit. Enfin bref, ce n'est pas le sujet. Je te disais que j'ai vu Charles…

Quoi ? Charles est à une soirée ? Ce soir ? Il m'a dit, tout à l'heure, qu'il travaillait et qu'il ne pourrait pas m'appeler. Pourquoi m'a-t-il menti ?

— Il semble vraiment croire que tu es avec tes copines de l'université. Notre plan marche comme sur des roulettes. Il m'a juste dit que…

— Je vais te laisser, Audrey.

— Quoi ? Mais attends Alice, je…

Je raccroche sans lui laisser le temps d'en dire plus. Charles m'a menti et je ne sais pas pourquoi mais un mauvais pressentiment m'envahit. Rapidement, je file sur le compte *Instagram* de mon fiancé. Il adore ce réseau social et y va très régulièrement. Je fais défiler les photos mais il n'y a rien. Pas étonnant, Charles ne serait pas assez fou pour publier quelque chose de compromettant. Par contre, Guillaume, l'un de ses meilleurs amis en serait bien capable. Aussitôt, je pars sur le compte de son copain et tombe sur sa dernière publication avant de grimacer. Charles est bien à une soirée. Je mène ma petite enquête en visitant les comptes des personnes présentes sur la photo avec lui et mes yeux s'écarquillent quand je vois une photo en particulier. *Pourquoi mon fiancé a-t-il les mains sur le cul d'une bombe rousse ?*

CHAPITRE 12
Raphaël

Dimanche 5 avril 2020

Mia rit en s'accrochant fermement à mon cou. J'adore cette gosse, je ne sais pas vraiment comment ni pourquoi mais c'est ainsi. Je l'ai rencontrée quand je me suis rendu pour la première fois à l'orphelinat de Flagstaff pour y faire un don. La petite était dans le couloir, seule, une bande dessinée dans la main et je me souviens qu'elle m'avait demandé si j'étais venu pour l'adopter. J'avais été saisi par sa question ce jour-là.

J'ai perdu mes parents dans un accident de voiture, alors que je n'étais pas tellement plus âgé qu'elle. Mais à sa différence, j'ai eu la chance d'avoir mes grands-parents maternels qui m'ont élevé et accueilli. Gamin, je n'ai jamais été malheureux. Mes grands-parents ont tout fait pour que je vive la vie d'un petit garçon normal. Ce sont les autres qui m'ont fait me sentir différent. Et principalement ce connard de Charles Delvincourt qui ne manquait pas de me rappeler que j'étais un orphelin. Je le suis toujours d'ailleurs.

Ma rencontre avec la petite Mia, et ces quelques mots échangés m'ont encore plus conforté dans l'idée que je devais faire quelque chose pour les gosses qui ont perdu leurs parents, comme moi. Et depuis deux ans, je suis le parrain de cet orphelinat et ne manque pas de contribuer à leur cause en faisant des dons ou en organisant des journées comme celle-ci. C'est d'ailleurs moi qui suis à l'origine de ce projet et Madame Brown, la directrice de l'orphelinat, m'a suivi les yeux fermés.

Jodie, l'accompagnatrice des enfants, frappe dans ses mains pour rappeler ceux qui jouent dans l'eau et je comprends que cette journée est sur le point de se terminer. Je tourne mon visage vers le rondin de bois où Alice était assise depuis presque une heure et fronce les sourcils quand je vois qu'elle n'y est plus. Où est-elle ? Elle y était encore il y a deux minutes.

Alors que je ramène Mia sur la berge pour qu'elle se sèche, je croise Eva qui range le matériel de kayak. Elle a assuré aujourd'hui. C'est elle qui s'est occupée d'initier les gamins, en compagnie de Scott. Elle a géré le goûter des enfants et a supervisé la baignade. Cette fille, bien qu'elle soit un peu trop collante, est une perle pour l'école de kayak. Elle est toujours disponible, sait parfaitement gérer les plannings et assure à ma place quand je dois retourner à Las Vegas pour mon autre business.

— Tu as vu Alice ? je lui demande.

— Elle n'est pas au Nigeria ou je ne sais où pour sauver le monde ? me répond-elle avec dédain.

Ok, elle la joue jalouse !

— Eh, tu me fais quoi là ? Une petite crise de jalousie ?

Pourtant, elle et moi, c'était clair depuis le début. J'ai imposé les règles dès la première nuit : c'est juste physique et il ne doit pas y avoir d'attachement.

— Je te fais rien du tout. Mais ta femme, c'est une sacrée chieuse !

Mes lèvres s'étirent. Sur ce point, on est d'accord. Alice est une chieuse de haut niveau. Non, de très haut niveau, rectification.

— Alice est ma femme et je l'aime comme elle est ! Tu le savais dès le début qu'il n'y aurait rien d'autre entre nous, hormis du cul et un rapport professionnel, donc ne commence pas.

Eva se contente de hausser les épaules avant de lâcher un kayak sur le sable de la berge. Elle se dirige vers la remise où on entrepose tout le matériel, la mâchoire serrée. Tant mieux car je ne préfère pas continuer sur ce sujet. Il n'y a d'ailleurs rien d'autre à dire. Alice est ma femme, Eva n'est rien d'autre et ne sera rien d'autre qu'un plan cul.

Je me dirige vers le cabanon, espérant y trouver Alice. Je me fais plusieurs fois arrêter par les gamins qui ne cessent de me remercier depuis tout à l'heure pour cette journée.

Constatant qu'Alice n'est pas dans le cabanon, je ne peux supposer que deux choses : soit elle s'est tirée, ce qui m'étonnerait fortement. Elle semble avoir passé une bonne journée. Mais je ne peux m'empêcher de penser que c'est tout de même plausible. Et si elle venait de comprendre que je lui mens depuis le début ? Je sais que ce moment ne va pas tarder à arriver. Elle est bien décidée à analyser chaque dollar de la comptabilité et elle ne mettra pas longtemps à découvrir la supercherie. Ma boite n'a aucun souci, hormis celui d'une comptabilité non-tenue, qui ferait pâlir le plus grand maniaque du monde.

Ou alors, elle est peut-être dans la remise où nous entreposons tout le matériel, pour aider Scott à tout ranger mais là, ce serait carrément un miracle. Alice n'est pas du genre à se salir les mains en travaillant.

Mais dans le doute…

Je me dirige vers la remise de laquelle Scott sort avec un large sourire.

– C'était une super journée, patron.

– Ravi que ça t'ait plu.

J'entre dans la cabane où Eva s'occupe de cadenasser le matériel. On a déjà eu des vols ici et au bout de la troisième fois, j'en ai eu marre et j'ai adopté Sirius pour protéger le site. C'est un bon gardien et comme l'école de kayak est ouverte tous les jours, il n'est jamais seul. Je m'approche d'elle pour l'aider à sécuriser le matos.

– Ah ! Merci, me fait Eva. Tu es un amour !

– Je t'en prie.

Elle me gratifie d'un sourire chaleureux.

— Toujours à la recherche de ta précieuse Alice ?

— S'il te plaît, Eva, je n'ai pas envie qu'on se prenne la tête.

Ni qu'on s'embrouille, ce qui serait bien emmerdant pour le boulot. Perdre Eva professionnellement serait une galère sans nom. Je ne trouverais personne d'autre à son niveau pour la remplacer.

— Elle repart quand ?

Je soupire. Qu'est-ce qu'elle ne comprend pas dans « je n'ai pas envie qu'on se prenne la tête » ? Pourquoi les femmes s'évertuent à comprendre ce qu'elles veulent ou à tout compliquer ?

— Je ne sais pas. Ça dépendra de son association humanitaire.

— J'espère qu'elle partira rapidement.

— Ouais, je réponds simplement pour ne pas faire de peine à Eva.

En réalité, je n'ai pas vraiment envie qu'elle reparte. Même si je ne supporte pas ses caprices et ses remarques blessantes, c'est agréable qu'elle soit là.

J'entends un raclement de gorge et tourne mon visage. Alice nous fixe, le regard triste.

— Les enfants ne vont pas tarder à s'en aller, ils veulent te dire au revoir.

— OK, j'arrive dans deux minutes.

— Je t'en prie, finis ta conversation, elle paraissait très intéressante.

Et merde ! Elle a entendu.

Elle pivote sur elle-même et quitte la remise. Je plante aussitôt Eva et m'empresse de rattraper Alice.

— Je suis désolé, je souffle.

Elle plisse le front et m'interroge du regard.

— Pourquoi ?

— Pour ce que j'ai dit dans la remise.

Elle lève les yeux au ciel et soupire.

— Je m'en fiche de ce que tu penses, Raph ! J'ai d'autres chats à fouetter. Et puis, je serai bientôt repartie, tu pourras retourner à tes petites parties de jambes en l'air avec cette dinde.

— Monsieur Beaumont, j'entends.

Je tourne mon visage vers Jodie, l'accompagnatrice des enfants qui me fait un grand signe. Tous les gamins sont déjà montés dans le bus et nous observent depuis les fenêtres.

— Ok, je vais dire au revoir aux enfants et je reviens. On finira cette conversation.

— Pas besoin, je m'en fiche, dit-elle, lasse.

Je n'arrive pas à cerner si elle dit ça car elle ne veut pas me montrer qu'elle est vexée.

— Je reviens, je dis seulement.

Elle hoche la tête et je file rejoindre Jodie et les enfants dans le bus. Les gamins semblent, une fois de plus, ravis d'avoir passé une journée sur le site et je le suis encore plus d'avoir réussi à les sortir de leur quotidien. Avant de descendre du bus, Jodie me remercie pour la journée et ma générosité, nous échangeons quelques banalités avant que le bus démarre et s'éloigne du site.

Je retrouve rapidement Alice, assise sur le gros rondin de bois qu'elle occupait tout à l'heure avec Mia. Son regard semble perdu dans le vide et je me sens vraiment mal. J'ai manqué de tact en mentant à Eva tout à l'heure. Elle relève son visage vers moi alors que je m'assois à ses côtés.

— Alice, je suis désolé pour tout à l'heure. Je…

— Je crois que Charles me trompe, souffle-t-elle.

Quoi ? Alors c'est pour ça qu'elle est triste et pas pour ce qu'elle a entendu dans la remise. Un petit sourire se dessine sur mes lèvres. Pas que ça me fait plaisir de voir Alice triste, juste de savoir que ce petit fils à papa ne changera jamais. Cette conversation a un petit air de déjà-vu, elle avait déjà des doutes sur Charles il y a quatre ans, ce qui m'avait permis de saisir ma chance avec elle.

— Pourquoi tu souris ?

– Pourquoi pas ?

Je ne sais pas pourquoi je me retiens de lui dire la vérité alors que Charles mériterait que je balance tout à Alice. Je sais qu'il l'a trompée, et plus d'une fois.

– Regarde.

Elle me tend son téléphone et je pose mes yeux sur la page *Instagram* d'un mec et je reconnais Charles. Je grimace aussitôt. Il a toujours la même gueule de premier de la classe et de mec parfait, bien sous tout rapport, alors qu'il est à des années-lumière de l'être.

Sur la photo, je peux voir un groupe de personnes. Charles est entouré de plusieurs nanas mais il y a aussi des mecs. Rien d'anormal, c'est juste un mec qui passe une soirée avec ses potes qui paraissent tout aussi soporifiques, et je me demande pourquoi Alice peut penser à une infidélité en voyant cette photo.

– Et ? je demande.

– Attends.

Elle reprend son téléphone et pianote sur l'écran, avant de me tendre à nouveau l'appareil. Plusieurs photos d'une nana sont affichées. En maillot de bain sur une plage, devant un gâteau d'anniversaire, en selfie, en train de faire du yoga.

– Qui c'est ?

– Une fille qui est sur la photo de groupe. Elle travaille avec lui à l'hôpital. Et ce matin, Charles m'a dit qu'il travaillait tard ce soir et qu'il ne pouvait pas m'appeler.

– Et ?

– Et il m'a menti. Il est à cette soirée. Avec cette fille.

– Comment tu peux le savoir ?

Elle zoome sur une des photos, l'une des dernières qui ont été postées, il y a à peine une heure. En arrière-plan, la veille d'un ordinateur annonce la date et l'heure. La photo a bien été mise en ligne quelques minutes après avoir été prise.

– OK, il t'a menti. Mais ça ne veut pas dire qu'il te trompe pour autant.

Elle lève son index pour me faire patienter et finit par aller sur les story éphémères de cette rousse. Sur la photo, on y voit clairement la main de Charles un peu trop sur le cul de la nana. Celle de la fille est carrément dans la chemise de Charles et ses lèvres sont sur la joue de cet enfoiré.

Il n'y a pas de doute ou d'explications à cette photo. Charles trompe Alice. Ou alors, ce n'est qu'une question de temps. Et il est clairement très con de s'afficher sur les réseaux sociaux dans cette situation, à la vue de tous et surtout celle de sa fiancée. Ce mec est un crétin.

— Il a peut-être une bonne explication.

Putain ! Je ne sais pas pourquoi je défends ce mec. Il est indéfendable et je devrais saisir l'occasion de foutre la merde dans son couple. Mais si je ne le fais pas, c'est parce que je sais que ça va faire du mal à Alice. Et ça, ça me fait chier. Je n'ai jamais aimé la voir triste.

— Ne le défends pas, Raph !

Je grimace pour seule réponse et me frotte la nuque.

— Demande-lui des explications.

— Je vais me gêner, tiens.

Elle pianote sur son téléphone à nouveau avant de relever son visage vers moi.

— Je lui ai envoyé la story de cette garce et je lui ai demandé de m'appeler au plus vite pour m'expliquer.

— Ouais, tu as bien fait.

Elle étire ses lèvres, convaincue, avant d'effacer son sourire.

— Il m'a déjà trompée une fois, tu sais.

Plus que ça ma belle ! Mais encore une fois, je me tais. Pourtant, ça serait la parfaite occasion de descendre cet enfoiré. Honnêtement, il ne mérite pas Alice mais ma bonne conscience me souffle de me taire, de me mêler de mes affaires. C'est Rémy qui m'en a parlé et c'est d'ailleurs la raison pour laquelle les deux ne se parlent plus. Rémy ne supporte pas que Charles ait trompé plusieurs fois sa sœur et c'est pour ça qu'il est contre ce mariage. Il m'en a parlé lui-même pas plus tard que le mois dernier, quand il m'a appelé pour mon anniversaire.

– C'est un con !

Elle grimace.

– Désolé mais c'est vrai. Une femme comme toi, ça ne se trompe pas.

Elle laisse échapper un petit rire. Je suis bien content de lui avoir rendu le sourire.

– Tu l'as bien fait, toi !

– Pardon ?

Son visage se tourne vers Eva, qui nous observe, le regard noir et les lèvres pincées, depuis le cabanon.

– Avec Eva gros nichons.

– Tu peux comprendre qu'en tant que mec, j'ai des besoins. Et ma femme m'a fait faux bond juste après la nuit de noce.

Elle pouffe.

– Quelle sale garce ! C'est inadmissible.

Je me joins à elle et ris aux éclats. Elle finit par reprendre son sérieux et plonge ses yeux verts dans les miens.

– S'il n'y a eu qu'Eva gros nichons, je te pardonne.

J'étire mes lèvres pour seule réponse. *Et merde ! Si elle savait !* Elle voit ma gêne et finit par plisser le front. Elle m'interroge du regard.

– Il n'y a eu qu'Eva ?

– Oui, oui. Bien sûr.

– Promis ?

Et merde !

– Promis !

Elle m'offre un nouveau sourire avant de baisser son regard sur son téléphone.

– Oh ! Il a vu le message.

— Il va t'appeler, je souffle, pour lui donner de l'espoir.

Alors qu'en réalité, j'ai surtout l'espoir qu'il ne le fasse pas, pour qu'il aggrave encore plus son cas. De toute façon, il ne le fera pas ce soir, ce mec n'a pas de couilles et il va prendre plusieurs jours pour trouver une excuse crédible. Et Alice va finir par ouvrir les yeux et comprendre que ce mec ne la respecte pas et qu'elle serait bien mieux sans lui.

À suivre dans Divorce Imminent de Laurie Eschard !

 LAURIE ESCHARD

DIVORCE IMMINENT

Fiancée au charmant et respectueux docteur Delvincourt, Alice est une femme comblée et n'attend qu'une chose : épouser enfin l'homme qu'elle aime depuis qu'elle est enfant.

Mais lorsqu'elle apprend que son premier mariage, célébré quatre ans plus tôt dans une petite chapelle de Las Vegas est bien légal en France, Alice n'a pas d'autre choix que de retrouver son cher époux pour le faire annuler. Petit détail mais pas des moindres, le marié ne semble pas être disposé à divorcer aussi facilement.

Ne jamais rien regretter... Et réfléchir à deux fois avant de faire des folies !

Shingf👀   SABRINA NICOLAS

BEYOND THE SCARS

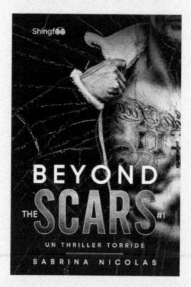

Une nuit a suffi pour que tout bascule.

Un premier réveil. Il ne sait pas qui il est, ni d'où il vient. La seule chose qu'il pense être un souvenir, c'est un prénom, hurlé en boucle dans sa tête.

Clayton…

Un second réveil des années plus tard. Alors qu'il a refait sa vie, il croise des yeux bleus qui appartiennent à son passé. Les souvenirs lui reviennent alors comme un boomerang et il décide de tout mettre en œuvre pour se venger de celui qui a voulu le séparer de son âme sœur. Elle est à lui et rien ni personne ne se mettra désormais en travers de son chemin.

Sans hésitation, déterminé, il effacera un à un, ceux qui l'ont laissé pour mort, jusqu'au jugement final.

MIA BENNET

IT'S HOTTER IN HELL

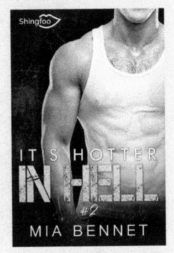

Alexis aurait dû le savoir : à trop vouloir se rapprocher du mal, on finit par s'y brûler les ailes... surtout lorsqu'on tombe sur quelqu'un qui manie avec brio l'art d'allumer un briquet !

Blake Foxter est impulsif, violent, cynique. Et elle le hait.

Mais il n'y a qu'en enfer que se rencontrent les âmes avec un certain penchant pour le péché...

 LAETITIA ROMANO

FAMILY AFFAIR

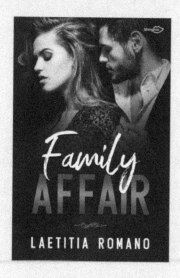

Tout le monde sait que les contes de fées n'existent que dans les livres...

Quand Al et Lynn se rencontrent en République Dominicaine, c'est le coup de foudre. Si bien qu'Al la demande en mariage très rapidement. Contre toute attente Lynn accepte.

Mais alors qu'elle pensait filer le parfait amour, Lynn va découvrir les secrets que cache son chevalier servant.

Elle va aller de désillusion en déception. Al n'est pas l'homme qu'il a bien voulu lui faire croire. Loin de là.

L'arrivée de Cruz, scandaleusement sexy petit frère d'Al, ne va rien arranger à son désir de liberté.

Comment réussira-t-elle à se sortir des griffes de son fiancé ?

Entre mensonges et trahisons, le chemin à parcourir pour la belle américaine ne sera pas un long fleuve tranquille...

 ROMANE IDKOWIAK

LE COEUR A FEU ET A SANG

Dans la favela de Rocinha, règne le plus gros gang que Rio n'ait jamais connu : O comando de sangue.

Kaisa, jeune barmaid à ses heures perdues, le sait : mieux vaut se tenir éloignée de leurs magouilles. Mais alors qu'elle rentre chez elle, elle se retrouve en plein cœur d'un règlement de comptes. Les balles fusent mais heureusement, Renan vole à son secours.

Pourtant, même si la tension sexuelle est à son comble entre les deux, leurs chemins n'ont pas de raisons de se recroiser. Il est le ténébreux leader des O comando et Kaisa ne compte pas revenir sur ses positions. Loin de ses démons, la jeune femme qui a peu à peu réussi à retrouver une vie normale tient à se préserver.

Mais elle se voit rattrapée par son passé. Intimement lié à celui de Renan. La menace qui plane sur elle est bien réelle et dans le radar de l'homme le plus dangereusement sexy de Rio, le cœur de Kaisa risque d'être mis à feu... et à sang !

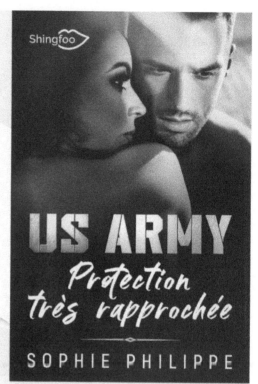

La nouvelle histoire de Sophie Philippe entre coups de feu et joutes verbales !

US ARMY
Protection très rapprochée

SOPHIE PHILIPPE

Quand Harper se retrouve devant le Ministre de la Défense, ce n'est pas pour l'envoyer encore à l'autre bout du monde, dans un pays hostile en pleine guerre... Non, cette fois, le destin a décidé de la propulser dans un tout autre environnement.

Les Hamptons, un manoir, un milliardaire, et une mission de protection. Pourtant, ce qui s'annonçait comme un travail d'un ennui mortel va s'avérer être la mission la plus importante de sa vie...

Liam est un homme d'affaires tout ce qu'il y a de plus intransigeant et odieux. Mais pour couronner le tout, il est bien décidé à ne se plier à aucune règle et à en faire voir à la jeune soldate de toutes les couleurs !

Le protéger pourrait même s'avérer mission impossible, à moins peut-être de le coller aux basques !

De très, vraiment très près...

 ELENA MAY

CRUSH INTERDIT

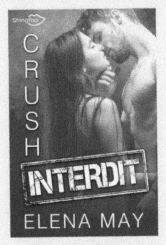

Camilla Brandson, a toujours vécu à Monaco auprès de ses parents qui souhaitent qu'elle suive la route qu'ils ont tracée pour elle : devenir avocate, comme son papa.

Mais cette vie, cette cage dorée dont elle se sent prisonnière, ne lui convient plus. Et ce nouveau départ dont elle a tant besoin, c'est à New York qu'elle le prend, en colocation avec Raphaëlle, une de ses plus vieilles amies.

Mais tout n'est jamais rose, et les problèmes ne sont jamais loin. Elle le comprend très vite en rencontrant Axel, le bad boy par excellence : un physique avantageux, une paire d'yeux noirs aussi intenses que diaboliques, un sourire à fossettes sur une dentition éclatante à se faire exploser la rétine, quatre-vingts kilos de muscles, des bras bardés de tatouages, et bien sûr il fume et roule à moto. Et accessoirement, c'est le plan cul de sa coloc.

Tout les oppose et ils ne se supportent pas. Et pourtant, un soir, alors qu'elle s'était fait la promesse de ne pas tomber dans le panneau d'un mec comme lui, tout dérape entre eux.

 JULIA TEIS

BIMBO OR NOT BIMBO

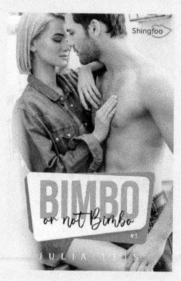

Ne dit-on pas que l'habit ne fait pas le moine ?

C'est ce que va découvrir Christopher, jeune avocat fraîchement reconverti en enseignant dans une université de Floride. Les femmes vénales ? Il a donné, et il les déteste ! Il essaiera par tous les moyens de les sortir de sa vie et surtout de sa famille !

Mais Betty fait-elle vraiment partie de cette catégorie ? Bien sûr, avec ses talons haut perchés et sa tignasse blonde comme les blés, on pourrait vite tirer des conclusions. D'autant plus qu'elle aime mettre ses formes en valeur et s'en donne à cœur joie. D'ailleurs, c'est devenu sa devise : si son look ne plaît pas, tant pis !

Mais ça, c'était avant de rencontrer le beau professeur, celui qui tient son bel avenir entre ses mains...

Ils vont devoir passer 6 mois ensemble pendant lesquels la jeune femme compte bien le faire changer d'avis à son sujet. Inversera-t-elle la tendance ?

NEVER TRUST

Carolina n'est pas vraiment ce que l'on peut appeler une femme délurée.

Habituellement discrète et peu sûre d'elle, surtout en ce qui concerne son physique imparfait, rien ne pouvait prévoir qu'elle allait autant se lâcher lors de cette soirée entre copines.

Sérieusement, qu'est-ce qu'il lui est passé par la tête, de tomber dans les bras de ce barman si facilement ? Tout chez lui respire le coureur de jupons et pourtant, elle n'arrive pas à lui résister !

Mark est séduisant, Mark est drôle, Mark... s'intéresse-t-il vraiment à elle ? Ou va-t-elle laisser toutes ses plumes dans cette histoire, vu que tout ce qui semble se profiler à l'horizon est un cœur brisé et une estime en berne ?

LOVER OR NOT LOVER

Charlie n'a pas eu la vie facile mais aujourd'hui c'est décidé, elle compte bien reprendre sa vie en main ! Et cela passe par... un nouveau job, un nouvel appart', et les histoires d'amour passeront après.

Hors de question de se laisser attendrir, il lui faut un homme, un vrai. Un mec stable, sincère, et si possible séduisant et qui gagne plein d'argent. Les ambitions, c'est important !

Enfin ça, c'était avant qu'elle rencontre Do, le sexy tatoueur totalement fauché qui vient prendre chaque jour son déjeuner dans le petit café où elle a été embauchée... et qui fait baver toutes ses collègues... et elle, aussi.

Mais là où la situation se complique encore plus, c'est que malgré toutes ses grandes résolutions, elle réussit à se laisser tenter...Une chose est sûre : ce mec n'est pas du tout ce qu'elle avait prévu dans ses plans !

Et si votre idole n'était qu'un mec arrogant, provocant et insupportable ? (en plus d'être très sexy...)

Lexie est passionnée de pâtisserie. Depuis toute jeune, elle cuisine pour le plus grand plaisir de sa famille et de ses proches et alimente presque quotidiennement son compte Instagram. Elle s'inspire de sa vie, de sa ville (New York), mais aussi de ses idoles, comme Riley Hill, le talentueux et sexy pâtissier de renom et aussi le grand gagnant d'une saison précédente de son concours télévisé préféré « Cake Cup ».

Pourtant, tout son petit univers s'apprête à être chamboulé !

Elle qui a toujours admiré le pâtissier, comment réagira-t-elle sous la provocation et le mauvais caractère de son idole ? Car oui, Lexie et Riley vont bientôt se rencontrer... et il se pourrait même qu'il soit celui qui détient son destin entre ses mains.

Entre pâtisserie, suspense et romance... Préparez-vous pour une histoire haute en couleurs qui saura vous ouvrir l'appétit et faire grimper la température !

NIGHTFALL

La vie est loin d'être rose pour Haylee.

À seulement 25 ans, elle travaille comme une forcenée pour joindre les deux bouts. Sa sœur, Joyce, est gravement malade, alors elle n'a pas le choix. Elle est la seule famille qu'il lui reste.

Pour payer ses traitements coûteux, elle se laisse tenter par un emploi pas comme les autres.

A-la-recherche-de-mes-fantasmes.com

Cette plateforme, très appréciée, est secrète et inconnue du grand public. Elle est réservée aux personnes fortunées.

La seule solution pour palier à tous ses frais est devant ses yeux... Alors, elle fait ses premiers pas dans ce piège prêt à se refermer sur elle.

Mais elle est loin de s'imaginer à quel point son premier client la chamboulera. Joker, comme il se nomme sur la plateforme, est prêt à payer pour son exclusivité... Mais pour quelles raisons ?

CHARLIE MALONE

ANOTHER LOVE

Lorsque Madison tombe sur Tom, guitariste aux allures de bad boy, la rencontre est immédiatement explosive... Encore plus quand elle se retrouve à devoir vivre sous son toit !

Malgré tout, les mystères qui planent autour de la jeune femme intriguent le musicien, qui cherchera à savoir coûte que coûte ce qu'elle cache.

Pour ces deux fortes têtes au coeur meurtri, tiraillées entre passion et fierté, ce sera un véritable jeu du chat et de la souris qui viendra bouleverser leur quotidien... et leur vie.

Mais à vouloir découvrir les secrets des autres, on finit souvent par dévoiler les siens... Et s'ils avaient plus de points communs qu'ils ne le pensent ?

SUIVEZ-NOUS SUR LES RÉSEAUX SOCIAUX

@shingfoo

@shingfooeditions

Lightning Source UK Ltd.
Milton Keynes UK
UKHW041000300921
391439UK00003B/455